文学与文化
——古代文义探索及其他

陈飞 著

中原出版传媒集团
中原传媒股份公司

大象出版社
·郑州·

图书在版编目(CIP)数据

文学与文化：古代文义探索及其他／陈飞著．—郑州：大象出版社，2023.10
ISBN 978-7-5711-1698-9

Ⅰ．①文… Ⅱ．①陈… Ⅲ．①中国文学-古典文学研究-文集 Ⅳ．①I206.2-53

中国版本图书馆 CIP 数据核字(2022)第 255639 号

WENXUE YU WENHUA
文学与文化
——古代文义探索及其他

陈 飞 著

出 版 人	汪林中
选题策划	管 昕
责任编辑	杨 兰
责任校对	安德华 牛志远
封面设计	唐若冰

出版发行	大象出版社(郑州市郑东新区祥盛街 27 号 邮政编码 450016)
	发行科 0371-63863551 总编室 0371-65597936
网　　址	www.daxiang.cn
印　　刷	河南瑞之光印刷股份有限公司
经　　销	各地新华书店经销
开　　本	787 mm×1092 mm 1/16
印　　张	17.75
字　　数	256 千字
版　　次	2023 年 10 月第 1 版 2023 年 10 月第 1 次印刷
定　　价	68.00 元

若发现印、装质量问题，影响阅读，请与承印厂联系调换。
印厂地址 武陟县产业集聚区东区(詹店镇)泰安路与昌平路交叉口
邮政编码 454950　　　　　电话 0371-63956290

本书得到教育部哲学社会科学研究重大课题攻关项目

"唐代文学制度与国家文明研究"（18JZD016）资助

目录

古"文"实义说略 / 1

古"文"原义
　　——"人本"说 / 23

"发言为诗"说 / 39

唐代文学的文化规定 / 64

唐代文学概念的确立与实现
　　——以早期史学为中心 / 85

唐代取士文学概论 / 103
　　——纪念"废科举"110年

唐代国家取士制度系统表释 / 121

唐代宏崇生考试制度辨识 / 156

丰富多彩的专题文学史 / 173

二十世纪中国妇女文学史著述论 / 209

论俗文学与文学的通俗 / 227

晚明文学的"实用"特性

　　——兼及文学的"世俗化" / 242

略论中国的灾患文化 / 253

"后文化热"研究中的几个问题与对策

　　——以局域性研究为中心 / 262

主要征引书目 / 274

后记 / 278

古"文"实义说略

从古至今,"文"在人们的精神生活乃至物质生活中的重要地位是不言而喻的。人的世界早已被"文"化了。文字、文化、文明、文学、文教、文艺、文人、文物、文科、天文、人文……从物质到精神,"文"几乎无所不在,所在之处,几乎无不赋予"文"的意蕴和形式。从某种意义上说,人们已经不能须臾离开这样一个"文的世界"了。由于"文"的后起(包括外来)的意义不断累积、覆盖和遮蔽,使得文义的原生态变得模糊不清,失其从来。于是,对于文义的追索几乎成为永恒问题。回到本原,或许不失为走出迷局的有效途径之一。因此,对于中国古代文义的追索,关键在于拨云见日,直达本原,复原和重建其生态与活力。

晚近关于古"文"意义的追索可谓多矣。从观念和方法上看,较有代表性的约有三类:一是"词典式"的,一般是根据"文"在文献中出现的不同场合、用法和频率进行统计,列举不同的义项和组词;[①] 二是"观念式"的,往往是从发展和比较的角度看待"文"义,并站在一定的立

[①] 如杨伯峻先生得出:"文"在《论语》中出现24次,其义有:1.文献以及文献上的知识(11次);2.文采,有文采,古人和"质"对言(6次);3.文辞(1次);4.动辞,文饰,涂饰(2次);5.谥号(3次)。此外还有以"文"构成的人名和联语:如"文子"(1次)、"文王"(1次)、"文章"、"文德"、"文献"、"文学"等。详见《论语译注》附《论语词典》。"文"在《孟子》中出现5次(略),详见《孟子译注》附《孟子词典》。"文"在《春秋左传》中的用义有八项(略),详见《春秋左传词典》。其他字典、词典的有关解释亦多属此类。

场上进行评价和取舍;①三是"指实式"的,即力求通过对不同义项的联系和概括,将"文"义落实到具体的事物上去。②应该说上述各类各有所得,但仍给人"义"犹未尽、尚隔一间之感。究其原因,盖在于古人立"义"要在见诸实用,非为徒垂空文,故"实行"为其生命所在。因此只有将"文"与具体的实际运用联系起来,或者说将其还原到特定的实行关系和场境中,才便于发现和理解其特定的性质、功能、效果和价值等,这些正是其要义亦即实义之所在。

强调"文"的实义,实际上是要将其视为一个具有活的(生命)联系及其运动方式的统一体,并且始终是在具体的实行中发生、发展并实现其意义。正是在这样的意义上,我们发现中国古代的"文"义具有某种"实体性"。这里所谓的实体性,主要有三个层面(过程)的含义:一是文义的发生和建立总是源自具体的实体性活动和事物,以此为根据形成特定的文义;二是特定文义的实现总是与具体的实体性活动和事物相联系,亦即必须在具体的实体性运用之中才能得到展开和落实;三是上述两个层面(过程)的文义经过不停的、长期的、无数次的反复实际行用,文义自身便形成相对稳定的结合与联系,从而形成某种具有实体性的意义系统。这个意义系统既可以展开和落实于具体的实体性活动和事物,又可以给具体的实体性活动和事物以一定的推动与规导,还可以在相对超越的层面"聚合"起来"复现"相应的实体性活动和事物,从而成为相对单纯的意义实体。上述三个层面(过程)的含义经过长期的

---

① 如郭绍虞先生将中国文学观念的演进期分为三个阶段:"周秦为一期,两汉为一期,魏晋南北朝又为一期。"他认为:"周秦时期所谓'文学',是最广义的文学观念,所以也是最初期的文学观念。当时所谓'文学',是和学术分不开的,文即是学,学不离文,所以兼有'文章''博学'两重意义。""到了两汉,'文'和'学'分开来讲了,'文学'和'文章'也分开来讲了。……这可以说是汉人对'文学'作了进一步的认识。""进到魏晋南北朝,于是对'文学'认识得更清楚,……到这时,'文学'一名之含义,始与现代人所用的一样,这是一种进步。不但如此,他们再于'文学'中间,有'文''笔'之分。'文'是美感的文学,'笔'是应用的文学;'文'是情感的文学,'笔'是理知的文学。那么,'文''笔'之分也就和近人所说的纯文学杂文学之分有些类似了。""经过了这样三个阶段,方才对于'文学'获得一个正确而清晰的认识,所以这是文学观念演进期。"详见郭绍虞著《中国文学批评史》,第3页。本书中所引文献版本参见"主要征引书目"。
② 如王利器先生在《文学古义今案》中,广征博引,诸端并陈,将"文学"的古义概括为"文学之科""文学之职""文学之人"。详见《文学古义今案》,载《传统文化与现代化》1995年第2期。

运行、渗透与融合，形成巨大而复杂的整体，这就是所谓具有实体性的文义系统或文义的实体。通常情况下是很难将其截然分开的，但在实际的行用中则自有其主次、轻重之别，而在学术上，出于研究的需要，则可以通过思辨将其暂时区别分说。

这种实体性的文义或文义实体，其实质和精要在于具体而实际的行用，从意义的发生、建立、展开和实现上看，则呈现为这种文义实体的运动。研究发现，这种文义实体的运动，总体上呈现为"三位一体"的模式，即：如果我们将文义系统整体上视为一个"总体"的话，那么在其内部包含着三个基本的意义子系统，可称之为"基体"，它们以动态交融的状态"充满"于"总体"，又可以根据运动的需要随时"聚合"为相应的基体。

这三个基体主要包括：1.以世界（包括自然界和人类社会）之"文"作为其文义发生和实现的基本实体而形成的意义系统，可称之为文义的"世本"基体，当然这里的"自然界"是在很大程度上被"文化"和"社会化"了的；2.以"人"（包括群体和个体）之"文"作为其文义发生和实现的基本实体而形成的意义系统，可称之为文义的"人本"基体，当然这里的"人"主要是从"人格"上而言的；3.以一般所谓的"文"亦即较为单纯的感性"形式"之"文"作为其文义发生和实现的基本实体而形成的意义系统，可称之为文义的"文本"基体。我们可以将其概括地表述为"文义三本"。由于这三个基体是以动态交融的状态"充满"于总体的，因而三者之间的关系既具有相对的独立性，同时又互相涵容、互相充实、互为表里。

在具体的运动中，一般是总体含带着三个基体作统一运动，但在具体落实和呈现上，则由某个"基体"来担当，而且是根据总体的运动阶段和需要依次或交替担当。那个暂时担当的基体便暂时"代表"着总体，具有主体和主题的地位，因而成为"主基体"，其他两个基体则处于相对服从与配合的地位，成为"辅基体"，并暂时"内化"到主基体之中（后）。总体运动到另一阶段时，则另一个相应的基体上升为主基体，其他则为辅基体。由于运动不断进行，因而三个基体交替主—辅。上述结构和运动模式也存在于每个基体内部，因为每个基体内部也都包含着三个次级基体，亦即次级世本、次级人本和次级文本，并与基体一起进行类似上述总体与基体模式的运动，其间关系更加错综复杂。从理论上说，次基体内部还应包含更次一级的基体，如此类推，几至无穷。

文义就是这样一个包含着无数层级结构关系和运动模式的意义系统，从而展开、落实、实现并呈现其意义。其运动之力，主要来自"人"的运用和推动，因而"人"可以在很大程度上操控其运动，也有可能根据不同时段、不同条件、不同目标的需要有选择地强调某个"基体"，从而打乱通常的运动顺序和状态，使得文义的落实和呈现变得更加复杂。人们通常所看到的五光十色的文义局部或片断，实际上都是其意义实体在其运动中的不同呈现而已。

限于篇幅，以下仅就文义的"世本"系统稍作探讨，其他则俟另文。

一

"文"的世本义发生甚早，在其立义之初就已包含其中（"文"的人本义和文本义也大抵如此）。许慎《说文解字》（以下简称《说文》）释"文"为"错画也"。段玉裁注曰："错当作逪，逪画者，逪逪之画也。《考工记》曰：'青与赤谓之文'，逪画之一耑也。逪画者，文之本义，彣彰者，彣之本义，义不同也。黄帝之史仓颉见鸟兽蹏迒之迹，知分理之可相别异也，初造书契，依类象形，故谓之文。"[1]"逪逪之画"应即交错的线画，自然不应是随意的交错，而是符合一定原则的交错——此可谓"文"之较早本义；而"青与赤"则应是符合一定原则交错的色彩，属"逪画"之一种，但较前者已有引申。

然而无论是线条之"文"，还是色彩之"文"，仍不可谓最初，更

---

[1] 《说文解字注》第九篇上，第425页。

早于此的应为"仓颉见鸟兽蹄迒之迹，知分理之可相别异也，初造书契，依类象形，故谓之文"。这里有几点需加留意：一是"仓颉……见……知分理……别异……造……"。不论仓颉实有其人还是传说假托，都说明"文"是"人"一系列实践、认识和创造活动的结果。二是人不是凭空造"文"，而是有其基础、机缘和"底本"的。基础就是人类的生活和生产活动，机缘是于偶然和必然之间"见"到了"鸟兽蹄迒之迹"，底本就是这个"迹"。因此鸟兽交替变化的足迹，才是最初的"文"，当然这是尚处于自然状态的"文"。因此也可以说自然世界是人发现、理解、认识并创造"文"的原始底本，人先是从自然的底本亦即"鸟兽蹄迒之迹"那里获得了最初的文义，又在此基础上发明"耤画"并赋予更多的意义，然后才创造了"文"并继续赋予其意义。三是"依类象形，故谓之文"，不只是说这一个"文"字，而是说所有按照同样原理创造的"文字"。"依类"首先是对自然事物的忠实，但同时又是包含着理解、分析、概括和提高的忠实；"象形"首先是对自然事物的摹画，但同时又是包含着归纳、集中、概括和抽象的摹画；将一个"文"的原理上升并推广为所有"文"的原则，这是对自然更高级的忠实和摹画。由此可见，这个"文"的本义的完成，实际上是"（仓颉）见—知分理—别异—造—依类象形"一系列活动及其过程的结果，而达到这个结果并不只是为了得到这个字，而是为了进入"文"的新的活动过程。因此"文"在本义阶段就是一个不断运动的实体性存在。

这个活动过程的进一步深化和伸展，也就是这个"本义"实体向着更加充实、具体的境界的发展和落实。《周易·系辞》云："古者包牺氏之王天下也，仰则观象于天，俯则观法于地，观鸟兽之文，与地之宜，近取诸身，远取诸物，于是始作八卦，以通神明之德，以类万物之情，……上古结绳而治，后世圣人易之以书契，百官以治，万民以察，盖取诸《夬》。"① 这段叙述可与上面的解说互相发明和补充，使其义更加明确：其一，"八卦"的制作活动及其过程与"文"甚为相似——实际上"八卦"

---

① 《周易正义》卷八《系辞》下，第86—87页。韩康伯谓："夬，决也。书契所以决断万事也。"

作为有原则的"线画"也是一种"文",也是以自然世界作为底本。其二,"八卦"作成后其活动过程仍在继续,进入更为具体、实在的"通"(神明之德)—"类"(万物之情)—"治"(百官)—"察"(万民)的运动阶段,从而发展并实现其新的意义。其三,如果说"通"(神明之德)—"类"(万物之情)还更多地流连于自然世界的话,那么"治"(百官)—"察"(万民)则更多地进入了人类社会。"通—类—治—察"以及"上古结绳而治,后世圣人易之以书契,百官以治,万民以察"等等,一再表达了人对自然世界和人类社会进行认识和把握的愿望与实情,以及更加主动和自觉地发展和实现"文"义的趋势与姿态。

二

上述从"见"(鸟兽之迹)—"知"(分理)—"(相)别异"到"造"(书契)—"依"(类)"象"(形),以及从"通"(神明之德)—"类"(万物之情)到"治"(百官)—"察"(万民),都很明显地揭示了"文"的世本义生成、建立及形成意义系统(实体)的过程,这个过程并没有停止和完结,它持续的运动,便是其意义的进一步展开、落实和实现。

《周易·贲》彖辞曰:"贲亨。柔来而文刚,故亨。分刚上而文柔,故小利有攸往。天文也。文明以止,人文也。观乎天文,以察时变;观乎人文,以化成天下。"[1]这里有三点值得注意:其一,"贲"之本义为"饰"[2]或"文饰",意为通过"文"的作用和对"文"的运用而达到一定的目的及效果。在本卦中,"刚"与"柔"构成"文",通过"贲"而达到某种理想状态。孔颖达疏:"以刚柔二象交相文饰也。贲亨者,以柔来文刚而得亨通。"[3]可见"贲"是"文"的运用,也是文义的落实和运动之一。

---

[1] 《周易正义》卷三《贲》,第37页。
[2] 《说文解字注》第六篇下《贝》部,第279—280页。
[3] 《周易正义》卷三《贲》,第37页。

其二，这里有两种"文"：一是"天文"。王弼注云："刚柔交错而成文焉，天之文也。"①"刚柔"是古人对"天"（自然）之"文"的认识、把握和表达，虽然往往伴随着物象，但更专注于自然事物和现象内在的实质、关系和运动、变化等，实际上"刚柔"已非单纯的自然，其间还有人类文明对"天"的某种赋予和"自然化"。因此"刚柔"本身就是"天人合一"的结果。另一是"人文"，即"文明以止"。王弼注云："止物不以威武，而以文明，人之文也。"②孔颖达疏："用此文明之道，裁止于人，是人之文德之教。此贲卦之象，既有天文、人文，欲广美天文、人文之义，圣人用之以治于物也。"③因此"人文"大抵可以理解为"人之文德之教"。应当特别指出的是，两家在解释"天文"和"人文"时，都把重心放在动态过程而非静态文字符号上，可谓深得要义。也就是说"天文"的要义不在于"刚"和"柔"本身，而在于二者之间的交相"文饰"，亦即"天"的各种内涵的运动及其表现；"人文"的要义不在于"道""德"本身，而在于"止（物）""裁止（于人）""教（人）"，亦即人类社会各种内涵的运用及其表现。而"（圣人）用之以治于物"，正是对天文、人文之"义"的"广美"——认识、运用、发扬和光大。

其三，正是由于"天文""人文"的要义在于运用，才使得随后的"观乎天文，以察时变；观乎人文，以化成天下"豁然贯通，顺理成章，自然过渡到上述要义的展开和落实。王弼注："观天之文，则时变可知也；观人之文，则化成可为也。"④孔颖达疏："'观乎天文，以察时变'者，言圣人当观视天文，刚柔交错，相饰成文，以察四时变化……'观乎人文，以化成天下'者，言圣人观察人文，则《诗》《书》《礼》《乐》之谓，当法此教而化成天下也。"⑤正是由于"天文"是动态的，故于不断的运动之中蕴含并透露着"时变"的消息；正是由于"人文"是动态的，

---

① 《周易正义》卷三《贲》，第37页。
② 《周易正义》卷三《贲》，第37页。
③ 《周易正义》卷三《贲》，第37页。
④ 《周易正义》卷三《贲》，第37页。
⑤ 《周易正义》卷三《贲》，第37页。

故于不断的运动之中包含并提供了"化成"的可能。然则"观（天文）"—"察（时变）"，既是一个由表及里、由浅入深的认识运动过程，同时又是其不断介入和作用的实践运动过程——这是第一个过程；"观（人文）"—"化成（天下）"同样既是一个由表及里、由浅入深的认识运动过程，同时也是不断介入和作用的实践运动过程——这是第二个过程。前后两个过程都同时包含认识运动和实践运动，前者关乎自然，后者关乎人世，看似不甚相干，但由于二者都归之"圣人"，两个过程便具有了相互联系、交织、配合与支持的关系，甚至是一个过程的两个方面，两个运动的交互联动，其落实处则在"天下"的"化成"上。

由此不难看出"文"的世本意义是如何一步步由自然属性向着社会属性移动，并最终立定在人类社会的现实世界，具体落实为"化成天下"的基本过程的。至此，"文"的世本实体便获得了具体、实在的落脚和支撑，具有了相对独立的形态和运动，接下来的便是在更加具体的"化成天下"过程中，更进一步落实、发展和实现其意义。

三

"天下"一词，往往被后人解释为"国家"，并认为古人这样用是受了知识的局限，其实未必。古人"天下"自有其特别意蕴，就是要把万事万物包括人自己都放在"天"之下之中，连同"天"一起，"一视同仁"地体认和担当。所以古人称帝王为"天子"，并非完全出于愚昧无知或攀"高"结"贵"，而是一种特有的认同和归依。古人的"化成天下"在立义上就是要"天—人"一体地"化"而"成"之，虽然在实际上往往需要从自己的治域（如华夏中国）做起，但仍然有一个"天"的"背景"、理念、精神和指归在，从而与那种单纯的世俗政治有所异趣。"化成"就是"以文化成"，展开来就是（以）文—化—成，这是一个通过（运用）"文"来施行"化"并达到"成"的活动和运动过程，这可以说是中国"文化"的原理和要义之所在。

中国古代的"文化"与"政治"义近，"化成"与"治理"义近，但应注意与现代意义上的"政治""治理"有所不同。在"化成天下"中，由于有了"天文"的渊源和背景，使得"化成"具有了某种顺应自然、燮理阴阳的意味。而"化"不仅是行为和动作，同时也是其方式及效果。故"以文化成"不是生硬地将"文"强加于对象，强迫性地改造和制约对象，而是顺应其"文"而动，进行适当的化解、感化、调节和引导，使之于自然而然、浑然不觉中至于"成"的境界，故古人用"燮和""燮理"，最能得其神理。古代的"政治""治理"之"治"本有以治水为喻的意思，而治水的基本原则和成功经验便是因势利导，故"治"与"化"有异曲同工之妙。而"成"作为"化"的效果当然是成功的状态，故成功的政治往往被称为"天下致化"或"天下大治"。这可以说是中国古代"政治"的原理和要义之所在。为了不致混乱，我们姑且称之为"文化政治"（简称"文政"）。

指出这些意在说明："文"的世本义有其特定的"天—人"的意蕴，在展开和落实中，具体化为文化政治，而世本实体的运动，则主要受到三个来向的力的作用：一是其自身所具有的"自然"之力，二是"圣人"顺应自然之力，三是"圣人"燮和之力，正是在这多种力的交互作用下，世本在自身运动的同时，含带并通过其次级实体来展开和实现其意义。亦即当世本基体确立为"化成天下"时，其更具体的展开和落实就是文化政治亦即"圣人—（以）文—化—成"的实际过程。显然这是典型的儒家文政模式，具体情况下文将涉及，这里只概括地说：这样的文政就是要通过"文"（主要为道德礼乐）的广泛作用，使社会成员的人格修养至于完善，形成文质彬彬的社会状态。道德礼乐作用、人格修养和文质彬彬状态既是这个文政的主题和目标，同时也是其内容和支柱，三者共同支持并实现这个政治。而这三者正与上述三个基体亦即"三本"大致相当，次级世本尤其负有"义不容辞"的政治义务。

中国的文政源远流长，发达亦早。《周易·系辞》在叙述包牺氏作八卦后曰："包牺氏没，神农氏作，斫木为耜，揉木为耒，耒耨之利，以教天下，盖取诸《益》。日中为市，致天下之民，聚天下之货，交易而退，各得其所，盖取诸《噬嗑》。神农氏没，黄帝、尧、舜氏作，通其变，使民不倦。神而化之，使民宜之。《易》穷则变，变则通，通则久。是以'自天祐之，吉无不利'。黄帝、尧、舜垂衣裳而天下治，盖取诸《乾》《坤》。刳木为舟，剡木为楫，舟楫之利，以济不通，致远以利天下，盖取诸《涣》。服牛乘马，引重致远，以利天下，盖取诸《随》。重门击柝，以待暴客，盖取诸《豫》。断木为杵，掘地为臼，杵臼之利，万民以济，盖取诸《小过》。弦木为弧，剡木为矢，弧矢之利，以威天下，盖取诸《睽》。上古穴居而野处，后世圣人易之以宫室，上栋下宇，以待风雨，盖取诸《大壮》。古之葬者，厚衣之以薪，葬之中野，不封不树，丧期无数。后世圣人易之以棺椁，盖取诸《大过》。上古结绳而治，后世圣人易之以书契，百官以治，万民以察，盖取诸《夬》。"[①]这可以说是上古文化政治的一个缩影和史纲。上文曾特别指出：不论是"天文"还是"人文"，其要义都不在静止的文字符号，而在于实际的运用。八卦作为符号之"文"，是对"自然"（阴阳、刚柔等之变化）之"文"的摹写和表征；八卦作为应用之"文"，则是根据"自然"之"文"来"通"神明、"类"万物（之情）、"王"天下、"治"百官、"理"万民的。正是在这个意义上，包牺氏的结绳为网是"文政"，神农氏的斫木为耜也是"文政"，黄帝、尧、舜的通其变、神而化之、垂衣裳而天下治是文政，后世圣人易之以宫室、棺椁、书契等，也是文政。政治是否有"文"，关键不是看其文字性制作多寡，而是看其是否能够体察天地阴阳等变化并能燮理、顺应之，使天下万物尤其是人类社会和谐、有序、安生和进步。

《周易》可谓是一部中国早期文化政治的实用全书。所谓："《易》与天地准，故能弥纶天地之道。仰以观于天文，俯以察于地理，是故知幽明之故；原始反终，故知死生之说；精气为物，游魂为变，是故知鬼神之情状。与天地相似，故不违；知周乎万物而道济天下，故不过；旁行而不流，乐天知命，故不忧；安土敦乎仁，故能爱。范围天地之化而

---

① 《周易正义》卷八《系辞》下，第86—87页。

不过，曲成万物而不遗，通乎昼夜之道而知，故神无方而《易》无体。"所谓："一阴一阳之谓道。继之者善也，成之者性也。仁者见之谓之仁，知者见之谓之知。百姓日用而不知，故君子之道鲜矣。显诸仁，藏诸用，鼓万物而不与圣人同忧。盛德大业，至矣哉！富有之谓大业，日新之谓盛德。生生之谓易，成象之谓乾，效法之谓坤，极数知来之谓占，通变之谓事，阴阳不测之谓神。"① 所谓："十有八变而成卦，八卦而小成。引而伸之，触类而长之，天下之能事毕矣。"② 所谓："形而上者谓之道，形而下者谓之器。化而裁之谓之变，推而行之谓之通。举而错之天下之民，谓之事业。是故夫象，圣人有以见天下之赜，而拟诸其形容，象其物宜，是故谓之象。圣人有以见天下之动，而观其会通，以行其典礼，系辞焉以断其吉凶，是故谓之爻。"③ 总之，关于文政的理论基础、精神原则、实践经验以及运用方法等，在《周易》中皆有所载。从天下国家到百姓日用，从天地万物到心性义理，可谓无所不包，而并指归于实际应用，从而形成一个较为严密而成熟的文化政治系统，显示了古代文政之高度发达。然就其文政的主题而言，则主要有三：一是通过对"自然"的体察、顺应和协调，达成天地万物包括自然世界与人类社会的生存与进步，和谐与美妙；二是通过道德和能力的传习与教化，使人（包括个体与群体）的生存状况与生命境界得到改善和提高；三是通过各种"形式化"的制作和呈现，传达、显示并发挥这种政治的内涵与效果，并为这个政治服务。显然这三者与上面所说的文化政治的"三本"大致相合。

在古代中国特别是在儒家那里，文化政治作为强大传统、理想境界和普遍模式，受到后世的热烈颂美和效法，同时其文化的内涵和重心也在不断移动。如果说在上述《周易》的文化政治中还保留着较多的"自然"痕迹、神秘色彩和抽象形式，其"文政"还在一定程度上带有自然适应的意义的话，那么随着"后世圣人"的代出，其"自然"痕迹、神秘色彩和抽象形式也日趋具体化和人间化，其重心则逐渐向着"文德"

---

① 《周易正义》卷七《系辞》上，第77—78页。
② 《周易正义》卷七《系辞》上，第80页。
③ 《周易正义》卷七《系辞》上，第83页。

转移。《尚书》称："昔在帝尧，聪明文思，光宅天下。"孔颖达解释："以此聪明之神智，足可以经天纬地，即'文'也。……聪明文思，即其圣性行之于外，无不备知。故此德充满居止于天下而远著。德既如此，政化有成，天道冲盈，功成者退……"①又称帝舜："重华协于帝，濬哲文明，温恭允塞。"孔安国解释："'华'谓文德，言其光文重合于尧，俱圣明。"②可见尧、舜所行也是文化政治，但其"文化"更多的是以个人的"文德"来"经天纬地"，如日月光华，照临天下，实现"政化"，与"上古"圣王的更多地顺应"天文"、教人改善环境条件和提高生存能力有所不同。

　　社会的发展使得"人文"的情况发生变化，于是"圣人"的"化成"也因时而异。孔子曰："大道之行也，与三代之英，丘未之逮也，而有志焉。大道之行也，天下为公。选贤与能，讲信修睦……是谓大同。今大道既隐，天下为家。各亲其亲，各子其子，货力为己。大人世及以为礼，城郭沟池以为固。礼义以为纪。以正君臣，以笃父子，以睦兄弟，以和夫妇，以设制度，以立田里，以贤勇知，以功为己，故谋用是作，而兵由此起。禹、汤、文、武、成王、周公，由此其选也。此六君子者，未有不谨于礼者也。以著其义，以考其信，著有过，刑仁讲让，示民有常。如有不由此者，在执者去，众以为殃，是谓小康。"③"大同"时代和"小康"时代的政治都属于文化政治，二者的显著不同就在于前者无须"礼"而后者则必须"礼"。在无须"礼"的时代只要"任其自然"，让每个人的淳朴天性、善良德行自然发挥就可以"致化"了；而在必须"礼"的时代，如果不用"礼"来进行"文化"，不仅不能"致化"，反而会招致丧身、灭国、亡天下。故"圣人"亦即成功者如禹、汤、文王、武王、成王、周公"六君子"，无不是"谨于礼者"，足见"礼"对于其政治的极端重要性。"六君子"中有四人为周代，又足见"礼"在周代

---

① 《尚书正义》卷二《尧典》，第118页。
② 《尚书正义》卷三《舜典》，第125页。
③ 《礼记正义》卷二十一《礼运》，第1413—1414页。

的更加极端的重要性。孔子曰："周监于二代，郁郁乎文哉！吾从周。"①可知周之"文"远盛二代，更可取法。实际上在古代中国，周政一直被作为"文政"的典范而备受推崇；周代四君子尤其是周公，一直被作为"礼乐"的集大成者、制作者以及成功的实行者而广受膜拜。

文化政治的重心既转移到"礼"（往往与"乐"配合而行）上来，则"文化"便成为"礼化"，"文政"便成为"礼政"，"文治"便成为"礼治"了，其运动和实现也就具体化为"礼"的展开和落实。然则"礼"为何物、作何用、致何效、有何义？有关的解说可谓汗牛充栋，不胜举述。但从"文化"政治的运行上看，"礼"可以说是发生于"人文"之中并贯穿于"人文"之间，具有强化其内涵、维系其运动、增强其效能、调节其状态、呈现其形式等功效与意义的因素和力量系统。这个系统结构庞大，变化复杂，"法力"无边。一般将其制作者和推行者归功于周公、孔子之类的"圣人"，而系统一旦运转起来，即使是"圣人"也要接受它的规范和约束。

现在我们来对"礼"的主要构成和基本运动作一简要分析。先说"礼"的名与实。孔子曰："故治国不以礼，犹无耜而耕也。为礼不本于义，犹耕而弗种也。为义而不讲之以学，犹种而弗耨也。讲之于学而不合之以仁，犹耨而弗获也。合之以仁而不安之以乐，犹获而弗食也。安之以乐而不达于顺，犹食而弗肥也。四体既正，肤革充盈，人之肥也。父子笃，兄弟睦，夫妇和，家之肥也。大臣法，小臣廉，官职相序，君臣相正，国之肥也。天子以德为车，以乐为御。诸侯以礼相与，大夫以法相序。士以信相考，百姓以睦相守，天下之肥也。是谓大顺。"②"治国以礼"犹"有耜而耕"，这个比喻极其形象且深刻："礼"是"器"，是工具，虽有其名，但其具体内涵和意义必须在具体的运用中才能获得，而且只有在运用的全部过程中才能实现其全部内涵和意义，在这个过程的不同阶段则有不同的意义：与"义"结合则成为"礼—义"，与"学"结合则成为"礼—学（道）"，与"仁"结合则成为"礼—仁"，与"乐"

---

① 《论语注疏》卷三《八佾》，第2467页。
② 《礼记正义》卷二十二《礼运》，第1427页。

结合则成为"礼—乐",与"顺"结合则成为"礼—顺";进而人之"肥"而为"礼—善",家之"肥"而为"礼—孝、悌",国之"肥"而为"礼—法",天下之"肥"而为"礼—德",最终共同实现"大顺"。实际上"礼"可以与所有的"文化"内涵相结合,从而获得其内涵并赋予其形式。因此,从统一性上说,单纯孤立的"礼"是无法存在的,也是空洞无意义的,而当它一旦与义、道、仁等结合,不仅立即获得了相应的内涵,而且形成统一体,将它们和自己一并强调、突出起来。单纯孤立的"礼"也是无法发挥和实现其功用的,甚至是没有功用的,而当它一旦投入到耕—种—耨—获—食等环节及其整个过程中,不仅可以推动和保障各个环节顺利进行,而且可以在全部过程中更加有效地实现其功能和效果。可见"礼"既是催化剂又是促成剂,在加速反应与生成的同时,也实现了自己的意义和价值,并与对象合为一体,发挥出更大的功效。反之,如果上述义、道、仁等内涵及其诸环节及全过程没有"礼"的结合,不仅难以实现自身的功效和意义,甚至会崩溃、死亡。所以孔子说:"夫礼,先王以承天之道,以治人之情。故失之者死,得之者生。"[①]

"礼"的这种特性表明它无所不在、无孔不入,至大至微,渗透于文化政治的方方面面,这里只能就其作为"文化"意义下的一个实体在实际运动中的展开和实现稍作论述。简要地说,"礼"在政治实践中的展开和实现主要呈现为三个系统:一是政治的秩序系统;二是德行的秩序系统;三是形式的秩序系统。其具体内容和运用之情形广见于古代文献,而在传世的"三礼"(《周礼》《礼记》《仪礼》)中则有较为集中的记载。就"三礼"各有侧重看来,则与这三个秩序系统大致相应,也与我们所说的文义之"三本"大致相应。

先说政治的秩序系统。《周礼》(一名《周官》)相传出自周公,为周公致太平的法宝和记录。其说或有言过其实处,但其内容为古代治国经验和文献之结集则可无疑。其书开宗明义曰:"惟王建国,辨方正位,

---

[①] 《礼记正义》卷二十一《礼运》,第1414页。

体国经野，设官分职，以为民极。"①一部礼书而从建国、体国、设官开始，可见"礼"与"国"和"官"之间的关系之密切和重要。然后按照天地四时设六卿："天官主治，地官主教，春官主礼，夏官主政，秋官主刑，冬官主事。六官官各六十，则合有三百六十官，官各有主，故云百事举。"②"礼"不仅贯彻于六官，而且独居第三官亦即春官。之所以强调"礼"对六官的"贯彻"，是要表明这里的官职安排与一般单纯的官职叙述很不一样，是在强烈的"礼"的意识和要求下的设官分职，亦即在确定"官职"的同时也将其"礼"的"职位"确定下来了，因而是"礼位"与"政位"互相配合、互为表里的秩序安排，故所谓"正位"乃是二者兼举。六官以下的各级官职，同样具有这种双重定位性质。如"冬官考工记"叙："国有六职，百工与居一焉：或坐而论道；或作而行之；或审曲面执，以饬五材，以辨民器；或通四方之珍异以资之；或饬力以长地财；或治丝麻以成之。坐而论道，谓之王公；作而行之，谓之士大夫；审曲面执，以饬五材，以辨民器，谓之百工；通四方之珍异以资之，谓之商旅；饬力以长地财，谓之农夫；治丝麻以成之，谓之妇功。"③规定不同职位及其相应的"工作"职责，而职责的差异则是取决于"定位"的差异，愈是处下位者，其"工作"职责及其内容也相应地"每况愈下"，上下之间不仅存在着行政上的上下级关系，同时还存在着伦理上的"事奉"关系。这一点唐人韩愈有明白揭示："是故：君者，出令者也；臣者，行君之令而致之民者也；民者，出粟米麻丝，作器皿、通货财，以事其上者也。君不出令，则失其所以为君；臣不行君之令而致之民，民不出粟米麻丝，作器皿、通货财，以事其上，则诛。"④韩愈不仅指出了这种"政—礼"一体的定位秩序，同时还发挥其义，将这种定位进一步强硬化乃至绝对化，上升到否则便"诛"的极端地步。由此而确定下来的秩序系统的强制性和稳定性可想而知。

---

① 《周礼注疏》卷一《天官冢宰》，第639页。
② 《周礼注疏》卷一《天官冢宰》，第639页。
③ 《周礼注疏》卷三十九《冬官考工记》，第905页。
④ 《韩昌黎文集校注》第一卷《原道》，第16页。

因此，所谓"政治秩序系统"主要由两个子系统交织而成：一是职位的系统，一是伦理的系统，而后者在"礼政"中尤为重要。上引孔子所谓"礼义以为纪：以正君臣，以笃父子，以睦兄弟，以和夫妇，以设制度，以立田里，以贤勇知"，所强调的正是伦理的秩序。齐景公问政，孔子回答："君君、臣臣、父父、子子。"①同样是强调伦理秩序。当然这只是几种特别重要的伦理关系，实际上在"礼"的体制下，所有的人都被规定在特定的伦理关系之中，从而构成庞大而严密的伦理关系网。人们就是在各自特定的伦理关系中各安其位，各尽其责，从而实现整个社会的稳定有序。还需要指出的是，上述两个"定位"系统并不仅仅意味着特定的官职和伦理位置，同时还包含着一系列的观念、原则、价值标准、行为规范以及相关的制度、法律等，这些时时刻刻伴随并影响着相应位置上人的所思、所行，在实行中千变万化，极其复杂，并与各自相应的位置系统表里配合，可谓"三维定位"，从而使每个位置上的人都恪守其位，思其所当思，行其所当行，有效保证整个政治的稳定有序。

次说"礼"的德行秩序系统。孔子曰"何谓人情？喜、怒、哀、惧、爱、恶、欲，七者弗学而能。何谓人义？父慈、子孝、兄良、弟弟、夫义、妇听、长惠、幼顺、君仁、臣忠，十者谓之人义。讲信修睦，谓之人利。争夺相杀，谓之人患。故圣人所以治人七情，修十义，讲信修睦，尚辞让，去争夺，舍礼何以治之？饮食男女，人之大欲存焉。死亡贫苦，人之大恶存焉。故欲恶者，心之大端也。人藏其心，不可测度也，美恶皆在其心，不见其色也，欲一以穷之，舍礼何以哉？"②在上一个系统中，"礼"是一系列显在的和隐在的规定、准则和制度等，多是从外部的、被动的"约束"着眼和用力。但要达到理想的效果，仅有这些是不够的，还必须有主动的"自觉"。而要达到主动的"自觉"，关键在于两个方面：一方面是所制定的规定、准则和制度等要根据和顺应人的性情。由于人的性情带有很大的原始和自然属性，因而顺应"性情"也就等于"人

---

① 《论语注疏》卷十二《颜渊》，第2503—2504页。
② 《礼记正义》卷二十二《礼运》，第1422页。

文"顺应了"天文",从而达到二者的"合一"。当外部的"礼"的规范和约束与这些根深蒂固、力量强大的"性情"取得一致时,便会更加有效地消弭二者之间的不适和紧张,也就更加容易被接受和履行。另一方面,完全依赖人的"性情"来实现规范和约束几乎是不可能的,还必须将这些外部的规定、准则和制度等"内化"成为其自身的一部分,成为自身的要求,这就要靠"教化"之功了。也就是说,通过教育将这些外在的"人文"转化为内在的"人文",使其像"性情"那样成为人的"天文",从而实现"天文"与"人文"的贯通与合一。因此"礼教"便成为"文化"政治极其重要的内容和形式。《周礼》谓:"……乃立地官司徒,使帅其属而掌邦教。"[1]又谓:"大司徒……而施十有二教焉:一曰以祀礼教敬,则民不苟。二曰以阳礼教让,则民不争。三曰以阴礼教亲,则民不怨。四曰以乐礼教和,则民不乖。五曰以仪辨等,则民不越。六曰以俗教安,则民不偷。七曰以刑教中,则民不虣。八曰以誓教恤,则民不怠。九曰以度教节,则民知足。十曰以世事教能,则民不失职。十有一曰以贤制爵,则民慎德。十有二曰以庸制禄,则民兴功。"[2]通过这些教化,"民"便"不……不……不……"了。不仅如此,还能主动地"慎德""兴功"。大司徒还"以乡三物教万民,而宾兴之:一曰六德:知、仁、圣、义、忠、和。二曰六行:孝、友、睦、姻、任、恤。三曰六艺:礼、乐、射、御、书、数。以乡八刑纠万民:一曰不孝之刑,二曰不睦之刑,三曰不姻之刑,四曰不弟之刑,五曰不任之刑,六曰不恤之刑,七曰造言之刑,八曰乱民之刑。以五礼防万民之伪,而教之中。以六乐防万民之情,而教之和。凡万民之不服教,而有狱讼者,与有地治者听而断之,其附于刑者归于士。"[3]"六德",主要是从"德"上教化之;"六行",主要是从"行"上教化之;"六艺",主要是从"能"上教化之。三者合力共成,兼顾身心内外、品行艺能,可谓是全面教化;同时还有一系列"配套"措施,对于那些教(亦即学)而优者,则"宾兴"

---

[1] 《周礼注疏》卷九《地官·司徒》第二,第697页。
[2] 《周礼注疏》卷十《地官·大司徒》,第703页。
[3] 《周礼注疏》卷十《地官·大司徒》,第707—708页。

进用，给予相应的官职禄位；对于那些"不服教"者，则加以惩处。从正、反两个方面共同作用，务必使全"民"都得到彻底的教化。

可见"礼教"是一个系统工程，不光是有关部门和单位在进行教化，而是整个国家、全社会都行动起来、投入进去，从不同的层面，以不同的方式，形成巨大而严密的教化"网"和"场"，使其人"无所逃于天地之间"，务必使其德行和人格都达到"完善"。所以孔子说："入其国，其教可知也。其为人也，温柔敦厚，《诗》教也；疏通知远，《书》教也；广博易良，《乐》教也；洁静精微，《易》教也；恭俭庄敬，《礼》教也；属辞比事，《春秋》教也。故《诗》之失，愚；《书》之失，诬；《乐》之失，奢；《易》之失，贼；《礼》之失，烦；《春秋》之失，乱。其为人也，温柔敦厚而不愚，则深于《诗》者也；疏通知远而不诬，则深于《书》者也；广博易良而不奢，则深于《乐》者也；洁静精微而不贼，则深于《易》者也；恭俭庄敬而不烦，则深于《礼》者也；属辞比事而不乱，则深于《春秋》者也。"[①] 可见"教"是"其国"的大事，《诗》《书》《乐》《易》《礼》《春秋》作为"教材"，不仅教给其人以知识，而且从不同的向度和层面对其人进行全方位的"教化"，既使其有"得"——正面的效果：温柔敦厚、疏通知远、广博易良、洁静精微、恭俭庄敬、属辞比事，又不使其有"失"——负面的效果：愚、诬、奢、贼、烦、乱，最终达到"完善"的人格状态：温柔敦厚而不愚，疏通知远而不诬，广博易良而不奢，洁静精微而不贼，恭俭庄敬而不烦，属辞比事而不乱。这些"……而不……"的结构，表明这样的人格状态，是一种全面适当无过与不及的状态，亦即理想的"中和"状态。当全体社会成员的德行人格都达到这样的状态时，自然也就天下太平，人文化成了。

最后说说"礼"的形式秩序系统。这里的"形式"是指在文化政治运行下所有具有"礼"的意味和关系的形式性呈现，主要包括：其一，动态的形式呈现。如行礼中的动作、表情、言语、姿态以及与之相配合

---

① 《礼记正义》卷五十《经解》，第1609页。

的舞蹈、音乐等，由于时过境迁，古人云亡，其动态的形式呈现今已不得而见。其二，物态的形式呈现，包括所有关于"礼"的符号性制作与呈现，诸如礼器、礼物、文字、图画、服饰、陈设、建筑等。其三，上述动态形式的符号化呈现，以及礼的程法、义理等"内涵"的符号化呈现。《礼记·曲礼》云："道德仁义，非礼不成；教训正俗，非礼不备；分争辨讼，非礼不决；君臣、上下、父子、兄弟，非礼不定；宦学事师，非礼不亲；班朝治军，莅官行法，非礼威严不行；祷祠祭祀，供给鬼神，非礼不诚不庄。是以君子恭敬撙节,退让以明礼。"①可见几乎所有政治的、社会的活动及其内容与目的，都必须依赖"礼"来表达和实现，都必须而且必然要外现为一定的"礼"的形式，因而整个政治活动看上去或实际上就是一系列"礼"的排演。所以"君子"都必须恭敬对待、熟练掌握"撙节退让"。《礼记·中庸》称："大哉！圣人之道，洋洋乎！发育万物，峻极于天。优优大哉！礼仪三百，威仪三千。待其人然后行。"②孔颖达疏："'礼仪三百'，《周礼》有三百六十官，言三百者，举其成数耳；'威仪三千'者，即《仪礼》行事之威仪。《仪礼》虽十七篇，其中事有三千。"③足见其繁多。《周礼·春官》："大宗伯之职，掌建邦之天神、人鬼、地示之礼，以佐王建保邦国。"④因而形成一整套关于"天神、人鬼、地示之礼"的形式体系。自大宗伯至家宗人各级各层所掌之"礼"及其所有之形式可谓不计其数。此外其他各官的职掌内容，仍各有其礼或与礼有密切联系。而且同一名义和内容的礼，在不同地位的人那里，其形式又往往有所不同，其繁富复杂，更是难以缕述。但就具体的礼仪而言，主要有"官礼"和"士礼"两个系统：前者主要用于官府，一般为"五礼"，即吉礼、嘉礼、宾礼、军礼、凶礼；后者主要用于士人，一般为"八礼"，即冠礼、昏礼、丧礼、祭礼、朝礼、聘礼、乡礼、射礼。从文献记载看，各级各类礼都有特定的用场和内容，

---

① 《礼记正义》卷一《曲礼》，第1231页。
② 《礼记正义》卷五十三《中庸》，第1633页。
③ 《礼记正义》卷五十三《中庸》，第1633页。
④ 《周礼注疏》卷十八《春官·大宗伯》，第757页。

以及具体的程法、仪式、动作和姿态等，这里不暇缕述，但应指出的是：其一，这些形式高度发达而且极其严密，早已全面化、系统化和制度化，从而将国家和社会的生活、行为都礼仪化亦即"形式化"，使其一举一动都要按照"规定动作"进行，于是整个政治便如同一个大舞台，看上去多姿多彩，变化多端，实际上不论是集体还是个人都必须遵守和保持一定的节奏、秩序和形态，充满形式化和表演色彩。其二，这些形式既是礼化政治的一个部分，也是其全部"内涵"外化和外现的结果。从另一方面看，这些形式几乎完全"包裹"了这个政治，从而使其有形化——具有了一个可视、可感、可触的实体性外观。其三，这些"形式"在当时的政治中并不是单纯的形式，尤其不是"死的"符号之类，而是有生命的，是其政治所有内容、目的、功效、精神、意义等赖以承载、得以展开和落实，并最终获得实现与呈现的活的法宝和器具，同时也是其时其人政治生活的内容和节目本身。这些都可以而且早已推及整个社会和普通民众，只是其形式化程度有所不同而已。总之，这个系统的形式化和这个形式的系统化，相对说来更加具有实体性，是礼化政治这个实体运动的一个部分、一个阶段——全部过程的最后阶段——结果的呈现。

上述政治秩序系统、德行秩序系统、形式秩序系统，是"礼化"政治的主要构成，也是其具体展开和落实的基本状况。三者既相对独立，各有侧重，又互相交融配合、互为表里，共同完成这个政治。然则"礼化"政治作为古代中国文化政治的典型和代表，得到长期的实行，虽然在不同的朝代所达到的程度不尽相同，但其政治的实质和模式则变化不大，因此上面关于礼化政治情况的分析也适用一般的文化政治。

四

现在回到文义的实体性话题上来，并提出以下几点，权作小结：其一，通过以上简要的论述可以看到，以自然世界和人类社会为"底本"发生、成长起来的文义，在对自然世界和人类社会的"文化"中不断丰富、严密和成熟，随着其外延越来越清晰，其内涵也越来越具体、充实，从而具有了"文化"的实体性。这作为一个"事实"存在于文义发展和应用的历史中。本文关于这个事实的揭示显然只能是初步的、尝试性的，但这或许是通向文义本原与核心的途径之一。

其二，"文化"并不是"文"的实体性意义的全部，只是其中之一。但"文化"不是空洞的概念或散乱的意义碎片，而是一个具有实体性的意义系统，就其实体的运动过程而言：一方面是"文化"（世本基体）实体自己的运动，同时也是其上一级实体（文义总体）的运动——从这个角度看，"文化"只是"文"运动的一个阶段和一种形态；另一方面，又是"文化"的运动推动并实现了"文"的运动，二者之间包含许多复杂的运动关系和过程。

其三，"文"的"文化"（世本）意义并不是也不能单纯孤立地展开和实现，而是包含着"文"的另外两个意义系统亦即人本和文本意义一并展开和实现的，虽然后二者在本文中未予展开讨论，但其实体性可从本文中约略参见。需要说明的是：三者虽然与总体一致运动并在运动中实现自体和总体，但在现阶段亦即"文化"为主体和主题的阶段，另外两个实体是以服从的、辅助的形式参与其中的，也就是说"文化"意义的展开与实现虽然包含着人本、文本意义的展开与实现，但在这里终归都属于"文化"意义的展开与实现。

其四，文义的实体性运动，通常呈现为世本—人本—文本的顺序，亦即"圣人"在进行"文化"时，一般先从大处（整体上）着眼，经营天下国家，然后从具体入手，通过教化来完善社会成员的人格修养，从而实现"致化"，并最终呈现出文质彬彬的状态，这是一个"由本逐末"的运动路线。但在实际的展开和落实中，也会出现暂时例外的、反常的，甚至逆向的运动。这是由于推动实体运动的力，既有来自外部的，也有来自自身的，当外力大于自力且外力不循常轨时，就会出现"舍本逐末"的情况。历史上经常出现的"粉饰太平"，就是片面追求形式"文本"的表现。这种本末倒置固不足取法，但它说明文义实体在实际的展开和落实过程中，存在着变数和偶然，会呈现出千变万化、多种多样的局面。古代中国长期通行文化政治而"千古无重局"，奥妙其在此欤？

（原载《中国社会科学》2007年第4期）

古"文"原义

——"人本"说

古"文"在古人（乃至今人）的精神世界及其活动中的极端重要性和复杂性不言而喻，并且无所不在地对今人及后人产生着影响，因而对于"文"义（以下或称"文义"）的追索也就成了"永恒问题"。古今学者致心力于此所得多矣，然于其实质和精要似仍有所未达，其原因在于古人立义要见诸实行，并于实行中实现和发展其意义，故脱离实行而就文说文终觉"义犹未尽"。笔者尝试从"实体性"上对文义进行理解，发现"文"义在"总体"上主要是由"世本""人本"和"文本"三个基本意义实体以动态交融的形式"充实"于总体并展开相应运动而实现其意义，并就此撰文作初步探讨。[①]本文拟就其"人本"义（主要是指以"人"之"文"作为其文义发生和实现的基本实体而形成的意义系统）略予讨论。

一

古"文"之"人本"义，起源甚古，立意高远，博大精深，然而学者于此，关注不够；[②]而今人所常言之"文学是人学""人本主义"之类，

---

① 详见《古"文"实义说略》，《中国社会科学》2007年第4期。此文主要讨论古"文"的"世本义"。
② 晚近关于"文化""文学"的论述，所关注的多属古"文"的"世本"义和"文本"义。

多输自域外，与我国古"文"之"人本"看似相近而义实相殊。

"文"在古文字形体上大抵可分三类：一是"𠂑"；二是"𠆢"；三是"𢆉"。第一类由单纯的线条构成，像是交错而成的文理，中空；第二类似为绘形，像是站立的人，中实；第三类似线画和绘形兼有，中间有画、形或符号，如"心"（心）、"·"、"+"等。① 学者于此，各有解说。商承祚云："说文。文。'错画也。象交文。'以其交画为训。非初谊。以此文正之。当是'祝发文身'（榖梁·哀十三年传）、'被发文身'（礼王制）之文。𠂑乃人形。与𠆢同意。中从之 ×𠆢∨/ 即胸前所绘画之文也……其形不胜枚举。所从之 十∪凵𠂇𠂉𠂋 无定形。亦以象绘文之不同也。作𠂑者乃省便。非初体。许君据以为训。误矣。"② 吴其昌云："从此𠂢丞卣之'文'字又可以窥探'文'字原始之本义。盖'文'者，乃像一繁文满身而端立受祭之尸形云尔。从'文身'之义而推演之，则引申而为文学、制度、文物，而终极其义，以止于'文化'。从文身端立受祭为尸之遗俗而推演之，则此'尸'者，乃象征立祭者之祖若父也。故经典及宗彝文中，触目皆'文考''文母''文祖''文王''文公''前文人'之语矣。'文考''文妣''文父''文母'者，尸之饰父母者也。'文且'则尸之饰祖者也。'文王'则尸之饰'大行皇帝'者也。'前文人'则尸之饰'历祖历宗'者也。惟父母之丧，尤为近亲而哀慕，饰尸以祭，自较繁数，故帝乙之临祭而称其父，必冠以'文'字耳。是则凡'父丁'或'武丁'或'丁'之上加以'文'字者，意盖示此人实已死而此乃指其尸也。此'文父丁''文武丁''文丁'之称之由来也。"③ 陈梦家云："古文字中的'文'象一个正面直立的人，说文有两个'文'字，'文'字训错画，而以文章之文作'彣'。这个彣字是战国时所谓'古文'体，因为说文𠫍的古文从口从彣，可证。'文'的原义，可有三种推测：一、古代有断发文身的习俗，文即文身。二、

---

① 详见《古文字诂林》第八册"文"字条，第64—66页。
② 《甲骨文字研究》下编，据《古文字诂林》第八册，第68页。为存原貌，本文所引《古文字诂林》文，于文字及标点符号悉仍其旧（唯文字由繁体转换为简体）。
③ 《殷虚书契解诂》，据《古文字诂林》第八册，第68—69页。

古金文'文'字于胸中画一'心'字形，疑象佩饰形，文即文饰。三、'文'字象人温雅而立的姿态，文即文雅。无论如何，'文'字最初的意义是从人身发展出来，然后才发展为由人心所构成的文字。"① 李孝定云："文字作♠，与大之作♠者形近，颇疑'文'、'大'并'人'之异构，其始并象正面人形，及后侧写之'♠'，独具'人'义，而'大'、'文'遂废，又后取'大'以为小大字，此为约定俗成之结果，固难以六书之义说之；又取'文'错画文身之义，'文'之音读犹与'人'字相近，予怀此意久之，而苦无佐证，聊存之以备一说。"② 诸家之说虽各有侧重，实大同而小异，以下几点尤可注意：

其一，"人"为"文"之原形和初谊。在"文"字形体和立义都源于"人"这一点上，大抵形成共识。可见"文"与"人"建立起联系甚为古老，"人"是"文"原初的和根本的意义之一。之所以说"之一"，是因为"文"尚有其他本原和意义。

其二，"文"与"人"同字。据此可知"文"与"人"的关系是一种极其密切的，甚至是一体的关系，为了有所区别，我们姑且称之为"直接关系"。显然在这样的关系下，"文"和"人"在任何意义上都是彼此不分，同构同义。

其三，"文"为"人"的"文身"或"饰身"。据此可知"文"与"人"虽然关系密切，但却要经过某种"过渡"形式，因此可称之为"间接关系"。其中又约有三种不同：第一种指一般的"文身"（习俗）；第二种指带有"佩饰"的人；第三种特指文身为"尸"以象征设祭者之先人。各家比较多地论及三者之间的分别，而于其间联系则关注不多。我们认为：不仅三种"间接关系"之间应有所联系，而且"间接关系"和"直接关系"之间，也应存在着某种联系，不妨稍作推测：

先说三种"间接关系"之间的联系。盖古人（乃至今人）之所以"文身"，不只是出于对所文之"文"之"形式美"的欣赏，同时也是出于对其"内

---

① 《西南联合大学师范学院国文月刊》第十一期《释"国""文"》，据《古文字诂林》第八册，第 69 页。
② 《〈金文诂林〉读后记》九卷，据《古文字诂林》第八册，第 71 页。

容美"的崇尚。正因为如此，其人将其"文"文在身上，一般不会仅仅是为了"外部装饰"——使其成为自己皮肤表面的一部分，更重要的是为了"内部装饰"——使其成为其精神内涵（包括认识、崇尚、祈望、感情、价值乃至功利等）的组成部分，而后者当更为其人所看重。质言之，"文身"乃是为了使其"文"与自己的身心内外乃至整个生命融为一体，相伴始终。尤其是在远初古人那里，其"文身"实际是将"身""文"化了，同时也是将"文""身"化了，借此达到"文身"一体，从而成为"文人"。"文身"如此，"佩饰"也应如此。显然在这样的转化中，看似"间接关系"的形式却具有了"直接关系"的含义与效果。

我们还可以看到，在这样的转化中，作为"文身"所文之"文"，乃是一个"形式美"与"内容美"的统一，而且具有某种神圣性。也就是说，这个"文"在当时的认识和价值标准下，一定具有某种值得崇拜、宝爱和展示的蕴意或象征，因此是一个具有丰富人文含义的"文"，这才是它得以和"身"结为一体的关键所在。据此可知，被"文身"之后作为先人而祭祀的"尸"，其身上的"文"同样具有极高的"人文"含义，其人所祭非只为其"尸"，亦非只为其"文"之形式，更重要的是为其"文"所具有的含义和价值。在这里，"文"与"尸"与"先人"三者实现了相互的"转化"，化为一体，并通过"尸"使"文"化了的"先人"复活并永生。

然则，不论是作为一般"文身"的"文"还是作为"佩饰"的"文"，又或是作为"尸"身的"文"，其"人文"蕴意究竟何在？这自然应与当时的文明程度和人文水准相联系，古代文献和古"文"字本身，对此也有所传达。如"尸"身上的"文"与一般"文身"者身上的"文"，其用途和含义应有所不同：后者所代表的是生人，前者所象征的却是死者。因此，如果说一般"文身"之"文"的人文意义尚代表生人的主动祈愿和志趣的话，那么"尸"之"文"的人文意义则是生者（后人）对死者亦即"先人"的赋予和追加。因此我们推测"尸"身上的"文"有对"先人"的评价和褒美之义，具有某种"谥"的意义（下及）。《诗·江汉》云：釐尔圭瓚，秬鬯一卣。告于文人，锡山土田。"①《毛传》谓："文人，文德之人也"。郑玄笺："(宣)王赐召虎(召公)以鬯酒一樽，使以祭其宗庙，告其先祖诸有德美见记者。"孔颖达疏："文人，谓先祖有文德者。"②朱熹谓："文人，先祖之有文德者，谓文王也。"③诸家之说，或专指或泛指，皆以其人为"文德之人"，而"文德"的含义，这里不能备举，简要地说，既可以指一般"有德美""有文德"的人，又具有特定意义：指能够感知"天文"—"人文"并"化成"天下的人，或能够实行"六经"教化而至于人格与社会完善的人，其代表者就是所谓"圣人"。由此看来，"文"的原初人文含义虽未必如此丰富复杂，但必然有其所指，因而古人于"文"字中间所绘的种种画、形、符之类，或许当初确有其具体义指，用以起到突出和强调效果，如作"✕"时，可能是在强调"错画"之义——"错画"之"文"在当时同样是形式美和内容美的统一，同样具有神圣性；作"♡"时，则可能是在强调"心"义，后世将"人"和"文"体认为"天地之心"（详后），或即发源于此。

由上可知，不论是"文""人"同字，还是"人""文"一体，不论是"直接关系"还是"间接关系"，都表明我国古"文"的"人本"义确立甚早，并具有较为丰富、具体的意义内涵和实用特性。

二

上述古"文"之"人本"义，大抵只是古文字学上的推原，而在古代人学和文学上，其"人本"义同样起源甚早，且可互相发明。

《说文》谓："人，天地之性冣贵者也。象臂胫之形。"段玉裁注云："'冣'本作'最'。'性'古文以为'生'字，《左传》'正德利用厚生'，《国语》

---

① 《毛诗正义》卷十八《大雅》之《江汉》，第574页。
② 《毛诗正义》卷十八《大雅》之《江汉》，第574页。
③ 《诗集传》卷十八《大雅》之《江汉》，第218页。

作'厚性'是也。许称古语不改其字。《礼运》曰：'人者，其天地之德，阴阳之交，鬼神之会，五行之秀气也。'又曰：'人者，天地之心也，五行之端也，食味别声被色而生者也。'按：禽兽草木皆天地所生，而不得为天地之心。惟人为天地之心。故天地之生，此为极贵。天地之心，谓之人能与天地合德。果实之心亦谓之'人'，能复生草木而成果实，皆至微而具全体也。果'人'之字，自宋元以前本草方书、诗歌纪载无不作'人'字，自明成化重刊本草乃尽改为'仁'字，于理不通，学者所当知也。"[1]"人"为"天地之性冣贵者也"之定义，可谓言简意赅，极具经典性。许慎汉儒，其说当有所本，今本《礼记》所言与此稍有异同，文长不录。[2]要之段氏虽引《礼记》为注，然许慎所言更具古意，因疑《礼记》和许慎各有所据。而经段氏注解，其义愈加明要，其核心则在于："人"乃"天地之心"——此可谓我国古代"人学"之基本思想和卓越贡献。

古人关于"人为天地之心"的认识与其关于"文"的认识正相契合。刘勰《文心雕龙》开宗明义称："文之为德也大矣，与天地并生者何哉！夫玄黄色杂，方圆体分，日月叠璧，以垂丽天之象；山川焕绮，以铺理地之形：此盖道之文也。仰观吐曜，俯察含章，高卑定位，故两仪既生矣。惟人参之，性灵所钟，是谓三才。为五行之秀，实天地之心。心生而言立，言立而文明，自然之道也。"又曰："人文之元，肇自太极，幽赞神明，易象惟先。庖牺画其始，仲尼翼其终。而乾坤两位，独制文言。言之文也，天地之心哉！"[3]在刘勰看来，天地间原本就有"道之文"，"惟人参之"，而人"实天地之心"，故此"心"所生之"文"亦可谓"天地之心"，此为"自然之文"；继而刘氏又从"人文"立义，谓人的文字（包括思想）发明和制作亦为"天地之心"。可见人作为"天地之心"既能够忠实地"体现"天地之"文"，又能够自觉发现和发明天地之文的蕴意而制作"人文"，并应用于天地万物及人类社会。

显而易见，古人关于"人"与"文"的定义可谓殊途同归，在"天

---

[1] 《说文解字注》第八篇上，第365页。
[2] 详见《礼记正义》卷二十二《礼运》。
[3] 《文心雕龙注》卷一《原道》，第1—2页。

地之心"上达到了完全一致和贯通，实现了"人—文"一体，从而使"文"的"人本"意义得到确立。从此"人"与"文"一体不二，共生共存，作为一个统一实体而展开和实现其意义。因此，在这样的定义下，任何关于"人"的问题同时也是关于"文"的问题，任何关于"文"的问题的讨论和解决同时也是关于"人"的问题的讨论和解决，反之亦然。

上述"人—文"一体同为"天地之心"的定义，具有多方面的根本性意义：

第一，将"人—文"一体视为"天地之心"，包含着多重定位：其一是对"人"和"文"的定位。二者都被确定为"天地之心"，都被置于"天地"之间，都被"先天"地赋予诸多与"天地"的特殊关系，都获得了某种至古无前、至高无上的地位和权力等，同时也都"先天"地承担了某种使命、责任和义务等。其二是对"人—文"关系的定位。二者已不是一般的"关系""联系"或"相似"之类，而是密不可分的"一体"，中间不再有间隔和过渡，并且这种"一体"也是具有"先天"性的。这样的"一体"结构，意味着"人—文"互相之间既有着特别的地位和权力，也有着特别的责任和义务。其三是对"人—文"这个"一体"的定位。它同样是"天地之心"，因而同样"先天"性地具备和"天地"的诸多特殊的关系、地位和使命等。

第二，"自然性"中包含着合理性、合情性与合法性。之所以说上述多重定位具有某种"先天"性，主要是因为其浓郁的"自然性"。将"人""文"视为一体并属之"天地之心"，首先是基于一种自然的认识。因为以古人的眼光从自然关系上看，"人"确实处于"天—地"之"中心"，正如"果人（仁）"处于"果核"之"中心"一样，可见这样的认识还带有明显的远古痕迹，其起源当甚早。但是到了将"人"视为"三才"之一而可参"天地"，进而形成"自然之文"和"人文"阶段，此时的"天地之心"则绝非单纯物质性的"自然界"或"大自然"，而是经过"人化"或"文化"了的"自然"，也可以说是对"人""文"和"人—文"的"自然化"。因此"人—文"一体而为"天地之心"的定义，一方面来自远古认识的自然遗存，另一方面来自后世（尤其是儒者）的

"自然化"赋予，二者共同作用，就使得这个定义具有强烈的"自然性"。正是这种"自然性"，为"人""文"，以及"人—文"的"天地之心"的地位、权力和义务，提供了某种"先天"性的渊源、背景、根据和支持，同时赋予其至高无上的神圣性、权威性和超越性。在"自然"亦即"天地"的名义下，这种具有"人本"实体性的文义在实际的展开和落实中，便具有了某种不容置疑的合理性、合情性与合法性。并且在实质上超越一般的现实世俗，不仅不能受其束缚，随波同流，而且要以更为普遍的关怀、崇高的权威、独立的精神和自由的天性存在和运动。由此可见，古人对"人—文"的立义可谓极其高远深刻，其中包含几乎无限的人文生机，极富启示意义和借鉴价值，惜乎后人未能充分揭示和力行，使其"人文"精神不能得到应有的发扬光大。

第三，"天地之心"之要义。通过经文及后儒的阐释，"人""文"，以及"人—文"为"天地之心"的基本意义约略可知，就其要者而言：其一，"最贵"或"极贵"。其中理应包含此"天地之心"最为高贵、最应尊重、最可宝爱、最当珍重等义——这是从"正面"来说；若从"反面"来说，则"天地之心"最不容玷污、最不应违逆、最不能轻贱、最不可压抑……总之"最贵"或"极贵"，代表着至高无上的权威、原则和价值，同时也意味着不容置疑的遵循和服从。应当指明的是，由于此"最贵"或"极贵"是就"天地之性（生）"而言的，则此权威、原则和价值以及遵循和服从等，皆归之于"天地"和"生命"的旨意，而非一般的世俗意志。

其二，"天地之德"与"动静应天地"。孔颖达疏："天以覆为德，地以载为德，人感覆载而生，是天地之德也。"[①]"德"的含义极为丰富，这里不能缕述。仅就"天覆""地载"而言，其所强调的应是天地的"生命"之德，亦即对于生命的孕育、长养、呵护之德。而"人感覆载而生"，一方面是"人"所获生命乃为天地之德所赐，此为其"结果"，另一方面"人"又要"感"天地之德而成长，此为其"过程"，实际上这也是"人"使"天地之德"在自己的生命中得到生长的过程。孔颖达又疏："故

---

① 《礼记正义》卷二十二《礼运》，第1423页。

人者天地之心也者，天地高远，在上临下，四方人居其中央，动静应天地。天地有人如人腹内有心，动静应人也。"①"动静"可以理解为"人"的诸般生命活动，由于人与天地的关系犹如人心在人腹中，故人的所有生命活动人心皆有所感应，并形成和体现为相应的结果。推言之，"天地"的所有生命活动"人"同样皆有所感应，并形成和体现为相应的结果。反过来说，"人"的所有生命活动亦皆与"天地"相感应，并形成和体现为相应结果。由此可见，如果说"天地之德"尚属于较为抽象的生命含义的话，那么"动静应天地"则属于较为具体的生命活动及其结果。

其三，"能与天地合德"。段玉裁"天地之心，谓之人能与天地合德。果实之心亦谓之人，能复生草木而成果实，皆至微而具全体也"的解释，尤其值得注意：将"人"比喻为天地之"果人"，不仅生动形象，其意义也更进一层。这个比喻若与"天地之心，谓之人能与天地合德"相联系，其义更明亦更精。"人能与天地合德"，不仅意味着在"人"这个天地之"果人"身上聚结了"天地"的生命之"德"，同时还意味着作为"果人"的"人"本身也具备着"天地"的生命之"德"，二者之"德""合"而为一。质言之，"人"为"天地"生命本质、精神及其形式的浓缩体与活的标本，是"小天地"，是"天地"的"种子"。

正是在这样的认识上，段氏又有"能复生草木而成果实，皆至微而具全体"之说，这里复有几点应予注意：首先是"果人"的"复生"意义。"果人"不仅是"果实"生命的浓缩形式，而且是其"活的"形式，是可以生长为"果实"的形式，当然生长出来的"新"果实不会与"旧"果实完全一样，却正是前一"果实"生命的继续和新生。据此而言"人"，则"人"能够"复生""天地"，亦即"天地"生命在"人"的生命中得到继续和新生。当然"人"不可能"复生"出一个自然的"天地"，但可以让"天地"的生命本质、精神、功能及其形式等在自己身上得以传扬与新生。其次是"至微而具全体"。"果人"相对于"果实"而言亦即"人"相对于"天地"而言，确乎"至微"，但这"至微"却具备

---

① 《礼记正义》卷二十二《礼运》，第1423页。

其"全体",不仅具备其生命的全部内涵与性征,而且能够孕育和生长出其生命的全体。在这个意义上,每一个"人"的生命都同样伟大、高贵而庄严。

以上可以说是我国古代关于"人—文"的基本立义,这个立义将"人—文"奉为至高无上的核心地位,不论是作为立义对象的"人—文"还是作为思想学说的立义本身,都可谓"共三光而同光"。①在这样的立义中,"文"和"人"不仅实现了一体不二,而且共同与"天地"达成"同心同德"。"人—文"原本就是理所应当并且完全能够"合德"于"天地",这应是其最高的亦是终极的本质、原则和境界。

三

古"文"之"人本"立义大抵如上述,其意义的实现,则有待实际的运用(亦即文义实体的运动)。根据文义实体性构成及其运动的基本原理,"人本"实体的运动主要是以"人"为主体和对象,其运动的过程则呈现为三个次级实体亦即"人本""世本"和"文本"交相作为主题与主体的运动过程。②

"人本"主题的要旨,在于形成并完善合乎上述文义的人格,这在古代人生和社会中有着广泛的实行。不妨以"谥"制度为例。《白虎通》谓:"谥者何也?谥之为言引也,引列行之迹也。所以进劝成德,使上务节也。"又谓:"死乃谥之何?《诗》云'靡不有初,鲜克有终'。言人行终始不能若一,故据其终始,从可知也。"又谓:"所以临葬而谥之何?因会众,欲显扬之也。"陈立疏:"《通典》引《五经通义》云:'谥者,

---

① 陈寅恪论王国维语,详见《陈寅恪集》之《金明馆丛稿二编·清华大学王观堂先生纪念碑铭》,第246页。陈氏此言主要是就王氏之"人文"精神而发,可参见《陈寅恪集》之《诗集·王观堂先生挽词并序》,第12—17页。
② 详见《古"文"实义说略》,《中国社会科学》2007年第4期。

死后之称，累生时之行而谥之。善行有善谥，恶行有恶谥，所以为劝善戒恶也。谥之言列，陈列其行，身虽死，名常存也。'""《御览》引《礼外传》云：'谥者，行之迹也。累积平生所行事善恶而定其名也。'"① 可见"谥"一般是在其人（通常是有一定身份、地位和影响者）死后，由具有一定权威的机构或人士，综合评价其人的一生行迹，并用简明扼要的文字加以论定、概括并"显扬"之，这简明扼要的文字便是"盖棺定论"，是死者的称号。其据以定谥的"行迹"，包括其人的品质、道德、言行及其功过、得失等等，实际上包括其人生之全部与人格之总体。故谥既是一种价值评价，也是一种人格评价。《白虎通》又谓："显号谥何法？号法天也，法日也，日未出而明。谥法地也，法月也，月已入有余光也。是以大行受大名，细行受小名。行生于己，名生于人。"② 可见谥的评价活动也是将其人格与天地日月相联系的。既是评价，便有褒贬，故谥号有等级、程度之差别。张守节《谥法解》所列谥号自神、皇、帝、王、公、侯、君、圣、明、文、德、武至炀、正、坚、夸、抗、缪、比，共一百多个单字谥号，其间存在着明显的等级和程度差别；同样的谥号中，又有不同情况，如"文"：经纬天地曰文；道德博闻曰文；学勤好问曰文；慈惠爱民曰文；愍民惠礼曰文；赐民爵位曰文。③ "文"为美谥，这些虽然都是"文"，但其间显然有程度上的不同。

这里值得注意的是，以"文"谥人，实际上就是将其"人"确定为"文"，是典型的"人—文"一体亦即"文"之"人本"义的应用和体现。由于谥号是"盖棺定论"，因而此"文"所标示的是其人的终效状态，亦即其人格完善过程的完成态。如果将其"还原"到过程中，则其"文"的内涵也就是其"人"在现实中身心的活动及其呈现，因而也就是其人作为"人本"实体的运动——意义的具体发生、展开和实现。这就是说，经天纬地、道德博闻、勤学好问、慈惠爱民、愍民惠礼、赐民爵位等等，都是"文"的"人本"义在现实领域的具体落实及其成效体现，并最终

---

① 《白虎通疏证》卷二《谥》，第68页。
② 《白虎通疏证》卷二《谥》，第77页。
③ 《史记》卷后附[唐]张守节《史记正义·谥法解》，第18—31页。

完成了相应的"人格"。尽管其含义丰富，但从谥号的评价指向上看，这里的"文"主要还是关于其"人"的评定。

古人对于"文""文人"或"文德"人格的称道，也具有与此类似的意义。前引《诗·江汉》所谓"文人"，不论是泛指还是专指，都是关于其"人格"的称美，都是"文"的人格化的代表。由于这种称美也是后世所加，所标示的也是其终效状态，故如欲见其"人本"意义的具体展开和实现，亦须"还原"到其"人本"实体的运动过程中去。而一旦"还原"到过程里，则文献所载其人的一生德行功业，便成为其"文"的具体内容。在古代中国，标举为这样的"文人"或"文德之人"甚至"圣人"者很多，而"圣人"实际上是"文"的"人本"意义的集中化、极致化和神圣化，在古人尤其是在儒家那里，几乎可以称之为"绝对人格"，而其实质乃是一种"文"的人格，是上述文义的高度人格化。因此"圣人"的道德和行事，也就是"文本"实体意义展开和实现的典型与代表。

由于作为谥号的"文"所标示的只是其终效状态，有关解释也较简略，使得其丰富复杂的"过程"因被"省略"而难见其详。实际上，如果"还原"到这种"人本"实体运动的过程中，则其"人格"本身的形成、发展和完善显然为其中应有之内容，或者毋宁说"人格"的形成和发展与"人本"意义的展开和实现是兼有并行的。文献于此载之甚多亦甚明，兹就较为常见者，稍作申说。

就"人格"的形成、发展和完善而言，是一个包含着两个方面共同作用的过程：一是来自"内部"的自身修为，此为"修身"；二是来自"外部"的教育和影响，此为"教化"，二者共同作用，最终造成完善美好之人格。《尚书·舜典》载："帝曰：'夔，命汝典乐，教胄子。直而温，宽而栗，刚而无虐，简而无傲。'"孔颖达解释说："帝（舜）呼夔曰：'我令命女典掌乐事，当以诗乐教训世适长子，使此长子正直而温和，宽弘而庄栗，刚毅而不苛虐，简易而不傲慢。'"又引《王制》谓此"胄子"系指"元子已下至卿大夫子弟"等。[①] 可见早在帝舜时代

---

① 《尚书正义》卷三《舜典》，第131页。

就很重视教化了。教化的指向，就是人格的美好和完善：集各种优美品质性情于一身而避免过或不足，实际是一种"适中"状态。而造成这种人格的条件、材料和方式，乃是通过"乐"施加"教化"。孔子曰："入其国，其教可知也。其为人也，温柔敦厚，《诗》教也；疏通知远，《书》教也……其为人也，温柔敦厚而不愚，则深于《诗》者也；疏通知远而不诬，则深于《书》者也；广博易良而不奢，则深于《乐》者也；洁静精微而不贼，则深于《易》者也；恭俭庄敬而不烦，则深于《礼》者也；属辞比事而不乱，则深于《春秋》者也。"① 则是强调通过儒家经典的"教化"，使其"人"集众美而具有"适中"的完美人格。《礼记·文王世子》载："凡三王教世子，必以礼乐，乐所以修内也，礼所以修外也。礼乐交错于中，发形于外，是故其成也怿，恭敬而温文。"② 这里的"修内""修外"只是作用点的不同，实际上它们和"经"相互配合，共同形成来自外部的人格教化系统，并逐渐使其"内化"，最终完成"内外有礼，貌恭心敬而温润文章"的人格塑造，而且使礼乐"交错杂于其情性之中"，并外现为"威仪和美"，如此"心既喜悦，外貌和美，故其成也"③ 这样表里一致、自然和谐的人格状态。

《礼记·大学》所指示的则是另一种实现人格完善的途径："大学之道，在明明德，在亲民，在止于至善。知止而后有定，定而后能静，静而后能安，安而后能虑，虑而后能得。物有本末，事有终始，知所先后，则近道矣。古之欲明明德于天下者，先治其国。欲治其国者，先齐其家。欲齐其家者，先修其身。欲修其身者，先正其心。欲正其心者，先诚其意。欲诚其意者，先致其知。致知在格物。物格而后知至，知至而后意诚，意诚而后心正，心正而后身修，身修而后家齐，家齐而后国治，国治而后天下平。自天子至于庶人，壹是皆以修身为本。"④ 显然这是一条漫长而有序的"修身"途径：格物—致知—诚意—正心—修身—齐家—

---

① 《礼记正义》卷五十《经解》，第1609页。
② 《礼记正义》卷二十《文王世子》，第1406页。
③ 《礼记正义》卷二十《文王世子》，第1407页。
④ 《礼记正义》卷六十《大学》，第1673页。

治国—平天下，路线清晰，层次分明，既有理论指导性，又便于操作实行，是一套较为成熟的人格修养系统。不过，"修齐治平"并不可以视为"修身"的完结和全部，还有可进之境。《礼记·中庸》谓："天命之谓性，率性之谓道，修道之谓教。道也者，不可须臾离也，可离，非道也。是故君子戒慎乎其所不睹，恐惧乎其所不闻，莫见乎隐，莫显乎微，故君子慎其独也。喜怒哀乐之未发，谓之中；发而皆中节，谓之和。中也者，天下之大本也；和也者，天下之达道也。致中和，天地位焉，万物育焉。"①"修身"的同时还要"修道"，前者主要是"德"的路径，后者则主要是"道"的路径；"德"的完成和实现在于现实社会，而"道"的完成和实现则在于"天地万物"。然则，二者兼修而至于成者，可谓达到美好而完善人格之极致，其人于人类社会、自然世界乃至精神王国无不适得其所，适得其中，适得其用。而这样的"人"也正是完全符合并足以承担"天地之心"的"人"，因而是完美的"文人"。

顺便说一下：在上述关于"人本"主题和主体展开与现实的考察中，可以看到其中含有明显的关于"现实社会"和"形式呈现"方面的内容，它们分别属于"世本"和"文本"范畴，这里不拟多及，但须指出：当"文"义实体运动到"人本"（即本文所论）阶段时，此二者暂时处于相对服从与配合地位，随着运动的继续，二者也将会成为相应的主题和主体而得到展开与实现。

《文心雕龙》在历数"人文"时代诸代表性"文人"之后云："爰自风姓，暨于孔氏，玄圣创典，素王述训，莫不原道心以敷章，研神理而设教，取象乎河洛，问数乎蓍龟，观天文以极变，察人文以化成；然后能经纬区宇，弥纶彝宪，发挥事业，彪炳辞义。故知道沿圣以垂文，圣因文而明道，旁通而无滞，日用而不匮。易曰：鼓天下之动者，存乎辞。辞之所以能鼓天下者，乃道之文也。"②这里揭示了"道"—"圣"—"辞"之间特别密切的关系，而"圣"作为"文"的人格承担者，无疑具有主

---

① 《礼记正义》卷五十二《中庸》，第1625页。
② 《文心雕龙注》卷一《原道》，第2—3页。

体与核心地位，"圣"在"文"上的展开和实现，要通过"道"和"辞"来承担与表达。在这里，"道"主要不是抽象的玄理，而是具体的现实致用，亦即"观天文以极变，察人文以化成；然后能经纬区宇，弥纶彝宪，发挥事业"等，亦即所谓"鼓动天下"——这些大抵为"世本"性内容；而"辞"既是"道"的一部分，同时也是实现"道"的手段和方式，又是"道"实现结果的体现形式——这些大抵为"文本"性内容，但在这里，二者都属于"圣"之"人本"的展开和实现。

《文心雕龙》又云："夫作者曰圣，述者曰明，陶铸性情，功在上哲，夫子文章，可得而闻，则圣人之情，见乎文辞矣。先王圣化，布在方册；夫子风采，溢于格言。是以远称唐世，则焕乎为盛；近褒周代，则郁哉可从。此政化贵文之征也。郑伯入陈，以文辞为功；宋置折俎，以多文举礼。此事迹贵文之征也。褒美子产，则云言以足志，文以足言；泛论君子，则云情欲信，辞欲巧。此修身贵文之征也。"[①]这里看上去论述的是"文辞"与圣明之人（夫子）之"性情"—"政化"—"事迹"—"修身"之间的关系，但若换一种角度看，则是关于（圣人）"人本"义涵之展开和实现的揭示："陶铸性情""夫子风采"和"修身"等，乃是其"人格"的实现；"先王圣化""政化"和"事迹"等等，乃是其现实作为亦即"世本"的实现；而"见乎文辞""溢于格言""……贵文"等，则是其"文本"的实现。这些共同承担、配合并支撑其"人本"实体的成立。

以上讨论表明："人本"义在古"文"的意义系统中，具有主体与核心的地位，其意义的确立，既是我国古人对"天地—人—文"之自然关系的深切领悟和敏锐发现，也是对其人文关系的深刻体认和自觉承担。"人本"立义的精髓在于"人—文"一体同为"天地之心"，不仅为"人—文"确立了至高无上的"天赋"尊严与权力，也注定了"人—文"无所不包的"天赋"使命，从而使得我国的"文"从一开始就以崇高的立点，超越的姿态，赤诚的怀抱，自觉而自然地联系并承担起整个世界，并将其现在连同其过去及未来一并体认与关怀。故古"文"之"人本"义，

---

① 《文心雕龙注》卷一·《征圣》，第15页。

不仅有其博大精深的理论内涵，而且具有切实尚行的实践品质，其生命则在于其"人"的心体力行，最终臻于"天地—人—文"一体的完善和美好境界。

　　行文至此，不由想到宋儒张载"为天地立心，为生民立命，为往圣继绝学，为万世开太平"的宣言，张子融体用知行于一身，正是古"文"之"人本"义的精要体认和实质践行。

（原载《文学评论》2007年第5期）

"发言为诗"说

本文是笔者从"实体性"着眼探索中国古代"文"义的一部分。提出"实体性"主要是强调在"活"的情境下追求古"文"的意义,也可以说从"实体性"出发是我们更加接近古"文"本义的一条重要路径。这里的"实体"主要是指那种可以进行生命化认识的统一体,亦即在内容与形式、本质与概念、精神与功效等内外部因素上实现了生命联系的整体,它有三个主要性征:一是"活体性"。不是"死的"名词和义条,而是始终处于"运动"中,这个运动既指它的应用和运行,谓其始终处于实现其职能功效亦即生命意义的过程中,也指它作为一个统一体在实现其生命意义过程中所发生的变化与代谢。二是"立体性"。不是简单的"节点"和"平面",而是具有生命状态的统一,各因素之间按照生命的原则合理合情合法(各种"法则")地组织协调起来,使生命体充实挺立,鲜活生动,具有实在的"内容"、可感的"形体"和充沛的精神。因而不能拿某个侧面、片面、局部和零件的含义当作此立体的完全意义。三是"整体性"。其生命意义的实现是一个相对完整的过程,或者其意义是在一个相对完整的生命过程中实现的,在这个过程的不同阶段上,其意义可能甚至肯定不会是完全相同的,因此不能拿此过程某个阶段上的意义作为全过程的意义。初步研究表明:"文"义是一个充满实体性的整体,其中包含并在运动中展开为三个充满实体性的主要分体,即"世本""人本"和"文本"意义实体,三者的生成和运动及相互关系深切而复杂。对此,笔者各有讨论,这里仅以"发言为诗"为个案,考察"文本"实体的形成和实现。

须先说明的是,"文"一旦获得了某种适当的"文本"形式,同时也就等于获得了自己的生命,它就不会是仅仅以"形式"的形式而存在,而是具有了"实体"性的存在,此实体不断"运动"并在运动中不断地进行生命的演化和更新。这里所说的"文"的实体性"文本",是暂时排除其"世本"实体性和"人本"实体性之后的"文本",因而是相对单纯意义上的"文本",或者说是专注于其"自然性"的"文本"。然而"单纯的"或"自然的"文本自身是不会运动的,它之所以能够运动并实现其意义,乃是由于"人"的参与,而"人"一旦参与就难免改变其单纯性和自然性。为此,我们不得不进行适当的限定:这里的"文本"是由"人"依照高度忠实于"文"的单纯性和自然性的原则对其意义的落实和展开,当然也包括"人"自身之"文"的单纯性与自然性。也就是说,这里的"文本"不仅要忠实于"文"的自然,同时也要忠实于"人"的自然。

一

关于诗,我们有一个简明而古老的表述,即"诗言志",由于这三字表述被广泛而经常地言说,几至于家喻户晓众所周知,遂成为不容置疑的经典命题。实际上这三个字并不是对"诗"的完整表述,我们不妨将其还原到其出典的位置里予以观察:《尚书·舜典》云:"帝曰:'夔,命汝典乐,教胄子。直而温,宽而栗,刚而无虐,简而无傲。诗言志,歌永言,声依永,律和声,八音克谐,无相夺伦,神人以和。'"[①] 这是帝舜命令他的乐官教其"胄子"的一段话,汉人孔安国对"诗言志,歌永言"的解释是:"谓诗言志以导之,歌咏其义以长其言。"[②] 唐人

---

① 《尚书正义》卷三《舜典》,第131页。
② 《尚书正义》卷三《舜典》,第131页。

孔颖达的解说更为全面:"帝呼夔曰:'我令命女典掌乐事,当以诗乐教训世适长子,使此长子正直而温和,宽弘而庄栗,刚毅而不苛虐,简易而不傲慢。教之诗乐所以然者,诗言人之志意,歌咏其义以长其言,乐声依此长歌为节律,昌和此长歌为声,八音皆能和谐,无令相夺,道理如此,则神人以此和矣。'"①这里有几点应予注意:一是帝舜的直接话题是"乐"而不是"诗",或者说"诗"只是其"乐"的一部分。二是帝舜所说的"乐"是"乐事","乐事"应是关于音乐方面的活动和事务体系,而不同于单纯的作为音乐或文学之体的"乐"。三是帝舜说的是"教"乐(诗),而不是"作"乐(诗)。"教"是从外部对乐(诗)的运用,"作"是自发的乐(诗)制作(区别于今人所谓的"创作")。四是此处的"诗"不是后世所说的单纯言语形式的诗,而是与"歌""声""律""音"等密切联系的"诗"。因此,"言志"二字并不是对这种"诗"含义的完整说明,也不是对这种"诗"制作情况的准确表述,所以并不适合直接拿来作为"诗"或"作诗"的严格定义。但《尚书》的这段记载毕竟包含着对于"诗"义的古老理解,因而成为后人说"诗"的渊源和根据。郑玄《诗谱序》云:"《虞书》曰:'诗言志,歌永言,声依永,律和声',然则诗之道放于此乎。"②孔颖达疏:"《虞书》者《舜典》也,郑不见古文尚书,伏生以《舜典》合于《尧典》,故郑注在《尧典》之末。彼注云:'诗,所以言人之志意也;永,长也;歌又所以长言诗之意;声之曲折,又长言而为之;声中律,乃为和。'彼《舜典》命乐,已道歌诗,经典言诗,无先此者,故言诗之道也放于此乎,犹言适于此也。"③可见,郑玄之说虽然本诸《舜典》,但已由"乐事"转而来说明"诗之道";孔颖达虽然仍将"诗""歌""声""律"等结合起来,但似乎已不是在说"诗教"而是在说"诗"或"诗"的制作了。

真正称得上是从"诗"本身或其文本"制作"的角度进行系统解说

---

① 《尚书正义》卷三《舜典》,第131页。
② 《毛诗正义》卷首郑玄《诗谱序》,第262页。
③ 《毛诗正义》卷首郑玄《诗谱序》,第262页。

的，当推《毛诗序》。其《大序》曰："诗者，志之所之也，在心为志，发言为诗。情动于中，而形于言；言之不足，故嗟叹之；嗟叹之不足，故永歌之；永歌之不足，不知手之舞之、足之蹈之也。情发于声，声成文谓之音。"[1] 这是一段经典性的解说。若从"文本"意义上整体地看，说的是"诗"这一"总文本"的完成过程。若分别地看，则又可区别为三种"分文本"：一是作为"言歌"（即"诗"）的文本，即由"言"至"歌"的完成体；二是作为"形容"（亦即"身"）的文本，即由"舞"至"蹈"的完成体；三是作为"音乐"（亦即"音"）的文本，即由"声"至"音"的完成体。三者既形成各自相对独立的文本，又相互涵容共同和合为"总文本"；而且，随着观察者或运用者所取的立点与侧重的不同，其"总文本"又可以呈现为分别以三种"分文本"为主体的"总文本"。或者说，当"言歌"成为"主题"时，其总文本便是"诗"的总文本，也可说是此时"诗"的分文本就上升为总文本，而其他两个分文本就处于"配合"地位；同理，当"形容"或"音乐"成为主题时，其总文本就是"身"（略同于"礼"）的总文本或"音"的总文本，其他二者就处于配合地位。由于其立点和侧重往往不断变动和转换，所以这三种分文本和三种总文本也经常处于变动和转换之中，以至于当说到其中之一时，往往也就意味着其他二者。这里固然包含着早期诗乐舞浑然不分的信息，但在《诗大序》的这段叙述语境下，其话题中心显然是"诗"，其他二者则居配合说明的地位。我们可以将这样的情形称之为"一体多相"或"同体分相"原理。因此，我们关于"诗"之"文本"的实体性运动的考察，不妨以"发言为诗"为核心展开，实际上"发言为诗"也是这个运动的关键部分，并且也呈现出其运动过程的阶段和层面特点。

---

[1] 《毛诗正义》卷一《大序》，第269—270页。

二

这个文本运动的第一个阶段应追溯到"发言为诗"之前的"在心为志"之"为志"。

"志"的发生和形成,也是有其运动过程的。孔颖达为"发言为诗"作解释说:"此又解作诗所由。诗者,人志意之所之适也,虽有所适,犹未发口,蕴藏在心,谓之为志,发见于言,乃名为诗。"可见,"发言"之前尚不得谓之"诗",而是蕴藏在"心"里的"志";"发言"之后才有可能成为"诗"。于是"志"就成为"诗"的原始(或胚胎)形态,亦即其文本运动的初始阶段和内在层面,而"志"所指为何则又成为这一阶段和层面的关键。孔颖达将"志"解释为"蕴藏在心"的"志意"。他接着又说:"包管万虑,其名曰心;感物而动,乃呼为志。志之所适,外物感焉。言悦豫之志,则和乐兴而颂声作;忧愁之志,则哀伤起而怨刺生。《艺文志》云:哀乐之情感,歌咏之声发。此之谓也。"①这里不仅论及"心"的职性,还涉及"志"的成分和形成问题。"心"的"包虑万物",意味无所不"虑",但"虑"尚非"志";要成为"志",需要条件。在"言悦豫之志"之"言"之前,其"志"又可区别为两种情形:一是"感物而动"之"志",二是"外物感焉"之"志"。前者是"志"的生成,后者是"志"的走向。从"心"的活动倾向和路径上看,前者是"虑""感"于"物"而"动"而生成"志",此活动及其所生成之"志",具有自然性、被动性和偶然性,是随机的和不确定的;而后者是此"志"的"所之",而此"所之"虽是向"外"的,但仍在"心"内尚未达于外,仍属于"心"的活动。但它不是随意的"所之",而是"外物感焉"下的"所之",也就是说它需要与"外物"相"感"而成。

---

① 《毛诗正义》卷一《大序》,第270页。

显然，此时的"志"已较前者之"志"更具自觉性、主动性和必然性，是有选择的、相对稳定的。所以这里的"志"实有前、后两步之别，为了便于认识和讨论，我们姑且把前一种"志"称作"志1"，后一种"志"称作"志2"。"志1"与"志2"显然是不同的，前者更接近今人所说的"情绪"，后者则更接近今人所说的"情感"。促使"志1"生成并向着"志2"运动进而继续向"外"运动的，则是不断进行的错综复杂的"心""物"之"感"所造成的分量的加重、程度的提高和刺激的强烈，于是受其合力之作用，"心"的主体即人便会按照生命平衡与适当的原则调节其肌体，同时又会按照特定文体形式适用与审美的原则调节其精神，从而外现为各种形式。然则"志"的内涵极为丰富复杂，并非"情绪"和"情感"所能尽括。《说文》："志，意也，从心止，止亦声。"段注："按：此篆小徐本无，大徐以意下曰志也，补此为十九文之一。原作从心之声，今又增二字，依大徐次于此。志所以不录者，《周礼·保章氏》注云：'志，古文识。'盖古文有志无识，小篆乃有识字。《保章》注曰：'志，古文识，识，记也。'《哀公问》注曰：'志读为识，识，知也。'今之识字志韵与职韵分二解，而古不分二音，则二解义亦相通。古文作志，则志者记也，知也。惠定宇曰：'《论语》"贤者识其大者"，蔡邕《石经》作志；"多见而识之"，《白虎通》作志。'《左传》曰：'以志吾过。'又曰：'且曰志之。'又曰：'岁聘以志业。'又曰：'吾志其目也。'《尚书》曰：'若射之有志。'《士丧礼》'志矢'注云：'志犹拟也。'今人分志向一字，识记一字，知识一字，古祇有一字一音。又旗帜亦即用识字，则亦可用志字。《诗序》曰：'诗者，志之所之也，在心为志，发言为诗。'志之所不能无言，故识从言。《哀公问》注云：'志，读为识'者，汉时志识已殊字也。许'心'部无志者，盖以其即古文识，而识下失载也。"[①]可知"志"不仅可以作"意"作"识"，而且还有"志向""识记""知识"等义。如果说"情绪""情感"更多地属于"情性"的层面的话，那么"意""识"等就更多地属于"理性"

---

① 《说文解字注》第十篇下，第502页。

层面。我们姑且将这样的"志"称为"志3"。《说文》:"诗,志也,从言寺声。古文诗省。"段注:"《毛诗序》曰:'诗者,志之所之也。在心为志,发言为诗。'按:许不云'志之所之',径云'志也'者,《序》析言之,许浑言之也。所以多浑言之者,欲使人因属以求别义也。又《特牲礼》'诗怀'之注:诗犹承也,谓奉纳之怀中。《内则》'诗负'之注:诗之言承也。按:《正义》引《含神雾》云:'诗,持也,假诗为持,假持为承。一部与六部合,音冣近也。'"① 许慎直接将"诗"等同于"志",段氏称其为"浑言之",实际上可能是因为许氏更注重作为"志"的诗,亦即"发言为诗"之前的"志",而将"诗"解释为"承""持"等,也应主要是指作为"志"的"诗"。这种解释早见于孔颖达的《诗谱序》正义:"……名为诗者,《内则》说负子之礼云:'诗负之。'注云:'诗之言承也。'《春秋说题辞》云:'在事为诗,未发为谋,恬淡为心,思虑为志,诗之为言志也。'《诗纬·含神务》云:'诗者持也。'然则诗有三训:承也,志也,持也。作者承君政之善恶,述己志而作诗,为诗所以持人之行,使不失队,故一名而三训也。"② 可见"诗"除了一名三训之外,还与"事""谋""思虑"等义相联系,而"承君政""述己志""持人行"等等,则已经一定程度地进入了"功用"层面。这可以称为"志4"。

以上"志1""志2""志3""志4",皆为"志",而且主要是"发言为诗"之前阶段的"志"。值得注意的是,它们总体说来主要是"理性"的和"意志"的,或者说它们主要发生并形成于"心"的"理知"域界之内,是"心"的"理知"这一片温床所生起的草色,古人的文献记载及其解说似乎也在注意将其与"情"区别开来;然则"情"自是"心"和"志"的应有之义,但不属于"这一片"温床,而是"那一片"温床所生起的花香,这就需要从"声"的生成和运动中去考察。上文说到,完整的"诗"的文本是由"言歌"文本、"形容"文本和"音乐"

---

① 《说文解字注》第三篇上,第90页。
② 《毛诗正义》卷首郑玄《诗谱序》,第262页。

文本和合而成的，因此，在"诗"的"志"里理所当然地有来自"声音"的成分。《诗大序》谓："情发于声，声成文谓之音。"孔颖达解释说："情发于声，谓人哀乐之情发见于言语之声，于时虽言哀乐之事，未有宫商之调，唯是声耳；至于作诗之时，则次序、清浊、节奏、高下，使五声为曲，似五色成文。一人之身，则能如此，据其成文之响，即是为音。此音被诸弦管，乃名为乐。虽在人在器，皆得为音。"① 可见"情"—"声"—"音"的过程与"志"—"言"—"诗"的过程是相伴且配合的过程，而且，二者具有同源、同理和同构的性质，而"发声"之前的"情"与"发言"之前的"志"恰恰处于同一个阶段和层面。然则"情"为何物？又是如何发生和形成的？《说文》："情，人之阴气有欲者。"段注："董仲舒曰：'情者，人之欲也。'人欲之谓情，情非制度不节。《礼记》曰：'何谓人情，喜怒哀惧爱恶欲，七者不学而能。'《左传》曰：'民有好恶喜怒哀乐，生于六气。'《孝经·援神契》曰：'性生于阳，以理执；情生于阴，以系念。'"《说文》又谓："性，人之阳气性，善者也。"段注："《论语》曰：'性相近也。'《孟子》曰：'人性之善也，犹水之就下也。'董仲舒曰：'性者，生之质也。'质朴之谓性。"② 由此看来，"情"在本质上应属于"人欲"的范畴，而"性"则为人之质朴的本性，二者都较为原始、自然和本能，较少理性，与今人所谓的"情绪""情感"仍有所不同，而与"情欲""欲望"等相近。正是由于"情"较少理性而更多本能，故需要有"制度"来"节"之，但那是由"声"至"音"的事情，在"发声"之前，尚处于无节制阶段。至于"情"的生成，亦由于"感物"。《礼记·乐记》起首便谓："音之起，由人心生也。人心之动，物使之然也。感于物而动，故形于声；声相应，故生变；变成方，谓之音；比音而乐之，及干戚羽旄，谓之乐。"③ 可知"声"乃是心"感于物而动"而呈现出来的一种外在形式，其实，当其心"动"尚未具备此形式外现出来之前，它的内心状态，就是"情"，

---

① 《毛诗正义》卷一《大序》，第 270 页。
② 《说文解字注》第十篇下，第 502 页。
③ 《礼记正义》卷三十七《乐记》，第 1527 页。

其更具体的指涵就是所谓"七情":喜怒哀惧爱恶欲。《乐记》紧接着又谓:"乐者,音之所由生也,其本在人心之感于物也。是故,其哀心感者,其声噍以杀;其乐心感者,其声啴以缓;其喜心感者,其声发以散;其怒心感者,其声粗以厉;其敬心感者,其声直以廉;其爱心感者,其声和以柔。六者非性也,感于物而后动。"① 更为具体地指出了内心之"情"及其发而为相应之"声"的诸多区别。孔颖达谓:"情,谓哀乐之情。"又谓:"哀乐之情感,歌咏之声发。"② 则更为简洁地将"情"概括解释为"哀乐"。不论是"七情"还是"哀乐",就其虽已生成却尚未"发"出而言,与上文所论之"志"正处于相应运动的同一阶段。而且,如果我们更细致地观察还会发现,处于这一阶段的"情"同样也存在着活动倾向和路径上的差别:就"感物"而言,实际上"心"被动地为外物所感,遂使此心生起喜怒哀乐等"情",这是由外向内的、被动的也是自然而然的"情",可视为前一步;这样的"情"如果任其自然地外现出来,便会形成上面说到的那种"发以散""粗以厉""噍以杀""啴以缓"之类的"声",但这样的"声"不是成"音"(亦即"文")所需要的那种"声",故为使其能够成"音",就必须在这样的"声""发"出之前对其进行"调理"。所以《乐记》又说:"是故先王慎所以感之者。故礼以道其志,乐以和其声,政以一其行,刑以防其奸,礼乐刑政,其极一也,所以同民心而出治道也。"③"慎所以感"就是一种"调理":"乐以和其声"。这是由"先王"从外部进行的;如果是由发声主体自身进行,就会在将发未发之际,对自己的"情"加以"调理",就会有"选择"地对待所感之物,也就是说,让自己的"心"与那些合适的"物"之间发生联系和感应,如此而产生的"情"显然与前一步的"情"是有所不同的,这是一种由内向外的、主动的、有"人力"介入的"情",应属于后一步的"情"。

由此可见,"情"的前、后两步既是有联系的,又是有差别的,适

---

① 《礼记正义》卷三十七《乐记》,第1527页。
② 《毛诗正义》卷一《大序》,第270页。
③ 《礼记正义》卷三十七《乐记》,第1527页。

与上文所论"志"的前、后两步同理而相应。而所谓"情"的"人力"介入，实际上就是"理知"成分的增加，因此到了后一步的"情"便与后一步的"志"较为接近了。所以，当文本运动的第一个阶段完成之际，"志"与"情"也就大抵实现了接合。根据我们关于文本的"同体分相"原理，它们既可以相互配合走向同一文本，也可以相对独立走向各自的文本。

三

这个文本运动的第二个阶段便是"发言为诗"之"发言"。

论者往往以为只要把心里的"志"说出来就成为"诗"了，如此理解"发言为诗"不免过于简单，其实"发言"也是一个含义复杂的运动过程。《诗大序》在说了"诗者，志之所之也，在心为志，发言为诗"之后，紧接着谓："情动于中，而形于言；言之不足，故嗟叹之；嗟叹之不足，故永歌之；永歌之不足，不知手之舞之、足之蹈之也。"孔颖达说："上云发言为诗，辨诗志之异……"[①] 孔颖达所说的"辨诗志之异"，即指"在心为志，发言为诗"而言，其"志"之不同，我们在上面已有所分析，可知在"发言"之前的"志"绝非一成不变，而是存在复杂状态和诸多差别的；显然，孔颖达接下来要说的是"言"不同。不过这个问题的讨论，还需要从"志"说下来。上文所分析的"志"无论其状态和阶段怎样复杂而有差别，其所呈现的总体趋势是显而易见的：路向逐步外向，内涵逐步凝聚，品质逐步理性。逐步外向，进而达到"心"的内层边缘，有随时突破而出之可能；逐步凝聚，进而使其体量达到"心"所难以承受之重，亟须释放以求得到缓解；逐步理性，进而使其含义逐渐达到便于用"言"表达的程度。总之，它们的运动共同把"志"推向水到渠成、箭在弦上的地步，遂不得不"发"而为"言"。

---

① 《毛诗正义》卷一《大序》，第270页。

但这里的"言"却非一般的言语，而是受到诸多条件和法则要求的"言"。所以孔颖达接着说："而直言者非诗，故更序诗必长歌之意。情，谓哀乐之情；中，谓中心，言哀乐之情动于心志之中，出口而形见于言。初言之时，直平言之耳；平言之而意不足，嫌其言未申志，故咨嗟叹息以和续之；嗟叹之犹嫌不足，故长引声而歌之；长歌之犹嫌不足，忽然不知手之舞之、足之蹈之，言身为心使，不自觉知举手而舞身，动足而蹈地，如是而后，得舒心腹之愤。故为诗必长歌也。圣王以人情之如是，故用诗于乐，使人歌咏其声，象其吟咏之辞也；舞动其容，象其舞蹈之形也；具象哀乐之形，然后得尽其心术焉。情动于中，还是在心为志，而形于言，还是发言为诗。上辨诗从志出，此言为诗必歌，故重其文也……《乐记》云：'歌之为言也，长言之也。说之，故言之；言之不足，故长言之；长言之不足，故嗟叹之；嗟叹之不足，故不知手之舞之、足之蹈之。'其文与此经略同。说之，故言之，谓说前事，言出于口，与此情动形言一也。《虞书》曰'歌永言'。注云：'歌所以长言诗之意。'是永歌、长言为一事也。《乐记》注云：'嗟叹，和续之也。'谓发言之后，咨嗟叹息为声，以和其言，而继续之也。《乐记》先言长言之，乃云嗟叹之，此先云嗟叹之，乃云永歌之，直言既已嗟叹长歌，又复嗟叹，彼此各言其一，故不同也。《艺文志》云：'诵其言谓之诗，咏其声谓之歌。然则在心为志，出口为言，诵言为诗，咏声为歌，播于八音，谓之为乐，皆始末之异名耳。'"[1] 这里有几点颇为重要：其一是"言"的指含。在孔颖达看来，直平之言、咨嗟叹息、引声而歌、手舞足蹈都在"言"之列，当然这是指可以成为"诗"的那种"言"，或者说之所以将这些都视为"言"，乃是出于对"诗"的法则和要求的服从。其二是"言"的关系。上述平言、嗟叹、咏歌、舞蹈等既共同合成"言"，同时又可以各自为"言"——分别作为"言"的一种形式，其情形颇似上文所论文本的"一体多相"或"同体分相"关系，因此，言语、嗟叹、咏歌、舞蹈四者之中任何一个都可以上升为主题，在其他三者的配合下

---

[1] 《毛诗正义》卷一《大序》，第270页。

成为"言"。其三是"言"的结构。这些不同的"言"的加入与其说是出于"诗"的需要,毋宁说是出于对"志"的服从,而且各自所对应和"服务"的"志"也有所不同:"平言"相对于"意","不足"便至于"嗟叹",又"不足"便至于"咏歌",又"不足"乃至于"舞蹈"。可见就整体的"言"说来,"平言"处于较"弱"的层面,其他三者渐次增强,于是形成由弱到强的四个层面结构;若就分别的"言"说来,则"平言"处于首要、基本与核心的地位,其他三者处于配合与补充的地位,而且都是对"平言"的配合与补充,于是又形成由内到外四者同心共辅的结构,将此两个结构整合起来,其情形就颇类于一个"圆球",当其运动起来,就是一个围绕其轴心不断旋转的"言"之实体,而处于这个实体更核心处的,则无疑是"心"中那强烈的"志"。其四是"言"的不同功用。何以平言、嗟叹、咏歌等皆有所"不足"?它们为什么都不能完成"志"的需求?或者说它们所"不足"的部分究竟为何?从《诗大序》和有关注疏看,似乎只是"强度"问题,即前者不足以承担"志"所需要的强度,故需后者的补充。实际上可能还有别的因素,诸如"志"的成分和性质等。上文曾分析"志"是由"四志"和"七情"等混合而成的,并且随着运动逐步增加其理知成分,但毕竟不会至于纯理性的地步(那样就无须"诗"来表达了),其中必然还有相当程度的"情""性"成分。而一般的"言"(即平言)仅较适于表达其理性部分的内涵。[1] 其"情""性"部分则需要诉诸更合适的形式,这或许就是"嗟叹""咏歌""舞蹈"不得不参与配合的根本原因。另外,孔颖达还说道:"圣王以人情之如是,故用诗于乐,使人歌咏其声,象其吟咏之辞也;舞动其容,象其舞蹈之形也;具象哀乐之形,然后得尽其心术焉。"[2] 此固然是就"圣王"对"诗"之"用"而言的,但对受了"圣王之教"的诗人而言,其"诗"之"作"

---

[1] 《说文解字注》第三篇上(第89页),许慎云:"言,直言曰言,论难曰语。"段注:"《大雅》毛传曰:'直言曰言,论难曰语。'论,《正义》作答。郑注《大司乐》曰:'发端曰言,答难曰语。'注《杂记》曰:'言,言己事,为人说为语。'按:三注大略相同。下文语,论也,论,议也,议,语也,则诗传当从定本集注矣。《尔雅》毛传:'言,我也。'此于双声得之,本方俗语言也。"则知一般之"言"为直接的理性陈述。
[2] 《毛诗正义》卷一《大序》,第270页。

也有可能受此影响，亦即将"歌咏其声"作为对"吟咏之辞"的"象"，将"舞动其容"作为对"舞蹈之形"的"象"，"象"有"模仿""再现"之义，与"绘声绘色"相近。这几点关于"言"的分析，大抵也可用来说明"发言"之"发"，实际上，谓之"言"，主要是从其"结果"状态着眼的，若从"运动"上，则是"发"的不同方式及其表象，正是"志"遵循一定的需求、条件、目的、法则等"发"而为"言"，才呈现出如此之多的"言"的表象及其含义。

实际上，影响乃至决定"发"言方式的因素是相当多的，其中最重要的当为"志""文""用"：在这里，"志"主要是指出于内心之"志"的表达而要求并决定的"发"言方式；"文"主要是指"诗"作为"文"之一种在文体制作等方面所要求并决定的"发"言方式；"用"则主要是指出于"文本"功用要求并决定的"发"言方式。这三个重要因素，既影响乃至决定着"发言为诗"的全过程，也影响乃至决定着"发"言过程的各阶段。并且，由于各个阶段上"发"言的方式不同，从而导致相应阶段"文本"形式的差异。这些主要阶段上的"发"言方式及其相应"文本"的差异，大抵可以作如下的分别：

其一，是由内心之"志"发而为"言"，如上文所论"平言""嗟叹""咏歌""舞蹈"等即是。在这一阶段（层面），"志"主要是一些相对自然而单纯的"情意"，具有很强的本能性和随意性；它所要求的"发"，也只是相对自然而单纯的流露，主要是以较为生理的形式（如肌体活动的长度、力度、强度等）向外释放，因而它所"发"成的"言"，也只是平言、嗟叹、咏歌、舞蹈等自然而简单的结合，尚未成为"诗"或"文"，或者说要成为"诗"或"文"，尚有待于更为自觉的高级活动。这样的"言"可以作为一种相对初级和粗糙的"文本"来看待，它主要是受到内心相对自然而本能之"志"（或者说是"志"的相对自然本能的部分）的要求并决定而形成的，故可以称之为"心志文本"，又由于它的相对简单和粗糙，处于较为初级的状态，犹如"草稿"，因此也可称之为"初始文本"。这个文本的"作者"是"心志"的主体自己。

其二，假如这种"初始文本"无意发展为"诗"，那么它也可以就以这种"初级"状态作为终结，仅仅言说歌哭手舞足蹈一通而已；但是假如要继续发展为"诗"，那么就必须引入更为复杂的因素，进行更为高级的制作活动，简单地说，就是按照"诗"的要求去"发"言。关于"诗"的要求及其法则，稍后将及，这里仅就"发"言的方式略作讨论。上述"平言""嗟叹""咏歌""舞蹈"等既然尚不足为"诗"，那么就应当另有可以使之成为"诗"的因素在，而古人所谓的"诗"之"六义"或"六诗"，尤当引起我们的重视。

《诗大序》云："故诗有六义焉：一曰风，二曰赋，三曰比，四曰兴，五曰雅，六曰颂。"孔颖达疏："上言诗功既大，明非一义能周，故又言诗有六义。《大师》上文未有'诗'字，不得径云'六义'，故言'六诗'，各自为文，其实一也。彼注云：'风言贤圣治道之遗化，赋之言铺，直铺陈今之政教善恶；比，见今之失不敢斥言，取比类以言之；兴，见今之美，嫌于媚谀，取善事以喻劝之；雅，正也，言今之正者，以为后世法；颂之言诵也，容也，诵今之德，广以美之。'是解六义之名也。彼虽各解其名，以诗有正变，故互见其意。风云贤圣之遗化，谓变风也；雅云言今之正以为后世法，谓正雅也。其实正风亦言当时之风化，变雅亦是贤圣之遗法也。颂训为容止，云诵今之德，广以美之，不解容之义，为天子美有形容，下云'美盛德之形容'，是其事也。赋云铺陈今之政教善恶，其言通正变兼美刺也。比云见今之失取比类以言之，谓刺诗之比也；兴云见今之美取善事以劝之，谓美诗之兴也。其实美刺俱有比兴者也。……郑之所注，其意如此。诗皆用之于乐，言之者无罪，赋则直陈其事，于比兴云不敢斥言嫌于媚谀者，据其辞不指斥，若有嫌惧之意。其实，作文之体，理自当然，非有所嫌惧也。六义次第如此者，以诗之四始以风为先，故曰风。风之所用，以赋比兴为之辞，故于风之下即次赋比兴，然后次以雅颂。雅颂亦以赋比兴为之。既见赋比兴于风之下，明雅颂亦同之。郑以赋之言铺也，铺陈善恶而诗文直陈其事不譬喻者，皆赋辞也；郑司农云比者比方于物，诸言如者皆比辞也；司农又云兴者托事于物，则兴者起也，取譬引类，起发己心，诗文诸举草木鸟兽以见意者，皆兴辞也。赋比兴如此次者，言事之道，直陈为正，故《诗经》多赋在比兴之先；比之与兴，虽同是附托外物，比显而兴隐，当先显而后隐，故比居兴先也。"①《大序》所言之"六义"亦见于《周礼》，其次序亦完全相同，其郑玄注亦与孔颖达疏所引一致。②

显然，不论是"诗有六义"还是"六诗"，都是关于"诗"的，而且主要是关于"方式"的（当然也涉及诗之"功用"等问题，下及）。需要指明的是，这个"方式"已不只是"发言"的方式，更主要的是"为诗"的方式，或者说是按照"诗"的要求和法则来"发言"的方式。"诗"的要求和法则在这里被孔颖达称为"作文之体"，当然不仅仅是指作为样式的"文体"。依郑玄的意思："风"是"言贤圣治道之遗化"；"赋"是"直铺陈今之政教善恶"；"比"是"见今之失不敢斥言，取比类以言之"；"兴"是"见今之美，嫌于媚谀，取善事以喻劝之"；"雅"是"言今之正者，以为后世法"；"颂"是"诵今之德，广以美之"，其中"言""铺陈""比类言""喻劝""言今之正""诵"等，③说到底都是以不同的"方式"来"发言"。而在这些不同的方式里，则又是与不同的"旨趣"和"态度"相联系的；而"目的"和"态度"又是与"志"相联系的，也可以说"旨趣"和"态度"等因素介入到"志"中，从而对"发言"的方式产生影响乃至决定，并最终影响乃至决定"文本"的表达形式。这样的"志""发言""文本"显然与前一阶段（层面）有所不同，具有更多、更强、更复杂的自觉的、理知的、外入的成分和品质，因而是较前更为高级的文本，可以称之为"高级文本"，犹如将"草稿"加工成为"定稿"。其主体也是这种志趣的主体自己。

孔颖达的解说还有两个重要观点值得注意：即"六义"的"互见其

---

① 《毛诗正义》卷一《大序》，第271页。
② 详见《周礼注疏》卷二十三《大师》郑玄注文："教六诗：曰风，曰赋，曰比，曰兴，曰雅，曰颂。"第796页。
③ 《诗大序》又云："风，风也，教也。风以动之，教以化之。"孔颖达疏："风，训讽也，教也。讽谓微加晓告；教谓殷勤诲示。讽之与教，始末之异名耳。言王者施化，先依违讽谕以动之，民渐开悟，乃后明敕命以化之。风之所吹，无物不扇，化之所被，无往不沾，故取名焉。"是"风"有"讽"义。（第269页）《说文》："讽，诵也，从言风声。"段注："《大司乐》'以乐语教国子：兴、道、讽、诵、言、语'。注：'倍文曰讽，以声节之曰诵。'倍同背，谓不开读也。诵则非直背文，又为吟咏，以声节之。《周礼》经注析言之，讽诵是二，许统言之，讽诵是一也。"（《说文解字注》第三篇上，第90页）由"讽""诵"可见"风""颂"意义之联系。

意"与"互为其辞"。"互见其意"是说"六义"虽名称不同,但其意义是相互贯通、彼此涵容的,举其一可以概见其他,此说亦适于"方式"。就是说,"六义"作为"诗"的六种"发言"方式,虽然各有侧重,但它们之间又是相通的,整体上也是统一的,因而也是它们共同的方式。其精髓则根据主体和对象关系与要求的变化,选取最适当的方式"发言",从而完成最合适的"诗"(文本)。"互为其辞"是说"六义"之中每一个意义,都可以通过其他五者为手段和形式来完成;或者说,当其中一个上升为主题时,其他五者就成为其实现的条件和载体。若从"方式"意义上看,则意味着当一种方式上升为主要方式时,则其他方式可从不同的角度予以适当的配合,正是这种有主有辅的适当结合,才是完成"诗"(亦即"文")的重要因素和条件。

其三,如果从诗之"用"着眼,情形又有不同。"初始文本"和"高级文本"都是从文本的制作者自身着眼的,亦即受自身的"志"之促动,由自己"发"而为自己的"言",进而形成自己的"诗",此为"本人"之"文本",是由作者自己"原创的"文本。原创的文本一旦形成,便脱离了原创者而具有其相对独立的存在与传播形式,从而有可能为他人所认同、接受和利用,当此他人有"志"欲"言"的时候,他就有可能不去原创而是"借助"已有的文本来满足自己的需求。古人的"赋诗言志"多属此类。[1] 实际上,不仅"赋诗",只要是对已有之诗(当然可推及所有的已有之文)的利用(包括阅读)都可以在一定意义上认为是"借助",孔子对《诗三百》的整理是如此,后世诸家说《诗》也莫不如此。然则,他人在"借助"已有的文本时,往往是完全借助其形式(也有断章取义的,但就其"章"而言,也应是完全的),但对已有文本的"志""用"以及"方式"等方面,则往往只是部分地借助,取其所需,同时也添加进去自己的"志""用"以及"方式"等。这样一来,尽管在形式上,仍然是已有的文本,但在内涵和功用上,已在不同程度上改变了已有文本,从而成为"新的"文本,我们姑且称这种"新的"文本为"附加文本"。

---

[1] 参见朱自清《诗言志辨》之《赋诗言志》。

实际上，传世文本的意义，往往是"附加"上去的。然则，当某种"附加意义"变得稳固且具有权威性以后，就会取得近于"原创意义"的地位和影响，从而进入后人的"志"，并影响乃至决定其新的创作活动及其作品，这样的作品我们姑且称之为"再创文本"。比如，按照《毛诗》来理解和运用其诗，得到的便是"附加文本"；如果按照《毛诗》所提出的法则要求来作诗，得到的就是"再创文本"。我们能够看到的后人自作之诗，又几乎都可以说是"再创文本"。又由于原创—附加—再创的无数次反复循环和作用，纯粹意义上的"原创文本"几乎是不存在的，我们所看到的古代文本，几乎都是"原创文本""附加文本"和"再创文本"三者的混合体，而且是不知多少次"混合"的结果，姑且称之为"混合文本"。然则，混合文本的造成，主要是外部之"用"的因素的引入，这些因素不仅影响到"志"，同时也影响到"发"和"言"，并最终影响乃至决定了"诗"。至于"用"的具体内涵，包括它的用途、用场、用义以及形式、效果等，古人论述甚多，如《诗大序》谓："（《关雎》）风之始也。所以风天下而正夫妇也。故用之乡人焉，用之邦国焉。"又谓："故正得失，动天地，感鬼神，莫近于诗。先王以是经夫妇、成孝敬、厚人伦、美教化、移风俗。"[①] 从家国天下到天地鬼神，从夫妇人伦到社会风俗，可谓无所不及，无往不用。此义与前文所论"文"的政治性实体、人格性实体之义相通，此处不拟多及。

另外，在"发言为诗"之际，还不可避免地要考虑到"诗"作为一种特定的文体在形式层面上的要求和法则。"诗"的"形式"文体，我们下文将有讨论，这里仅简要指出：在纯形式方面，"诗"既要遵循一般"文"的法则，又有其作为"诗"的特殊要求，此其一；这些形式法则和要求，既是指向"美"的，如赏心悦目之类，也是指向"用"的，如易记、易传等，它们对"发言为诗"的影响是显而易见的，此其二；在某种特殊情况下，单纯的"形式"追求甚至会上升为作诗的主要旨趣，从而进入"志"的主要成分，其影响更加不言而喻，此其三。这些"形

---

① 详见《毛诗正义》卷一《大序》，第269—270页。

式"方面的旨趣、法则、规定、要求之类，必然会以各自的和共同的力量发生作用，从而影响乃至决定着作者的"志""发""言"及"诗"，因为对于这些法则和规定的考虑，一般不是出现在"发言为诗"之后，而是在其前和其中，以及整个过程。而从"发言"的"方式"上看，这些因素的影响和决定作用显得更为直接而有力。这种受纯形式因素影响而形成的文本，可以称之为"形式文本"。

这样我们就能够看到，在"志"向着"发言为诗"的运动过程中，仅"发言"阶段，由于发言"方式"受到诸多因素的影响和决定，就会产生"初始文本""高级文本""混合文本""形式文本"等不同的文本层面形态。不过，还应特别说明的是，它们大抵只是"发言为诗"过程中可能产生的层面形态，在此过程中，它们相互交织包容成为"一团"，我们只能从理论上对之加以分析理解，却很难甚至不能将其逐个分离开来。它们一般也不会脱离其主体而以独立的形式个别地存在，而是由主体将其融合"为诗"，并最终以"诗"的文本呈现出来。而这呈现出来的，才是"诗"的最后的"完成文本"。

然则，当"完成文本"行将产生之际，也就是"发言为诗"运动过程之"发言"阶段的结束和"为诗"阶段的开始。

四

这个文本运动的第三个阶段则是"发言为诗"之"为诗"。

这里所谓的"为诗"，主要是指按照"诗"的法则和要求完成其最后的"文本"形态。我们在上文的论述中曾引及《诗大序》"诗者，志之所之也，在心为志，发言为诗。情动于中，而形于言；言之不足，故嗟叹之；嗟叹之不足，故永歌之；永歌之不足，不知手之舞之、足之蹈之也。情发于声，声成文，谓之音"的论述，并据此分析了其中的"诗"之"总文本"和三种"分文本"（"言歌"文本、"形容"文本和"音乐"

文本），以及总文本和分文本之间形成的"一体多相"或"同体分相"的关系。现在我们要进一步指出的是，上文这样的分析论述，是建立在将"总文本"和"分文本"延伸到"完成态"的假定基础上的，亦即假定它们已经实现了"诗"的文本的法则和要求，而后便呈现为如此形态。然而实际上，当《诗大序》在说"言之不足，故嗟叹之；嗟叹之不足，故永歌之；永歌之不足，不知手之舞之、足之蹈之也"之时，还没有将其当作"诗"的最后完成阶段。这从孔颖达的《正义》中可以看出："……而直言者非诗，故更序诗必长歌之意。情，谓哀乐之情；中，谓中心，言哀乐之情动于心志之中，出口而形见于言。初言之时，直平言之耳；平言之而意不足，嫌其言未申志，故咨嗟叹息以和续之；嗟叹之犹嫌不足，故长引声而歌之；长歌之犹嫌不足，忽然不知手之舞之、足之蹈之，言身为心使，不自觉知举手而舞身，动足而蹈地，如是而后，得舒心腹之愤。故为诗必长歌也。"① 孔颖达将"平言""嗟叹""长歌""舞蹈"等，视为一连串"身为心使""不自觉知"的活动，主要是为了满足"舒心腹之愤"的需求，是一些自觉性很低而本能性很强的"自然"外现。在这种情况下，其"平言""嗟叹""长歌""舞蹈"等，显然也是"自然"的"和续"。这些都与完成形态的"诗"所应具备的自觉、理性、适度等法则要求尚有一定的差距，因此尚不可称之为"诗"。

然则要怎样才可以为"诗"？《诗大序》并没有沿着"手舞足蹈"继续说下去，而是话锋一转，从"声音"上说起来："情发于声，声成文，谓之音。"我们说过，"情"和"志"同为"心"之所生，在"心"未发之时，是一体相融的，但在已"发"之后，二者所适宜的路径和所"形"之形式是有所区别的："情"发而为"声"，"志"发而为"言"；但在终点上，又同归于"诗"。因此，当说"声成文，谓之音"时，也就意味着"言成文，谓之诗"，"音"和"诗"处于同一个运动阶段和层面，并且同体异相，互文互意。而此时"言"尚未成"文"，故不得谓之为"诗"。然则"言"何如而能够成"文"，则可以从"声"与"音"

---

① 《毛诗正义》卷一《大序》，第270页。

的关系中获得理解。

依照孔颖达的解释:"情发于声,谓人哀乐之情发见于言语之声,于时虽言哀乐之事,未有宫商之调,唯是声耳;至于作诗之时,则次序、清浊、节奏、高下,使五声为曲,似五色成文。一人之身,则能如此,据其成文之响,即是为音。此音被诸弦管,乃名为乐。虽在人在器,皆得为音。"①这里有几点值得注意:其一,这里的"声"是"人"之"声",是人的"言语之声",它恰与"言"以及"嗟叹""长歌"相对应。所不同的是:"声"由"情"而发,"言"由"志"而发;"声"偏重于声响(发声器官的振动),"平言"以及"嗟叹""长歌"则偏重于"意思"("志"中的理性成分)。是同一个事物的两面。其二,孔颖达所谓"于时虽言哀乐之事,未有宫商之调,唯是声耳",就"声"而言,尚处于"未有宫商之调"的阶段;就"言"而言,则尚处于仅"言哀乐之事"的阶段。也就是说,仅限于把"声响"发出来,把"意思"说出来,都还没有来得及使之成"文"。而"声"之尚"未有宫商之调",则意味着"平言"以及"嗟叹""长歌"之尚"未有……",这个"……"的部分,便是与"宫商之调"相对应的东西(说详后)。其三,使"声"成"文",就是使其有"次序、清浊、节奏、高下",使"五声"(宫、商、角、徵、羽)为"曲"。这样,由每一个单声的符合要求到不同单声结合的和声也符合要求,单声与和声依照一定的法则变化交织,便形成"曲","曲"即"声"之"文",如同"五色"的合乎法则地交织成"文"一样。这恰好与"文"的本义印合。②这是说"声响"部分(层面),同理,"意思"部分(层面)也须有相应的成"文",则应由"词藻组织"合乎法则的交织来实现。其四,这样的已经成"文"了的"声"便是"音",

---

① 《毛诗正义》卷一《大序》,第270页。
② 《礼记正义》卷三十七《乐记》云:"音之起,由人心生也。人心之动,物使之然也。感于物而动,故形于声。"郑玄《注》:"宫商角徵羽杂比曰音,单出曰声。形犹见也。"《乐记》又云:"声相应,故生变。"郑注:"乐之器,弹其宫,则众宫应,然不足乐,是以变之使杂也。《易》曰:'同声相应,同气相求。'《春秋传》曰:'若以水济水,谁能食之;若琴瑟之专一,谁能听之。'"《乐记》又云:"变成方,谓之音。"郑注:"方犹文章也。"《乐记》又云:"比音而乐之,及干戚羽旄,谓之乐。"孔颖达疏:"方谓文章。声既变转和合,次序成就文章,谓之音也。音则今之歌曲也。"与此互相发明,而"文章"之义尤显。第1527页。

相应地，已经成"文"了的"平言"以及"嗟叹""长歌"便是"诗"。但此时它们还在"一人之身"上，还没有脱离此"人身"而获得独立的形式，因而还需要"被之管弦"，即由乐器传达出来，于是便有了"乐"。不过"乐"所传达的主要是"声响"部分（层面），其"意思"部分（层面）的传达，则需要依赖其他形式，而"舞蹈"则应为这些"其他形式"之一。"舞蹈"作为一种形式，固然是说其表情动作可以传达"意思"，而更重要的，可能是"舞蹈"意味着"人"的加入，用已经成"文"的"平言"以及"嗟叹""长歌"与之相配合。当然，这里的"人"未必是作诗者本人，而是具有"乐器"意义的舞蹈者，亦即"意思"部分（层面）的传达，由舞蹈者来承担了。从这个意义上说，"乐"实际上也是"诗""乐""舞"一体多相或同体异相的。所谓"虽在人在器，皆得为音"，即有此意。正是因为这样，孔颖达才会说："圣王以人情之如是，故用诗于乐，使人歌咏其声，象其吟咏之辞也；舞动其容，象其舞蹈之形也；具象哀乐之形，然后得尽其心术焉。""用诗于乐"，正是对已经获得独立的"诗"与"乐"的运用，加上"舞"的配合，表明三者完全合为一体，其中："歌咏"所承担的主要是"象其吟咏之辞"的任务，即传达原来的"意思"部分（层面）；"舞动"所承担的主要是"象其舞蹈之形"的任务，即传达原来的"手舞足蹈"部分（层面）；而原来的"声"部分（层面），则由"乐器"之"音"承担了。三者合起来，共同"具象哀乐之形，然后得尽其心术焉"，将其人的情志、声音、形动一并传达出来。至此，"诗"的文本形态便大抵完成了。

那么，由"平言""嗟叹""长歌"而使之成"文"最终完成"诗"，仅仅从文本的形式方面看，究竟有多少因素参与其中，又如何将其组织成"文"？亦即与由"声"向"音"相应的部分（层面）的具体内容是什么？古人于此论述尤多，几于不可胜数，专门而系统的论著如刘勰之《文心雕龙》等，尤称经典。《文心雕龙》不仅设有《明诗》《乐府》等专篇，其余四十七篇（不计《序志篇》），除专论其他文体的篇章外，其他各篇大多不同程度地涉及诗以及诗的文本形式问题。尤其是《情采》《镕裁》《声律》《章句》《丽辞》《比兴》《夸饰》《事类》《练字》

《隐秀》等具有专论性质篇章，则更多着眼于"形式"部分。总之，《文心雕龙》论及文本形式的方方面面，而且往往识见精微，启益良多，这里不暇缕述，刘氏的有些论述已涉及汉以后的诗文背景，本文暂不多及。

我们这里仅从"诗"的本义上对其"文本"的实体性结构及其运动略作考察。上文的引述和讨论，已经证明"诗"实为"诗""乐""舞"的统一体，而且同体异相，三者根据视角的不同可以分别成为主题。所以孔颖达又说："《艺文志》云：'诵其言谓之诗，咏其声谓之歌。'然则在心为志，出口为言，诵言为诗，咏声为歌，播于八音，谓之为乐，皆始末之异名耳。"[①] 正是对上述情形的准确说明。现在我们要进一步指出，这种"多相一体"的构成，实际上正是一个实体，当其中的某一相"浮出"表面上升为主题时，其他各相则居于其内作为配合，并且形式上也发生相应变化，甚至淡化乃至消隐了自身的形式而服从于主题的形式。如上文所说"歌咏"承担传达"意思"，"舞动"承担传达"舞蹈"，"音"承担传达"声响"，那主要是从"乐"的视角而言的，若从"诗"的视角看，则可能变化为如下情形：即"乐"与"舞"皆转化（消隐）了自身的原有形式而服从于"诗"的形式，于是，原来的"意思"部分（层面），现在由"诗"中的"言辞"来承担；原来的"声响"部分（层面），现在由"诗"中的"咏歌"来承担；原来的"舞蹈"部分（层面），现在则由"诗"中的"形象"来承担。而"咏歌"仅存在于口耳之间的交流亦即"活动的"诗之场合，当此"诗"静止下来并以文字的形式而存在的时候，"咏歌"便转化（消隐）为"诗"中的"音韵"了。这些便是"诗"的文本"形式"的主要构成。也就是说，"诗"的文本就其形式而言，有三个主要层面内涵：一是由"情志"发展演变而来的"言辞"；二是由"声音"发展演变而来的"音韵"；三是由"舞蹈"发展演变而来的"形象"。在完成意义上的"诗"中，这三者实际上已不仅仅是"层面"，而是具有系统性的适当结合。所谓"适当"，就是不仅各自要成"文"，而且相互之间的结合也要交织成"文"，这样才

---

① 《毛诗正义》卷一《大序》，第270页。

合乎"文章"的本义。因而需要依一定的"文法",将"言辞"进一步发展为辞句篇章之类;将"音韵"进一步发展为声调韵律之类;将"形象"进一步发展为意象境界之类,并且三者同样需要达到自身的适当和整体的适当。刘勰于此,已有所见,他说"故立文之道,其理有三:一曰形文,五色是也;二曰声文,五音是也;三曰情文,五性是也。五色杂而成黼黻,五音比而成韶夏,五情发而为辞章,神理之数也"。① "形文""声文"和"情文"大抵与我们所分析的文本形式的这三个系统相近,只是除"五情发而为辞章"较为明确外,其"五色杂而成黼黻"和"五音比而成韶夏"尚属喻言,不够准确明白,而且三者似乎尚未融为一体,尤其是"五色"在文中的所指,也未有具体的落实,但其意思所指,还是不难体会的。

五

"诗"至于此,其"文本"的"形式"便可谓最终完成了;文本形式的最终完成,也就意味着"发言为诗"活动的结束,同时也意味着"文"的文本实体运动过程的完结。当然,人们还会将此文本运用于现实,使其发生各种各样的功效,后人还提出了诸如"风骨""神韵""格调""滋味"等,这些虽多属"文外之旨",但亦须即文求之,可以说是"文本"的进一步"延伸"问题,姑且留待另文讨论。

由于"诗"是"文"的典型形式,故以上关于"诗"的"文本"的认识,一般也适于"文",这里不能更多地讨论"文"的其他形式,但前人于此有见且足参考发明者,不妨稍作引述。清人阮元在其《书〈梁昭明太子文选序〉后》中说:"昭明所选,名之曰'文',盖必文而后选也,非文则不选也。经也,史也,子也,皆不可专名之为'文'也。故昭明《文选序》后三段特明其不选之故,必沈(沉)思翰藻,始名之为文,始以

---

① 《文心雕龙注》卷六《情采》第三十一,第 537 页。

入选也。或曰，昭明以沈思翰藻为文，于古有征乎？曰，事当求其始，凡以言语著之简策，不必以文为本者，皆经也，史也，子也。言必有文，专名之曰文者，自孔子《易文言》始。传曰：'言之无文，行之不远。'故古人言贵有文。孔子《文言》，实为万世文章之祖，此篇奇偶相生，音韵相和，如青白之成文，如咸韶之合节，非清言质说者比也，非振笔纵书者比也，非诘屈涩语者比也。"①《文言》相传为孔子所作《易》之"十翼"之一，②阮元认为此乃"千古文章之祖"，并特为此撰《文言说》，其文曰："古人无笔砚纸墨之便，往往铸金刻石，始传久远。其著之简策者，亦有漆书刀削之劳，非如今人下笔千言，言事甚易也。许氏《说文》：'直言曰言，论难曰语。'《左传》曰：'言之无文，行之不远。'此何也？古人以简策传事者少，以口舌传事者多；以目治事者少，以口耳治事者多。故同为一言，转相告语，必有愆误，是必寡其词，协其音，以文其言，使人易于记诵，无能增改；且无方言俗语，杂于其间，始能达意，始能行远。此孔子于《易》所以著《文言》之篇也。古人歌诗箴铭谚语，凡有韵之文，皆此道也。《尔雅•释训》主于训蒙，子子孙孙以下，用韵者三十二条，亦此道也。孔子于乾坤之言，自名曰'文'，此千古文章之祖也。为文章者，不务协音以成韵，修词以达远，使人易诵易记，而惟以单行之语，纵横恣肆，动辄千言万字，不知此乃古人所谓直言之言，论难之语，非言之有文者也，非孔子之所谓文也。《文言》数百字，几于句句用韵。孔子于此，发明乾坤之蕴，诠释四德之名，几费修词之意，冀达意外之言。要使远近易诵，古今易传，公卿学士皆能记诵。以通天地万物，以警国家身心。不但多用韵，抑且多用偶，即如……凡偶皆文也。于物两色相偶而交错之，乃得名曰文，文即象其形也。然则千古之文，莫大于孔子之言《易》。孔子以用韵比偶之法错综其言，而自名曰文，何后人之必欲反孔子之道，而自命曰文，且尊之曰古也！"③撇开《文言》是否出自孔子之手、昭明之意是否如其所言，以及阮元此

---

① 《揅经室三集》卷二《文言说》。据《文心雕龙注》卷一《原道》注附引，第14页
② 《文言》分《乾文言》和《坤文言》，分别见于《周易正义》卷一《乾》《坤》之后。
③ 《揅经室三集》卷二《文言说》。据《文心雕龙注》卷一《原道》注附引，第13—14页。

论是否有其现实背景和指向等问题暂且不论，仅就其对于"文"之本义的理解及其特征的把握而言，确是切中肯綮的至论。阮元谓："凡偶皆文也。于物两色相偶而交错之，乃得名曰'文'，'文'即象其形也。"截断众流，直追本原，从"文"的本义上展开探求。正是根据此本义，才敢于宣称《文言》为"此千古文章之祖"。当然他的依据尚不止于文献，还有"古人"所处特定环境条件下对"文"的运用和需求等，这些则是现实的，换一个角度看，这二者也是对文之所以为"文"的要求和规定，体现于文本，则又成为"文"的诸多必备条件和特征，综而观之，约有以下几点：一是"寡其词"。必须简洁精要，不可烦冗。二是"多用偶"。"用偶"看上去似有"重复"，与"精简"矛盾，实际上在"易于记诵"上二者是一致的。三是"奇偶相生"。用偶并不排斥"用奇"，而且二者要适当配合。四是"协其音"。即"多用韵""音韵相和"。五是"修词"。在词语的运用和组织上煞费苦心。六是"无方言俗语"。即使用可以通行的言语。七是"无能增改"。可能是指词语音韵等精练严密，各方面配合恰当，使人一有增改便觉不当。八是"青白之成文"。大约是指词语音韵的色彩形象之类，有规律的变化，富于美感。九是"冀达意外之言"。使文本形式具有尽可能大的意味含量，突破词语篇章音韵等局限，给人更多的意义和感受。这九点的共同目的，则是"使远近易诵，古今易传，公卿学士皆能记诵，以通天地万物，以警国家身心"，即最大范围、最大限度地发挥其"文"的功用和意义。然则概括起来看，这九点所集中关涉的"文"的形式要求和构成大抵有三：以言语词句等为主要构成的"修词"系统；以音韵声律等为主要构成的"协韵"系统；以形象意境为主要构成的"色彩"系统，而渗透其中又笼罩其上的，则是三者各自及其相互之间错综交织适当配合的"法则""功用""意义"之类。显然可见，这些与上文所论析的"诗"的文本的形式要求和构成等大致相符，表明二者在"文"义的实现上存在着很多的共同之处，而使"文"与"诗"乃至其他文体最终区别开来的，或许主要不是其"构成"的差异，而是其"法则"的差异。这已属另一问题，兹不多及。

（原载《文学评论》2005年第1期）

唐代文学的文化规定

一

对于唐代文学的认识和把握，不应当仅仅局限于其自身，必须向着它及其作者所赖以生成的更为广阔的"背景"追寻。不如此，我们便会在许多问题甚至是关键性问题——如唐代文学的空前"繁荣"和永恒"魅力"之类——上难得要领。坦率地说，已有的关于这些问题的众多解释虽然不无道理，但总给人犹未达于一间之感。本文并不打算正面涉及这些问题，而是欲就唐代文学所受到的"文化规定"粗陈浅见。如果这些浅见可以成立的话，那么有关上述问题的某些重要答案也就包含其中了。

简单地说，唐代文学始终是在儒家文化的规定下展开并完成的，因而她从内部精神内涵到外部形式表现都呈现出充分的儒家文化的性格和特征，甚至可以认为，她大抵上就是儒家文化"文学化"的结果。对于这样一个具有根本性的实质问题，古人的感受要比今人更为切近，只是由于包含于厚重的经验之中，而使其未能呈现为更加清晰的理性表述。《旧唐书·文苑传》的序论中说："爰及我朝，挺生俊贤，文皇帝解戎衣而开学校，饰贲帛而礼儒生，门罗吐凤之才，人擅握蛇之价。靡不发言为论，下笔成文，足以纬俗经邦，岂止雕章缛句。韵谐金奏，词炳丹青，故贞观之风，同乎三代。高宗、天后，尤重详延，天子赋横汾之诗，臣下继柏梁之奏，巍巍济济，辉烁古今。"①《文苑传》却要从"开学校""礼儒生"说起，这本身就是颇具意味的绪笔。在作者的意识里，正是由于开学校、礼儒生，才造成"门罗吐凤之才，人擅握蛇之价"——"文学"的广泛普及和长足提高——的局面，因而才会有"巍巍济济，辉烁古今"——空前的繁荣和永恒的魅力——的结果，而这一切都应首先归功于"文皇帝"——功德兼隆的唐太宗。值得揭明的是，唐太宗本是以扫平寰宇、夷靖内乱的"武功"而登上帝位的，但死后却被谥为"文"。按谥法："经纬天地曰文，道德博闻曰文，勤学好问曰文，慈惠爱民曰文，愍民惠礼曰文，赐民爵位曰文。"②这完全是儒家文化的人格化。然则谥唐太宗为"文"实在是对他的"儒"的功德的肯定和颂扬，他也正是在这个意义上和唐代的"文学"联系起来的。《全唐诗》的编者则进一步指出："（唐太宗）锐情经术，初建秦邸，即开文学馆，召名儒十八人为学士。既即位，殿左置弘文馆，悉引内学士，番宿更休，听朝之间，则与讨论典籍，杂以文咏，或日昃夜艾，未尝少怠。诗笔草隶，卓越前古。至于天文秀发，沈丽高朗，有唐三百年风雅之盛，帝实有以启之焉。"③"风雅"是儒家文化所特有的文学概念。可见，不仅唐太宗个人的"文学"成就和儒家文化分不开，而且由他开启的唐代三百年文学同样和儒家文化分不开。

由于唐太宗不仅是李唐天下的主要肇基者，也是大唐国家体制的创立者，他的制礼作乐、垂典立范为其后历朝君主所永为法式，又由于本文篇幅有限，不可能对唐代三百年文化与文学作更多涉及，这里的讨论便只以唐太宗时期，亦即所谓"唐初"的文化与文学为重点对象，或许可以作为窥其"全豹"的"一斑"。

---

① 《旧唐书》卷一百九十上《文苑传》上，第4982页。
② 《史记》附张守节《史记正义·谥法解》。案：王溥《唐会要》卷七十九《谥法》上注文同。
③ 《全唐诗》卷一《太宗皇帝》小传，第1页。

二

唐代文学的文化规定，首先取决于唐代政治的文化规定。因为，在古代中国，"文学"是主要从属于社会政治范畴的，而古代中国的政治尤其是所谓"王道""帝道"政治，实质上乃是某种文化的政治。因此，当政治文化一经确定，文学文化也就随之被确定下来了。

唐太宗在即位之前便已表现出强烈的儒家文化倾向。一旦即位，便立即公开宣扬其儒家政治主张，并且力排众议，冒着极大风险坚定地选择了儒家政治路线，进而身体力行，孜孜不倦，终于在不太长的时期内收到成效，达到了儒家政治理论所设计的可能高度。有关这方面的情况，文献载之甚详，毋庸多赘。不过，人们一般爱把唐太宗的这种选择，仅仅归结为是对前代，特别是杨隋儒教不修而致覆亡历史教训的借鉴，或者谓之"历史的规定"，这自然是有根据的，但绝非仅此而已。实际上唐太宗还受到来自其他一些方面的规定，而且这些规定更具根本性。对此，论者往往未能给予足够重视。

唐太宗的儒家文化规定，首先来自他所受的家庭教育，我们不能为唐太宗"少从戎旅，不暇读书，贞观以来，手不释卷"[1]的话所迷惑，从而相信他要迟到贞观之时(约29岁)才开始学习儒家文化，那不过是他面对群臣表示"慎终"时的谦辞。实际上，他接受教育很早，而且这种教育必然是以儒学为主要内容的。据陈寅恪先生考论，自汉代学校制度废弛，官方博士传授之风气止息之后，学术中心便转向家族，并有地域之限，尤其是河陇地区的"家学"遗传不坠，而李唐先祖李嵩正是"以经学文艺著称"、"设学校""奖儒业"的凉武昭王。[2]因此，李唐王

---

[1] 《贞观政要》卷十《慎终》，第294页。
[2] 参见陈寅恪《隋唐制度渊源略论稿》，《陈寅恪集》之《隋唐制度渊源略论稿 唐代政治史述论稿》，第17—26页。

室先世原就有"儒业"渊源,而累代陇西的军政贵族家世,也决定着他们不可能不亲染儒学。至少在李渊身上已表现出浓厚的儒家文化素质和色彩。他在武德元年就下诏恢复学校,二年又下诏褒崇周、孔,弘阐儒教,奖拔儒生,① 等等。这些都不是无源之水、无基之构。唐太宗本人公开表白受教于李渊也为史所明载,而且特别强调他从李渊那里接受的是"忠孝"之教,学到的是治国之"文道"——儒家政治学术。② 也就是说,早年的李世民并非只是在骑马射箭,学习"儒业"乃是其不可或缺的"功课"内容。这对他后来的思想成型和事业成功,显然具有奠基意义。

更具有塑造性意义的应当是唐太宗所受的师学教育,这一点尤为一般论者所不甚留心。在新旧两《唐书》的"儒学传"里都赫然著有张后胤的大名,此人便是唐太宗的授业老师。据本传载,张后胤在高祖、太宗和高宗朝,先后受到李氏父子祖孙三代尊重,礼遇甚隆。③ 显然是一位和李唐政权有着特殊联系、对李世民有着特别影响的人物。李世民明确承认"朕从卿受经",显示的只是其表层关系:儒学的授受。而李世民所说的"卿从朕求官",所显示的则是另一层关系:翼赞成功。简言之,张后胤是李世民帝业的早期启蒙者、参谋者和促成者。而张氏的儒学,可谓渊源有自。其父张冲,仕陈为左中郎将,然非其所好,"乃覃思经典,撰《春秋义略》,异于杜氏七十余事。《丧服记》三卷,《孝经义》三卷,《论语义》十二卷"④。张冲著作的题目,大抵显示出他的儒学重在阐"义",主于现实政治和伦理的实用。按照"南人约简,得其英华"⑤ 的标准,张冲之学应是纯正的南派儒学。张后胤既"以学行禅其家",并"以学行见称",可知他是其家学的忠实继承者。有趣的是,张冲为汉王杨谅

---

① 有关情况可参见新旧《唐书·高祖纪》、《大唐创业起居注》等。
② 较突出者有二处:一是《大唐创业起居注》上所记,"起义"之初,李渊命建成、世民首取西河,临行嘱曰:"尔等少年,未之更事,先以此郡,观尔所为。人俱尔瞻,咸宜勉力!"二人跪应:"儿等早蒙弘训,禀教义方,奉以周旋,不敢失坠。国家之事,忠孝者焉。故从严令,事须称旨。如或有违,请先军法。"(第9页)另一是贞观八年,在李渊为庆祝"胡越一家"而举行的盛大国宴上,太宗奉觞为寿,称:"臣早禀慈训,教以文道……"前记出自"起义"参与者之一温大雅之手,后记详见《旧唐书·高祖纪》,均为信史。
③ 详见《新唐书》卷一百九十八《儒学传·张后胤传》,第5650—5651页。
④ 详见《隋书》卷七十五《儒林传·张冲传》,第1724页。
⑤ 《隋书》卷七十五《儒林传·序》,第1705—1706页。

侍读，杨谅曾经起兵，后胤为李世民经师，李世民终于兴唐，父子二人所教弟子行径如出一辙，此岂偶然哉！由此亦可窥见张氏家学之大概了。

如果说家教和师学对唐太宗的政治思想和行为具有基本的规导意义的话，那么他的那些政治伙伴们的儒学影响对他便具有互相激发和支持的作用。同时，他的这些政治伙伴也是达成其政治成功的主要成员。有贤相之称的房玄龄，"幼聪敏，博览经史，工草隶，善属文"。其父房彦谦"好学，通涉《五经》"①，拥有家传儒学。另一位贤相杜如晦，"少聪悟，好谈文史"，为十八学士之冠，褚亮为赞曰："建平文雅，休有烈光。怀忠履义，身立名扬。"②儒学造诣之深厚非同一般。有名的谏臣魏徵，"好读书，多所通涉，见天下渐乱，尤属意纵横之说"。其于礼学，尤有独到之处，"以戴圣《礼记》编次不伦，遂为《类礼》二十卷"，大受太宗赞赏。③被太宗称为"当代名臣，人伦准的"的虞世南，其德行、忠直、博学、文词、书翰号为"五绝"，④更是一位经史文艺饱学多才之士。其他如王珪、岑文本、李百药、姚思廉、褚亮褚遂良父子等，或学综经史，或业有专攻。至于盖文达、孔颖达、颜师古等人，⑤则更是宿儒名家，为一代儒学大师。当日太宗周围的儒者真可谓是"群贤毕至，少长咸集"。还有一个情况值得注意：曾于贞观前期出任御史大夫的杜淹，著文称隋末大儒文中子（王通）曾聚徒讲学于河汾之间，"门人自远而至：河南董恒（常）、太山姚义、京兆杜淹、赵郡李靖、南阳程元、扶风窦威、河东薛收、中山贾琼、清河房玄龄、钜鹿温大雅、颍川陈叔达等，咸称师北面，受王佐之道焉"⑥。此说如果成立的话，⑦那么第一，这些"伟人"大多成为唐太宗的政治伙伴，有的（如温大雅）甚至在"起义"之初便追随李氏父子，亦即，他们是以"王佐之道"助成太宗功业的关键

---

① 《旧唐书》卷六十六《房玄龄传》，第2459页。
② 《旧唐书》卷六十六《杜如晦传》，第2467—2468页。
③ 《旧唐书》卷七十一《魏徵传》，第2545—2559页。
④ 《旧唐书》卷一〇二《虞世南传》，第2570页。
⑤ 上述诸人，新旧两《唐书》均有传载，可参见。
⑥ 《文中子中说》附杜淹《文中子世家》，第1330页。
⑦ 详见邓小军《唐代文学的文化精神》第一章《贞观之治与河汾之学》，第1—97页。

人物；第二，这些人所受的"王佐之道"具有很强的"同源性"和一致性，因而更具凝聚力和实践效果；第三，王通的儒学乃是经过"复古化"改造了的现实实用儒术，与唐太宗言行所显示出来的精神颇为一致。这些都进一步表明，唐太宗的政治选择和现实作为是有其深厚而明确的儒学背景的。

上述诸情况，从"教育"和"影响"的意义说来，是对唐太宗思想、观念、倾向和行为的"规定"。然而，当那些教育和影响的"内容"一旦为唐太宗所接受和消化，"规定"也就成为"需要"。亦即那些儒家文化内容便转变成为他自身的素养、品质、追求和风格等等，成为他"固有"的和希望的人格组成部分，因之他的行动也就是主动自觉的意志选择。于是我们在外部便见不出"规定"的生硬和隔膜，因为它已转化为内在的"融合"了。

三

政治一旦选择了文化，它便立刻被文化规定下来。与此同时，"文学"则处于文化和政治的双重规定之中。因为文学通常是作为政治的"从属者"而出现的，而儒家政治在运作和效果上的文化性，又使得文学所受的规定总是带有浓郁的文化意味。

儒家文化对于其政治的设计和要求是一个庞大而复杂的"知—行"或"体—用"系统，我们在这里不便多及，但可以简要认为，它是通过伦理和礼乐的内外配合，使社会成员的道德人格得到提高和完善；具有"真"的心地、"善"的德行和"美"的形容，从而构成安定有序的社会关系，并展开富于人情味的人间生活，这就是经典儒家所谓的"教化""政治"和"移风易俗"等的基本方式和理想效果。在这个过程的起点和终极都要求有"文学"的参与和配合，并且文学同时又是它的内容和材料。这也是一个较复杂的问题，因笔者已另文探讨，在此亦不多及。

文学在政治中的重要角色自然引起唐太宗为首的最高统治集团的高度重视。众多文献表明，他们从执政的一开始便以集体的和个人的形式，代表这个政治和文化，向文学提出要求并作出规定，由于他们表现出来的意志惊人一致，我们甚至很难严格界定哪些言论是个人的，哪些言论是集体的，总之都是那个统治集团发出的声音。就其"规定"的主要方面而言，以下几点最可注意。

其一，作为儒家"文德"政治的要求和规定的应有内容，统治集团必须进行大量的"文学"（在这里同"文化"）制作，所谓"制礼作乐"便属此范畴。唐初统治者的官方和个人的文学制作可说是盛极一时，为历代所罕有，其代表作品有当朝重臣纂修的"前代史"，包括周、隋、梁、陈、齐五代史和南、北史，以及晋史等；① 房玄龄等人修订的"五礼"、孔颖达等人的《五经正义》、欧阳询的《艺文类聚》、魏徵的《群书治要》《类礼》、高士廉的《文思博要》、李袭誉的《忠孝图》、魏王泰的《括地志》、高士廉等人的《氏族志》等，集体修撰，或个人编述，往往规模宏伟，意在综合已有，甄别得失，实现统一，而有用于王政。唐太宗本人不仅参与了《晋书》等的编撰工作，而且著述勤奋，他的《帝范》《金镜》等尤其注重总结既往，树立规则。论者往往只注意到这些修撰工作为现实政治"服务"的一面，实际上它们同时也是这个政治"本身"，因为儒家"文德"政治实际上就要求整个社会和其主体成员达到"文质彬彬"的状态。因而"文学"不仅是达成这种状态的工具和内容，同时还负有反映这种状态的使命。因此唐代统治者乐于文学制作并不是偶然的现象。当然，这些作品中表现出来的文学倾向及其现实意义，仍应予以足够重视。

其二，对"文学"的基本性质和功用作出确定。这个问题原是古代儒家特别是汉儒早已解决了的问题，但经过魏晋南北朝及隋的发展变迁，诸多原本明确的认识变得"模糊"起来。质言之，在一些带有根本性的

---

① 据《唐会要》，官修"前代史"始议于武德四年，武德五年下诏实施，"绵历数载，竟不就而罢"。贞观三年（629），"于中书置秘书省，以修五代史"。贞观十年（636），撰成进之。

问题上已与儒家文学观念疏离或冲突，这自然是由其所从属的政治偏离儒家文化所决定的。因而，实行儒家政治的唐代统治者对此必须予以"拨乱反正"。这方面可以魏徵的态度为代表："《易》曰：'观乎天文，以察时变；观乎人文，以化成天下。'《传》曰：'言，身之文也。言之不文，行之不远。'故尧曰则天，表文明之称；周云盛德，著焕乎之美。然则文之为用其大矣哉！上所以敷德教于下，下所以达情志于上。大则经纬天地，作训垂范；次则风谣歌颂，匡主和民。或离谗放逐之臣，涂穷后门之士，道辕轲而未遇，志郁抑而不申，愤激委约之中，飞文魏阙之下，奋迅泥滓，自致青云，振沈（沉）溺于一朝，流风骨于千载，往往而有，是以凡百君子，莫不用心焉。"[1]将"文学"置于"天—人"之际予以本质体认，从而确定它首先是"人文"，可以由"圣人"通过"观"而至于"化成天下"，这正是中国"文化"的精切本义。中国"文学"正是在这一本义上建立起自己的实质和功能的——所谓"文化"就是以文致化，而宽泛地说，"文学"就是"文—化"之学，可见在最早的文学命题里便是以功能包融它的实质的，这正与中国学术的知行合一、体用不二的传统神理附会。

于是，化民成俗便成为传统"文学"功能的最高层级，而在实际的施行中则表现为国家政治的文化"教化"。所以魏徵用"上所以敷德教于下，下所以达情志于上"来总括"文之为用"。在这个意义上又有三个层次的分别，即如其"大则""次则"和"或"所概括的那样。然则所谓"经天纬地，作训垂范"实在是就"圣人"和"君主"这一层次而言的；所谓"风谣歌颂，匡主和民"显然是就"人臣"这一层次而言的。而"离谗放逐之臣，涂穷后门之士"云云，则是就一般的文人特别是仕途不顺的文人(可谓之小臣)而言的。这里显然有个"中心"，即政治："教化"既然是政治的事情，那么文学功能的区分自然也应以政治的需要为原则。于是文学的主体也就依其政治地位的不同而由君、臣、小臣来充担。直白地说，在儒家文化的规定下，"文学"首先是君主(或"圣人")

---

[1] 《隋书》卷七十六《文学传序》，第1729页。

们治理天下的工具，其次是大臣们帮助君主治理天下的工具，最后才是地位低下的文人们追求政治进身的工具，总之，都是政治的工具。类似魏徵这种对于文学实质和功能的确定，在房玄龄为《晋书·文苑传》所作的序文中也可以看到。他说，"夫文以化成，惟圣之高义；行而不远，前史之格言。……移风俗于王化，崇孝敬于人伦，经纬乾坤，弥纶中外，故知文之时义大哉远矣！"[1]其他如高士廉、李延寿、姚思廉、李百药等人，不仅分别发表过类似的观点，甚至连阐述观点的文辞句式也如出一辙。这表明，上述关于文学的确认，乃是当时统治集团共同意志的反映。

其三，当实质和功能被规定下来之后，也就同时对文学的"风格"提出了要求。这里的"风格"主要是就"内容"与"形式"及其结合状态之程度而言的。对此，儒家文化有一个人所悉知的经典命题："质胜文则野，文胜质则史，文质彬彬，然后君子。"[2]不仅要求内容和形式都要表述适当，而且二者的互相结合也必须适当。魏徵接下来的论述可以解答这个问题："江右宫商发越，贵于清绮，河朔词义贞刚，重乎气质。气质则理胜其词，清绮则文过其意，理深者便于时用，文华者宜于咏歌，此其南北词人得失之大较也。若能掇彼清音，简兹累句，各去所短，合其所长，则文质斌斌，尽善尽美矣！"[3]这不光是对南、北文学的叙述和批评，更表明了其取舍态度：合其所长，去其所短，达于"文质斌斌"。如果说魏徵在这里发表的主要还是对以往文学的取舍态度的话，那么唐太宗的《帝京篇》及其序文，则是直接面对现实做出的表态和示范。"庶以尧舜之风，荡秦楚之弊；用咸英之曲，变烂漫之音。求之人情，不为难矣。故观文教于六经，阅武功于七德，台榭取其避燥湿，金石尚其谐神人，皆节之于中和，不系之于淫放。故沟洫可悦，何必江海之滨乎？麟阁可玩，何必两（一作山）陵之间乎？忠良可接，何必海上神仙乎？丰镐可游，何必瑶池之上乎？释实求华，以人从欲，乱于大道，君子耻之，

---

[1] 《晋书》卷九十二《文苑传序》，第2369页。
[2] 《论语注疏》卷六《雍也》，第2479页。
[3] 《隋书》卷七十六《文学传序》，第1730页。

故述《帝京篇》，以明雅志云尔。"①服从"文教"的根本原则，要求"内容"上遵循"六经""七德"；"形式"上用尧舜之风、咸英之曲荡涤旧弊。二者的结合必须置于"中和"的状态，而不允许有历"淫放"。这恰恰可以和魏徵的"文质斌斌"互相发明，互相支持。

其四，唐太宗还进一步要将情趣集中在"沟洫""忠良""丰镐"等之上，而把"江海""山陵""神仙""瑶池"等排斥不顾。前者是具体的、现实的、政治的、人间的；后者则是缥缈的、空虚的、超越的、远世的。在这一取一舍之间，我们看到的远不止于太宗个人的情趣范围的排斥和选择，更是对整个文学基本品位的规定，即"释实求华，以人从欲，乱于大道，君子耻之"。正面的表述就是：文学的品位必须是现实性的、人间性的。用今天的话说就是，文学必须关注社会，反映现实，服从并服务于国家政治要求。这便是唐太宗作为李唐开创之主的"雅志"。显然，他的领袖地位决定了这种"雅志"绝不只是个人性的，实际上他的群僚们早已用不同的方式四面应和了，从而使太宗的"雅志"和皇皇政令并无多少差别。

推而言之，上述四个方面都远远超出了某个人的兴趣好恶而具有朝廷政治宣言的性质。实际上，在朝廷的具体路线方针政策中，这些精神都有所贯彻和体现，并不是空垂其文而已。因而儒家文化对文学的规定不仅是全面的，而且是强有力的，甚至是法令式的，这是其他文化（如佛、道）对文学艺术的影响根本不能与之相提并论的，因为它有强有力的"物质"的保障体系，这正是下文要说到的。

四

说到儒家文化对文学的规定具有政令性，我们就不能不说到它的另

---

① 《全唐诗》卷一太宗《帝京篇·序》，第1页。

一面，即通过具体政治行为来体现和完成这些规定，因为没有后一面，前面的一切都只能是教条而已。

在唐代，把上述文化规定和文学要求有机结合充分体现并收到惊人实效的政治行为，首先要推科举制度。不论唐代科举制度和以往的取士选官制度有多少渊源和类似，有一点便足以使它与以往的所有制度区别开来并显出其突出性格，这就是科举本质乃是一种依据"文学"标准选拔人才的制度，这是被唐人明确写入政典中的。《唐六典》规定："（吏部考功）员外郎掌天下贡举之职。凡诸州每岁贡人，其类有六：一曰秀才，二曰明经，三曰进士，四曰明法，五曰书，六曰算。其弘文、崇文生各依所习业随明经、进士例。其秀才试方略策五条，文、理俱高者为上上，文高理平、理高文平者为上中，文、理俱平者为上下，文、理粗通为中上，文劣理滞为不第。其明经各试所习业，文、注精熟，辨明义理，然后为通。正经有九：《礼记》《左传》为大经，《毛诗》《周礼》《仪礼》为中经，《周易》《尚书》《公羊》《穀梁》为小经。通二经者，一大一小，若两中经；通三经者，大、小、中各一。通五经者，大经并通。其《孝经》《论语》并须兼习。其进士帖一小经及《老子》，试杂文两首，策时务五条。文须洞识文律，策须义理惬当者为通。"[①]《唐六典》是李林甫等直接秉承玄宗旨意于开元二十七年（739）完成的政治法典，应是李唐政治现实和政治理想的最具权威的反映。它同时还规定，礼部侍郎也负责考试选才的职掌，其取士标准和吏部考功员外郎相同。据此可知，唐代科举中最重要的秀才、明经（秀才科因"取人稍峻"，大致到永徽时便停举）等科的取士原则主要是看"文""理"水平的高低。这里的"文"大抵就是我们所说的文学的"形式"部分，"理"就是文学的"内容"部分。因此"文理"原则实际上就是"文学"的整体原则，科举取士实际上就是在选取文学之士。这个实质在进士科中尤其得到集中体现。它们考试的"杂文"一般为诗、赋之类，是"文学"性最强的项目，也最为当局所提倡，最为士子所热衷。

[①] 《唐六典》卷二《尚书吏部》，第 44—45 页。

所以《唐摭言》说："咸亨之后，凡由文学举于有司者，竟集于进士矣。"又说："缙绅虽位极人臣，不由进士者，终不为美，以至岁贡常不减八九百人。"① 因此人们往往把进士径称为"文学"或"词科"之士。将"文学"树立为人才选拔的最高标准，把文学之士推许到最受宠重的位置，这并不是一时兴起的偶然现象，而是由于"文德"政治对"文学"地位的"固有"规定。若作进一步观察便会发现，所谓"理"的依据，就是儒家经典（《老子》是特例，当作别论），也就是说只要能够运用符合儒家文化的思想、观念和方法来分析事物、解释问题，便为"理通"，其优秀者便为"理高"，这实际上是对文学的"内容"做出了规定，关于"形式"上的规定，则包含在对"文"的要求中了。此外还应注意"时务策"，这是进士考试和明经考试的又一重要不同。所谓"时务策"实际上就是运用儒家文化准则就现时政治问题提出对策，或者更直接地说就是"纸上谈兵"：在试卷上处理政务。这是将"文学"和"政治"有机结合的极其有效的形式，不仅保证了所取士子的"政治"素质，而且也保证了"文学"的现实品质。这也就无怪乎"文学"之士进身之快捷、地位之优越了。由此可见，儒家文化对于文学的政治运用都在科举制度中得到了淋漓尽致的实现和反映，其"良法美意"之精致周密，显示出他们在这方面的自觉与成熟。

就时间性说来，"科举"只是短暂的过程，但作为它的准备阶段的教育则是漫长的。从有关唐代教育的记载中我们可以看到，唐人的学校不仅使用的教材和科举考试的"内容"惊人的一致，而且教育的方法也几乎是完全针对着科举而设置的，这一点尤以中央的国子学和各级地方官学最为突出。② 实际上，它们就是兼有为科举考试培养并选拔人才的职能。也就是说，唐代的教育和科举是直接连贯并接轨的，然则学校也就成为"文学"之士的养成所了。"科举"之后，一部分人及第入仕，进入官僚队伍，一部分人下第散去，各做各的营生。后者的情况比较复杂，

---

① 《唐摭言校证》卷一《述进士上篇》《散序进士》，第9—15页。
② 详见新旧两《唐书》之"职官志""选举志"及"国子监"部分。

暂置勿论。前者的入仕，不仅不是"文学"生活的结束，而且是文学生涯的深入和加强。这是因为原来的"纸上谈兵"到这时进入了实战的"冲锋陷阵"，由一个政治的高谈阔论者进入实际的临政理务者，一切都更加具体而实在，而文牍政治又决定着他们必然长年累月地泡在"文学"里。不仅如此，朝廷对政绩的考核实行的是"四善二十七最"之法，"四善"为德义有闻、清慎明著、公平可称、恪勤匪懈——这是适应所有官吏的"基本标准"。"二十七最"则是区别不同职能的具体标准，如：献替可否、拾遗补阙，为近侍之最；礼制仪式、动合经典，为礼官之最；礼义兴行、肃清所部，为政教之最；详录典正、词理兼举，为文史之最；等等。一最四善为上上，一最三善为上中，一最二善为上下，无最而有二善为中上，无最而有一善为中中，职事粗理、善最弗闻为中下……[①] 由此可见"四善"大抵是对官吏的道德品质的要求，它对于考核等第的高低具有关键性意义。只要有"善"，无"最"也可得中、上等第，这正是"文德"政治重德行的具体反映。而在官吏的铨选中，"(吏部尚书、侍郎)以四事择其良：一曰身，二曰言，三曰书，四曰判。以三类观其异：一曰德行，二曰才用，三曰劳效。德钧以才，才钧以劳。其优者擢而升之，否则量以退焉"[②] 同样是以"德行"为其首要标准。而所谓"才用"，所谓"言、书、判"，大抵是就其"文学"而言的。在这种铨选中，同样需要考试。《唐六典》特注明："每试判之日，皆平明集于试场，识官亲送，侍郎出问目，试判两道。或有糊名，学士考为等第，或有试杂文，以收其俊乂。"[③] 其情形很近于科举考试。这表明科举的基本原则一直延伸到文官阶段，"文学"是官吏们必备的素质和才能，也是其从政的工具和证明，并且又是其仕途晋升的重要条件。当然，这些都可以说是"规定"。按照唐人七十许致仕的惯例，这些规定差不多是终生性的了。

这样，教育—科举—文官制度，互相联系，结为一体，对"文德"政治的实施，对"文学"之士的培养、选拔和使用，就构成了制度性的贯彻、

---

① 详见《唐六典》卷二《吏部尚书》，第 42—44 页。
② 详见《唐六典》卷二《吏部尚书》，第 27 页。
③ 详见《唐六典》卷二《吏部尚书》，第 27 页。

落实及其保证。从而使前述所有的文学的文化规定得以化为具体生动的人格效果和社会效果。当然，唐代国家用以实现上述规定的，并非只有教育—科举—文官体系，它无疑还有其他体系，这里就不便多及了。

五

唐代统治者对上述文学的文化规定不仅施诸政令，推行全国，他们自己也在以身作则自觉地遵行着。从而我们可以见到文学在实际活动中的状况。

有两件事经常为史家提到：一件是《新唐书》记："帝（太宗）尝作宫体诗，使（虞世南）赓和，世南曰：'圣作诚工，然体非雅正。上之所好，下必有甚者，臣恐此诗一传，天下风靡。不敢奉诏。'帝曰：'朕试卿耳！'赐帛五十匹。"[①]此事一般认为是唐太宗本就喜好宫体诗，真心想让虞世南赓和，在遭到虞世南的拒绝后，只得以"朕试卿耳"来为自己打圆场。君臣二人早已作古，当时的真实内心后人只能猜测而已。假设太宗确实喜好宫体诗，而虞世南当初在陈、隋是宫体诗的高手，不可能说他此时对宫体诗已完全绝情。在这种情况下，虞世南敢于严词拒绝君主的命令，而唐太宗在遭臣下的拒绝时能立刻知错改错，自寻台阶，并赐物奖励，这固然可以作为宫体诗在当日的朝廷里仍有一定的势力之说，但更有意义的则应是它所显示出来的贞观君臣抑制宫体诗的自觉和自律。显然他们都明确意识到有某种力量在规定着，不允许他们随心所欲地制作宫体诗。这种规定力量便是虞世南所谓的"雅正"：文学的雅正要求和君臣的表率责任。而所谓雅正，正是儒家文学的精髓所在。

另一件为《唐会要》所载："（贞观）二十二年九月，考功员外郎

---

① 《新唐书》卷一〇二《虞世南传》，第 3972 页。

王师旦知举,时进士张昌龄、王公瑾并有俊才,声振京邑,而师旦考其文策全下,举朝不知所以。及奏等第,太宗怪无昌龄等名,因召师旦问之。对曰:'此辈诚有文章,然其体轻薄,文章浮艳,必不成令器,臣若擢之,恐后生相效,有变陛下风雅。'帝以为名言。"[1]张昌龄等人的文名已引起太宗的注意,他和"举朝"对昌龄等未及第的关切,表明"文名"已成为进士考试的重要条件之一。对王师旦的黜落昌龄等人,太宗和"举朝"显然是不满的,但经师旦的解释,太宗又"以为名言",前后态度的转变同样可以看出太宗对个人喜好的克制和对某种"规定"的服从。这个规定就是"风雅"。而风雅和雅正在文学上的意义是完全相同的。

　　论者往往以唐初文坛的"寂寞"和文风的"袭旧"为这一时期文学的缺憾。这在文学现实的感性领域里或许如此,但在文学精神的理性领域里,情况却大不一样,甚至正好相反:高度的理性自觉已把克服不合乎"雅正"的文风变成了国家的意志和个人的责任,从而使这一阶段成为文学思想史上最清醒的时代。为此,他们表现出罕见的自我约束和自我"牺牲"。从某种意义上说,"旧文风"在他们身上留下的"积尘"越厚重,他们的理性觉悟也就显得越彻底越难能可贵。这是一个新的文学精神的树立时代,这种精神的光芒照耀着此时此后的文学原野,那些文学之花才得以次第开放,烂漫缤纷。在后来空前繁荣的文学面前,唐初文坛的短暂"寂寞"和稍沿"旧习"不仅是难免的,而且也是微不足道的。这便是后世论家所盛道的唐太宗"开启"风雅三百年!

　　欧阳修等人的论断可以为我们以上的讨论作有力的充实和支持:"唐有天下三百年,文章无虑三变:高祖、太宗,大难夷始,沿江左余风,绮句绘章,揣合低卬,故王、杨为之伯。玄宗好经术,群臣稍厌雕琢,索理致,崇雅黜浮,气益雄浑,则燕许擅其宗。是时,唐兴已百年,诸儒争自名家。大历、贞元间,英才辈出,擩哜道真,涵咏圣涯,于是韩愈倡之,柳宗元、李翱、皇甫湜等和之,排逐百家,法度森严,抵轹晋魏,

---

[1] 《唐会要》卷七十六《贡举》中,第1379页。

上轧汉周,唐之文宛然为一王法,此其极也。"①这里认为,高祖、太宗(实指通常所谓的"初唐")时期,文学尚"沿江左余风";至玄宗("盛唐")时期,文学"崇雅黜浮",气象已成;至大历、贞元(指"中唐")时期,便"法度森严",完成了唐代文学的"王法"。阶段的划分,显示出文学的"儒家化"过程,但是这里的描述还只能说是文学现实的"感性领域"的情况,若从精神的"理性领域"说来,这种描述便需予以补充和修正:早在唐初,儒家文学的理性精神就已经完成。但是,精神的崇高性和构建者的高层位,使得这种理性精神尚处于"高悬"的状态,要将它落实为一般文人的自觉意识和普遍的文学现实,显然需要一个过程。其实我们在王勃、杨炯等人的意识中已经看到了这种理性的闪光。杨炯称王勃"尝以龙朔初载,文场变体,争构纤微,竞为雕刻。……气骨都尽,刚健不闻,思革其弊,用光志业"②。他们其实就是用这种符合儒家文学的"新精神"在互相砥砺,激浊扬清,只是还没能完全融会于文学实践中去。其后经陈子昂至于李白、杜甫,便逐渐显示出儒家文学精神已经实现了理性和感性的有机结合,杜甫尤其是代表。盛唐时代的"崇雅黜浮"也并非玄宗的忽然之举,它不过是初唐政治原则的继续和展开而已。但在这一时期,文人们的"亲风雅"往往显现出很强的"意志"作用,亦即自觉追求着风雅效果。这表明理性和感性的结合还未至于水乳相融的境界。到了中唐,这种境界便产生了。"风雅"在文学中已不只是"自觉追求",而更多的是"自然流露"。也就是说,官方的儒家文学规定已转化为文人们的自身素质,精神由理性状态转化为人格状态,"文学"已不再是那种理性的苍白宣言,而是这种人格状态的自然呈现。这可以从其代表人物那里得到证实。韩愈自称:"今有人生二十八年矣,名不著于农工商贾之版。其业则读书著文歌颂尧舜之道,鸡鸣而起,孜孜焉亦不为利;其所读皆圣人之书,杨墨释老之学无所入于其心;其所著皆约六经之旨而成文,抑邪与正,辨时俗之所惑。"③白居易称张籍"为

---

① 《新唐书》卷二〇一《文艺传·序》,第5725—5726页。
② 《王勃集序》,《文苑英华》卷六百九十九《序》,第3608页。
③ 《韩昌黎文集校注》卷三《上宰相书》,第155页。

诗义如何，六义互铺陈。风雅比兴外，未尝著空文"①，又谓自己诗歌"总而言之，为君为臣为民为物为事而作，不为文而作也"②。俨然与唐初君臣同一种声口，同一副神理，而且更进一步。他们已经使文学的"风雅比兴"在理性上的精致淳正与感性上的"法度森严"达到了完美的融合，从而完成唐代文学的一代"王法"。至此，"精神"完全注入现实的过程也告完成。它同时也标志着唐代"文德"政治的成功和儒家文化的胜利。

这些无非意味着，最迟到中唐时期，文学在本质上、功能上、风格（亦即内容与形式之特性及其结合之状态）上以及现实品位上都已全面实现了"儒家化"。文学阵容上的"巍巍济济，辉烁古今"恰恰是"文德"政治的应有结果。这一点大抵可以视为唐代文学繁荣的主要答案。而儒家文化（包括其文学趣味）本是最符合中国"国情"，最能为广大生活于现实中的人们所接受的文化，那么，忠实体现这种文化的唐代文学富于经久不衰的"魅力"也就不足为异了。可见，只要我们说明了唐代文学的文化规定，唐代文学的"繁荣"和"魅力"问题也就获得了原则性的说明。

顺便补充一下，唐代文学儒家化的生动完成虽在中唐，但并不是说中唐同时也是"终结"。实际上这种生动完成的生命力是相当强大的，不仅在晚唐依然活跃，而且就是在后来的时代，她的生命不但未曾枯死，相反却往往当春便发生，宋"叶"唐"根"或明"花"唐"干"交相辉映，尤觉妩媚而灿烂。李商隐自称："愚生二十五年矣！五年诵经书，七年弄笔砚，始闻长老言，学道必求古，为文必有师法。常悒悒不快，退自思曰：'夫所谓道，岂古所谓周公、孔子者独能邪？盖愚与周、孔俱身之耳。'以是有行道不系今古，直挥笔为文，不爱攘取经史，讳忌时世。百经万书，异品殊流，又岂能意分。出其下哉！"③论者往往以为这里反映着李商隐对"经书""师法"的某种"突破"，似乎是对儒家文化规定的"反动"，实际上可能正相反。李商隐所要突破的乃是那种生硬

---

① 《白居易集笺校》卷一《读张籍古乐府》，第5页。
② 《白居易集笺校》卷三《新乐府序》，第136页。
③ 《樊南文集》卷八《上崔华州书》，第441页。

的刻意"求古"和"师法",追求的是自觉而自然的"合道",也就是说,不是要去向周公、孔子等古圣先贤学习、效法"道",而是把自己放在与周、孔一样的地位"平等"地体现"道"。这显然不应视为是对儒家文化规定的反动,而是更加自主的感受和担当。如果说韩愈"斯吾所谓道也,非向所谓老与佛之道也",而是尧、舜、文、武、周公、孔子、孟子一脉相传之道,①昭示的是中唐文人对儒家文化的归依和担当,尚带有被动继承的意味的话,那么李商隐"盖愚与周、孔俱身之耳"则昭示着晚唐文人对儒家文化已进入主动自立与体现的境界。后者无疑是对前者的深入和强调。这种志趣,在皮日休、陆龟蒙、罗隐、韩偓、韦庄、牛希济、孙光宪等晚唐文人代表者的诗文中也有所表现。当然,晚唐的社会政治环境已大非从前,挽救日益颓败的世事的需要向文人们提出了更为强烈的"儒家化"要求,因而文人们的儒家性格往往也不得不以极端形式突出出来。因而,这也是一个文人们操守散弛、"选择"多样化的时期,情形更具复杂性。

六

需要特别说明的是,儒家文化规定并不是唐代文学所接受的唯一的或全部的文化规定。也就是说,唐代文学繁荣的魅力并非单纯或尽数来自"儒家化"。这是因为唐代文学在完成自己的过程中还同时吸收了诸如佛家文化、道家文化以及前代特别是六朝以来的文学文化,甚至还有境外"四夷"的艺术文化等。而这又是由唐代政治在文化上的高度自信和宽广胸襟所决定的。关于这些方面情况的认识和把握向来是很复杂的课题,这里不便逐一展开讨论。但有一种现象不应忽略,就是论者往往将这些因素对唐代文学的影响夸大到不适当的程度。其实,唐代统治者

---

① 《韩昌黎文集校注》卷一·《原道》,第18页。

在对待与儒家"异端"的文化态度上，可以以下述文德(长孙)皇后对唐太宗的理解为代表。当她病重时，太子(承乾)曾私下要求请唐太宗赦免囚徒、度人为佛道，冀蒙福助。皇后制止说："死生有命，非人力所加。若修福可延，吾素非为恶；若行善无效，何福可求。赦者国之大事，佛道者示存异方之教耳，非惟政体靡弊，又是上(太宗)所不为，岂以吾一妇人而乱天下法？"① 知夫莫若妻，皇后号"文德"，与太宗可谓夫唱妇随的天生一对，她对唐太宗的理解应当说是准确的。对于异端文化，唐太宗的态度是允许其存在，但有所限制：既控制它的发展规模，又控制其对"政体"的介入，并且尽可能用儒家文化来"包容"它们。但也可以根据一些"个人性"的需要来利用它们，如做法事以祈雨，饵丹药以养生之类。推而言之，唐代君主尽管有个别人不无极端之举(那大多是有其特定现实背景的)，但总的说来，对待异端文化的态度大抵如此。因而，尽管它们有着很大的发展，但始终未能动摇儒家文化的统治和主导地位，相反，由于它们的存在和融入，儒家文化得以不断丰富和更新，更具生命力。因此，唐代的儒家文化已非汉代的儒家文化，更非周秦的儒家文化。然则，丰富的异端文化的百花齐放，无疑参与完成了唐代文学的空前繁荣和永久魅力。但总的说来，它们还只是"影响"着文学，并未能至于"规定"文学的地位。异端文化对唐代文学作用之所以常常被夸大，可能是出于对唐代文学中那些与具体的、现实的、政治的、人间的等性质相远离的成分的解释之需要。诚然，异端文化比较说来更容易使文学带有这些成分，但也应该指出，文学的"儒家化"并不是文学的"教条化"的同义语，特别是当儒家的理性精神和感性实践有机融合之后，"文学"便是生动、饱满、有灵有肉的"实体"，而不是干瘪的概念，此其一。儒家文化尽管在其理性的逻辑起点上有其不合理性，② 但它的感性的基础却是现世的、人性的，甚至是情感的，只是在上升到一定的层次时，这些感性的东西才被理性所消融。也就是说儒

---

① 《旧唐书》卷五十一《文德皇后传》，第2166页。
② 拙文《韩愈的人"臣"定位及其"道"论》对此有所论及，见《学人》第三辑，江苏文艺出版社，1992年。

家文化中本就不乏那些与现实、政治等性质相远离的元素，只要条件适合，它们便会滋生放大，在局部构成主要成分。如"知足""保和"等情趣，原来就不是道、佛的"专利"，仅仅从儒家文化中就能获得"乐天知命"的快乐，不必有待于异端。此其二。儒家文化不论在理论设计和实践运作上都存在着自身的不严密性，甚至是自我矛盾冲突的，只要某一环节出问题，就有可能造成与"初衷"大异其趣的效果，即如科举取士而言，其取士的原则是公正、平等、唯才是举，其标准是"文理兼优"，但是，它同时又允许很深的人事介入（如"通榜"）。于是某些强有力人物的好恶就会凌驾于原则和标准之上。这不仅会造成所取非其人的结果，而且容易引导士子放弃道德和艺能的修习，转而只务人事的"经营"，从而使儒家经典沦落为可怜的"敲门砖"，甚至最终导致士习恶薄，世风浇漓。于是结果与初衷适得其反。我们看到不少唐代文人——不论及第者还是落第者——不同程度地存在着"退隐""堕落"甚至"叛逆"的现象，这便与儒家文化的自我"背反"有关。此其三。此外，文学的"自身规律"，如"审美"对于"功利"的超越性，"感性"对于"理性"的"不忠性"，以及作家临文之际"当下"的内部心境和外部环境的特殊性，等等，都有可能使文学逸出儒家文化的规定。总之，儒家文化对文学的规定，并不必然导致文学的单调、呆板、冷漠和苍白。同样，文学的丰满、活泼、热情和生动也并非只有佛道等异端文化才能造成。究竟应当怎样估价？看来只能在具体问题具体分析中获得答案了。

如果将本文的讨论稍作一般性上升，那么我们就可以说：人类在进入文明社会之后，任何时代都有它的政治，但并不是每个历史时期都能形成"自己的"统治文化。虽然每种统治文化都会向"文学"提出自己的要求，却没有哪种文化能够像儒家文化这样对"文学"作出如此全面而深刻的并且总体说来是积极而生动的规定，"文学"也从来没有像在儒家文化规定下这样具有崇高的地位，在某种意义上它甚至就是这种统治文化本身之组成部分。当然这样的情况必须在政治充分忠实于儒家文化时才可能发生。其直接承担者和表现者则是活生生的"文人"。人们习惯于将文学作品的制作者称为"文人"，但若从本文的论述着眼的话，

"文人"首先应是儒家文化的承载者因而也是当代政治的参与者,其次才是其体现者,它们合起来才是经典儒家"文学"的全义。从这里出发理解唐代乃至其他时代的文学,应该更切近根本。显然,我们这里的讨论主要是以唐代具有一般社会意义的文人文学为对象的,他(它)们在现实的领域里构成这个时代文人文学的主流和主体。至于那些远离社会、不近人间,以及经验奇特之人之作,则非本文结论所能约束。考察他(它)们的形形色色,同样是令人感兴趣的事情,但只好留待别的场合去进行了。

(原载《郑州大学学报》1996年第1期)

唐代文学概念的确立与实现

——以早期史学为中心

一代有一代之文学，每个时代文学完成的过程不尽相同。唐代文学是文学史上的巅峰和奇迹，她的完成必然有着诸多不同寻常之处。整体看来，唐代文学是历朝唐人前赴后继、精勤建设的结果，但各个时期建设的主题及其成就各有侧重和特点，其早期①建设尤可注意。由于唐初统治者具有深厚的儒学背景和修养，对儒家政治有着长期的酝酿准备，因而从立国之初尤其是太宗即位之后便坚定地选择并实行了"文德"政治②，这样的政治需要文学的全面配合，文学不仅是其资源和根据，也是其途径和体现，同时也是其内容和目的，甚至在相当程度上就是这种政治本身，二者互为表里、互相支持而一体共成，非一般关系可比。正是在这样的背景和要求下，唐初统治者开始了全面的"文学"建设。总的说来，其文学建设具有系统性、基础性和规范性，高度成熟且意志统一。这些建设可见诸当时国家政治的方方面面，就其主要途径和支撑而言，在意识形态领域则以下面几个系统最为显著而得力：一是"政令"系统。在朝廷一系列诏书法令中进行表达，其特点是赋予文字形式以最高权威，

---

① 这里所说的"早期"大抵指唐开国以来的五十年亦即自高祖李渊至太宗李世民下及高宗李治这一阶段，其中又以太宗执政的"贞观"时期为主体。
② "文德"政治亦即"王道""帝道"政治，是古代儒家政治的高级理念，并被发展为完备成熟且庞大复杂的"知—行"体系。简要地说，就是要通过（儒家的）礼乐教化的内外配合，使社会成员实现伦理自觉和道德完善，使整个天下风俗淳正且安定富足，从而展开"文质斌斌"的生活，达到"化成"的境界。唐代"文德"政治肇端于高祖时期，全面确立并完成于太宗时期。太宗幼承家教，长师名儒，好学不倦，很早便广纳文儒之士研讨学术，商量政道。笔者于此已有论述，详见拙著《唐太宗》。

并付诸具体的方针、政策、措施等加以实施,具有政治的规定性和强制力。二是"史学"系统。在大规模的官修史书和其他史书编写及著述中进行表达。其特点是于叙述事实、褒贬取舍中确立准则和典范,引导并"激约"[①]当时及后世。三是"经学"系统。在对古代经典尤其是儒家经典的阐述中表达。其特点是于整理文本、统一经注中确立意义和权威,示天下后世以准则。四是"文章"系统。在对已有文学作品的编集整理、解说评论中表达,其特点是在高下取舍的同时显示模范与法则。五是"编集"系统。在对文献资料、典章制度、故事逸闻之类的汇集编述中表达。其特点主要在于保存材料、提供资源,以便利用和借鉴。六是"文艺"系统。在具体的文学和艺术的创作中表达。其特点是真切生动,感人至深,影响亦广。六者各以其特有的方式从不同角度和层面上致力唐代文学的基础建设,本文仅就"史学"系统略予考察,其他则俟另文。

一

"史学"建设实质上也是"文德"政治建设的重要部分,而"史学"中的"文学"建设则是"文德"政治对"文学"的要求在"史学"系统中的表达与实现,唐初史学较为活跃,其中尤以官修诸"前代史"(以下简称"诸史")意义特别重要,以下讨论即就此展开。

应予指出的是,在古代中国君主专制的政体和机制下,"历史"往往是政治的另一种形式,官修史书尤其是将政治的过去、现在和将来联系起来而有用于当前的有效形式。唐人于立国之初就考虑并着手大规模的"前代史"和"国史"(即"当代史")的修撰,当时列入计划的有《魏

[①] "激约"指某种权威的或榜样的取舍会对社会产生"激励"和"约束"的双重作用:前者促使其人自觉自愿乐于如此,后者规定其人不得不如此,二者共同作用,遂使其人无所逃于此。

史》《周史》《隋史》《梁史》《齐史》《陈史》等。① 虽因种种原因未能进行到底，但统治者重史的态度已昭然可见。太宗即位不久便继续其事，《唐会要》载："至贞观三年，于中书置秘书内省，以修五代史。"② 到了贞观十年（636）即告完成。③ 至贞观二十年（646）又诏修《晋书》。④ 其后又有史官撰梁、陈、齐、周、隋五代史（志），吕才撰《隋纪》，李延寿撰《南北史》，元行冲撰《魏典》等。⑤ 可见诸史的修撰和完成，大抵皆在贞观至（高宗）显庆时期，主持和参与修史者，全是朝廷官员，而且绝大多数为高级要员和宰臣，甚至连皇帝也亲预其事，并设有专门机构。这表明修史工作乃为当时朝廷之重要大事，其所修之史则是朝廷高层集体意志之所在。

唐初修史与后世所谓的"盛世修史"大异其趣：后者往往是无关痛痒的粉饰和装点，前者确是有所感有所为而发。朝廷对此并不讳言，武德五年（622）修前代史诏称："经典序言，史官纪事，考论得失，究

---

① 《唐会要》卷六十三《史馆》上《修前代史》载："武德四年十一月，起居舍人令狐德棻，尝从容言于高祖曰：'近代已来，多无正史，梁陈及齐，犹有文籍，至于周隋，多有遗阙。当今耳目犹接，尚有可凭，如更十数年后，恐事迹湮没，无可纪录。'至五年十二月二十六日诏：……中书令萧瑀，给事中王敬业，著作郎殷闻礼，可修《魏史》；侍中陈叔达，秘书丞令狐德棻，太史令庾俭，可修《周史》；中书令封德彝，中书舍人颜师古，可修《隋史》；大理卿崔善为，中书舍人孔绍安，太子洗马萧德言，可修《梁史》；太子詹事裴矩，吏部郎中祖孝孙，前秘书丞魏徵，可修《齐史》；秘书监窦琎，给事中欧阳询，秦王府文学姚思廉，可修《陈史》。绵历数载，竟不就而罢。"第1090—1091页。
② 《唐会要》卷六十三《史馆》上《修前代史》，第1091页。
③ 《唐会要》卷六十三《史馆》上《修前代史》："（贞观十年）尚书左仆射房元龄，侍中魏徵，散骑常侍姚思廉，太子右庶子李百药、孔颖达，礼部侍郎令狐德棻，中书侍郎岑文本，中书舍人许敬宗等，撰成周、隋、梁、陈、齐五代史，上之，进阶颁赐有差。"第1091页。
④ 《唐会要》卷六十三《史馆》上《修前代史》："（贞观二十年）诏：令修史所更撰《晋书》。铨次旧闻，裁成义类。其所须可依修五代史故事，若少，学士量事追取。于是司空房元龄，中书令褚遂良，太子左庶子许敬宗，掌其事；又中书舍人来济，著作郎陆元仕，著作郎刘子翼，主客郎中卢承基，太史令李淳风，太子舍人李义府、薛元超，起居郎上官仪，主客员外郎崔行功，刑部员外郎辛邱驭，著作郎刘允之，光禄寺主簿杨仁卿，御史台主簿李延寿，校书郎张文恭，并分功撰录；又令前雅州刺史令狐德棻，太子司仪郎敬播，主客员外郎李安期，屯田员外郎李怀俨，详其条例，量加考正，以臧荣绪《晋书》为本，捃摭诸家，及晋代文集，为十纪、十志、七十列传、三十载纪。其太宗所著宣、武二帝及陆机、王羲之四论，称制旨焉，房元龄已下，称史臣。凡起例皆播独创焉。以其书赐皇太子，及新罗使者，各一部。"第1091—1092页。
⑤ 《唐会要》卷六十三《史馆》上《修前代史》："显庆元年五月四日，史官修梁、陈、齐、周、隋五代史三十卷，太尉无忌进之。四年二月，太子司更大夫吕才，著《隋纪》二十卷。其年，符玺郎李延寿，撮代诸史，南起自宋，终于陈，北始自魏，卒于隋，合一百八十篇，号为《南北史》，上自制序。景龙三年十二月，太常少卿元行冲，以本族出于后魏，未有编年之文，乃撰《魏典》三十卷。事详文简，为学者所称。""五代史三十卷"当作"五代志三十卷。"第1092页。

尽变通。所以裁成义类，惩恶劝善，多识前古，贻鉴将来。……然而简牍未修，纪传咸缺，炎凉已积，谣俗迁讹，余烈遗风，泯焉将坠。朕握图驭宇，长世字民，方立典谟，永垂宪则。顾彼湮落，用深轸悼，有怀撰录，实资良直……"[1] 贞观二十年《修晋书诏》称："……是知右史序言，由斯不昧；左官诠事，历兹未远；发挥文字之本，通达书契之源。大矣哉，盖史籍之为用也！……至梁、陈、高氏，朕命勒成，惟周及隋，亦同甄录。莫不彰善瘅恶，激一代之清芬；褒吉惩凶，备百王之令典。……宜令修国史所更撰《晋书》，铨次旧闻，裁成义类。俾夫湮落之诰，咸使发明。"[2] 其旨趣所归，一在继承传统，保存史实，这大抵属于"事实"层面的考虑；二在探讨因果，总结规律，大抵属于"精神"层面的考虑；三在明示取舍，作用当代，大抵属于"现实"层面的考虑；四在归纳准则，垂典立范，大抵属于"历史"（将来）层面的考虑。其关键则在于"裁成义类"，即通过修史明确价值和准则之所在，以此为准来认识历史、指导现实并有益后世，而"现实"无疑是其重心所在。这些旨趣在诸史关于"文学"的论述中也有充分的体现。

二

诸史关于"文学"的论述甚多，主要见于：《隋书·文学传》之序与论，《梁书·文学传》之序与论，《陈书·文学传》之序与论，《南史·文学传》之序与论，《北史·文苑传》之序与论，（题太宗御撰）《晋书·文苑传》之序与论，《北齐书·文苑传序》，《周书·王褒、庾信传论》，《隋书·经籍志·集部序》，《陈书·后主纪论》，《梁书·简文帝纪》、《敬帝纪》、《刘勰传》，《晋书·陆机传论》（太宗作）等，其中《隋

---

[1] 《唐大诏令集》卷八十一《政事》之《经史》之《命萧瑀等修六代史诏》，第466—467页。
[2] 《唐大诏令集》卷八十一《政事》之《经史》之《修晋书诏》，第467页。

书·文学传序》（以下简称《隋序》）堪称代表。①

应予指出的是：不论是《文学传》还是《文苑传》，其所叙述都不是相应历史时期的"文学"和"文人"的完整反映，甚至不是其主力的反映。这是因为《文学传》（《文苑传》）只是从"传"的角度而作的叙述，其重心在"人"，又因是"合传"，每个人得到的叙述也很有限。因此我们在《文学传》里所看到的大抵只是这个时代"文人"及"文学"的一部分而已，甚至是并不重要的部分。而且在修史者看来，"文人"的现实地位与其"文学"成就实际是一回事，那些现实地位相对重要的"文人"按照旧史体例已被置于"列传"另作特别表彰了，只有那些现实地位不高但"文学"上不无可取的人，才被归入《文学传》一并介绍。②这样的叙述理念和体例安排似乎意味着入《文学传》者，一般并没有重要的功德建树，仅有"文词"而已，而"文词"并不是"文学"的主要部分。或许诸史作者正是考虑到这些，才在《文学传》的"序""论"等部分不惜笔墨，驰骋才思，以补其整体把握、深入讨论之不足。

另一点值得注意的是，诸史关于"文学"的论述有着惊人的相似，不仅思想、倾向，连同表述和风格也基本一致，甚至有些部分完全相同。其中又以魏徵的《隋序》最具纲领性和代表性，其他似乎都以此为准则和基调。据唐人刘知幾《史通》所说："初，太宗以梁、陈及齐、周、隋氏并未有书，乃命学士分修。事具于上。仍使秘书监魏徵总知其务，凡有论赞，徵多预焉。"③《唐会要》载："至贞观三年，于中书置秘

---

① 本文所用《隋书》《梁书》《陈书》《南史》《北史》《晋书》《北齐书》《周书》的版本详见书后所附《主要征引书目》。限于篇幅，这里只能以《隋书》卷七十六《文学传》为主展开讨论。
② 如《隋序》谓："时之文人，见称当世，则范阳卢思道、安平李德林……或鹰扬河朔，或独步汉南，俱骋龙光，并驱云路，各有本传，论而叙之。其潘徽、万寿之徒，或学优而不切，或才高而无贵仕，其位可得而卑，其名不可埋没。今总之于此，为《文学传》云。"（第1730—1731页）可见在魏徵等修史者看来，同属"文人"，卢思道等人显然比潘徽等人地位更高、成就更大，因而前者"各有本传"，后者只能"总之于此"，则潘徽等人并不是隋代文学的主力和代表可知。又如《北齐书·文苑传序》谓："自邢子才以还，或身终魏朝，已入前史；或名位既重，自有列传；或附其家世；或名存后书。辄略而不载。今庠序但祖鸿勋等列于《文苑》者焉。自外有可录者，存之篇末。"（第604页）《陈书·文学传序》谓："若名位文学晃著者，别以功迹论。今缀杜之伟等学既兼文，备于此篇云尔。"（第453—454页）均有此意。
③ 《史通》卷十二《外篇》之《古今正史》，第105—106页。

书内省，以修五代史。"①则知当年修史工作系由秘书省具体承担。魏徵于贞观二年（628）"迁秘书监，参预朝政。徵以丧乱之后，典章纷杂，奏引学者校定四部书。数年之间，秘府图籍，粲然毕备"②。作为秘书省的最高长官和当朝宰臣，魏徵"总知"亦即全面主持诸史的修纂工作可谓是职所当然，并且同时主持着校定"四部书"的工程。但他对修史似乎特别重视，"凡有论赞，徵多预焉"，可见"论赞"多出其手和其意。《旧唐书》载："初，有诏遣令狐德棻、岑文本撰《周史》，孔颖达、许敬宗撰《隋史》，姚思廉撰《梁》《陈史》，李百药撰《齐史》。徵受诏总加撰定，多所损益，务存简正。《隋史》序论，皆徵所作，《梁》《陈》《齐》各为总论，时称良史。史成，加左光禄大夫，进封郑国公，赐物二千段。"③可知魏徵不仅"总加撰定"，而且亲撰《隋史》"序"与"论"，还为《梁》《陈》《齐》三史撰写"总论"，并因此赢得"良史"之誉，得到太宗加官、进爵、赐物的奖赏。"左光禄大夫""郑国公""二千段"，这些当时绝不是一般的奖励，乃是有大功于天下社稷的重奖，足见朝廷对诸史及魏徵的贡献之看重。明白了这些，也就比较容易理解诸史所论何以惊人相似且取准于魏徵了。然则魏徵所论并不只代表其个人，而是其修史班子乃至整个统治集团（以下简称"贞观君臣"）思想观念、意志要求的集中体现和概括表达。那些见之于不同史书中的言辞重复、语义雷同之类，本应为史家之所忌，现在反被特别地强调出来，这不应是一时的"疏忽"，而应是"有意为之"，其意在于突出和强化统治集团的"共识"，向天下明示：发表在这里的一系列思想、观念、原则、取向、标准等等，皆为朝廷当局的统一"意志"。实际上，由于修史者及其所修诸史的特殊地位和权威，这些"意志"已经具有某种"政令"性质，而太宗的"御撰"称为"制"，则与诏令几乎无异了。此其二。

现在看来，通过修撰诸史进行"文学"建设乃是贞观君臣"文学"

---

① 《唐会要》卷六十三《史馆》上《修前代史》，第1091页。
② 《旧唐书》卷七十一《魏徵传》。《旧唐书》卷二《太宗纪》上云：贞观三年二月以"右丞魏徵为守秘书监，参预朝政"。第36页。
③ 《旧唐书》卷七十一《魏徵传》，第2549—2550页。

建设的重要契机和步骤。作为最高统治集团，贞观君臣对于"文学"有着宏大的抱负、高远的期待和迫切的要求，但社会承战乱之后，民生凋敝，人物流散，尚处于恢复养息之中，并不具备全面展开文学的实际创作的条件，包括贞观君臣自身，虽然具有很高的文学造诣和热情，但因百废待兴，也无暇大事创作。而他们所熟知的"前代史"已经表明，已有的"前代文学"并不适应他们建设"文德"政治的当代要求，必须寻求"新"的适应当代要求的文学发展道路。因此，诸"前代史"之"文学"部分的修撰，便成为他们寻求"新文学"道路的绝佳契机和形式，而其致力点则集中在这种"新文学"的"概念"的建构上，也可以说他们的论述实际上已经包含并完成了唐代"新文学"概念体系，因而他们在这一系统中的文学建设主要是以概念性形态呈现出来的。

"概念"是人们对事物本质的认识，是对客观世界及其发展变化的概括和抽象的反映。按说唐代"新文学"的概念应当建立在唐代"新文学"的客观实际之上，但是由于贞观君臣所面对的是"前代史"，因而其"客观实际"主要是"前代文学"，当他们面对当代文学形势及其需求，也可以说是一种"客观实际"。换句话说，贞观君臣通过考察、分析和概括"前代"文学而形成了关于"前代文学"的概念，又将自己的文学认识、现实要求和发展目标等融入其中加以提高完善，使其实际上成为当代和后世文学发展的指导和规范，于是便形成了关于"唐代文学"的概念。这个"唐代文学"明显不同于"前代文学"，故可称之为"新文学"。因而他们的"概念"并不是完全空洞的抽象形式，而是具有丰富具体且可行的内容的：既有一般的意识、观念、思想、精神之类，又有明确的定义、范畴、判断之类，还有较为具体的理想、设计、规范之类。在诸史的有关表达中，这三者往往涵容并存，很难截然分开，但我们在考察时可以有所侧重。

诸史关于"文学"的论述及其所形成的文学"概念"系统而成熟，其要如下：

第一，"文义"的古典复归。诸史多以"开宗明义"的形式对"文"之"义"（以下简称"文义"）进行阐释和确定，《隋序》的表述尤为完整：

"《易》曰：'观乎天文，以察时变，观乎人文，以化成天下。'《传》曰：'言，身之文也，言而不文，行之不远。'故尧曰则天，表文明之称，周云盛德，著焕乎之美。然则文之为用，其大矣哉！上所以敷德教于下，下所以达情志于上，大则经纬天地，作训垂范，次则风谣歌颂，匡主和民。或离谗放逐之臣，涂穷后门之士，道辕轲而未遇，志郁抑而不申，愤激委约之中，飞文魏阙之下，奋迅泥滓，自致青云，振沈（沉）溺于一朝，流风声于千载，往往而有。是以凡百君子，莫不用心焉。"相似的论述也见于《北史·文苑传序》《南史·文学传序》《陈书·文学传序》《北齐书·文苑传序》《周书·王褒、庾信传论》《晋书·文苑传序》等。它们以近乎"千篇一律""众口一词"的方式强烈宣明贞观君臣对"文义"的理解和坚持。这些"文义"散见于古代经典和圣贤言说，[①]经贞观君臣的组织整合，成为较为完整严密的"文义"体系。这种自觉推原"古代"以求从根本上解决问题的取向，反复称引古代经典、推尊古代圣贤、标举古代范例的方式，充分昭示了对古典"文义"的归依。这不应是个别人的偶然性选择，而是贞观君臣集体的方略性选择。他们所"重新"阐释和确立的"文义"全部出自儒家经典，故其归依乃是向着儒家"文义"的归依。同时，这种阐发和归依又是截断众流、直达本原式的，因而在学术上更具有"正义"性，遂赋予这种"文义"以传统的、正确的和标准的地位；而在现实上则有正本清源、拨乱反正之功。确认"正义"同时也就意味着排除"异义"，又赋予这种"文义"唯一的、独尊的与合法的地位；加之官修史书的特殊性质和贞观君臣的特殊身份等因素，使得这种"文义"具有了至高无上、独尊无二的权威。如果再考虑到魏晋以还的"文章道弊"的文学背景，就会更加清楚地看到，贞观君臣对古典"文义"的归依实际上也是古典"文义"的"复兴"，当然，他们所"复兴"的"文义"并不完全是"古典"的。

[①] 《隋书》卷六十七《文学传序》，第1729页。"观乎天文，以察时变；观乎人文，以化成天下"为《易·贲》之文，详见《周易正义》卷三《贲》，第37页；"言而不文，行之不远"为《左传》所载孔子、介之推之语，详见[晋]杜预注《春秋左传正义》卷十五《僖公二十四年》（第1817页）及卷三十六《襄公二十五年》（第1985页）；"则天""盛德"之论，详见《论语注疏》卷八《泰伯》，第2486—2487页。

第二，"文用"的全面确认。"文"之"功用"（以下简称"文用"）其实也是"文义"的重要构成，但因诸史对此特别强调，我们这里也对它作单独讨论。贞观君臣对"文用"的认识之全面，堪称前所未有。《隋序》谓："然则文之为用，其大矣哉！上所以敷德教于下，下所以达情志于上，大则经纬天地，作训垂范，次则风谣歌颂，匡主和民。或离谗放逐之臣，涂穷后门之士，道轗轲而未遇，志郁抑而不申，愤激委约之中，飞文魏阙之下，奋迅泥滓，自致青云，振沈（沉）溺于一朝，流风声于千载，往往而有。是以凡百君子，莫不用心焉。"《北史·文苑传序》谓："然则文之为用其大矣哉。迩听三古，弥纶百代……用能穷神知化，称首于千古；经邦纬俗，藏用于百代。至哉，斯固圣人之述作也。……其离谗放逐之臣，涂穷后门之士，道轗轲而未遇，志郁抑而不申，愤激委约之中，飞文魏阙之下，奋迅泥滓，自致青云，振沈（沉）溺于一朝，流风声于千载者往往而有矣。"其他诸史也有类似的论述。这里的"文用"乃是上述"文义"的生发与展开，由于"文化"本是古典"文义"根本主题，故诸史论"文用"也有以"化成天下"为本，并据此构建其"文用"的体系，而"时用""时义"之类则受到特别的关注和强调。

在这个构建中，"文用"是在一定的"关系"和层级中展开并实现的。最大者为"上—下"关系："上"和"下"既指"文"的施用者在政治地位上的高低，也指相应"文用"在重要性上的大小差别。"上—下"之间，实包含着"君—臣—民"三者所代表的主要层面：每一个在"上"层者皆可通过"文"来"敷德教"于其下一层；而每一个在"下"层者，则可通过"文"来"达情志"于其上一层。正是在这种往复不断的"上—下"关系中，"文用"得以实施和实现。"文用"也有相应的层级：一是"大"的功用，即所谓"经天纬地，作训垂范"。尧、舜、周公、孔子的"文用"便属于此。看来这一层是帝王和圣贤的"专利"，非常人可得而用。二是"次"的功用，即所谓"风谣歌颂，匡主和民"。显然这是属于"臣"的，他们处于"君"与"民"之间，其职责便是通过"文"来匡弼君主，调和民众。三是"或"的功用，即所谓"离谗放逐之臣，涂穷后门之士，道轗轲而未遇，志郁抑而不申，愤激委约之中，飞文魏阙之下，奋迅泥滓，自致青云，振沈（沉）溺于一朝，流风声于千载，往往而有"。言"或"言"往往"，意味着这种情况不是必然的却是经常的，其中又有两类：一类是"离谗放逐之臣"，即已入仕途而遭遇挫折者；一类是"途穷后门之士"，即欲（入仕途）展抱负而不得途径者。这两类人都相对远离政治中心，与"民"更为接近，他们可以通过"文"来传情"魏阙"，表达"愤激"，从而使自己改善困境，进而飞黄腾达，流芳千古。由此可见，"大""次""或"实已顾及从上到下的"君""臣""民（个人）"各层关系，各层皆有相应的"文用"责任和权利，以及相应的目的与功效要求。施用的范围也不一样："大"者包括"天下"，"次"者关及"国家"，"或"者则大抵限于"个人"；而且"大"者相对高超，重在道德建树，"次"者相对具体，重在现实功利，而"或"者则相对灵活，可以是生前的满足，也可以是身后的追求。这三者恰与古人所谓"三立"（立德、立功、立言）大抵相应，也就是说，"文用"既关乎天下、国家、个人之全体，也关乎人的道德、事功及文章之全部。然则"文用"确实是既大且广，既高超又具体，贞观君臣如此体认"文用"，可谓全面而切实。

还有一点应予注意：上文说到贞观君臣对古典"文义"的归依和复兴具有独尊性，现在看来，他们在确认"文用"时，对"个人"（即上述第三层级及"或"）的"文用"也留有位置，对"文用"的个人化、性情化给予了肯定，允许甚至鼓励用较为激烈的方式争取个人的文学价值的实现。这些都使其"文用"内涵更加丰富而全面，但其中也有与经典儒家文学理念不尽和谐的成分，这表明贞观君臣实际上并没有完全排斥其他的和后起的"文用"，这固然体现了他们开放的胸襟和兼容的怀抱，也与他们对"文"和"人"的深刻认识与充分理解有关。

第三，"文理"的积极认识。诸史还以极大的热情关注"文"的发生机理和成功因素（以下简称"文理"）等问题，并有积极的认识。《北齐书·文苑传序》谓："然文之所起，情发于中。人有六情，禀五常之秀；情感六气，顺四时之序。其有帝资悬解，天纵多能，摘黼黻于生知，问珪璋于先觉，譬雕云之自成五色，犹仪凤之冥会八音，斯固感英灵以特达，非劳心所能致也。纵其情思底滞，关键不通，但伏膺无怠，钻仰斯切，驰骛胜流，周旋益友，强学广其闻见，专心屏于涉求，画缋饰以丹青，雕琢成其器用，是以学而知之，犹足贤乎已也。谓石为兽，射之洞开，精之至也。积岁解牛，砉然游刃，习之久也。自非浑沌无可凿之姿，穷奇怀不移之情，安有至精久习而不成功者焉。善乎魏文之著论也：'人多不强力，贫贱则慑于饥寒，富贵则流于逸乐，遂营目前之务，而遗千载之功，日月逝于上，体貌衰于下，忽然与万物迁化，斯志士大痛也。'"其他诸史也有类似的论述，①主要涉及"文"的一些基本原理：其一，就"文"的发生机理而言，强调"文"之所起，本于或缘于"情性"，是"人"之"情性"受"六气"所感而见诸形式，很明显是对《乐记》《毛诗序》等儒家传统认识的继承，但也可以看到对陆机《文赋》、钟嵘《诗品》、刘勰《文心雕龙》等魏晋以来文学思想的接受。其中对"情性"的肯定，与上文所说对个人性"文用"的尊重具有同样积极的意义。其二，就"文"的成功条件而言，则强调先天的禀赋，同时鼓励后天的努力。所谓"帝资""天纵""生知""先觉""自成""冥会""生灵""机见"等，极为醒目地提示：为"文"水平的高低及成功与否，首先取决于个人天赋，只有那些具有超常天赋者才能得其玄妙，造就杰作。这种认识看上去不免有些神秘，但若考虑到"文"在本义上与天地人心的深刻联系，就能够理解贞观君臣并非故弄玄虚，而与他们对"文"的深切体认和特别敬重相符合，况且有大量古人实例和论说为根据，那些臻于极境的文学作品的完成往往匪夷所思，叹为天成之妙。从积极意义上看，这种对"天

---

① 如《南史·文学传论》云："文章者，盖情性之风标，神明之律吕也。蕴思含毫，游心内运，放言落纸，气韵天成。莫不禀以生灵，迁乎爱嗜，机见殊门，赏悟纷杂，感召无象，变化不穷。发五声之音响，而出言异句，写万物之情状，而下笔殊形。畅自心灵，而宣之简素，轮扁之言，或未能尽。然纵假之天性，终资好习，是以古之贤哲，咸所用心。至若丘灵鞠等，或克荷门业，或夙怀慕尚，虽位有穷通，而名不可灭。然则立身之道，可无务乎。"（第1792页）《周书·王褒、庾信传论》："史臣曰：……原夫文章之作，本乎情性。覃思则变化无方，形言则条流遂广。虽诗赋与奏议异轸，铭诔与书论殊涂，而撮其指要，举其大抵，莫若以气为主，以文传意。考其殿最，定其区域，摭《六经》百氏之英华，探屈、宋、卿、云之秘奥。其调也尚远，其旨也本深，其理也贵当，其辞也欲巧。然后莹金璧，播芝兰，文质因其宜，繁约适其变，权衡轻重，斟酌古今，和而能壮，丽而能典，焕乎若五色之成章，纷乎犹八音之繁会。夫然，则魏文所谓通才足以备体矣，士衡所谓难能足以逮意矣。"（第744—745页）《晋书·文苑传论》云："史臣曰：夫赏好生于情，刚柔本于性，情之所适，发乎咏歌，而感召无象，风律殊制。"（第2406页）等等。

赋"的强调，可赋予"文"以神圣而高贵的品质，从而唤起人们对"文"的敬慎和力行。而对于后天的努力，贞观君臣也给予积极的肯定，并指出即使天赋非常者也不能例外。总之，不论何人，只有精诚用功，强学多师，勤习苦练，才会达到成功。他们还引魏文帝曹丕"志士大痛"之说，激励人们珍惜光阴，努力成功，以致不朽。这不仅是对"人工"的承认，也为那些"天赋"并不特出者赋予了为"文"资格，并为其指明了途径。此外，对文章的写作、文体的要求、文风的形成等，也都提出了原则和要求。

第四，"文史"的系统整理。贞观君臣还特别注意对前代之"文"进行"史"的梳理（以下简称"文史"），往往并不局限于某一代之史，而是贯通上下，提纲挈领，文质兼顾，从而建立起"文学史"的框架和概念。其尤可注意者：一是强烈的"整理"意识，这在其集介绍、议论、评判于一体的叙述方式上体现最为突出。贞观君臣的旨趣原本就在于通过修史而"裁成义类"，从而使历史上的方方面面是是非非都各有其位置和次序，而不是仅仅满足于一般的史实陈列。正因为如此，他们的叙述"姿态"是居高临下的，"口吻"是评判式的，"归结"则是选择性的，"视角"是全景式的，而其"眼光"不仅照彻古今而且指向未来，在对前代文学排定位序、判别高下的同时也就作出了取舍，以显示其价值和准则之所在，并为文学的当前及今后发展作出设计。二是鲜明的"定论"态度。贞观君臣更为在意和擅长的，似乎在论断方面，几乎对所有重要问题都要努力作出自己的结论乃至定论，而且往往口径一致，态度鲜明。兹据《隋序》的论断，列表以见大概：

时　期	定　论	取　舍
永明、天监之际	文雅尤盛；江左宫商发越，贵于清绮；清绮则文过其意；文华者宜于咏歌	掇彼清音，简兹累句，各去所短，合其两长，则文质斌斌，尽善尽美
太和、天保之间	文雅尤盛；河朔词义贞刚，重乎气质；气质则理胜其词；理深者便于时用	
梁自大同之后	雅道沦缺；渐乖典则；争驰新巧	无所取
周氏吞并梁荆	此风扇于关右；狂简斐然成俗；流宕忘反	无所取裁

续表

时　期	定　论	取　舍
隋高祖初统万机	斫雕为朴；时俗词藻，犹多淫丽	咸去浮华；屡飞霜简
隋炀帝初习艺文	有非轻侧之论	缀文之士；依而取正；意在骄淫，词无浮荡；能言者未必能行；君子不以人废言
隋炀帝即位后	一变其风；并存雅体，归于典制	

这里主要着眼于时期，其实《隋序》的论断也针对人物。如谓江淹、沈约、任昉、温子昇、邢子才、魏伯起等人"并学穷书圃，思极人文，缛彩郁于云霞，逸响振于金石。英华秀发，波澜浩荡，笔有余力，词无竭源。方诸张、蔡、曹、王，亦各一时之选也"，谓梁简文帝萧纲、梁湘东王萧绎"启其淫放"，徐陵、庾信"分路扬镳"，"其意浅而繁，其文匿而彩，词尚轻险，情多哀思。格以延陵之听，盖亦亡国之音乎！"等等，都具有强烈的论定性。不论是正面的、肯定性的、可取的，还是反面的、否定性的、不可取的，或者得失并存、取舍兼有的，其论断都意思清楚、观点鲜明、态度坚决。学术史证明，这些论断因其观察全面、识见准确、评价允当大多已为不刊之"定论"。而一旦成为定论，便与其所论对象结成不断强化的稳定结构，成为相对固定的"概念"，得到广泛接受，很难轻易改变。

第五，"美景"的清晰勾画。贞观君臣还就其理想的文学图景及其达成途径进行设计和勾画，这种文学就是他们所要求和期待的完美文学。就其构思之完整、斟酌之成熟、设计之合理、描绘之清晰而言，仍以魏徵所论为尚，这就是《隋序》的名言："江左宫商发越，贵于清绮，河朔词义贞刚，重乎气质。气质则理胜其词，清绮则文过其意，理深者便于时用，文华者宜于咏歌，此其南北词人得失之大较也。若能掇彼清音，简兹累句，各去所短，合其两长，则文质斌斌，尽善尽美矣。"[1]"文质斌斌，尽善尽美"正是对贞观君臣"完美"文学理想图景（以下简称

---

[1] 这段表述见《隋书·文学传序》（1730页），同样的表述又见于《北史·文苑传序》，盖为后者所本。

"美景")的高度概括和典型表达。而且这样的"美景"不是凭空臆想的，而是贞观君臣在对以往文学的充分了解、深入分析、细心甄别、审慎取舍的基础上，根据当代政治的文学要求、社会的文学状况以及文学自身走向完美的必备条件等，融会概括、提炼升华而成的。就其文字表述而言，其意思、语言乃至音韵、节奏等高度严谨、精练、合理、成熟，绝非仓促草率之作，应是经过长期酝酿、反复讨论、深思熟虑、字斟句酌的精心之作。就其具体内容而言，"文质斌斌，尽善尽美"绝不是一个容易达到的境界，但贞观君臣也已给出了途径和方法：即从前代文学中发现并掌握诸如宫商发越、清绮、词义贞刚、气质、理胜其词、文过其意、理深、文华、清音、累句、短、长等，将其优长适当集中，并与"时用"和"咏歌"适当联系，使"文"与"质"适当结合，即可造成"完美"文学。这里的关键就是"适当"，而每一个"适当"都不容易做到，但从设计者"若能……则……矣"的表述里，可以看到其满怀自信。的确，有了丰富的文学资源和借鉴，有了明确的原则和取舍，有了可行的途径和方法，几乎已是万事俱备，只欠东风了。这"东风"大约就是相应的政治环境，再加上各方面的努力实行。这样，"完美"文学的实现研究也就为期不远了。

魏徵的表述可称为文学"美景"的概念性方案，而诸史随处可见的贞观君臣关于理想文学的表达，则从不同的角度和层面丰富和充实着这个方案。其实上文所述"文义""文用""文理""文史"等，其中也不乏文学志趣和理想的内涵，这里不复详述。现在我们不妨将诸史论及的相关"概念"汇集起来，作整体的观察：

观乎天文、观乎人文；化成天下；身文；则天；文明；盛德；焕美；德教；情志；经纬天地；作训垂范；风谣歌颂；匡主和民；道辕轲；志郁抑；愤激委约；飞文魏阙；奋迅泥滓；自致青云；振沉溺；流风声；君子用心；文雅；学穷书圃；思极人文；缛彩郁于云霞；逸响振于金石；英华秀发；波澜浩荡；笔有余力；词无竭源；宫商发越；清绮；词义贞刚；气质；时用；咏歌；清音；合其两长；文质斌斌；尽善尽美；雅道；典则；斫雕为朴；去浮华；飞霜简；非轻侧；雅体；典制；才难；骋龙光；

驱云路；学优而切；才高；贵仕；名不可没；穷神知化；经邦纬俗；藏用百代；雅尚斯文；扬葩振藻；咀徵含商；宏衍；易俗；体物缘情；时运；宏丽；清典；声实俱茂；词义典正；永嘉遗烈；锐情文学；颉颃汉彻；跨蹑曹丕；气韵高远；艳藻独构；新风；律调；曲度；胸臆；润古雕今；雅言丽则；绮合绣联；雕琢琼瑶；刻削杞梓；龙光；鸿翼；孤寒；郁然特起；综采繁缛；兴属清华；比于建安；广延髦俊；烟霏雾集；掌纶诰；文章著名；独擅其美；参诏敕；军国文翰；典司纶綍。颇好咏诗；属意斯文；召引文士；论其才性；纂遗文；聘奇士；奋鳞翼；自致青紫；务存质朴；糠秕魏晋；宪章虞夏；师古之美；适时之用；常行；六情；五常；情感；六气；情发于中；时主儒雅；笃好文章；情性；神明；蕴思含豪；游心内运；气韵天成；生灵；机见；赏悟；感召无象；变化不穷；五声；出言异句；写万物之情状；下笔殊形；畅自心灵；宣之简素；天性；好习；用心；思侔造化；明并日月；宪章典谟；禅赞王道；文理清正；申纾性灵；经礼乐；综人伦；通古今；述美恶；雅尚文词；傍求学艺；辞工；赏激；加其爵位；名位文学；人伦所基；文词擅美；辞人才子；波骇云属；振鹓鹭之羽仪；纵雕龙之符采；得玄珠于赤水；策奔电于昆丘；开四照于春华；成万宝于秋实；帝资悬解；天纵多能；生知；先觉；五色；八音；感英灵以特达；情思；强学；专心；画缋丹青；雕琢成器；学而知之；精之至；习之久；目前之务；千载之功；志士；诗人之赋丽以则；本乎情性；变化无方；条流遂广；以气为主；以文传意；擩《六经》百氏之英华；探屈宋卿云之秘奥；其调尚远；其旨在深；其理贵当；其辞欲巧；文质因其宜；繁约适其变；权衡轻重；斟酌古今；和而能壮；丽而能典；五色成章；八音繁会；风鉴澄爽；神情俊迈；文藻宏丽；言论慷慨；高词迥映；叠意回舒；珠流璧合；词深而雅；义博而显；文律雕龙；高韵；丽则；《翰林》；《典论》；藻绚；彬蔚之美；思风遒举；备乎典奥；悬诸日月；文雅斯盛；铭山之美；综采繁缛；杼轴清英；穷广内之青编；缉平台之丽曲；嘉声茂迹；金相玉润；埒美前修；垂裕来叶；扬蕤翰林；俱谐振玉，各擅锵金；遒文绮烂；缛藻霞焕；淡蔚春华；时标丽藻；作诰敷文；流声孝悌；旨深致远；大雅风烈；词锋景焕；源王化之幽赜；

贯人灵之情性；机文喻海；岳藻如江；才行天赋；含咀艺文；论究人道；玉质金相；缛彩雕焕；藻思抑扬；雅性；词令；托意非常；摅畅幽愤……

这里只是对那些具有肯定意义的概念的大致汇集，并未作刻意的梳理和安排。可以看到，其中既有思想、观念、理论、方法、原则、态度之类，也有定义、范畴、判断、价值、标准之类，还有叙述、描绘、比喻、指划之类，涉及"文学"的方方面面。将它们就这样随机地呈现在这里，便自然地形成一个"概念"化的景观：如此地典雅辉煌，沉雄刚健，又是如此地高朗明丽，清新婉转，真可谓气象万千，色彩斑斓，美不胜收。随着这些观念所传达的意境，我们恍如步入一个"完美"的文学宫殿，仿佛看到唐代文人飞动的神韵，华彩的篇章，仿佛听到唐代文学铿锵的节奏，悠扬的旋律……当然，这只是贞观君臣通过"概念"构建起来的"完美"文学的宫殿，只能说是"唐代文学"的概念世界，但它本身也是"唐代文学"的一部分，是唐代文学最先成熟起来的精神性果实，唐代文学的物质性果实，则有待于其文学"概念"中所蕴含的各种合理"种子"在适当的土壤里发芽、成长、开花、结果。

贞观君臣不仅是思想成熟的政治家，而且是坚定的理想实践者，他们在勾画"完美"文学图景的同时，便力行不倦地付诸实施了。经过后世的继承和发展，终于完成了精神和物质、概念和实际高度统一的唐代"新文学"。后人在对唐代文学进行整体评价时说："爰及我朝，挺生贤俊，文皇帝解戎衣而开学校，饰贲帛而礼儒生，门罗吐凤之才，人擅握蛇之价。靡不发言为论，下笔成文，足以纬俗经邦，岂止雕章缛句。韵谐金奏，词炳丹青，故贞观之风，同乎三代。高宗、天后，尤重详延，天子赋横汾之诗，臣下继柏梁之奏，巍巍济济，辉烁古今。如燕、许之润色王言，吴、陆之铺扬鸿业，元稹、刘蕡之对策，王维、杜甫之雕虫，并非肄业使然，自是天机秀绝。若隋珠色泽，无假淬磨，孔珉翠羽，自成华彩，置之文苑，实焕缃图。"①与上述"美景"宛然相合，区别只在于此处的"缃图"为实际完成了的"完美"文学，而上述"美景"尚

---

① 《旧唐书》卷一百九十上《文苑传序》，第 4982 页。《新唐书·文艺传序》（第 5725—5726 页）的评价与此大抵一致，可相参证，文长不录。

处于"概念"的确立与实现的过程中。

三

以上是我们对贞观君臣通过官修诸史进行文学"概念"建设的简要考察,在结束本文之前,容稍作补充:

见诸官修诸史的关于"文学"的论述,只是贞观君臣文学"概念"建设的一部分,类似的建设也见诸他们的其他(如上述六大系统)论述,受篇幅所限,这里只就诸史展开讨论,同时,由于诸史的特殊"语境"关系,这些论述更具概念性。过去一般只将它作为文学的"理论"或"批评"看待,其实这些看上去仿佛"理论"或"批评"的表述,其出发点和指归处并不是要进行单纯的文学"批评"或"理论"探讨,而在于通过借鉴过去而指导现在和将来的文学实践。由于诸史及其作者的特殊地位和目的,这些论述的实际效力和意义也非一般文学"理论"或"批评"可比,在很大程度上乃是统治者文学意志、方针和政令的另一种表达方式。又因为贞观君臣是一个在儒家政治上涵养深厚且准备成熟的统治集团,因而他们关于文学的论述带有很强的规范性、指导性和设计性,而不是个别的言说或议论,其内容几乎涉及理想文学的方方面面,因此仅用今人所谓的文学"理论"或"批评"来看待这些论述是远远不够的,从"概念"的意义给予认识和估价或许更近其实。此其一。

这个"概念"系统所体现和追求的文学实际上乃是一种新的文学:既与"前代文学"有着实质区别,也与经典儒家的文学要求不尽一致,在立意的路径上,它是对"前代文学"的反拨和对经典儒家文学的归依,但在实际上又一定程度地有所超越和丰富。正是这样一种追根溯源、兼收并蓄的"新文学"概念的完成,为后来唐代文学的现实发展开拓了新的空间,指明了新的道路,培育了新的精神,由此而完成的唐代文学实质上乃是一种"新文学"。此其二。

这个"概念"系统是贞观君臣对文学认识、思考和建构的产物，其本身应该视为唐代文学的组成部分，而且是高度成熟、发达的一部分。它的完成和确立则意味着唐代文学发展史上第一个高峰的到来，并且全面而深刻地影响着当时及以后唐代文学的发展，甚至从整体上看，唐代文学的后来发展正是对这个文学概念系统的展开和落实。因此我们对唐代文学进行文学史估价时，应该将其概念与实绩诸多方面统一起来从这个时代文学的整个体量上予以认识，而不应仅仅就其文学作品这一单一要素进行评断。持此以论，则习惯上以唐初文学为"低谷"的看法便有调整的必要了。此其三。

另外，本文所说的唐代文学概念的确立和实现只是就其整体发展进程之特点而言的，并不是说唐代所有作家、所有作品都在此概念系统的规范和容纳之中；而且，这个概念系统本身也处于不断的发展和丰富之中，不可能前后绝对一致；我们说唐代文学概念在实际中的展开和落实主要是就其整体进程而言的，与作家在创作具体作品时是否"主题先行"无涉，不可混为一谈；而本文关于唐代文学概念的确立与实现的讨论，目前还只是作为一个文学史的"个案"来考察的，作为一个特殊现象，它主要是由于贞观君臣这个特殊统治集团及其所选择的"文德"政治的特殊要求等诸多特殊因素所促成的，至于它是否适合用来解释其他时代的文学，则有待具体研究之后才能知道，在此之前，不宜作过分的推广和比附。

（原载《文学遗产》2005年第1期）

唐代取士文学概论

——纪念"废科举"110年

"岁月不居,时节如流",不觉之中,科举被废已经110年了!于公于私,这都是值得纪念的大事。不论是在有科举还是没有科举的岁月里,科举都广泛而深刻地影响着社会人生的方方面面,而我从接触相关问题到从事学术研究也将近三十年。然而说到纪念,话题与感慨同多,可谓一言难尽。世所周知,这一百多年来,中国社会、文化和学术变迁动荡,科举的"身后"命运也随之历经沉浮与悲欢。特别是近几十年,相关学术研究从"劫后余生"逐渐恢复,迅速发展,学人和成果数量、广泛和专深程度,皆有显著增长,而唐代文学研究领域的表现尤为突出,但也存在诸多局限和困扰,涉及认知、理论和方法等多个层面,有些具有根本性和全局性,所谓瓶颈,亟待破解。这里谈一点基本思考,并志纪念。

一、"语境"的更新和转变

唐代文学领域的相关研究,以"科举与文学"最具典型性,其学术意义和影响众所周知,无须多言。① 这种研究的主旨在于探明科举与文

---

① 这种研究的源流可追溯于古代文史的相关议论和近现代学者的相关著述,当代研究以程千帆先生的《唐代进士行卷与文学》、傅璇琮先生的《唐代科举与文学》为代表,各种通行文学史教材中的相关论述,也有广泛深远的影响。拙著《唐代试策考述》对此有所综述,可参见。

学的关系，但在具体处理时，往往简化为前者对后者的影响；而影响又简单区分"好（促进）""坏（促退）"，且与唐代文学的繁荣密切相关。在特定时期的学术环境下，这种研究辩证地说明了众所关注的文学现象及其疑惑，其选题角度和研究路径，也给学者尤其是后学以诸多启导，并且随着时间的推移和接受的深广而逐渐经典化，成为相对稳定的命题和范式。现在看来，在这种范式中，科举与文学其实都带有某些特殊含义，这或许是很多读者甚至作者所未曾深刻觉察的。简要地说，这里的科举并不完全是唐代原本的科举，文学也不完全是唐代原本的文学，而是今人所认识和通行的科举和文学，古今之间，存在着很大的不对应，甚至严重偏差。由此而作出的相关论断，也就难免存在偏颇和错误。如"今文学"强调"政治标准第一"，但这显然不是唐人的政治标准，由此而作出的唐代文学繁荣的认识，虽与唐代文学的盛况貌似，但实际上并不是同样意义上的繁荣；由此得出的唐代科举与文学关系的相关论断，也就不会完全合乎唐代的实际。然则所谓特殊含义，主要是指由于诸多因素而给科举、文学带来的附加含义，这些附加的意义隐含在其名词概念之下，成为意识到或者意识不到的隐义，带有自觉或不自觉的先入之见，给学术研究造成不同程度的局限和困扰。实际上，这种隐义普遍存在于我们的学术话语中，只是深浅强弱不尽相同而已，而科举与文学显然属于既深且强者，这些隐义与显义相互交织纠缠，形成难解难分的复杂语境。

　　隐义的影响是多方面的，其要害在于负累沉重。科举其实是一个相对后起的名称概念（唐人很少使用），作为一种古代制度的科举，原本就利弊并存；而在后世，尤其是明清时期的科举，弊病积多，往往至于极端，引起广泛的指摘和诟病，其负面被突显；加之近代以来包括废科举在内的历次思潮和运动，在世俗和精神的双重权威下，科举备受攻击和丑化，其负面被无限放大，甚至成为反面形象，影响广泛而深刻，很难消除。文学的情况虽有所不同，但也负累重重。这种文学主要由新文学和革命文学构成，原本就与古代文学相去甚远，又经历次思潮和运动，被别有用心地利用和扭曲，其负面影响触及人们的灵魂深处，根深蒂固。

这些深重的负面隐义渗透于上述语境，犹如城里的雾霾，既遮蔽学术的视野，又限制学术的活力，侵害学术的健康和生命。对于这样的语境，我们尚没有充分自觉的意识并去应对，我虽曾尝试用科举文学来调整相关研究，[1]并获得一定的反响和认同，[2]仍深感不能适应唐代的实际和学术的要求，有必要进行更为深刻彻底的语境更新与转变，才能从根本上突破困扰，别开生面。这种更新和转变应从三个层面上展开：一是意识层面，提高对原语境中隐义的自觉意识，在思考和认知中消除其附加成分及其负面影响，让研究回归唐代的实际情况和学术本身，从起点上全面准确地认识相关史实和思想。二是术语层面，对原语境中负累过多、负面影响难以消除的名称、概念和话语作必要的调整，或弃而不用，或采用更适当的替换者。三是方式层面，不必局限于原语境的命题和范式，也不必试图建立新的命题和范式，而是根据唐代的实际和学术的要求，自然地开展多样化的研究。当然上述三个层面的完全实现并不是容易的事情，但是只要我们往城外走，空气就会越来越清新，景物就会越来越真切，身心也会越来越有活力。

在这样的更新和转变中，唐人关于"以文（学）取士"的论述尤可注意。宝应二年（763），礼部侍郎杨绾不满于现行的取士制度，上疏建言停止明经、进士及道举等，"依古制察孝廉"，代宗遂诏有关部门官员参议奏闻，参议者有给事中李栖筠、李廙，尚书左丞贾至，京兆尹兼御史大夫严武等，其议文开宗明义曰：

> 谨按夏之政尚忠，殷之政尚敬，周之政尚文，然则文与忠敬，皆统人之行也。且夫谥号述行，美极人文。人文兴则忠敬存焉。是

---

[1] 详见拙著《唐代试策考述·绪言》和《隋唐五代文学与科举制度》（参见傅璇琮、蒋寅主编《中国古代文学通论》之《隋唐五代卷》）。
[2] 参见刘海峰教授《科举学导论》之第十章《科举文学论》（第205页）及《科举文学与"科举学"》（《武汉大学学报》2009年第2期）、《科举学与科举文学的关联互动》（刘海峰等主编《科举学的拓展与深化》）等。

故前代以文取士，本文行也，由辞以观行，则及辞也。①

议文奏上，得到皇帝和大臣的肯定，由此可知上述议论实为当时朝廷的共识。元和元年（806），白居易和元稹为准备制举考试，"退居于上都华阳观，闭户累月，揣摩当代之事，构成策目七十五门"②。其第六十八门《议文章》云：

> 问：国家化天下以文明，奖多士以文学，二百余载，文章焕焉。然则述作之间，久而生弊。书事者罕闻于直笔，褒美者多睹其虚辞。今欲去伪抑淫，芟芜划秽。黜华于枝叶，反实于根源。引而救之，其道安在？
> （对：）臣谨案：《易》曰："观乎人文以化成天下。"《记》曰："文王以文理。"则文之用大矣哉。自三代以还，斯文不振。故天以将丧之弊，授我国家。国家以文德应天，以文教牧人，以文行选贤，以文学取士。二百余载，焕乎文章。故士无贤不肖，率注意于文矣。……③

据白氏自序可知，《策林》是他与元稹为应制举而长期"揣摩"的模拟之作，由于制举考试由天子"亲策"、臣僚参与，故其拟作必（也确实）深得皇帝及考官的认同（二人同时登科），因而上述议论也可说是当时君臣上下的共识。值得注意的是，白居易、元稹所说的"以文学

---

① 《旧唐书》卷一百一十九《杨绾传》，第3432页。案：《旧唐书·杨绾传》以其议文属之贾至，并云："李廙等议与绾协，文多不载。"同书卷一百九十《文苑传》之《贾曾传（附子至传）》亦载其文（第5029—5030页）。《新唐书》卷四十四《选举志》录其议文，前云"（李）栖筠等议曰……"，后云："而大臣以为举人循习，难于速变，请自来岁始。帝以问翰林学士，对曰：'举进士久矣，废之恐失其业。'乃诏明经、进士与孝廉兼行。"（第1167—1168页）三者文字略同，当系诸人合议联奏，而文献记载所属不同耳。
② 《白居易集笺校》卷六十二《策林》一《策林序》云："元和初，予罢校书郎，与元微之将应制举。退居于上都华阳观，闭户累月，揣摩当代之事。构成策目七十五门。及微之首登科，予次焉。凡所应对者，百不用其一二，其余自以精力所致，不能弃捐，次而集之，分为四卷，命曰《策林》云耳。"（第3436页）
③ 《白居易集笺校》卷六十五《策林》四《议文章》，第3546—3547页。题下小字注"碑碣词赋"。"（对：）"原省。

取士"和贾至等人所说的"以文取士",都是对本朝选才命官制度的概括表述,而且都是经过深思熟虑、充分研讨后的一致意见,其权威性和代表性不言而喻。实际上唐人在一般表述时更多使用"取士",前加"以文""以文学"则是为了进一步定义和强调。"以文取士"也可以直接称为"文学之科",如穆宗长庆元年(821)诏曰:"国家设文学之科,本求实才,苟容侥幸,则异至公。"[1] 武宗会昌三年(843)中书省上疏云:"伏以国家设文学之科,求贞正之士。所宜行敦风俗,义本君亲。然后申于朝廷,必为国器。"[2] 黎逢的《贡举人见于含元殿赋(以题中字为韵)》云:"国家开文学之科,旁求英彦。爰将贡于礼闱,命先参于秘殿。欲使怀才抱器,自此鹰扬,当令较伎呈能,从兹豹变。是以儒风益振,睿泽惟新。设荐举为教化之本,致朝见为荣贵之因……"[3]

要之,"以文取士""以文学取士""文学之科"皆为唐人说唐事,是经过亲切体认、慎重确认后的正规表称。因此"以文(学)取士"(较之后世所说的"科举")不仅更符合唐代的实际,而且兼顾了目的和内容、形式和实质,重点突出,特征鲜明,更具包容性。其中"文"实际上是"士"的"辞—行"统一体(说详下),既是取"士"的方式与内容,也是其实质与结果;从另一方面看,"士"也是取"文"的方式与内容、实质与结果,二者既互为体用,又互为表里。因而"以文取士"既是取士制度,也是文学制度,而与之相关的文学则为"取士文学"。然则"取士文学"的应有之义,首先是以什么样的"文学"来取士;其次是如何以这样的"文学"来取士;其次是这样的文学取士造成怎样的结果——"士"与"文学",这三者可概括为"精神—文义"系统、"制度—活动"系统、"文本—人格"系统,以下分别讨论。

---

[1] 《唐会要》卷七十六《贡举》中《进士》,第1380页。
[2] 《唐摭言》卷三《慈恩寺题名游赏赋咏杂纪》,第28—29页。
[3] 《文苑英华》卷六十二《赋》六十二《儒学》二黎逢《贡举人见于含元殿赋》,第280页。题下小注云:"以题目中任使为韵。"

二、"精神—文义"系统

"精神—文义"系统主要是就唐代取士文学的"意识"层面而言的，包括观念、思想、义理、目的等（以往的研究对此很少注意），而集中体现在对"文"义的认识上，这在上述唐人言论中已有所体现，其实早在唐初贞观时期就已完成其文义的系统建立，魏徵《隋书·文学传序》曰：

> 《易》曰："观乎天文，以察时变，观乎人文，以化成天下。"《传》曰："言，身之文也，言而不文，行之不远。"故尧曰则天，表文明之称，周云盛德，著焕乎之美。然则文之为用，其大矣哉！上所以敷德教于下，下所以达情志于上，大则经纬天地，作训垂范，次则风谣歌颂，匡主和民。或离谗放逐之臣，涂穷后门之士，道轲轲而未遇，志郁抑而不申，愤激委约之中，飞文魏阙之下，奋迅泥滓，自致青云，振沈（沉）溺于一朝，流风声于千载，往往而有。是以凡百君子，莫不用心焉。①

这段概论与其后部分（省略）相结合，对隋及其以前的文学作了全面的阐释和述评，涉及文学的本义、功能、变迁、取舍和方向等诸多问题，具有系统性。考虑官修《隋书》的官方性，以及类似（或相同）表述在当时其他官修史书和君臣著述中"异口同声"式的频繁出现，可知魏徵所言并非只是其个人意见，而是官方意志的宣示，标志着统治高层对文

---

① 《隋书》卷七十六《文学传序》，第1729页。

义的反思、整理和构建的完成与确立。① 而上述贾至、白居易、元稹等官私议论正与此会通呼应，则表明这种文义经过长期地贯彻施行，获得了普遍的落实，为君臣上下所自觉秉持，实现了国家文义、群体文义和个人文义的统一。

这种文义主要包含以下几个层面：其一，推原"文"的本义。在《易经》所建构的"天文—人文"关系中体认文义，其间包含双重归属和确立：一方面复归儒家经典，由此确立文义的古典性和儒学性；一方面复归天与人，由此确立文义的自然性和社会性。这种双重归属和确立又赋予文义以合理性、合法性和超越性，从而使"化成天下"成为"天经地义"的使命，并启示其原理和方法。其二，揭示"文"的发生和应用原理。根据《左传》（引孔子）所总结的"言—身—文—行"关系，确认"言""文"的自然性和能动性，同时也喻示运用"言""文"作用于"身""行"的可能性及其原理和方法。其三，称道"文"的典范。以尧为例，表明应当效法其"则天"（通过应用"天文—人文"文义）实现"文明"（"化成天下"）的理想政治效果；以西周为例，表明应当效法其"盛德"（通过应用"言—身—文—行"文义）达成其"焕乎"（文行远大）的理想社会状态。其四，分说"文"的功用。总体上说，"上""下"都适用：前者用文"敷德教于下"；后者用文"达情志于上"。这里的上—下关系，可大可小：大者可以指全体，即天子—臣民；小者可以是不同范围的上级—下级，如地方长官—治下民众。分别说，最"大"亦即最高的功用，是"经纬天地，作训垂范"，实际上只有帝王和圣贤能够担当此任，因而这一层主要属君主文义；其"次"的功用是"风谣歌颂，匡主和民"，而介于主—民之间者显然是"臣"，因而这一层属人臣文义；此外，还

---

① 据《唐会要》卷六十三《史馆》上《修前代史》载，高祖武德四年曾诏修前代史，"绵历数载，竟不就而罢"。太宗贞观三年于中书置秘书内省以修"五代史"。贞观十年，"尚书左仆射房元龄，侍中魏徵，散骑常侍姚思廉，太子右庶子李百药、孔颖达，礼部侍郎令狐德棻，中书侍郎岑文本，中书舍人许敬宗等，撰成周、隋、梁、陈、齐五代史，上之，进阶颁赐有差"。贞观二十年诏修《晋书》，"其太宗所著宣、武二帝及陆机、王羲之四论，称制旨焉，房元龄已下，称史臣"。第1090—1092页。关于文义的论述见于《晋书·文苑传》之序与论，《晋书·陆机传论》，《南史·文学传》之序与论，《北史·文苑传》之序与论，《北齐书·文苑传序》，《梁书·简文帝纪》和《敬帝纪》及《刘勰传》之论，《陈书·文学传》之序与论，《陈书·后主纪论》，《周书·王褒、庾信传论》，以及《隋书·经籍志·集部序》等。

有"或"者的功用，"愤激委约之中，飞文魏阙之下，奋迅泥滓，自致青云。振沈（沉）溺于一朝，流风声于千载"，是说个人也可用"文"来改变自己的困穷处境，达到现实（事功）和历史（留名）的成功。因而这一层属个人文义。

以上只是就上引魏徵论述稍加分析，同时而类似的论述很多，如太宗《帝范·崇文》曰："夫功成设乐，治定制礼。礼乐之兴，以儒为本。宏风导俗，莫尚于文；敷教训人，莫善于学。因文而隆道，假学以光身。不临深溪，不知地之厚；不游文翰，不识智之源。然则质蕴吴竿，非笴羽不美；性怀辨慧，非积学不成。是以建明堂，立辟雍，博览百家，精研六艺，端拱而知天下，无为而鉴古今。飞英声，腾茂实，光于不朽者，其唯学乎？此文术也。斯二者，递为国用。"[①] 这里先将"文"总体确定为礼乐，而归"本"于儒，归功于教化。进而又区分出"文"与"学"，分别与"隆道"和"光身"相联系，前者可致天下太平，后者可使生命不朽。其宗旨与魏徵所言一致而更为具体，可以相互发明。然则《帝范》为太宗示范（太子）之作，不仅《崇文》篇，全部《帝范》其实都是这种文义及其实行的系统总结和指导，限于篇幅，这里不能详论。总而言之，唐代是一个在精神上准备充分的时代，其精神准备的完成则以上述文义的确立为标志。这种文义推原儒经，遵奉圣王，发明"教化""不朽"等思想，看上去古已有之，似不新鲜，但若考虑到其时正值"（文道）将丧之弊"（如陈子昂所谓"文章道弊五百年"）之后，新时代开启的现实背景，则可知这种文义实有拨乱反正、继往开来的意义，是适应现实需要的古义重建。正是在这种文义下，确立了"文德"治道，展开各项政治文化施为，并取得空前成功。于是这种文义便具有了立统垂范的意义，为其后历朝所取法。（上引）贾至、白居易、元稹的议论则代表着朝野上下对这种文义及其实施效果的一致认同。所谓"国家以文德应天"，是说国家实行"文德"治道；所谓"以文教牧人"，是说以"文教"（礼乐教化）作为施政的宗旨、目标和方式；所谓"以文行选贤"，是说以"文

---

① 《帝范》之《崇文》第十二，第41—42页。

行"（德行艺能）作为官吏选任的原则、内容和手段；所谓"以文学取士"，是说以"文学"作为人才选拔的根据、重点和办法。然则连用四个"以……"排比分说，实有"互文"关系，亦即国家（治道）的"文德"、牧人的"文教"、选贤的"文行"和取士的"文学"是相通而一致的，而"以文行选贤"和"以文学取士"可以视为相互衔接而统一的取士制度；甚至"以文教牧人"也有取士的含义，只是没有直接的考试形式而已（下及）。然则这种文义既是"取士文学"的精神核心，也指导着相关的制度与活动。

三、"制度—活动"系统

"制度—活动"系统是就唐代"取士文学"的"实施"层面而言的。实施是由相关人员按照一定的规则和办法开展的一系列活动，然而古人云亡，实际活动也随之消失，但活动的规则办法与活动状况尚有文本化的保存，前者属制度，如诏令、法律、条例、格式之类；后者属行为，如形形色色的人物事迹之类；而"行为"既有制度明文规定的必须如此的部分，也有制度未加规定的可以如此的部分，因此我们在面对制度条文时，不仅要有"活动"意识，而且要与活动涉及的人物联系起来。

大致说来，这些"制度—活动"可分为严格而直接的、宽泛而间接的两大类：前者指官方规定举行的、"考—试"双方[①]直接参与的文学

---

① "考—试"双方，前者为考试的主持者，简称"考官"；后者为考试的接受者，简称"试者"。

取士活动。根据相关文献记载①，唐代国家的"以文取士"几乎覆盖所有的选才任官的空间和时间，形成庞大的"制度—活动"系统，呈金字塔结构，自下而上可区别为初、中、高三个层级。"初级取士"属最低层级的国家取士，其对象为尚未入仕的"白身人"，其考试主要为礼部主持的"省试"②。习惯所说的"科举"大体在此层级，故相关论著和介绍甚多，这里无须详述。简要地说，初级取士包括"常科"和"制举"两个子系统，常科内部还有不同系列，如"明经"系列，包括"常明经""准明经"和"类明经"；"进士"系列也有常、准、类之别③，其科目有十多个。另外，中央"学馆"如国子监、宏文馆、崇文馆、广文馆等，既有相对独立的内部考试，又与省试对应衔接，其取士主要属于初级。初级取士的考试项目，常明经为帖经、问义和试策；准明经和类明经大多只有问义和试策；进士科则为帖经、"杂文"和策三项，一般认为"杂文"包括箴、铭、论、表等多种文体，天宝后期才"专用诗赋"④。士子通过初级取士、入仕为官以后，进一步的升迁便属于官员选授范畴，以六品为界，其制度办法明显区别为两个层级：其下由吏部铨选，称"旨授"，此属中级取士；其上（包括六品以下守五品以上、视五品以上及

---

① 相关文献记载甚多，如贞元年间曾任礼部侍郎"三岁掌贡士"的权德舆云："今之取士，在于礼部、吏部。吏部按资格以拟官，奏郎官以考别，失权衡轻重之本，无乃甚乎！至于礼部求才，犹似为仁由己，然亦沿于时风，岂能自振？"[《文苑英华》卷六百八十九《荐举》上（铨选附）权德舆《答柳福州书》，第 3547—3548 页]是将礼部求才与吏部拟官并称"取士"。又如《册府元龟》卷六百三十九《贡举部》之《总序》载："唐循隋制，诸郡贡士，尝（常）贡之科，有秀才，有进士，有明法，有明书，有明算。自京师崇文馆、国子监，郡县，皆有学焉。每岁仲冬，国子、郡县课试其成者……而与计偕；其不在学而举者，谓之'乡贡'……又有制诏举人，皆标其目而搜扬知之：志烈秋霜、词殚文律、抱器怀能、茂材异等、才膺管乐、道侔伊召（吕）、贤良方正、军谋宏远、明于体用、达于吏理之类。始于显庆，盛于开元、贞元。皆试于殿廷，乘舆亲临观之。试已，糊其名于中考之。策高者特授美官，其次与出身。又有吏部科目曰宏词、拔萃、平判，官皆吏部主之；又有三礼、三传、三史、五经、九经、开元礼等科，有官阶出身者，吏部主之；白身者，礼部主之。其吏部科目、礼部贡举，皆各有考官。大抵铨选属吏部，贡举属礼部，崇文馆生属门下省，国子学生属国子监，州府乡贡属长官，职司在功曹、司功。五代因之。夫以贤为宝，得士者昌。圣贤之谈，邦国之制也。"（第 7661—7662 页）是将礼部、吏部及学馆取士皆归为"贡举"，而《新唐书》则将其并入《选举志》（第 1159—1180 页）。
② 唐代通常取士，前期由吏部掌管，开元二十四年后归礼部，遂为定制，二部皆属尚书省。本文所言取士制度，在未加说明的情况下，皆为定制。又，省试及第后还须通过吏部的"关试"以获得"出身"，从此具有入仕任官资格，故"关试"亦属初级取士。
③ 各系统、系列较详情况，参见拙著《唐代试策考述》。
④ 《登科记考》卷二云："按杂文两首，谓箴铭论表之类。开元间，始以赋居其一，或以诗居其一，亦有全用诗赋者，非定制也。杂文之专用诗赋，当在天宝之季。"第 70 页。

员外郎、御史、供奉之类清要官）则超出铨选范围，属高级取士，其中又有"册授""制授""敕授"之别。中级取士须综合考评其人的"身（体貌丰伟）""言（词论辩正）""书（楷法遒美）""判（文理优长）"，[①]后两项为"笔试"。又有"常选"和"科目选"之分，前者按资格正常选授，后者属破格超常选授，其科目主要有"博学宏词"（试诗、赋、论）和"书判拔萃"（试书、判），其他"借用"初级取士的科目有三礼、三传、三史、五经、九经、开元礼等。高级取士一般没有直接的文学考试，但并不等于没有文学上的考量。唐人赵匡所拟《选人条例》云："旧法：四品、五品官不复试判者，以其历任既久，经试固多；且官班已崇，人所知识，不可复为伪滥耳。"[②]其实是根据以往考试成绩和平时表现"认定"其文学合格，是没有具体形式的考试。另外，制举登科者，有的获授员外郎、拾遗、补阙等官，已入高级取士范围。因此宽泛地说，高级取士也属于"以文取士"和"取士文学"。制举的情况比较特殊，这种始于西汉的制度，在唐代得到广泛的运用，[③]其对象包括"白身人""出身人""前资官"和现任官（六品以下），兼顾初、中、高三级取士。其科目一般认为有数十个，而据我的初步统计，各类科目总共达九百多个/次，实际使用过的约三百个/次。[④]此外还有"准制举"，如通五经、一史及进献文章、著作等。[⑤]制举通常只有试策一个试项（个别科目加

[①] 据《通典》卷十五《选举》三，第359—360页。
[②] 《通典》卷十七《选举》五《杂议论》中，第425页。
[③] 《新唐书》卷四十四《选举志》云："所谓制举者，其来远矣。自汉以来，天子常称制诏道其所欲问而亲策之。唐兴，世崇儒学，虽其时君贤愚好恶不同，而乐善求贤之意未始少怠，故自京师外至州县，有司谋选之士，以时而举。而天子又自诏四方德行、才能、文学之士，或高蹈幽隐与其不能自达者，下至军谋将略、翘关拔山、绝艺奇伎莫不兼取。其为名目，随其人主临时所欲，而列为定科者，如贤良方正、直言极谏、博通坟典达于教化、军谋宏远堪任将率（帅）、详明政术可以理人之类，其名最著。而天子巡狩、行幸、封禅太山梁父，往往会见行在。其所以待之之礼甚优，而宏材伟论非常之人亦时出于其间，不为无得也。"（第1169—1170页）
[④] 详见拙作《唐代试策考述》。
[⑤] 《封氏闻见记校注》卷三《制科》云："常举外复有通五经、一史，及进献文章，并上著述之辈，或付本司，或付中书考试，亦同制举。"第19页。此处"常举"应是指通常的制举。

试诗赋属偶然例外①）。

上述严格而直接的"制度—活动"，涉及众多人员。就主考方（考官）而言，包括各种考试的发起、组织、出题、监考、阅卷、审定、录取等所有过程的全部相关人员，其中出题者处于更为直接且核心的地位。这些人员既属于国家相关部门的官吏，其"制度—活动"也是其人及其部门的职责所在：初级取士由礼部负责，中级取士由吏部负责，制举一般由中书省负责，此外中央部门内部的考试（如学馆、太常寺等）亦各有负责。考官中地位最高的是皇帝。他们不仅是倡导者和决策者，同时也是参与者，特别是在制举中，皇帝直接主导并参与取士的全过程，其间还经常伴有接见、赐食等活动，其礼重和真诚往往感人至深。唐代君主对常科也很投入，如太宗对张昌龄、王师且应试的关心，武太后的"殿前试人"，文宗的亲自出题，宣宗不仅过问博学宏词所试诗赋，还自称"乡贡进士"，凡此等等，不暇缕述。总的说来，唐代君主对于取士的关切和参与，已不限于个人兴趣，还有很强的主导和表率意识，并且形成传统和制度。皇帝之下便是各级官员，相对稳定的，如礼部侍郎、吏部侍郎、中书侍郎、门下侍中、吏部考功郎中、考功员外郎等；临事任命的，如常科的"知贡举"，"开元时以礼部侍郎专知贡举，其后或以他官领，多用中书舍人及诸司四品清资官。唯会昌中命太常卿王起知贡举，时亦检校仆射。五代时，或以兵部尚书，或以户部侍郎、刑部侍郎为之，不专主于礼侍矣"②。铨选的"考判官"，或用兵部员外郎、屯田员外郎、太学博士等。制举的"考策官"，有吏部侍郎、考功员外郎、翰林学士、左司郎中、都官郎中、左散骑常侍、太常少卿、库布郎中、中书舍人、兵部郎中、膳部郎中、吏部郎中、户部郎中、刑部员外郎、右补阙、起居舍人等。唐代的常科（选）通常每年定期举行，制举频繁举行，三百

---

① 《旧唐书》卷六十九《杨绾传》载："天宝十三年（原文如此），玄宗御勤政楼，试博通坟典、洞晓玄经、辞藻宏丽、军谋出众等举人，命有司供食，既暮而罢。取辞藻宏丽外别试诗、赋各一首。制举试诗、赋，自此始也。"（第3429页）《唐会要》卷七十六《制科举》载此云："……其辞藻宏丽，问策外更试诗赋各一道。"（第1393页）从目前所见材料看，制举试诗、赋可能仅有天宝十三载"辞藻宏丽"科一次，且属临时加试性质。
② 《文献通考》卷三十《选举考》三，第281页。

年间，参与其事的考官之多，可想而知。至于应试方的数量，更加众多。初级取士的应试者，适龄范围从十岁以下（如童子科）到七十岁以上（如"五老榜"[①]），几乎覆盖所有年龄段。中级取士的应试者，包括所有六品以下官吏。高级取士虽然没有直接的考试，但其人一般系由六品以下晋升而来，是曾经的应试者。因此合"考—试"双方而言，几乎所有的官吏和准官吏连同皇帝，都是此"制度—活动"的参与者。

宽泛而间接的"制度—活动"，主要包括：（一）上述（国家和中央部门）以外的取士考试，如各级地方（州、县、乡）考试，各类教学和练习考试，各种模拟考试。其"考—试"双方的参与人员不计其数。（二）与上述两大类取士考试相关的活动，如合保、还往、曲江会、过夏、温卷等[②]，其参与者除了双方当事人外，还涉及大量的其他人员，如士子的学业活动，涉及家人、师友及"教材"编写、抄录、出版人员；士子的举送活动，涉及官府和交通人员；举子的衣食住行与爱恨情思，涉及商业、服务业、娱乐业及学术、宗教、文化等方面的人员……可以说，宽泛而间接的"制度—活动"所涉人员，广及各界各类，数量之大，更加难以估计。

总之，上述两大类"制度—活动"，是唐代国家生活和社会生活中经常出现且重要的内容，几乎所有的人群都身在其中或受其影响，共同形成"取士文学"庞大的作者群体和读者群体。群体内部，可以根据其与"取士文学"关系的密切程度，分为若干圈层：中心圈层是严格而直接的"制度—活动"人员；外围圈层是宽泛而间接的"制度—活动"人员。

[①] 《唐摭言》卷八《放老》载，昭宗天复元年，特敕曹松等五人及第，时称"五老榜"。（第90—91页）其中据《容斋三笔》卷七《唐昭宗恤儒士》，其时曹松五十四岁，王希羽七十三岁，刘象七十岁，柯崇年六十四岁，郑希颜五十九岁。（第501—502页）

[②] 李肇《唐国史补》卷下云："进士为时所尚久矣。是故俊乂实集其中，由此出者，终身为闻人。故争名常切，而为俗亦弊。其都会谓之举场，通称谓之秀才。投刺谓之乡贡。得第谓之前进士。互相推敬谓之先辈。俱捷谓之同年。有司谓之座主。京兆府考而升者，谓之等第。外府不试而贡者，谓之拔解。将试各相保任，谓之合保。群居而赋，谓之私试。造请权要，谓之关节。激扬声价，谓之还往。既捷，列书其姓名于慈恩寺塔，谓之题名会。大宴于曲江亭子，谓之曲江会。籍而入选，谓之春关。不捷而醉饱，谓之打毷氉。匿名造谤，谓之无名子。退而肄业，谓之过夏。执业而出，谓之夏课。挟藏入试，谓之书策。此是大略也。"（第55—56页）又，如赵彦卫《云麓漫钞》卷八："唐之举人，先藉当世显人，以姓名达之主司，然后以所业投献；逾数日又投，谓之'温卷'。"第135页。

二者又以"考—试"双方的当事人为核心,其次是相关参与人员、涉及人员及受影响人员(详下)。

四、"文本—人格"系统

"文本—人格"系统主要是就"取士文学"的形式层面而言的。如上所言,在"以文取士"和"取士文学"中,"文"与"士"既互为形式和结果,又互为体用和表里;就形式层面而言,"文"便是各种体裁(式)的"文本",亦即一般所说的"作品"。与"制度—活动"系统相应,文本也可区分为严格而直接、宽泛而间接两大类,也相应地呈多圈层结构:中心圈层是严格而直接(国家层级)的考试文本,主要包括:(一)由初级取士考试而形成的初级取士文本,如礼部常科的试策[①]、试诗、诗赋、试箴、试铭、试论、试表等;帖经、问义及试读(经、史)等,虽然不是严格的文学(体),但亦具文本属性。(二)由中级取士考试而形成的中级取士文本,如吏部铨选的试判、试策、试诗、诗赋、试论、试状以及问义等。(三)制举兼涉各级取士,其试策(及试诗、诗赋)文本则分属相应的层级。这些皆属直接取士文本(学)。

外围圈层则属"间接取士文本",主要包括:(一)各级地方考试文本以及各级各类学业考试、模拟考试文本,其文本体类与直接取士文本大致相同。(二)官方制作的各种相关文本,如诏、敕、律、令、奏、疏、谏、议、条例、格式、解文、榜文、告身等。"官方"包括皇帝、政府部门及其官员。(三)各类为应举和任官而作的"他荐"和"自荐"文本,前者是为他人而作,后者是为自己而作,诗、文皆有。(四)各类"及第"和"下第"文本,前者是为(本人或他人)应试成功而作,后者则是为应试失败而作,亦诗、文皆有,"之幕"(应试落第而转投幕府)之作

[①] 凡取士考试所用文体,皆前加"试"字,以便与普通文学相区别。

如相关"赠序"等，亦属此类。（五）各种与取士相关的"交游"文本，如"请谒""投献""行卷"之作。（六）各种以取士为题材的文本，如诗、文、笔记、小说（传奇）、戏曲等。（七）各类涉及取士的文本，如史乘、传记、碑铭等。（八）各种相关的教材、工具书之类。（九）各种记载相关制度的典章、谱牒、方志……这只是粗略的分理，尚非全部，各圈层的内外次序也未必精确，这里不能展开讨论，然已足见唐代取士文本范围之广泛与文体之众多。

由上述文本形成的"取士文学"，较之普通文学，有着诸多特定性。就直接取士文本而言，其一是范围和界线不同，有些并不具备严格文学形式的文本，如帖经、问义以及（铨选的）言、书，皆属取士文学。其二，取士文学的写作有着明确的实用目的：在考官是为选取合格之士；在应试者是为被选中，此为双方首要而直接目的，然后才能考虑其他。有些文体（本）甚至主要或专门用于取士，如试策、试判、帖经、问义等。其三，取士文学的评价规则和标准自成体系，有国家明文规定的，也有考官自主掌握的；有常规性的，也有临时性的；有公开透明的，也有隐秘微妙的；有形式上的，也有内容上的；有主观的，也有客观的。总的说来（比普通文学）更为明确而严格，客观性更强。其四，取士文学有其特定的情境，通常是在考场中以考试的方式完成，有一定的环境、主题、时间及条件等限制，其文本则为"试卷"。其五，取士文学的作者有其特定的身份和关系：其文本由考官和试者共同完成，前者写作"问文"，后者写作"对文"。二者不论原来的身份如何，一旦进入文本写作，便具有了考官或试者的身份，并形成前者考查后者、一问一答的关系。在常科（选）中，二者为"上—下"关系；在制举中，二者为"君—臣"关系。在文本写作中，双方都必须恪守这样的身份和关系；而一旦出离写作情境，其身份和关系也随之发生改变。其六，取士文学有其特定的体制特征，如在形式结构上，皆为"问文"与"对文"的统一体。一篇完整的试策文，是由策问文与相应的对策文构成的，二者出自不同的作者之手，形式上有对应和同构关系；内容上则两相呼应，意旨贯通。尤其是制举对策文，因有"述制语"（"复述"策问中的问题），不同程度地"含摄"了策问文；而策问文也会给对策文以内容上的规定、指引或提示，二者也具有对应和同构关系。试判的情形与此略同，即便是那些只有题目的试项，如试诗、诗赋，实际上也有类似的关系，只是不够明显而已。更为重要的是，其形式和内容都有其体制要求，而不能像普通文学那样自由。其七，取士文学的"读者"也比较特殊，从直接性上说，"问文"是专给应试者看的；而"对文"则是专给考官看的，然后才是给相对间接的人员看的。但不同的科目情形又不尽相同，如制举的策问文，具有诏敕性质，虽说直接为应试者而作，但也有全局上的用意；而制举的对策文，虽说是写给皇帝的，但"先睹为快"的往往是考官。

最后，也是最重要的，就是取士文学有其特定的运用原理和方法。从贾至等人关于"由辞观行"的议论中可知："辞"指文本的形式层面，诸如字词句章、音律文法等，所反映的主要是应试者的相关知识和艺能；"行"指文本的内容层面，诸如思想观念、性情气质、操守志向等，所反映的主要是应试者的道德和品行等，亦即人格修养。（考官）在具体评定时，"辞"是相对客观的依据，有量化的标准，以保证其公平公正；"行"的直接依据是应试者本身，相关评定在考试之外（前）已有结论，但这种"身评"难免受到各种因素的影响而不够准确，因而需要通过考试（文本）进一步考核。这实际上是将其人格"文本化"，再作为考评其人格的间接依据。但这样的间接依据反而更加客观，也更便于公开公平地操作。因此这种"文评"既是"辞"与"行"的相互参证，同时也是与"身评"的相互印证，从而保证其评价结果的真实性和准确性。这正是对"天文—人文""身—言—文—行"原理的奉行。在这样的原理中，"文"还与"致远"相联系，因而"考官"还可以并且必须从"辞—行"中进一步观测其人的将来发展趋向及其可能的实际任官功效。如此看来，取士文本实为"文辞—文行—文效"的统一，可谓"三位一体"。唐代"以文取士"正是通过这样的文本，综合考量其人的过去—现在—未来，然后择优录取，而且这种考量几乎是终身的。因此那种以为唐代取士只是（省试）注重文采甚至仅凭诗赋的认识，显然是未窥此理、不合实际的。事实上，唐代士人为了获得综合好评，必须进行"三位一体"的综合用功，长期坚持，从而造就全面优秀的人格，成为合格的"文人"①。《新唐书》编者（欧阳修、宋祁等）于此深有识见，在《选举志》中总结道："方其取以辞章，类若浮文而少实；及其临事设施，奋其事业，隐然为国名臣者，不可胜数，遂使时君笃意，以谓莫此之尚。"②

上述取士文学三个子系统既相对独立，又相互贯通和交织，共同构成唐代取士文学大系统。这样的取士文学在诸多方面为我们以前所不曾注意甚或未知。其一，这个大系统是一个相对独立的文学世界，其领域与唐代文学非常接近。其中直接取士文学更是这个世界的"王国"，更加完备而精致，其辐射范围甚至超出一般意义上的唐代文学。因而应先将其独立出来，给予充分的尊重和理解，然后全面而准确地认识这个世界的里里外外；已有研究中的很多问题和矛盾，也只有"还原"到这个世界里才能比较容易解决。其二，唐代取士文学有自己的"精神"系统，其文义与国家文义相一致，因而"以文取士"和"取士文学"既是国家文义的贯彻落实，其自身也贯彻落实了这种国家文义，最终达成国家文义、群体文义和个体文义的多重实现。故在取士文学中，作为精神的"文学"先于、高于并大于具体的"文学"（文本或作品），而且精神更具实质性和决定性，既定义了唐代的取士文学，也将其与其他时代的取士文学区别开来。其三，唐代取士文学是"文"与"人（士）"并取，对此须有通达的理解：从直接性上看，考试环节所取之"文"与"人"，有其特定的评定标准，不能完全用普通的文学和文人准则来要求。从间接性上说，考试环节的评定是"文辞—文行—文效"的综合考量，具有一定的"预测"成分，因而我们对其"文"其"人"也应有"综合"的认识，既要将其过去、现在、将来相联系，又不能将其相等同，而且还要有"国家意识"，因为高层统治者关注的是全局性，其根本意图并不止于某个（些）具体的"文"与"人"，还有更为广大深远的考虑，如国家政治的成功（如"天下化成"），君臣个人的成功（如立德、立功、

---

① 《唐国史补》谓由进士而出者"终身为闻人"（引见上），"闻人"《唐摭言》《文献通考》皆作"文人"，兹取后者，并推广其义，说见下。
② 《新唐书》卷四十四《选举志》上，第1166页。

立言而不朽），实际是达到社会和人格的理想境界。据此而言，所取之"文"与"人"固然重要，但由此带来的教化和影响无疑更加重要。所以我们对于取士文学的认识和评价不应仅限于考试环节，更不应纠缠于某些表面和枝节现象。其四，李肇关于"文人"的论述值得玩味，但并不等于说这种"文人"始终都在写作取士文学。或许应作这样的理解："文人"有严格和宽泛之别，前者仅指通过文学考试而录取的"士"；后者则是指以这样的"士"为人格主体的人。也就是说，"以文取士"造就了其人的人格基础与核心，在其走出考场后，仍会继续秉持和发展。相应地，"文学"也有严格和宽泛之分：前者仅为考试环节所写作的"文本（试卷）"；后者是指以这样的"文本"为主体和要素的文学。也就是说，"以文取士"奠定其文学的基础和本质，在作者走出考场后，仍然会继续秉持和发展。从这个意义上说，取士文学其实联系着唐代文人和文学的全体。

宋人柳开曰："唐高祖、太宗始命有司岁考郡县贡举人，至昭宗，二百八十年间，所得名将、名相、贤人、哲士、卿大夫，皆自中而出，故延十八世，天下同正朔。纵天宝年后叛乱时起，而终不失承平基业者，以高祖、太宗能以文取士，尽海内之心如此也。"[1] 此言可与上述李肇、欧阳修等人的论断相参证和发明，对我们理解和认识唐代取士文学多有启示。然则本文只是稍理端绪，全面而深入地研究，尚有待于来日与来者。

（原载《文学遗产》2015年第2期）

---

[1] 柳开《河东先生集》卷八《与郑景宗书》，第11页。

唐代国家取士制度系统表释

本文题目的"取士"主要是指"以文取士"。以文取士，简明地说，就是将"文"作为重要准则和试项来选任所需之士的制度。这个"文"，相对狭义地说，是指考试所用的各种文章（体），也可延伸至相关学识和技能。以文取士的精神（包括意识、理念、原则等）及活动，古已有之；其有史可据的制度性施行，最晚也可溯至汉初文帝的诏举贤良文学。相沿至于唐代，国家全面实行以文取士制度，形成庞大而严密的制度系统，并著为典章，载入文献，成为一代盛事，亦为后世所取法。

唐人云："夏之政尚忠，殷之政尚敬，周之政尚文，然则文与忠敬，皆统人之行也。且夫谥号述行，美极人文。人文兴则忠敬存焉。是故前代以文取士，本文行也，由辞以观行，则及辞也。"此即"以文取士"提法（概念）之所出与本义之所据[1]，既是唐代君臣上下的共识，也是国家意志的表达。这里的"文"实为"文行"，是"德—行—辞"的统一。取士则是综合考察其人的性情、道德、品行、学识及艺能而择优擢用之（笔者已另文论述，这里不复展开）[2]。然而后世受"科举"的遮

---

[1] 宝应二年（763），礼部侍郎杨绾上疏建言停止明经、进士及道举等，"依古制察孝廉"，代宗诏给事中李栖筠、李廙，尚书左丞贾至，京兆尹兼御史大夫严武等参议，其议文，刘昫《旧唐书》卷一百一十九《杨绾传》（第3432页）属之贾至，并云："李廙等议与绾协，文多不载。"同书卷一百九十《文苑传》之《贾曾传（附子至传）》亦载其文（第5029—5030页）。欧阳修、宋祁《新唐书》卷四十四《选举志》则云："（李）栖筠等议曰……"三者文字略同，应为合议联奏。议奏得到皇帝和大臣的肯定，代表当日君臣的共识。以文取士，下文简称"取士"。
[2] 详见拙文《唐代取士文学概论——纪念"废科举"110年》。

蔽和影响，往往泥于形式，昧其本义，形成许多局限和误解。实际上"科举"为后起的概念，原本就利弊共存；晚近以来，尤其饱受指责和批判，早已被相当程度地负面化，甚至污名化，不论在内涵还是外延上，都与唐代取士的实际情况差误甚大！然而今人每从"科举"出发评说唐代取士，其差误亦可想而知。有鉴于此，本文拟就唐代取士制度系统稍作梳理，以期全面了解相关情况、更新已有认识。限于篇幅和旨趣，本文仅概述国家层面的取士制度，至于具体细节、地方上取士情况，则暂不多及。

一、制度系统与层级

从国家治理高度看，所有制度皆属政治制度，取士制度也不例外。若将唐代国家政治制度作为一级大系统，"人事制度"则属其下众多二级制度系统之一，其对象所及，宽泛而言，包括所有内外上下官吏乃至君王后妃等；但一般地说，其对象主要是官人，尤其是文官。取士制度则是官人的选拔和任用制度，属人事制度之下的次级（三级）系统。上述关系可表示如下：

表1 唐代取士制度上属系统

制度系统		
一级	二级	三级
政治制度	人事制度	取士制度
^	^	其他制度
^	其他制度	其他次级制度

"士"在古代包罗广泛，品类众多；本文所言唐代取士之"士"，主要是指尚未入仕为官和已经入仕为官的士人，二者在文献记载中往往与"举"和"选"相对应和区别，前者为白身人，后者包括有出身者、

前资官和现任官，前后二者合称则曰"选举"或"举选"。唐人赵匡有《举人条例》和《选人条例》，分别甚明。杜佑《通典》将前者置于"贡士"之下记述，后者置于"选授"下记述。欧阳修等《新唐书·选举志》上篇叙"取士"，亦称"取人"或"贡举"；下篇叙"选人"，包括"考课"和"铨选"等，亦称"考选"。这是分而合之，合中有分。后世往往将前者归入"科举"，与"铨选"分开处理。这与近世以来学科划分日益细密有关，但分别日久不免造成隔膜。实际上唐代的"举""选"之间，不仅联系密切，而且有所交叉，在对待和施行上已高度一体化，故应视为统一整体，纳入取士制度系统。

　　唐代取士制度系统，纵横交错，纲举目张。既有层级之分，又有条块之别；层级与层级之间，条块与条块之间，复有许多联系和交叉，错综复杂。由于以往的研究大都分而治之，既难以见其全体，也缺乏层级与条块分合观念，因而不能上下打通，左右连贯。为了便于观察，现将唐代取士制度系统独立出来，作为一级大系，则其下有两个次级（二级）系统，即"举人"制度系统和"选官"制度系统。这两个二级系统并不是完全平行和隔断的，而是有着层级差别，并且相互联系和交叉的（下及），此其一；其二，"选官"主要是指"铨选"，但又不止于铨选，因为唐代铨选的对象，并不囊括全部官人。《通典》载：

　　　　凡诸王及职事正三品以上，若文武散官二品以上及都督、都护、上州刺史之在京师者，册授。五品以上，皆制授。六品以下守五品以上及视五品以上，皆敕授。凡制、敕授及册拜，皆宰司进拟。自六品以下旨授。其视品及流外官，皆判补之。凡旨授官，悉由于尚书，文官属吏部，武官属兵部，谓之铨选。唯员外郎、御史及供奉之官，则否。①

可知铨选的对象范围，仅为"自六品以下"官员，而且员外郎、御史及

---

① 《通典》卷十五《选举》三《历代制》下《大唐》，第359页。下同。

供奉官尚不在其列。这就是说，自五品以上和员外郎、御史及供奉官不在"选官"制度系统，属于另外的制度系统，这个系统包括册授、制授、敕授等，皆以皇帝名义授予，实际是由更高的组织部门选人，类似"中央直管"，姑且统称为"直授"制度系统；而册、制、敕皆属"王言"，因而也可统称"钦授"。显然"直授"的对象整体上高于"选官"对象，而"选官"的对象整体上高于"举人"对象，据此可将其区分为：高级取士、中级取士、初级取士，其制度系统列表如下：

表2　唐代取士制度系统分级表

一级	二级		方式（名目）
制度系统	取士制度	高级取士	直授	宰司奏进
		中级取士	选官	吏部铨选
		初级取士	举人	礼部贡举[①]

二、高级取士制度系统

高级取士，不仅所取对象的整体品级最高，而且授官主体的地位也最权威，授官仪式规格最为隆重。据（上引）《通典》，册授包括三类对象：一是"凡诸王及职事正三品以上"；二是"文武散官二品以上"；三是"都督、都护、上州刺史之在京师者"。制授的对象为"五品以上"（不包括册授的对象）。敕授的对象有两类：（六品以下）"守五品以上"和"视五品以上"。[②] 此外"员外郎、御史及供奉之官"不在铨选范围，亦属高级取士。《通典》于"册授"下注云："诸王及职事二品以上，若文武散官一品，并临轩册授；其职事正三品，散官二品以上及

[①] 贡举，开元二十四年（736）以前归吏部，其后归礼部，本文以后者为主。
[②] "守"谓散官品阶低于职事官阶，"视"谓非流内职事官但享受相应流内职事官的某些待遇。

都督、都护、上州刺史，并朝堂册；讫，皆拜庙。册用竹简，书用漆。"据《唐六典》："上州，刺史一人，从三品。"①此当为册授范围的下限，其上限则至诸王，是皇帝之外（下）的最高层级。《通典》又于"则否"下注云："供奉官若起居、补阙、拾遗之类，虽是六品以下官，而皆敕授，不属选司。开元四年，始有此制。"即开元四年后六品以下供奉官亦属敕授。《唐六典》载："六品已下常参之官，量资注定；其才识颇高，可擢为拾遗、补阙、监察御史者，亦以名送中书门下，听敕授焉。"②这是说部分六品以下常参官也在敕授之列。上述供奉官、常参官，亦属高级取士。

高级取士通常没有直接的考试文辞的程序（环节）和形式，但有相关的考评。赵匡《选人条例》云："旧法，四品、五品官不复试判者，以其历任既久，经试固多，且官班已崇，人所知识，不可复为伪滥耳。自有兵难，仕进多门，侥幸超擢，不同往日，并请试判。待三五年，举选路清，然后任依旧法。"③赵匡所言"旧法"应为安史之乱前选人办法。四品、五品官选任属高级取士，当时没有直接试判程序和形式，那是因为：其一，"历任既久，经试固多"。是说其人官至如此高品级，已经历多次考试，以往考试成绩，不仅可以证明其过去的水平，也可以作为现在的参考。其二，"官班已崇，人所知识"。是说其人在现职任上，因地位崇高，所作所为，有目共睹，亦即其平时的德行艺能，已经得到上下左右——皇帝、宰相、同僚以及相关考评职司的了解和认可。有此两点，已足保证其人不至于"伪滥"，故无须文辞考试，而且文辞考试也不适合如此尊崇的官员。然则参考过去，认可现在，其实都有考评的性质，可以说是没有考试的考试，也可以说是间接的试文。另外，上文说到，唐代"以文取士"的"文"是"德—行—辞"的统一，考试文辞，是为了通过文辞观察其人的德行艺能，其人由于官阶崇高又常在枢近，其"德—行—辞"久为上下左右所知，对其人的了解程度，甚至比考试

---

① 《唐六典》卷三十《三府都护州县官吏》，第745页。
② 《唐六典》卷二《尚书吏部》，第27页。
③ 《通典》卷十七《选举》五《杂议论》中，第425页。

文辞（章）还要充分、切实。

赵匡所言"自有兵难，仕进多门，侥幸超擢，不同往日"，应是指安史之乱以来的情况。由于战乱，仕进途径混乱、考评不实，而旧的考授制度已遭破坏，难以为继，故赵匡建议"并请试判。待三五年，举选路清，然后任依旧法"。也就是说，从此以后的三五年内，高级取士也要考试（试判），待举选制度趋于正常，再恢复旧法（取消考试）。赵匡的《选人条例》本属建言，有没有实行，尚不清楚，即使有实行也是暂时性的。

高级取士的册、制、敕都要形诸文本，尚有不少传世。如白居易《牛僧孺可户部侍郎制》：

> 敕：户部侍郎，周之地官小司徒也。掌天下田户之图，生齿之籍，赋役货币之政令，以待国用而质岁成。元和以还，日益宠重。善其职者，多登大任。中兹选者，莫匪正人。谁其称之？我有邦彦。朝议郎、守御史中丞、上柱国、赐紫金鱼袋牛僧孺：自举贤良，践台阁，秉润色笔，提纠缪纲。而书命无繁词，决事无留狱，受宠有忧色，纳忠多苦言。朕心知之，何用不可？夫以人曹之重如彼，僧孺之贤若此，俾居是职，不亦宜乎？可守尚书户部侍郎，散官、勋如故。①

户部侍郎，正四品下，属制授范畴。此制文中间"自举贤良……纳忠多苦言"一段，便是对牛僧孺的考评之语。白居易是制文的执笔者，历数牛僧孺自登"贤良方正能直言极谏"制科以来的任官表现，包括德行、政能、文辞诸多方面，正与"德—行—辞"统一相合。

综上所述，可将高级取士制度系统列为下表：

---

① 《白居易集笺校》卷四十八《中书制诰》一，第2885页。

表3 唐代高级取士制度系统

一级	二级	三级	名目	试项
制度系统	取士制度	高级取士	册授	诸王、职事正三品以上	以往考试 平时表现 试判（暂时）
				文武散官二品以上	
				都督、都护、上州刺史之在京师者	
			制授	五品以上	
			敕授	六品以下五品以上及视五品以上	
				六品以下常参官、供奉官	
			其他	其他	其他

三、中级取士制度系统

中级取士主要是铨选，其对象包括文官和武官，前者归吏部，后者归兵部。值得注意的是，武选也有试文，因本文的重点在文选，武选只简单附及。中级取士对象范围的上限，文献记载比较清楚，如《通典》所说"自六品以下旨授。其视品及流外官，皆判补之。凡旨授官，悉由于尚书，文官属吏部，武官属兵部，谓之铨选"。可知以六品为上限，自此而下皆归铨选，亦即旨授。至于中级取士的下限，文献没有明确记载。大抵"白身人"参加礼部省试[①]及第后，由礼部关于（移交）吏部，吏部"关试"——试判二道——通过，即获得"出身"，从此成为吏部的"选人"对象，有资格参加铨选获得叙阶授官。在礼部及第之后至吏部叙阶授官之前，属"守选"期[②]。据此则铨选对象范围的下限，应为通过关试者。但这是就"流内"而言，还有"流外"铨选，其范围的下限更低（下及）。

《通典》载："凡吏部、兵部文武选事，各分为三铨，尚书典其一，侍郎分其二。文选，旧制尚书掌六品、七品选，侍郎掌八品、九品选。

---

① 即国家考试，因主管部门为尚书省礼部（开元二十四年前为吏部）、考试地点在尚书省而得名。
② 参见《唐代铨选与文学》，第1—38页。

景云初，宋璟为吏部尚书，始通其品员而分典之，遂以为常。凡选，始于孟冬，终于季春。"①《唐六典》将铨选置于吏部侍郎之下记述：

> 凡选授之制，每岁孟冬，以三旬会其人：去王城五百里之内，集于上旬；千里之内，集于中旬；千里之外，集于下旬。以三铨分其选：一曰尚书铨，二曰中铨，三曰东铨。以四事择其良：一曰身，二曰言，三曰书，四曰判。以三类观其异：一曰德行，二曰才用，三曰劳效。德钧以才，才钧以劳。其优者擢而升之，否则量以退焉。所以正权衡，明与夺，抑贪冒，进贤能也。②

这里说到的铨选考评办法，首先是"以四事择其良"：

> 其择人有四事：一曰身（取其体貌丰伟）。二曰言（取其词论辩正）。三曰书（取其楷法遒美）。四曰判（取其文理优长）。③

大抵"身"是形象标准，要求"体貌丰伟"，属目测项目。"言"是语言（表达）标准，要求"词论辩正"，属口试项目。"书"是书写标准，要求"楷法遒美"，属笔试（实操）项目。"判"是文章标准，要求"文理优长"，属典型的笔试项目。值得注意的是，试判这种形式，只用于吏部的铨选，所要考查的不仅是其人的文辞才艺，更重要的是对相关问题的认识和处理（实践），也可以说是为政理务的文本化。"四事"的考查有先后顺序："凡选，始集而试，观其书判；已试而铨，察其身言。"④亦即先笔试，通过后再进行面试，则两个阶段皆有淘汰。"四事"可以说是任官的四个方面基本素质要求，而不同个体水平不同，不同职位要求不同，故须"择其良"——择优选任。

---

① 《通典》卷十五《选举》三，第359—360页。
② 《唐六典》卷二《尚书吏部》，第27页。
③ 《通典》卷十五《选举》三，第360页。括号内原为小字注文。
④ 《通典》卷十五《选举》三，第360页。

然而仅有基本素质是不够的，还须和"三类"——德行、才用、劳效结合考察："四事可取，则先乎德行；德均以才，才均以劳。"①德、才、劳综合考量，考量时首重德行，次重才用，然后参考劳效。这些大抵属于其人的以往表现，有赖于官方考评和社会评价。

至于试判，《唐六典》云：

> 每试判之日，皆平明集于试场，识官亲送，侍郎出问目，试判两道。或有糊名，学士考为等第。或有试杂文，以收其俊乂。②

试判两道，是铨选的通例。入考场须有相识的官员亲送，问目（试题）由侍郎出，试卷由学士评定，合格者谓之"入等"③。至于试杂文，属于特例，下文会说到。

上述"四事""三类""试判"，兼顾了基本素质、业务水平和实践能力，既关注全面，又突出重点，可见唐人创立制度之用心良苦与思虑周密。马端临曰："按：唐取人之法，礼部则试以文学，故曰策，曰大义，曰诗赋；吏部则试以政事，故曰身，曰言，曰书，曰判。然吏部所试四者之中，则判为尤切，盖临政治民，此为第一义，必通晓事情，谙练法律，明辨是非，发摘隐伏，皆可以此觇之。今主司之命题，则取诸僻书曲学，故以所不知而出其所不备；选人之试判，则务为骈四俪六，引援必故事而组织皆浮词。然则所得者，不过学问精通、文章美丽之士耳！盖虽名之曰判，而与礼部所试诗、赋、杂文无以异殊，不切于从政，而吏部所试为赘疣矣。陵夷至于五代，干戈侵寻，士失素业，于是所谓试判，遂有一词莫措，传写定本，或只书未详，亦可应举。盖判词虽工，亦本无益，故及其末流，上下皆以具文视之耳！"④试判的变异和衰微，

---

① 《通典》卷十五《选举》三，第360页。
② 《唐六典》卷二《尚书吏部》注文，第27页。
③ 试判合格虽有三等之名，但第一等不曾授人，第二等极少授人，通常自第三等而下分甲、乙、丙三科，亦即第三等、第四等、第五等；此下为不入等；甚差者谓之"蓝缕"。详见王勋成《唐代铨选与文学》，第177—178页。
④ 《文献通考》卷三十七《选举考》十《举官》，第354页。

可另当别论，就唐人试判制度的设置初衷而言，确如马氏所言，可谓是有的放矢的美意良法。

《唐六典》还特别提到："若有选人身在军旅，则军中试书、判，封送吏部而注拟。亦或春中不解而后集，谓之'春选'。若优劳人有敕即与处分及即与官者，并听非时选，一百日内注拟毕。"① 这里提到三种特例：一是文职官吏在军旅者；二是春中不解而后集者；三是有敕即与处分即与官者。前者明确规定由军中试书、判；后二者是否有考试，尚不清楚。

此外，"岭南、黔中，三年一置选补使，号为'南选'"。其办法是"应选之人，各令所管勘责，具言出身、由历、选数，作簿书预申省。所司具勘曹名、考第，造历子，印署，与选使勘会，将就彼铨注讫，然后进甲以闻"。② "所司考第"，应是综合评定等第，是否有文学（章）考试，亦不详。

以上皆属流内铨选，此外还有流外铨选。《唐六典》载：

> 郎中一人，掌小选。凡未入仕而吏京司者，复分为九品，通谓之"行署"。其应选之人，以其未入九流，故谓之"流外铨"，亦谓之"小铨"。其校、试、铨、注，与流内铨略同（谓六品已下、九品已上子及州县佐吏。若庶人参流外选者，本州量其所堪，送尚书省）。其在吏部、兵部、考功、都省、御史台、中书、门下，是为"前行要望"，目为"七司"；其余则曰"后行闲司"（谓流外转迁者始自府、寺而超授七司者，以为非次。长安中，毕构奏而革之，应入省者，先授闲司及后行，经两考，方转入七司，便为成例）。凡择流外职有三：一曰书，二曰计，三曰时务。其工书、工计者，虽时务非长，亦叙限；三事皆下，则无取焉。每经三考，听转选，

---

① 《唐六典》卷二《尚书吏部》，第28页。
② 《唐六典》卷二《尚书吏部》，第34页。《通典》卷十五《选举》三云："其黔中、岭南、闽中郡县之官，不由吏部，以京官五品以上一人充使就补，御史一人监之，四岁一往，谓之'南选'。"第360—361页。

量其才能而进之；不则从旧任（其考满，有授职事官者，有授散官者。旧则郎中专知小铨，开元二十五年敕铨试讫，应留、放，皆尚书、侍郎定之）。①

"流外"即未入九流者。《通典》云："隋置九品，品各有从。自四品以下，每品分上下，凡三十阶，自太师始焉，谓之'流内'，流内自此始焉。又置视正二品至九品，品各有从，自行台尚书令始焉，谓之'视流内'，视流内自此始。大唐自流内以上，并因隋制。又置视正五品、视从七品，以署萨宝及正祓，谓之'视流内'。又置勋品九品，自诸卫录事及五省令史始焉，谓之'流外'，流外自此始。"②《旧唐书·职官志》云："又有流外自勋品以至九品，以为诸司令史、赞者、典谒、亭长、掌固等品。"③又云："有唐已来，出身入仕者，著令有秀才、明经、进士、明法、书算。其次以流外入流，……天宝三载，又置崇玄学，习《道德》等经，同明经例。自余或临时听敕，不可尽载。"④可知流外主要是指令史、书令史、典事、谒者、亭长、掌固等官吏。其铨选包括两类：

一是流外转迁，其考试和注拟与流内铨略同；但就考试而言，与流内铨的身、言、书、判不同，仅有书、计、时务三项。书，即书写，当与流内铨一样，要求楷法遒美。计，应为会计、计簿、统计之类。时务，即当下要务处理，未详是指具体实践还是文字分析表达。若为后者，须有笔试——时务策（状）之类。《唐六典》载："主事六人，从九品上（……皇朝并用流外入流者补之）。令史十八人，书令史三十六人（……国初限八考已入流；若六考已上□上□考六上，并入流为职事……近革选，限□考六上入流……）。亭长六人，掌固十四人（……皇朝称'掌固'。主守当仓库及厅事铺设，职与古殊。与亭长皆为番上下，通谓之

---

① 《唐六典》卷二《尚书吏部》，第36页。"虽时务非长，亦叙限"，《旧唐书》卷四十三《职官志》二作"凡择流外，取工书、计，兼颇晓时务。（三事中，有一优长，则在叙限。）"第1820页。括号中原为小字注文。
② 《通典》卷十九《职官》一，第481—482页。
③ 《旧唐书》卷四十二《职官志》一，第1803页。
④ 《旧唐书》卷四十二《职官志》一，第1804页。

番官。转入府史，从府史转入令史，选转皆试判）。"① 所言主事、令史、书令史、亭长、掌固，皆属流外"选转"，从后二者须试判推之，其他流外选转也应该有试判之类的环节。

二是流外入流。须满足规定的考第②条件，并通过铨试。《通典》载："大唐武德中，天下初定，京师谷粜贵，远人不相愿仕流外，始于诸州调佐史及朝集典充选，不获已而为之，遂促年限，优以叙次，六七年有至本司主事及上县尉者。自此之后，遂为官途。总章中，诏诸司令史考满合选者，限试一经，时人嗟异，著于谣颂。"③ 此为"流外入流"及其考试的起始。至总章年间（668—669），才"限试一经"。然《唐会要》载："乾封三年十月敕：司戎诸色考满，又选司诸色考满入流人，并兼试一经一史。然后授官。"④ 试一经与试一经一史，皆属试文，至于以何种方式（项目）考试，尚无明文。

此外，还有非清流注清资。《唐六典》载："凡出身非清流者，不注清资之官。（谓从流外及视品出身者。其中书主书、门下录事、尚书都事，历任考词、使状有清干及德行、言语，兼书、判、吏用，经十六考已上者，听拟寺、监丞、左右卫及金吾长史。）"⑤ 此又与流外入流不同，仅限定几个部门的几类职位，且有严格的条件和考评要求。"历任考词"是指以往考绩等次评语；"使状"是指观察使之类长官的推荐报告；"清干"及"德行"是指品德气质；"言语，兼书、判、吏用"，是指基本素质和业务能力，其中"书、判"当为笔试。

以上是文职铨选，武职铨选时间和程序皆与吏部铨选略同，只是考

---

① 《唐六典》卷一《三师三公尚书都省》，第12—13页。括号内原为小字注文，□为原有。
② 流外官考第分上、中、下、下下四等，入流散官，须八考满，入流职事官须六上考；开元间改定为十考满，十考六上。参见王勋成《唐代铨选与文学》，第204—205页。
③ 《通典》卷二十二《职官》四《尚书》上《历代都事主事令史》，第610页。
④ 《唐会要》卷七十五《选部》下《杂处置》，第1358页。《册府元龟》卷六百二十九《铨选部》记其事于总章下。
⑤ 《唐六典》卷二《尚书吏部》，第27—28页。括号内原为小字注文。

查项目和形式有所区别。①其"五等"之中的"应对",当为口试,与吏部铨试的"言"相当,则武选也有试文。《唐六典》又曰:"诸卫及率府之翊卫考以八。考满,兵部校试,有文,堪时务,则送吏部;无文,则加其年阶,以本色迁授。"②又曰:"凡勋官十有二等,皆量其远迩以定其番第。……年满简送吏部,不第者如初。无文,听以武选。"③这里的"有文""无文"及"堪时务",皆须通过一定形式的文学(章)考试来评定,大约亦如试判之类。《通典》还说道:"武夫求为文选,取书、判精工,有理人之才而无殿犯者。"④"书、判精工",显然亦须笔试。

以上所举皆属"常选",即为通常定期的铨选,选人须满足一定的考绩等第、守选年限等规定条件;对于那些未满足常选条件,但才能优异的选人,国家另设有"破格"晋升的通道,主要有两条:

一是科目选。《通典》载:

> 选人有格限未至,而能试文三篇,谓之"宏词";试判三条,谓之"拔萃",亦曰"超绝",词美者,得不拘限而授职。⑤

"格限"即铨选格条(规定)的相关限定,主要是"考"和"选"的年限。⑥按年限铨选,即属常选,但不利于人才脱颖而出,于是设置"宏词"(宏或作鸿,词或作辞)、"拔萃"等科目,供优异人才破格参选,因称"科

---

① 《唐六典》卷五《尚书兵部》载:"凡选授之制,每岁孟冬,以三旬会其人:去王城五百里,集于上旬;千里之内,集于中旬;千里之外,集于下旬。以三铨领其事:一曰尚书铨,二曰东铨,三曰西铨。尚书为中铨,两侍郎分为东、西铨。以五等阅其人,一曰长朵,二曰马射,三曰马枪,四曰步射,五曰应对。以三奇拔其选:一曰骁勇,二曰材艺,三曰可为统领之用。其尤异者,登而任之,否则量以退焉。然后据其状以核之,考其能以进之。所以录深功、拔奇艺,备军国,综勋贤也。五品已上,皆奏闻而制授焉;六品已下,则量资注拟。……凡官阶注拟,团甲进甲,皆如吏部之制。"第151页。
② 《唐六典》卷五《尚书兵部》,第155页。
③ 《唐六典》卷五《尚书兵部》,第154页。
④ 《通典》卷十五《选举》三,第360页。
⑤ 《通典》卷十五《选举》三,第362页。
⑥ 通常六品以下官一年一考,四考为满(年满且合格),须停官罢秩守选,守选一年为一选,选满方可参加铨选。参见《唐代铨选与文学》,第269页。

目选"。其科目尚不止此,《唐会要》载:"(大和三年)其年五月,中书门下奏:'内外常参官改转。伏以建官莅事,曰贤与能。古之王者,用此致治。不闻其积日以取贵,践年而迁秩者也。况常人自有常选,停年限考,式是旧规。然犹虑拘条格,或失茂异。遂于其中,设博学宏词、书判拔萃、三礼、三传、三史等科目以待之……'"①此奏旨在为内外常参官放宽转迁年限,其中提到吏部的"常选",为了避免拘于"格条",失其"茂异",特别设置了"博学宏词""书判拔萃""三礼""三传""三史"等科目。"博学宏词"即《通典》所谓"宏词";"书判拔萃"即"拔萃"。《册府元龟》云:"又有吏部科目,曰宏词、拔萃、平判,官皆吏部主之。又有三礼、三传、三史、五经、九经、开元礼等科。有官阶、出身者,吏部主之;白身者,礼部主之。其吏部科目,礼部贡举,皆各有考官,大抵铨选属吏部,贡举属礼部,崇文馆生属门下省,国子学生属国子监,州、府乡贡属长官,职司在功曹、司功。"②这里说得更清楚:宏词、拔萃两个科目仅用于吏部选人;而三礼、三传、三史、五经、九经、开元礼等科目,既用于吏部选人,也用于礼部贡举。前者的对象为有官阶、有出身者;后者的对象为白身者。吏部三礼、三传等科目的考试,其项目与方式如果与礼部考试相同的话,亦当为问义、试策两项。

　　书判拔萃科试判三条,较常选试判多出一条,可谓大同小异;而博学宏词科试文三篇(或简称"三篇")③,则差别很大。《太平广记》载:"唐宣宗朝,前进士陈玩(原文为"玩")等三人应博士宏词,所司考定名第及诗、赋、论,上于延英殿诏中书舍人李藩等问曰:'凡考试之中,重用字如何?'藩对曰:'赋忌偏枯庸杂,论失褒贬是非,诗则缘题落韵(缘题,如《白云起封中》诗,元封中白云起是也。按《云溪友议》七无"元"字),其间重用文字,乃是庶几,亦作(原文为"非")

---

① 《唐会要》卷五十四《中书省》,第929—930页。
② 《册府元龟》卷六百三十九《贡举部》之《总序》,第7662页。"平判,官皆吏部主之",疑有误。
③ 《唐摭言》卷三《今年及第明年登科》:"何扶,太和九年及第;明年,捷三篇,因以一绝寄旧同年曰:'金榜题名墨尚新,今年依旧去年春。花间每被红妆问:何事重来只一人?'"第28页。

有常例也。'"①可知"博学宏词"（《册府元龟》）所试"三篇"即诗、赋、论（或议）各一篇，其文今存者如独孤绶《沉珠于泉》《放驯象赋》，韩愈《省试颜子不贰过论》《省试学生代斋郎议》等。

二是制举。《新唐书·选举志》在历述明经、进士等科目之后曰："……此岁举之常选也；其天子自诏者曰制举，所以待非常之才焉。"②又曰：

> 所谓制举者，其来远矣。自汉以来，天子常称制诏道其所欲问而亲策之。唐兴，世崇儒学，虽其时君贤愚好恶不同，而乐善求贤之意未始少息，故自京师外至州县，有司常选之士，以时而举。而天子又自诏四方德行、才能、文学之士，或高蹈幽隐与其不能自达者，下至军谋将略、翘关拔山、绝艺奇伎莫不兼取。其为名目，随其人主临时所欲，而列为定科者，如贤良方正、直言极谏、博通坟典达于教化、军谋宏远堪任将率（帅）、详明政术可以理人之类，其名最著。而天子巡狩、行幸、封禅太山梁父，往往会见行在，其所以待之之礼甚优，而宏材伟论非常之人亦时出于其间，不为无得也。③

《通典》曰："其制诏举人，不有常科，皆标其目而搜扬之。试之日，或在殿廷，天子亲临观之。试已，糊其名于中考之，文策高者特授以美官，其次与出身。"④制举与常科相对，开科时间不固定，可以根据需要随时举行。更显著的特点是皇帝下诏标明科目，以选取"非常之才"；而且往往有皇帝接见、赐食、亲临和亲试等活动，其具体施行则通常由中书门下负责，考试结果（及第处分）的公布，也是以诏制的形式发布的，如《贞元元年放制科举人诏》曰：

---

① 《太平广记》卷第一百九十九《文章》二《唐宣宗》，第1495页。《太平广记》此条后注云："出《云溪友议》。"《册府元龟》卷六百四十一《贡举部》之《条制三》述其事在宣宗大中十二年（858），第7686—7687页。
② 《新唐书》卷四十四《选举志》上，第1159页。
③ 《新唐书》卷四十四《选举志》上，第1169—1170页。
④ 《通典》卷十五《选举》三，第357页。

朕祗膺祖宗之业，猥临亿兆之上，任大守重，不敢康宁。永怀万事之统，惧有所阙，夕惕若厉，中夜以兴。求贤审官，期于致理。而政化犹郁，太平未臻。思得海内忠良，竭陈（原文为"诚"）匡谏。洎经术之士、才略之臣。以明教化，以立武事。惟兹三者，政之大经。虑岩穴之间，尚多遗逸，故科别条目，广延异能。"贤良方正能直言极谏"：韦执谊等，达于理道，甚用嘉之。位以旌能，宜其秩叙。其第三等人，委中书门下即超资与处分；第四等人，即优处分；第五等人，即与处分。嗟乎！强学（原文为"举"）以待问，进德以及时。昔之孙上失之正鹄（原文为"昔之孙弘，犹闻十上，失之正鹄"），必反诸身。凡为多士，宜各自勉。①

"贤良方正能直言极谏"，是本次制举的科目名称。第三等人、第四等人、第五等人，则为及第的等第；因第一等、第二等例不授人，则第三等即为最高等次。

唐代制举的科目，有近千之多，其施行过的约 300 个科/次②。前期比较丰富多样，后期渐趋稳定，如贤良方正直言极谏、博通坟典达于教化、军谋宏远堪任将帅、详明政术可以理人四科，已成"定科"，具有类似常科的性质。几乎所有的制举科目，都只有一个考试项目，即试策（个别科目有时加试诗赋，如天宝十三载辞藻宏丽科）。制举试策，前期多为三道，后期多为一道，详见拙著《唐代试策考述》，兹不多及。

制举的对象非常广泛，举凡白身人、有出身人、前资官、现任官（六品以下）都可以应制举（有诏特别限定者除外）。从《通典》所谓"文策高者特授以美官，其次与出身"来看，"特授以美官"应属中级取士；"与出身"则属初级取士，则制举兼有初级取士和中级取士的双重性质，本文两属之，但有所详略。

综上所述，中级取士制度系统可列表如下：

---

① 《唐大诏令集》卷一百六十《政事》之《制举》之《贞元元年放制科举人诏》，第543—544 页。括号内原为小字注文。
② 包括重复举行的科目，详见拙著《唐代试策考述》。

表4 唐代高级取士制度系统

一级	二级	三级	四级		名/科目	试项
制度系统	取士制度	中级取士	铨选/旨授（文武）	常选	流内	试判入等	身言书判
					流外	流外铨	书计时务
					入流	流外入流	经史
					注清流	非清流注清流	书判吏用
					武文选	武夫求为文选	书判理才
					（武选）	（武职铨选）	（五等三奇）
				科目选	博学宏词	诗赋论
					书判拔萃	判
					三礼	义/策
					三传	义/策
					三史	义/策
					九经	义/策
					开元礼	义/策
					其他	
			非时选		（有敕即与处分）	
			制举	举官	贤良方正能直言极谏	策
					博通坟典达于教化	策
					军谋宏远堪任将帅	策
					详明政术可以理人	策
					其他	策（偶加诗赋）
			其他		其他	其他

四、初级取士制度系统

上文谈了唐代国家的高级取士制度和中级取士制度，本节谈谈初级取士制度和其他取士制度。初级取士是国家最低层级的取士，也是最具基础性的取士层级，其对象主要是尚未入仕为官的白身人。通常情况下，士子要想入仕为官必须先有"出身"，因而初级取士的对象数量最多，竞争也最为激烈。

唐代初级取士主要有两个途径，即常科和制举。《新唐书·选举志》云："唐制，取士之科，多因隋旧，然其大要有三：由学馆者曰生徒，由州县者曰乡贡，皆升于有司而进退之。其科之目，有秀才，有明经，有俊士，有进士，有明法，有明字，有明算，有一史，有三史，有开元礼，有道举，有童子。而明经之别，有五经，有三经，有二经，有学究一经，有三礼，有三传，有史科……此岁举之常选也；其天子自诏者曰制举，所以待非常之才焉。"[①]这里的记述有些问题，主要是科目的顺序和层次不够清楚，先叙明经，后叙进士，又叙明法，其后又叙"明经之别"，其中有的科目并不属于明经，而属于明经系列的科目实不止此（下及）。此外，去取和表述也不够确当，如秀才科，目前尚未见到举行和及第的实例，而且贞观以后即废绝；又如俊士科，既非省试科目，亦不见其实例。还有与制举相对的应是"常科"，此处却称"常选"，而"选"通常是指选官，与"举"相对，不属一个范畴。不过这里的"大要有三"还是可以分辨出来的：一是士子的来源，有生徒和乡贡两途；二是取士之科目，有秀才、明经、俊士、进士、明法、明字、明算、一史、三史、开元礼、道举、童子、五经、三经、二经、学究一经、三礼、三传、史科等；三是开科取士的时间，有常科和制举。

---

① 《新唐书》卷四十四《选举志》上，第1159页。

常科，即如期举行的科目（一般每年一次），也有选取"通常之才"的意思，与制举的随时举行、选取"非常之才"相对。人们经常谈论的"科举"主要是常科，故此不拟详述，但需注意的是，明经、进士既是独立的科目，又是若干科目的总名，即科目系列或科目群。其中又有正明经、准明经、类明经之别。《新志》所举五经、三经、二经、学究一经、三礼、三传、史科，连同一史、三史、开元礼、道举、童子，此外还有宏崇生明经、武举明经等，皆为准明经科目；明法、明字、明算则属类明经科目。宏崇生进士、武举进士等为准进士科目；新孝廉、新秀才等属类进士科目。① 以前没有这样的归类，不免令人眼花缭乱，搞不清序列。典型的明经科和进士科，其省试都有从一项到两项，最终稳定为三项的发展过程，明经的三个试项为帖经、问义、"时务策"（其实仍属经策）；进士的三个试项为帖经、杂文、时务策，但二者的"时务策"名同而实异。常科大都属于初级取士。此外还有武举，专为选拔武职人才而设。《唐会要》载："长安二年正月十七日敕：天下诸州，宜教武艺，每年准明经、进士贡举例送。"② 《新唐书·选举志》曰："其外，又有武举，盖其起于武后之时，长安二年，始置武举。"③ 可知武举是"准"文举的明经科、进士科施行的，亦属常科；然其中也有试文，如试谋略、言语之类④。武举既准明经、进士，则亦属初级取士。

制举，即诏制举贤（取士），上篇已及，这里不拟多说。当应提到的是，《封氏闻见记》云："常举外复有通五经、一史，及进

---

① 详见拙著《唐代试策考述》，这里不复赘述。
② 《唐会要》卷五十九《兵部侍郎》，第1030页。
③ 《新唐书》卷四十四《选举志》上，第1170页。
④ 《唐六典》卷五《尚书兵部》："员外郎一人掌贡举及诸杂请之事。凡应举之人有谋略（谓闲兵法）、才艺（谓有勇技）、平射（谓善能令矢发平直。十发五中，五居其次为上第；三中，七居其次为下第）、筒射（谓善及远而中。十发四中，六居其次为上第；三中，七居其次为下第；不及此者为不第），皆待命以举，非有常也。若州、府岁贡，皆孟冬随朝集使以至省，勘责文状而引试焉，亦与计科偕。有二科：一曰平射（试射长垛，三十发不出第三院为第），二曰武举。其试用有七：一曰射长垛（入中院为上，入次院为次上，入外院为次）；二曰骑射（发而并中为上，或中或不中为次上，总不中为次）；三曰马枪（三板、四板为上，二板为次上，一板及不中为次）；四曰步射，射草人（中者为次上，虽中而不法、虽法而不中者为次）；五曰材貌（以身长六尺已上者为次上，已下为次）；六曰言语（有神彩，堪统领者为次上，无者为次）；七曰举重（谓翘关。率以五次上为第）。皆试其高第者以奏闻。"第160页。引文中括号内为原小字注文，后同。

献文章，并上著述之辈，或付本司，或付中书考试，亦同制举。"①此处的"常举"是指常规制举；"亦同制举"是参照制举的办法施行。制举的对象既有在职官员，也有白身人，故兼跨中级取士和初级取士两个层级；如果把朝廷的征辟也视同制举的话，则可进入高级取士层级。制举通常只有一个试项：试策。

流外铨。上文说到中级取士主要是铨选，实际上铨选也涉及初级取士。《唐六典·尚书吏部》载："其应选之人，以其未入九流，故谓之'流外铨'，亦谓之'小铨'，其校、试、铨、注，与流内铨略同。"注云："谓六品已下、九品已上子及州县佐吏。若庶人参流外选者，本州量其所堪，送尚书省。"②此"庶人"当系白身，属初级取士。"凡择流外职有三：一曰书，二曰计，三曰时务。其工书、工计者，虽时务非长，亦叙限；三事皆下，则无取焉。"③可知庶人参加流外铨须试书、计、时务。

综上所述，可将唐代初级取士制度系统列表如下：

---

① 《封氏闻见记校注》卷三《制科》，第19页。
② 《唐六典》卷二《尚书吏部》，第36页。
③ 《唐六典》卷二《尚书吏部》，第36页。

表 5 　唐代初级取士制度系统

一级	二级	三级	四级		名/科目	试项
制度系统	取士制度	初级取士	常科	明经	常明经	明经（二经）	帖/义/策
					五经	义/策
					三经/四经	义/策
					学究一经	义/策
				准明经	三礼	义/策
					三传	义/策
					史科	义/策
					一史	义/策
					三史	义/策
					开元礼	义/策
					道举	帖/义/策
					童子	诵/义/书
					武举（明经）	
					其他	
				类明经	明法	帖/义/策
					明书	帖/义/策/实操
					明算	帖/义/策/实操
					其他	
			进士	常进士	进士	帖/杂文/策
				准进士	武举（进士）	言语等七项
				类进士	新孝廉	义/策
					新秀才	义/策
			铨选	流外铨	（庶人）流外铨	书计时务
			其他	其他	其他	其他
			制举		贤良方正能直言极谏	策
					博通坟典达于教化	策
					军谋宏远堪任将帅	策
					详明政术可以理人	策
					其他	策（偶加诗赋）
			同制举		（武举）谋略	兵法
					五经	义/策
					一史	义/策
					献文章	
					上著述	
					投匦	
					其他	其他

五、学馆取士制度系统

刚才提到《新唐书·选举志》称:"由学馆者曰生徒,由州县者曰乡贡,皆升于有司而进退之。"[①]可知"学馆"为取士的两大生源之一。这里的学馆指国家的"六学"和"二馆"[②],皆有教学和取士职能,但性质不尽相同;尤其是"二馆",因其生徒"资荫全高"[③],考试和录取也不同一般。拙文《唐代宏崇生考试制度辨识》有较详考论,这里仅略举其要。六学包括国子学、太学、四门学、律学、书学、算学;二馆即宏文馆和崇文馆。[④]此外崇玄馆(学)[⑤]、广文馆等也都有一定的教育和考试职能。二馆的生徒举送(选拔参加省试)、考试皆准国子学;而

---

① 《新唐书》卷四十四《选举志》上,第1159页。
② 《新唐书》卷四十四《选举志》上:"凡馆二:门下省有弘文馆,生三十人;东宫有崇文馆,生二十人。"(第1160页)文献于"二馆"称谓不一:"宏文"或曰"弘文","崇文"或曰"崇贤"。本书统一称"宏文馆""崇文馆"。其生徒称"宏文生""崇文生",合称"宏崇生";其科目简称"宏崇明经""宏崇进士";相关考试制度简称"宏崇试制"。唯文献征引时悉本其旧。
③ 《唐六典》卷八《门下省》注云:"补弘文、崇文学生例:皇宗缌麻已上亲,皇太后、皇后大功已上亲,散官一品、中书门下三品、同中书门下平章事、六尚书、功臣身食实封者,京官职事正三品、供奉官三品子孙,京官职事从三品、中书黄门侍郎子,并听预简,选性识聪敏者充。"(第255页)而《新唐书·选举志》载国子监学生的资荫为:"以文武三品以上子孙若从二品以上曾孙及勋官二品、县公、京官四品带三品勋封之子为之。"(第1159页)明显低于"二馆"。
④ 《新唐书》卷四十四《选举志》上:"凡学六,皆隶于国子监:国子学,生三百人,以文武三品以上子孙若从二品以上曾孙及勋官二品、县公、京官四品带三品勋封之子为之;太学,生五百人,以五品以上子孙、职事官五品期亲若三品曾孙及勋官三品以上有封之子为之;四门学,生千三百人,其五百人以勋官三品以上无封、四品有封及文武七品以上子为之,八百人以庶人之俊异者为之。律学,生五十人;书学,生三十人;算学,生三十人,以八品以下子及庶人之通其学者为之……凡馆二:门下省有弘文馆,生三十人;东宫有崇文馆,生二十人。以皇缌麻以上亲,皇太后、皇后大功以上亲,宰相及散官一品、功臣身食实封者、京官职事从三品、中书黄门侍郎之子为之。"第1159—1160页。
⑤ 《全唐文》卷三十一《玄宗文》十二《令两京诸路各置玄元皇帝庙诏》:"两京及诸州各置玄元皇帝庙一所,每年依道法斋醮。兼置崇玄学,生徒于当州县学生数内,均融量置,令习《道德经》及《庄子》《文子》《列子》。待习业成后,每年准明经举送至省。"第350页。天宝二年诏改崇玄学为崇玄馆,博士为学士,助教为直学士,置大学士二员。天下诸郡崇玄学改为信道学,博士为学士。

国子学是与省试接轨的，①因而所有学馆都是瞄准国家取士展开活动的。不过宏文馆和崇文馆生徒（简称宏崇生）的省试比较特别，《唐六典·尚书礼部》载："其弘文、崇文馆学生虽同明经、进士，以其资荫全高，试取粗通文义。（弘、崇生习一大经一小经、两中经者，习《史记》者，《汉书》者，《东观汉记》者，《三国志》者，皆须读文精熟，言音典正，策试十道，取粗解注义，经通六，史通三。其试时务策者，皆须识文体，不失问目意，试五得三。皆兼帖《孝经》《论语》，共十条。）"②同书《尚书吏部》《门下省》及《新唐书·选举志》所载略同。③这里的"同明经、进士"，是就宏崇生所应常科而言的，通常但不限于选择此二科；其省试虽说参照常规明经、进士办法，但这个"常规"是指"旧制"，即开元二十五年（737）以前的"二项制"而非"三项制"。《唐六典·尚书吏部》中的"不拘常例"，是说宏崇生省试可以突破常规省试，因而其强度大为降低，而待遇则更为优厚，与一般白身人差别很大。然则宏崇生都有很高的资荫，凭此即可享有叙阶的特权。④有了散阶便可参加铨选获得授官；若应试及第，还可获得加阶，故其起点要比一般贡举及第高出许多。大抵宏崇生仅靠资荫叙阶就高出明经（及第）三个品阶，按说他们不必通过省试即可获得授官，但很多贵胄子孙仍争相补为宏崇

---

① 《唐六典》卷八《门下省》："弘文馆学士掌详正图籍，授教生徒……其学生教授考试，如国子之制。"第255页。同书卷二十六《太子三师三少詹事府左右春坊内官》："崇文馆学士掌刊正经籍图书，以教授诸生。其课试、举送如弘文馆。"第665页。
② 《唐六典》卷四《尚书礼部》，第110页。
③ 《唐六典》卷二《尚书吏部》载："弘、崇生虽同明经、进士，以其资荫全高，试亦不拘常例。（弘、崇生习一大经、一小经者，两中经者，习《史记》者，《汉书》者，《东观汉记》者，《三国志》者，皆须读文精熟，言音典正。策试十道，取粗解注义，经通六，史通三。其试时务策者，须识文体，不失问目意，试五得三。皆兼帖《孝经》《论语》，共十条。）"第45—46页。同书卷八《门下省》及《新唐书》卷四十四《选举志》所记略同。
④ 《唐六典》卷二《尚书吏部》："凡叙阶之法，有以封爵，有以亲戚，有以勋庸，有以资荫（谓一品子，正七品上叙，至从三品子，递降一等。四品、五品有正、从之差，亦递降一等；从五品子，从八品下叙。国公子，亦从八品下。三品以上荫曾孙，五品已上荫孙；孙降子一等，曾孙降孙一等。赠官降正官一等，散官同职事。若三品带勋官者，即以勋官品同职事荫；四品一等，五品降二等。郡、县公子，准从五品孙；县男已上子，降一等。勋官二品子，又降一等。二王后子孙，准正三品荫）。有以秀、孝（谓秀才上上第，正八品上；已下递降一等，至中上第，从八品下。明经降秀才三等。进士、明法甲第，从九品上；乙第，降一等。若本荫高者，秀才、明经上第，加本荫四阶；已下递降一等。明经通二经已上，每一经加一阶；及官人通经者，后叙加阶亦如之。凡孝义旌表门闾者，出身从九品上叙）。有以劳考。"第31—32页。

生，[1]其原因就在于这样得官更快、更高且更美好。

文献记载宏崇生（入馆）往往用"补"字，如上引《唐六典·门下省》注"补弘文崇文学生例……"又如《旧唐书·裴行俭传》："行俭幼以门荫补弘文生。"[2]《旧唐书·房琯传》："……以门荫补弘文生。"[3]《新唐书·选举志》："（贞元二年）是时，弘文、崇文生未补者……"《新唐书·许孟容传》："公主子求补崇文生者……"凡此之类，然则"补"字用于职官场合意谓补官，是谓"补"宏崇生具有补官性质；若再省试及第，不仅可以获得科第出身，还可跻身清流，选授更高更美的官职。《新唐书》云："洞字幼深，荫补弘文生，满岁，参调，吏部侍郎达奚珣以地望抑之，除章怀太子陵令，无愠容。"[4]可知宏文生"满岁"便可"参调"，不需要通过省试亦可参加吏部铨选获得授官。然则宏崇生、国子生甫入学馆，便已超出初级取士范围；及第后品级更高，故属中级取士；而学馆中"庶人子"或"庶人"，其应试及第则属初级取士。

此外还有崇玄馆（学），始置于开元二十九年（741），"每年准明经举送至省"，亦称"道举"，属准明经科目，但其"官秩、荫第同国子"[5]，待遇高过通常明经，应属中级取士。又有广文馆，初置于天宝九载（750）。"领国子监进士业者。"[6]即教授国子监系统中专攻进士业的学生，待遇规格则参照太学，也是兼跨初级和中级的取士。

综上所述，可将学馆取士制度系统列表如下：

---

[1]　《新唐书》卷四十四《选举志》上："（贞元二年）是时，弘文、崇文生未补者，务取员阙以补，速于登第，而用荫乖实，至有假市门资、变易昭穆及假人试艺者。六年，诏宜据式考试，假代者论如法。"第1165页。《新唐书》卷一百六十二《许孟容传》："德宗知其能，召拜礼部员外郎。公主子求补崇文生者，孟容固谓不可，主诉之帝，问状，以著令对。帝嘉其守，擢郎中。"第4999页。
[2]　《旧唐书》卷八十四《裴行俭传》，第2081页。
[3]　《旧唐书》卷一百一十一《房琯传》，第3320页。
[4]　《新唐书》卷一百二十六《韩休传附洞传》，第4439页。标点本原断句疑有误，兹改正。
[5]　《新唐书》卷四十四《选举志》上："（崇玄学）其生，京、都各百人，诸州无常员。官秩、荫第同国子，举送、课试如明经。"第1164页。
[6]　《唐会要》卷六十六《广文馆》："天宝九载七月十三日置。领国子监进士业者。博士、助教各一人，品秩同太学。以郑虔为博士，至今呼郑虔为郑广文。"第1163页。

表6　唐代学馆取士系统表

一级	二级	三级	四级		名/科目	试项
制度系统	取士制度	初级取士/中级取士	国子学（太学、四门学、律学、书学、算学）	明经	常明经	明经（二经）	帖/义/策
					准明经	五经	义/策
						三经/四经	义/策
						学究一经	义/策
						三礼	义/策
						三传	义/策
						史科	义/策
						一史	义/策
						三史	义/策
						开元礼	义/策
						道举	帖/义/策
						童子	诵/义/书
						（武举）谋略	兵法
						其他	
					类明经	明法	帖/义/策
						明书	帖/义/策/实操
						明算	帖/义/策/实操
						其他	
				进士	常进士	进士	帖/杂文/策
					准进士	（武举）武举	言语等七项
					类进士	新孝廉	义/策
						新秀才	义/策
			宏崇生		宏崇明经		帖/策
					宏崇进士		帖/策
					宏崇史学	一史	义/策
						三史	义/策
			崇玄馆	崇玄馆	崇玄学	道举	帖/义/策
			广文馆	广文馆	进士业	进士	帖/杂文/策

六、其他取士制度

除上述几大系统之外，唐代还有一些其他取士制度，与通常取士制度相比，皆有某种特殊性，兹略举如下。

冬荐。《通典》载："贞元四年正月制'春秋举荐'。至五年六月，敕：'在外者，委诸道观察使及州府长史；其在京城者，委中书、门下、尚书省、御史台。常参清官并诸使三品以上官，左右庶子，少詹事，少卿，监，司业，少尹，谕德，国子博士，长安、万年县令，著作郎，郎中，中允，中舍人，秘书太常丞，赞善，洗马等，每年一度荐闻。'至八年正月，敕：'比来所举，人数颇多，自今以后，中书、门下两省及御史台五品以上，尚书省四品以上，诸司三品以上，应合举人，各令每人荐不得过两人。余官，不得过一人。'至九年十一月，敕：'每年冬荐官，吏部准式检勘，成者宜令尚书左右丞、本司侍郎引于都堂，访以理术兼商量时务状，考其理识通者及考第事，疏定为三等，并举主名录奏。试日，仍令御史一人监试。'"[1] 这里的"贞元四年"，《唐会要》《文献通考》皆作"贞观四年"（其下"五年""八年""九年"亦从上为"贞观"），疑误；马端临云"谨案：唐初所谓冬荐即后来所谓举状也……"，亦误。《旧唐书·德宗本纪》载："（贞元九年十一月）甲辰，制以冬荐官，宜令尚书丞、郎于都堂访以理术，试时务状，考其通否及历任考课事迹，定为三等，并举主姓名。仍令御史一人为监试。如授官后政事能否，委御史台、观察使以闻，而殿最举主。"[2] 可知"冬荐官"事在贞元九年，以此上推，作贞元四年为是。又韩愈《冬荐官殷侑状》云："伏准贞元五年六月十一日敕：停使、郎官、御史在城者，委常参官每年冬季闻荐

---

[1] 《通典》卷一五《选举》三，第365—366页。
[2] 《旧唐书》卷十三《德宗本纪》，第368页。

者……"①此文不仅可见唐人举状体制,还可参证其事在贞元间而非贞观。然则冬荐官例须考试,且规格颇高:在都堂,先由尚书省丞、郎"访以理术"("理"即"治",避高宗讳),"理术"即治国理政的知识水平和实践能力。"访"即"询问",是为当面口试。然后笔试"时务状",考试成绩还要与"历任考课事迹"结合考量,按三个等第评定,最后结果连同举荐者(举主)姓名一并上报皇帝钦定,实际上在京者由中书省、门下省、尚书省、御史台具体负责;在外者由诸道观察使及州府长史具体负责。考试时有御史监试;授官后还有跟踪考核及奖惩。由于冬荐官的对象是具有任职资历的官员,且级别不是很高,故应属中级取士。

入翰林。《旧五代史·明宗纪》载:"(长兴元年二月)翰林学士刘昫奏:'新学士入院,旧试五题,请今后停试诗赋,只试麻制、答蕃书、批答,共三道。仍请内赐题目,定字数,付本院召试。'从之。"注云:"案:《五代会要》载刘昫原奏云:'旧例:学士入院,除中书舍人不试,余官皆先试麻制、答蕃、批答各一道,诗、赋各一道,号曰"五题",并于当日呈纳。从前每遇召试,多预出五题,潜令宿构,其无党援者,即日起草,罕能成功。今请权停诗、赋,只试三道,仍内赐题目,兼定字数。'从之。"②由此可知唐代文人入翰林为学士须经考试(由中书舍人入翰林的除外),原试麻制、答蕃书、批答、诗、赋五题(篇),分属五种文体,当日试毕交卷,难度很大,若无"宿构",鲜能成功,故刘昫建议停试诗赋,只试其他三题。《文献通考》论曰:"按:唐之所谓翰林学士,只取文学之人,随其官之崇卑,入院者皆为'学士'。延觐之际,则各随其元官立班;而所谓学士,未尝有一定之品秩也。故其尊贵亲遇者,号称'内相',可以朝夕召对,参议政事,或一迁而为宰相;而其孤远新进者,或起自初阶,或元无出身。至试,令草麻制,甚者或试以诗、赋,如试进士之法,其人皆呼'学士'。自唐至五代皆然,至宋则始定制。"③

---

① 《韩昌黎全集》卷三十八《表状》一《冬荐官殷侑状》,第450—451页。注云:"元和十一年冬作。"又云:"诸本有'停'字,无'使'字,或无'停'字。方引送说云:前天德军防御,即所谓停使也。"
② 《旧五代史》卷四十一《唐书》十七《明宗纪》,第559—560页。
③ 《文献通考》卷五十四《职官考》八《翰林学士直院权直》,第491页。

这里有几点值得注意。一是进入翰林的人员有三类：一类为有官、有出身者，品秩不一；另一类为"起自初阶"者；还有一类为"元无出身"者。可见翰林召试兼跨高级取士、中级取士和初级取士三个层级。二是从"令草麻制，甚者或试以诗、赋"推测，并非每次召试都是"五题"，麻制必试，试诗、赋只是"甚者或"的情况。三是试诗、赋"如进士之法"，即按照进士省试诗、赋的办法来施行，而进士试诗、赋通常是有句韵规定的，则翰林召试诗、赋也应有字数要求。

大成及加经。《唐六典·尚书吏部》载："国子监大成二十员，取贡举及第人聪明灼然者，试日诵千言，并口试，仍策所习业，十条通七，然后补充，各授官，依色令于学内习业，以通四经为通。（其禄俸、赐会准非伎术直例给。业成者于吏部简试，《孝经》《论语》共试八条，余经各试八条，间日一试，灼然明练精熟为通。口试十通九、策试十通七为第。所加经者，《礼记》《左传》《毛诗》《周礼》各加两阶，余经各加一阶。及第者放选，优与处分；如不及第，依旧任。每三年一简。九年业不成者，解退，依常选例。业未成、年未满者，不得别选及充余使。若经事故，应叙日，还令覆上。其先及第人欲加经及官人请试经者，亦准此。）"[1]"大成"为唐人所创置，因隶国子监，亦称"国子监大成"，拙著《唐代试策考述》中有所论及，这里仅略举要点并稍作补充。一是来源。《唐六典·尚书礼部》只说"取明经及第人聪明灼然者"，似无其他来源，即只从明经科及第者中选取。二是身份。大成并非职官，而是在国子学内继续习业，以通四经为合格。三是考试。分两个阶段：吏部的选拔考试，有三个试项——试诵（日诵千言）、口试（口问大义）、策试（当为经策），此可谓入学考试；习业满三年，由吏部口试和笔策，合格者谓之"业成"，故属毕业考试。此外还有"加经考试"，当是于通四经之外再加试其他经。四是处分。入学考试合格者，即"补"入国子学为大成，授予散官，俸禄、赐会等"同直官例给"（《唐六典·国子监》），享受同等品阶职官待遇。业成考试合格者，即"放选，优与

---

[1] 《唐六典》卷二《尚书吏部》，第45—46页。参见同书卷四《尚书礼部》，第110页；卷二十一《国子监》，第561页。

处分"，可参加吏部铨选并从优授职。此外加经考试通过者，还可获得加阶。至于业成考试不合格者，为不及第，仍继续习业。每三年一次业成考试，三次不及第即予"解退，依常选例"，即回归原（明经及第）序列，参加常规铨选。另外，唐代还有"其先及第人欲加经及官人请试经者，亦准此"的政策，包括两类人（情况）：一是先前（非应届）明经及第者，也可参加"加经"考试；二是在职官员，也可申请"试经"，二者考试通过，皆可获得加阶。从士子仕进过程而言，大成其实是明经及第后的一种特殊"处分"，可以立即获得相应的散阶和待遇；大成业成后，又可立即参与铨选并优与处分，这些都明显优于一般贡举及第的，故亦超出初级取士范围；但对于那些未能通过业成考试的大成而言，又要"退"回到原来的身份，和其他明经及第者一样按部就班遵循守选及铨选程序，仍属初级取士；而及第人和官人的加经考试，则属中级取士。

斋郎。有太庙斋郎、郊社斋郎、司仪斋郎等。《唐六典·尚书吏部》载："员外郎一人，掌判曹务。凡当曹之事，无巨细，皆与郎中分掌焉。应简试，如贡举之制。（旧，斋郎隶太常，则礼部简试。开元二十五年，隶宗正，其太庙斋郎则十月下旬宗正申吏部，应试则帖《论语》及一大经）"[①]同书《尚书礼部》载："太庙斋郎亦试两经，文义粗通，然后补授，考满简试。其郊社斋郎简试亦如太庙斋郎。"[②]可知开元二十五年（737）以前，斋郎隶属太常寺，后隶宗正寺；但斋郎的"简试"，则先属礼部，后属吏部；简试之前的考试可称为"补授试"，亦由礼部职掌。补授试只试两经，"粗通文义"即可；"简试"则"如贡举之制"，即同省试。开元二十五年后只试帖（经），帖《论语》和一大经（《礼记》或《左传》），似更简单了。据《旧唐书·礼仪志》，太庙斋郎由七品以下子

---

① 《唐六典》卷二《尚书吏部》，第36页。
② 《唐六典》卷四《尚书礼部》，第110页。

补授，[1]与一般白身人不尽相同，应归入中级取士。

亲事及帐内。《唐六典·尚书兵部》载："凡王公已下皆有亲事、帐内（六品、七品子为亲事，八品、九品子为帐内），限年十八已上。举诸州，率万人已上充之（亲王、嗣王、郡王、开府仪同三司及三品已上官带勋者，差以给之。并本贯纳其资课，皆从金部给付），皆限十周年则听其简试，文、理高者送吏部，其余留本司，全下者退还本色。"[2]亲事、帐内人员众多，其选补皆有资荫要求：亲事须是六品、七品官之子；帐内须是八品、九品官之子。州郡举送只有年龄要求，似无考试；服事满十周年，须参加"简试"，分三个等次：文、理（指文字表达和文章义理）高者，送吏部（参加铨选叙阶和授职），此属上等；文理全下者，退还本色（原来身份），此属下等；其余留本司，继续服事，此属中等。然则亲事、帐内既由品子选补，则不尽同于白身人，亦应归诸中级取士。

以上大都是考试"文学"的取士制度，还有一些考试专业知识和技能的取士，如太乐、鼓吹、乐师、习乐。《唐六典·太常寺》载："凡大乐、鼓吹教乐则监试，为之课限。"[3]这是说习太乐、鼓吹者，有"监试"。同书又载："凡习乐立师以教，每岁考其师之课业，为上、中、下三等，申礼部；十年大校之，若未成，则又五年而校之，量其优劣而黜陟焉（诸无品博士随番少者，为中第；经十五年，有五上考者，授散官，直本司）。若职事之为师者，则进退其考。习业者亦为之限，既成，得进为师。"[4]乐师也要考试，每年考校，分为上、中、下三等，上报礼部；每十年一

---

[1] 《旧唐书》卷二十五《礼仪志》五："（神龙二年）仍改武氏崇尊庙为崇恩庙。明年二月，复令崇恩庙一依天授时享祭。时武三思用事，密令安乐公主讽中宗，故有此制。寻又特令武氏崇恩庙斋郎取五品子充。太常博士杨孚奏言：'太庙斋郎，承前只七品已下子。今崇恩庙斋郎既取五品子，即太庙斋郎作何等级？'上曰：'太庙斋郎亦准崇恩庙置。'孚奏曰：'崇恩庙为太庙之臣，太庙为崇恩庙之君，以臣准君，犹为僭逆，以君准臣，天下疑惧。孔子曰："名不正则言不顺，言不顺则事不成，事不成则礼乐不兴，礼乐不兴则刑罚不中，刑罚不中则人无所措手足。故君子名之必可言也。"伏愿无惑邪言，以为乱始。'其事乃寝。"第949页。
[2] 《唐六典》卷五《尚书兵部》，第155—156页。《旧唐书》卷四十四《职官志》三："亲王亲事府：典军二人（正五品上），副典军二人（从五品上），执仗亲事十六人，执乘亲事十六人，亲事三百三十三人，校尉、旅帅、队正、队副（准部内人数多少置）、亲事、帐内府典军二人，副典军二人（品秩如亲事府），帐内六百六十七人，校尉、旅帅、队正、队副（看人数置）、典军、副典军之职，掌率校尉已下守卫陪从之事。"第1914—1915页。
[3] 《唐六典》十四《太常寺》，第399页。
[4] 《唐六典》十四《太常寺》，第406页。

大校，"若未成，则又五年而校之"，并根据其优劣决定黜陟。其中"无品博士"及"职事之为师者"，似只有工作考绩；而"习业者"除了有年限，还应该有平时课试和业成考试。习业者应属初级取士，其余则大抵归入中级取士。

又如医师、针师、按摩师、咒禁师。太常寺还有太医署，《唐六典》载："太医令掌诸医疗之法；丞为之贰。其属有四，曰医师、针师、按摩师、咒禁师，皆有博士以教之，其考试、登用如国子监之法（诸医、针生读《本草》者，即令识药形，知药性；读《明堂》者，即令验图，识其孔穴；读《脉诀》者，即令递相诊候，使知四时浮、沈（沉）、涩、滑之状；读《素问》《黄帝针经》《甲乙脉经》皆使精熟。博士月一试，太医令、丞季一试，太常丞年终总试。若业术过于见任官者，即听补替。其在学九年无成者，退从本色）。"① 医师、针师、按摩师、咒禁师须由博士教而成之，在未成之前，即为医学生、针生等，须学习《本草》《明堂》《脉诀》《素问》《黄帝针经》《甲乙脉经》等医学经典。② 其考试和任用参照国子学办法，每月一次接受博士考试，每季度一次接受太医令、丞考试，年底还要接受太常丞的总考试。其"业术"优异者可"补替"（超过现任医官）；九年业不成，即退回原来身份。此外还有兽医生。《唐六典·太仆寺》载："凡补兽医生皆以庶人之子，考试其业，成者补为兽医，业优长者，进为博士。"③ "兽医生"是指学习兽医的生徒，全都来自庶人之子。其考试也应包括平时考查和毕业考试，合格者得补

---

① 《唐六典》十四《太常寺》，第409页。
② 《唐六典》十四《太常寺》："医博士掌以医术教授诸生习《本草》《甲乙脉经》，分而为业：一曰体疗，二曰疮肿，三曰少小，四曰耳目口齿，五曰角法。（诸医生既读诸经，乃分业教习，率二十人以十一人学体疗，三人学疮肿，三人学少小，二人学耳目口齿，一人学角法。体疗者，七年成；少小及疮肿，五年；耳目口齿之疾并角法，二年成。）"又："针博士掌教针生以经脉孔穴，使识浮、沈（沉）、涩、滑之候，又以九针为补写之法。（一曰镵针，取法于巾针，长一寸六分，大其头，锐其末，令不得深入，主热在皮肤者。二曰员针，取法于絮针，长一寸六分，主疗分间气。三曰鍉针，取法于黍粟之锐，长二寸半，主邪气出入。四曰锋针，取法于絮针，长一寸六分，刃三隅，主决痈出血。五曰铍针，取法于剑。令其末如剑锋，广二分半，长四寸，主决大痈肿。六曰员利针，取法于牦，直员锐，长一寸六分，主取四支痛、暴痹。七曰毫针，取法于毫毛。长一寸六分，主寒热痹在络者。八曰长针，取法于綦针，长七寸，主取深邪远痹。九曰大针，取法于锋针。长四寸，主取大气不出关节。凡此九针，法九州九野之分。九针之形及所主疾病，毕矣。）"第410页。
③ 《唐六典》十四《太仆寺》，第480页。

为兽医；"业优长者"晋升为博士。以上大抵属初级取士。

兹将上述各种取士制度列表如下：

表7　唐代特殊取士制度系统表

一级	二级	三级	四级	名/科目	试项
制度系统	取士制度	高级取士	其他取士	翰林学士	召试	麻制 答蕃书 批答 诗 赋
		中级取士	其他取士	冬荐	荐试	理术
						时务状
				翰林学士	召试	麻制 答蕃书 批答 诗 赋
				大成	入学试	诵/口试/策
					业成试	口试/策
				加经	大成加经	口试/策
					及第人加经	口试/策
					官人加经	口试/策
				斋郎		帖/义
				亲事		（文章）
				帐内		（文章）
				乐师	（职事人）	课业
		初级取士	其他取士	翰林学士	召试	麻制 答蕃书 批答 诗 赋
				乐师	（非职事人）	课业
				习（乐）业		课业
				医生		业术
				针生		业术
				按摩生		业术
				咒禁生		业术
				兽医生		业术

七、结语

通过本文的简要梳理，我们对唐代取士制度有了更加丰富而全面的认识，最后再概括几点：

一是取士制度化。几乎所有的人才，都要通过考试来选拔任用，此即"以文取士"。其所试之"文"，就范围而言，包括儒家经典、道家经典、兵家经典、各行各业的专门经典以及"时务"（当前紧要的现实问题）等；就内容而言，包括知识记诵、义理阐发、独立认识、现实应用及相关的实践技能等，兼顾国家事务和人才素质的各主要方面。这样的考试全面、持久地施行于几乎所有取士活动中，达到了高度的制度化。这不仅是君臣上下的共识，也是各级各部门取士的通例。从最低层级的白身入仕，到各级官吏的考核晋升，都必须通过考试来完成。可以说考试在大唐是所有进身的必要程序，不仅在实践领域得到严格执行，在认识（意识、理论）领域也得到普遍坚持。特别是以皇帝为首的国家统治高层，始终是这种制度的热情倡导者和坚决推行者，并自觉地接受其约束。当然，帝制时代固有的各种特权及弊病则另当别论。

二是制度系统化。这种取士制度不是个别的、孤立的、偶然的，而是系统化地建设和施行。从中央到地方形成庞大的制度系统，其中礼部举人、吏部选人、皇帝制授，构成相互连续的纵向系统，是核心和主导；而初级取士、中级取士、高级取士则构成相互连续的横向系统，构成基础、中坚和塔顶；各部门和机构（如兵部、学馆、太常寺、鸿胪寺、太仆寺等）取士，则是辅助和补充。以明经、进士为代表的常科取士，保持相对稳定，以满足国家正常运转的人才需要；以制举（选）为代表的诏制取士，灵活多样，以满足国家的高层次（贤能）人才需要。此外还有祭祀、音乐、医学等取士，以满足国家的专门人才需求。从士子进身机会看，不论是白身人还是前资官、现任官，都可以通过常规通道（如常举、常选）和特殊通道（制举、制选、科目选）获得机会进身。可以说，只要其人确有才能，机会随时都有。从士子进身途径看，既有"流内"也有"流外"，流外还可以转入流内，也可以说，只要其人确有才能，途径随处都有。从士子进身年龄看，既可以是"童子"（十岁以下），也可以是"老人"（七十岁以上），可以说，只要其人确有才能，不拘老少。足见唐代取士系统的广大而严密，确是要将"天下英雄"网罗无遗。

三是系统一体化。唐代取士制度虽然可以从层级、条块等角度加以区分，但在实际上，不论是精神原则还是实施办法，都是一致的、相通的，甚至是共同的。例如：开元二十四年（736）以前，贡举（初级取士）和铨选（中级取士）同归吏部掌管施行，原本就是"一家"，其相同性和相通性不言而喻。此后虽然贡举归礼部，铨选归吏部，但仍保持高度的一致性和相通性，比较突出的如制举（选）为礼部举人和吏部选人所共用；而三礼、三传等吏部科目选，也用于礼部贡举。又如兵部试文，参照礼部执行。各学馆的举送和考试，皆准国子学；而国子学则与国家考试（省试）全面对应。各个层级取士都考虑到"正例"和"特例"，如正明经、准明经、类明经等。凡此使得唐代取士制度系统虽然庞大复杂，但精神原则贯彻全体，实施办法脉络相通，上下内外，相辅相成，宛然一体。

四是作用终身化。不拘老少，是就唐代士子群体而言的；若就士子个体而言，省试及第步入仕途，通常二十岁左右，但国家取士制度对其发生作用早已开始，他很小就要接受相关教育，为参试做准备，不仅要修养品德、增长学识、熟练艺能，还要了解古今社会，揣摩政治得失，还要有一定的人际交往和自然游历。从士子角度看，这些都是为了适应国家取士的制度要求；从国家角度说，这些其实都是取士制度对士子作用的延伸。准备阶段的早晚和长短因人而异，但大都从孩童时期就开始了。进入仕途以后，要接受不断的考课和铨选，五品以上（及六品以下供奉官、常参官等）虽然不需要参加铨选考试，但也有变相的文学考评。及至致仕退休（通例七十岁以上），已过古稀之年。可以说，唐代取士制度对士人的作用和影响贯穿一生。

五是人格文本化。上文说到，唐代"以文取士"的"文"是德行、学识和艺能的统一，由此而形成的"取士文学"，就其直接形式（体裁）而言，有策、诗、赋、判、论、麻制、答蕃书、批答、时务状等，这些文学样式在今人很少重视，但在当时皆属"文学"范畴，诏、奏、表、疏等自不必说，就连帖经、问义，也都是试文。然则唐人的试文是基于"文—行"一体的理念，最终目的是士子人格的完善。可以说试文是将士子人格"文本化"，以便考官观察分析和量化评定，从而保证人选的准确和结果的公正。正因为如此，试文才会成为取士制度的核心和关键，也才会为后世广泛接受和承用。

唐代取士制度尚不止于此，其特点、功能和意义也有待进一步探讨，本文只是略陈概要，考察范围仅限于国家层面的取士，至于地方（如州县、藩镇）的取士情况，暂未纳入；重点关注相对明确的"硬性"制度，至于那些不太显著的"软性"制度，更加复杂多样，只能留待另文讨论。

（原载《河南师范大学学报》2020年第1期、第3期）

唐代宏崇生考试制度辨识

《新唐书·选举志》曰："唐制，取士之科，多因隋旧，然其大要有三。由学馆者曰生徒，由州县者曰乡贡，皆升于有司而进退之。"① 是说"学馆"为唐代取士两大生源系统之一，其属国家（中央）者主要有"六学"② 和"二馆"，性质不尽相同，皆有教学和取士职能。"二馆"因其地位特殊、③ 生徒"资荫全高"④，其意义和影响亦非同寻常。然而由于文献记载缺乏等原因，学者对"二馆"关注不多，尤其是对宏崇生的具体考试制度，往往略而不言，或语焉不详，甚至有所误解，本文即就此稍作

---

① 《新唐书》卷四十四《选举志》上，第 1159 页。
② 《唐六典》卷二十一《国子监》载："有六学焉：一曰国子，二曰太学，三曰四门，四曰律学，五曰书学，六曰算学。"第 557 页。
③ 宏文馆属天子，崇文馆属太子，其学士（教师）多为名臣宿儒，图书资料得天独厚，实为"最高学府"。文献于此多有记述，如吴兢《贞观政要》卷七《崇儒学》（第 215 页）、《唐六典》卷二十六《太子三师三少詹事府左右春坊内官》（第 665 页）、《旧唐书》卷四十四《职官志》"东宫官属"注（第 1908 页）、《新唐书》卷四十九《百官志》"东宫官"注（第 1294 页）等。
④ 《唐六典》卷八《门下省》注云："补弘文、崇文学生例：皇宗缌麻已上亲，皇太后、皇后大功已上亲，散官一品、中书门下三品、同中书门下平章事、六尚书、功臣身食实封者，京官职事正三品、供奉官正三品子孙，京官职事从三品、中书黄门侍郎子，并听预简，选性识聪敏者充。"（第 255 页）而《新唐书·选举志上》载国子监学生的资荫为："以文武三品以上子孙若从二品以上曾孙及勋官二品、县公、京官四品带三品勋封之子为之。"（第 1159 页）明显低于"二馆"。

探讨，庶补前说之失。①

唐代宏崇生考试制度的记载阙略，应与所谓"如国子之制"有关。《唐六典》载："弘文馆学士掌详正图籍，授教生徒……其学生教授考试，如国子之制。"②又载："崇文馆学士掌刊正经籍图书，以教授诸生。其课试、举送如弘文馆。"③是说"二馆"的教学、考试、举送等皆按照"国子"的相关制度施行。④这样的记叙体例意谓：前者的相关制度见于后者，故可从略。然则后世如欲了解"二馆"的制度，便不得不转求于"国子"，虽然相对间接一些，所幸尚有参考，亦属难得。

一、学业考试

宏崇生的考试制度，大体可分"学业考试"和"出仕考试"两个阶段，前者包括馆内的一般教学考试和向馆外（省试）的选送考试，文献于此，几乎完全不见记载，只能参考"国子之制"稍作整理如下。

旬试。《唐六典·国子监》载："每旬前一日，则试其所习业。"⑤此可谓"旬试"。"每旬前一日"，亦即上一旬的最后一日，故所试之"所习业"应为上一旬的教学内容。这里的"业"，并非泛言，而是有其具

---

① 唐代"二馆"问题与科举关系密切，兼跨文、史、教育等多个学科领域，相关研究多是在论述科举时有所涉及，如傅璇琮《唐代科举与文学》（陕西人民出版社，1986年）、吴宗国《唐代科举制度研究》（辽宁大学出版社，1992年）、刘海峰《科举考试的教育视角》（湖北教育出版社，1996年）及程舜英《隋唐五代教育制度史资料》（北京师范大学出版社，1998年）等；专门性的研究，如李锦绣《试论唐代的弘文、崇文馆生》（《文献》1997年第2期）、拙著《唐代试策考述》、彭炳金《墓志中所见唐代弘文馆和崇文馆明经、清白科及医举》（《中国史研究》2005年第1期）、吴夏平《唐代中央文馆制度与文学研究》（齐鲁书社，2007年），以及林生海《唐代弘文崇文两馆研究》（首都师范大学历史学院，硕士学位论文，2011年）等，已见有关论述（包括拙著）或只引述材料，不加深辨；或辨识未明，理解有误。
② 《唐六典》卷八《门下省》，第255页。
③ 《唐六典》卷二十六《太子三师三少詹事府左右春坊内官》，第665页。
④ 这里的"国子"是兼"国子监"与"国子学"而言之，前者既是后者的领导机关和主管部门，又有一定的业务职能。《唐六典》卷二十一《国子监》曰："国子监祭酒、司业之职，掌邦国儒学训导之政令，有六学焉……"（第557页）
⑤ 《唐六典》卷二十一《国子监》，第559页。

体规定：

> 凡教授之经，以《周易》《尚书》《周礼》《仪礼》《礼记》《毛诗》《春秋左氏传》《公羊传》《穀梁传》各为一经；《孝经》《论语》《老子》，学者兼习之。（诸教授正业：《周易》，郑玄、王弼《注》；《尚书》，孔安国、郑玄《注》；《三礼》《毛诗》，郑玄《注》；《左传》，服虔、杜预《注》；《公羊》，何休《注》；《穀梁》，范宁《注》；《论语》，郑玄、何晏《注》；《孝经》《老子》，并开元《御注》。旧《令》：《孝经》，孔安国、郑玄《注》；《老子》，河上公《注》。其《礼记》《左传》为大经，《毛诗》《周礼》《仪礼》为中经，《周易》《尚书》《公羊》《穀梁》为小经。）[1]

又曰："正经有九：《礼记》《左传》为大经；《毛诗》《周礼》《仪礼》为中经；《周易》《尚书》《公羊》《穀梁》为小经……其《孝经》《论语》并须兼习。"[2] 据此可知："教授之经"即所谓"正经"，"正业"则是与正经相配套的"注"，二者合起来作为当局指定的教材。此其一。其二，所谓"正"，有政令、正规、正统之意，具有权威性和唯一性，所有学馆，皆须准此。其三，国子学的"教授之经"与吏部（或礼部，下及）的"正经"，在经数、经种、经级上完全相同，[3] 表明国子学的学业考试与国家的出仕考试（省试）内容完全一致，二者相互适应并接轨。不过上述"正经"与"正业"尚不能直接视为旬试的"业"。《唐六典·国子监》载：

> （国子博士）五分其经以为之业，习《周礼》《仪礼》《礼记》《毛诗》《春秋左氏传》，每经各六十人，余经亦兼习之。习《孝

---

[1] 《唐六典》卷二十一《国子监》，第558页。括号内为原注文，下同。
[2] 《唐六典》卷二《尚书吏部》，第45页。同书卷四《尚书礼部》所载略同（第109页）。
[3] 经数、经种、经级是本文为便表述而采取的概称，分别就经的数量、名目和规模（大、中、小）而言；另外"兼习"之经则简称"兼经"。

经》《论语》限一年业成，《尚书》《春秋公羊》《穀梁》各一年半，《周易》《毛诗》《周礼》《仪礼》各二年，《礼记》《左氏春秋》各三年。①

可见"正经""正业"在教学中还要经过"五分"，旬试所试应为"五分"之后的教学之"业"。旬试的具体办法："试读者，每千言内试一帖；试讲者，每二千言内问大义一条，总试三条，通一及全不通，斟量决罚。"②"读"和"讲"是两种考试方式，皆属"口试"。

岁试。《新唐书》载："岁终，通一年之业，口问大义十条，通八为上，六为中，五为下。"③此可谓"岁试"。于年底考试全年所习之业，此"业"应与旬试之业相一致。但仅试"口问大义十条"，未免过于简单；旬试与岁试之间，或许还有考试，文献记载疑有缺漏。

业成试。《新唐书·选举志》所记"岁试"不见于《唐六典·国子监》，而后者所记"（国子博士）每岁，其生有能通两经已上求出仕者，则上于监；堪秀才、进士者亦如之"④，则容易误认为是"岁试"，二者的性质和内容有所不同，须与以下记载相参辨识：

> 丞掌判监事。凡六学生每岁有业成上于监者，以其业与司业、祭酒试之：明经帖经，口试，策经义；进士帖一中经，试杂文，策时务，征故事；其明法、明书、算亦各试所习业。登第者，白祭酒，上于尚书礼部。

注云："其试法皆依考功，又加以口试。明经帖限通八已上，明法、明书皆通九已上。"⑤两条材料虽出处相同，但一属"国子博士"，一属"（国子监）丞"，后者是前者的上级主管，其所试对象即前者所"上"者——"凡

---

① 《唐六典》卷二十一《国子监》，第559页。
② 《唐六典》卷二十一《国子监》第559页。
③ 《新唐书》卷二十一《选举志》上，第1161页。
④ 《唐六典》卷二十一《国子监》，第559—560页。
⑤ 《唐六典》卷二十一《国子监》，第558页。

六学生每岁有业成上于监者"。也就是说，在"上于监"之前，还有"业成"考试，此考试由国子博士负责，考试名目有"通两经""秀才""进士"。"通两经"，就是"明经"科，①与"秀才""进士"均属省试科目。而"业成试"按此科目考试，表明其所试之"业"已与上述旬试、岁试有别，而与省试的科目相一致，可称"科业"。这只是经学部分，根据省试（进士科）有"杂文"和"时务策"而推之，业成试也应有相应的考试。

监试。国子博士所负责的考试既为"业成试"，则"（国子监）丞……与司业、祭酒试之"的考试便可称之为"监试"。监试的对象为国子博士所"上于监"而且"求出仕者"，亦即业成试合格而又请求参加省试的人员，因此监试便具有向省试"举送"的职能，故云："登第者，白祭酒，上于尚书礼部。"是将监试的合格者先报告给国子监长官（祭酒），经确认后再由国子监上报礼部，从而纳入省试程序。应予说明的是：从"明经帖经，口试，策经义；进士帖一中经，试杂文，策时务，征故事；其明法、明书、算亦各试所习业"的记载来看，监试与省试完全相同，故其注文云"其试法皆依考功"，即吏部所掌的省试；但其所记试制及其所言"上于尚书礼部"，则属礼部所掌省试，②这是将不同时期的省试制度混为一谈了（详下）。

国子系统的学业考试略如上述，"二馆"既"如国子之制"，则其学业考试也应大体如此。

---

① 唐代"明经"既用于具体科目的专称，也用于诸多经学科目的总名，前者通常为"两（二）经"，是明经的"本目"；后者则包括三经、五经、学究一经以及"宏崇明经"等。
② 唐代常科取士（省试），开元二十四年（736）以前由尚书省之吏部掌管，其后由礼部掌管。《通典》卷十五《选举》三："（开元）二十四年，制移贡举于礼部，以侍郎掌之。"注云："以考功员外郎李昂诋诃进士李权文章，大为权所陵讦，朝议以郎官地轻，故移于礼部，遂为永制。"（第355—356页）

二、出仕考试

"出仕考试"主要指省试及关试,合格者便可获得"出身",进而入仕为官。宏崇生省试的具体办法,文献记载既少,又交叉纷乱。这里先引录原文,然后统一整理辨析。

甲.《唐六典·尚书吏部》:

> 弘、崇生虽同明经、进士,以其资荫全高,试亦不拘常例。(弘、崇生习一大经、一小经者,两中经者,习《史记》者,《汉书》者,《东观汉记》者,《三国志》者,皆须读文精熟,言音典正。策试十道,取粗解注义,经通六,史通三。其试时务策者,须识文体,不失问目意,试五得三。皆兼帖《孝经》《论语》,共十条。)①

乙.《唐六典·尚书礼部》:

> 其弘文、崇文馆学生虽同明经、进士,以其资荫全高,试取粗通文义。(弘、崇生习一大经一小经、两中经者,习《史记》者,《汉书》者,《东观汉记》者,《三国志》者,皆须读文精熟,言音典正,策试十道,取粗解注义,经通六,史通三。其试时务策者,皆须识文体,不失问目意,试五得三。皆兼帖《孝经》《论语》,共十条。)②

丙.《唐六典·门下省》:

---

① 《唐六典》卷二《尚书吏部》,第45—46页。
② 《唐六典》卷四《尚书礼部》,第110页。

礼部试崇文、弘文生举例：习经一大经、一小经；史习《史记》《汉书》《后汉书》《三国志》，各自为业，及试时务策五条。经、史皆读文精熟，言音典正；策试十道，取粗解注义，经通六，史通三；其时务策须识文体，不失问目意，试五得三。皆兼帖《孝经》《论语》共十条，通六者为第。①

丁.《新唐书·选举志上》：

　　凡弘文、崇文生，试一大经、一小经，或二中经，或《史记》《前（汉书）》《后汉书》《三国志》各一，或时务策五道。经、史皆试策十道。经通六，史及时务策通三，皆帖《孝经》《论语》共十条通六，为第。②

　　以上四条材料（以下合称"上录文献"），前三条皆出自《唐六典》，应为《新唐书·选举志》所本，其中涉及很多问题，这里主要谈几点：
　　（一）"同明经、进士"。唐代取士主要有"常科"和"制举"两大系统，这里的"同明经、进士"只是就宏崇生所应常科而言。然而常科的科目很多，据《新唐书·选举志》所载，有近20个。③ 上录文献仅举明经、进士二科，是因这二科地位最高，也最受追捧。《通典》云：

　　初，秀才科等最高，试方略策五条……贞观中，有举而不第者，坐其州长，由是废绝。自是士族所趣向，唯明经、进士二科而已。其初止试策，贞观八年，诏加进士试读经史一部。④

由此可知，明经、进士自贞观后便成为士族的普遍选择，也应是宏崇生

---

① 《唐六典》卷八《门下省》，第255页。
② 《新唐书》卷四十四《选举志》上，第1162页。
③ 《新唐书》卷四十四《选举志》上载："其科之目，有秀才，有明经，有俊士，有进士，有明法，有明字，有明算，有一史，有三史，有开元礼，有道举，有童子。而明经之别，有五经，有三经，有二经，有学究一经，有三礼，有三传，有史科。此岁举之常选也。"（第1159页）
④ 《通典》卷十五《选举三》，第354页。

的首选。此外的科目，如明法、明书、明算等，在"六学"中地位尚且不高，更不应在"二馆"（宏崇生）的习业范围内；有些科目，如五经科，难度较大，又非一般宏崇生力所能及；有些科目，如三礼、三传，设置较晚（在《唐六典》成书之后），未及载入，因此上录文献仅举二科，透露宏崇生省试通常选择明经或进士。

（二）"同"与"常式"。上录文献所记宏崇生"同明经、进士"，是说其省试制度与常规明经、进士相同。但究竟是怎样的"常规"？此点至关重要，文献没有明言，容易产生误解。实际上，有唐三百年间，明经、进士考试制度并非一成不变，大体说来：永隆二年（681）《条流明经进士诏》以前，各科"止试策"，此为"一项制"；其后明经增加试帖经，进士增加试"杂文"（下及），此为"二项制"；开元二十五年《条制考试明经进士诏》（以下简称《条制诏》）以后，明经试帖经、问义和策，进士试帖经、杂文和策，此为"三项制"。① 还应注意的是，开元二十四年"移贡举于礼部"，这项重要改制恰与《条制诏》时间接近，形成制度上的"巧合"：即贡举移归礼部之前，亦即吏部掌贡举时期，省试为"二项制"或"一项制"；而移归礼部之后，则为"三项制"。文献（如《唐六典》）亦称贡举归吏部时期的相关制度为"旧制"②，则其后的相关制度不妨称"新制"。

据此以观上录文献：甲出自《唐六典·尚书吏部》，属"旧制"；乙出自同书之《尚书礼部》，属"新制"。但二者所记相同，可知"新制"与"旧制"一样。此非照抄或疏误，而是实录，并有重申之意。这表明贡举移归礼部后，宏崇生试制仍沿用贡举属吏部时期的"旧制"。此点在上录文献丙中即可得到证明：丙与甲、乙既出同书，内容略同，但前面冠以"礼部试崇文、弘文生举例"的表述，颇为醒目，意在提示和强调：

---

① 《册府元龟》卷六百三十九《贡举部》之《条制一》载其诏文曰："……其明经，自今已后，每经宜帖十，取通五已上，免旧试一帖。仍案问大义十条，取通六已上，免经策十条。令答时务策三首，取粗有文性者与及第。其进士宜停小经，准例经例，帖大经十帖，取通四已上。然后准例试杂文及策，考通与及第。其明经中，有明五经以上，试无不通者；进士中，兼有精通一史，能试策十条得六已上者：委所司奏听进止……"第7671页。

② 《唐六典》卷四《尚书礼部》曰："旧制：诸明经试……"第109页。

贡举移归礼部后，其宏崇生试制依旧不变。尤可注意的是，《唐六典·尚书礼部》载："开元二十五年敕……其试弘文、崇文生，自依常式。"①省略号部分是对《条制诏》内容的撮要复述，而之后的"其试弘文、崇文生，自依常式"一句，今见有关《条制诏》的文献记载率予删略，殊可憾惜！然则这句话既是《条制诏》要点之一，更是解读上录文献、认识宏崇生试制的关键所在。据此可知，《条制诏》的改制不仅没有涉及宏崇生（试制），还特别申明其"自依常式"，即仍按过去的常规执行。此点既明，则知上录文献所记"同明经、进士"，乃是指开元二十五年（即《条制诏》、"三项制"及"贡举归礼部"）以前的明经、进士的常规试制，亦即仍旧是原来吏部掌管贡举时期的"二项制"。因此上录文献也必须从"二项制"上予以解读，否则易致错误。

（三）"不拘常例"。上录文献既言宏崇生"同"明经、进士，又说"以其资荫全高，试亦不拘常例"，看似矛盾，实可统一："常例"即通常明经、进士的省试制度，宏崇生考试循此执行，此为"同"；"不拘"是说可以"同"，也可以不同，其实是说宏崇生试制可以参照常规省试适当降低"强度"②，以便通过。因此可以说"同"是基本原则，"不拘"是灵活政策，实质是"优惠"，原因则是"资荫全高"。然则这种"不拘常例"对于宏崇生省试而言，实为惯常情况，于是不拘常例便成为正常情况。

（四）科目及其试制。根据上录文献及相关材料，可将宏崇生（省试）的具体科目和试制分理如下：

1. 宏崇明经。上录文献皆提到"（试）一大经一小经"及"帖《孝经》《论语》"，有三条提到"（试）两中经"，此与《唐六典·尚书吏部》所载常规明经试制"通二经者，一大一小，若两中经……其《孝经》《论

---

① 《唐六典》卷四《尚书礼部》注文，第109—110页。
② "强度"是对考试的经级、经种、经数、题量、难度等因素的综合考量之概称，并与学业相联系。

语》并须兼习"大致相符,[①]属"明经"的"本目"。其试经有两种组合：一种大经和一种小经,或两种中经,二者任选其一。《孝经》《论语》为各科目皆须考试的"兼经"。上录文献只记试策、帖经,是属"二项制"；而所记"经、史皆读文精熟,言音典正,策试十道……",则提示宏崇明经是以"读"（口试）的方式来试策的,与常规明经的笔试有所不同。而上录文献丁于此略而不载,易致误解。据此可知宏崇明经试制为：

A. 一大经＋一小经＋二兼经

B. 二中经＋二兼经

（二者选一）

（口）试策：读文精熟,言音典正,粗解注义；十道,通六

试帖：《孝经》《论语》,共十条,通六

2. 宏崇进士。上录文献所记"（试）时务策"是就宏崇进士而言,因为"时务策"几乎是"进士科"的"专利",其制度须追溯到"一项制"阶段：唐初取士各科,其先大都只有试策一个考试项目,但各科所试"策体"不同：秀才科试"方略策",明经科试"经义策",进士科则试"时务策",于是"科目"与"策体"之间便形成相应关联,在表述时可以相互指代,如称秀才科为"方略之科",[②]因而进士科也可称"时务之科"。虽然《条制诏》有明经改试"时务策"的要求,但并未完全落实,不可与进士科之"时务策"相提并论。[③]故在上录文献语境中,"（试）时务策"其实就是指宏崇进士,其试制为：

试策：时务策,须识文体,不失问目意；五道,通三

---

① 《唐六典》卷二《尚书吏部》,第45页。《新唐书·选举志》载："通二经者,大经、小经各一,若中经二。通三经者,大经、中经、小经各一。通五经者,大经皆通,余经各一,《孝经》《论语》皆兼通之。"（第1160页）二书所言"五经"试制皆不确,实际应为：两大经、中经、小经、兼经各一。

② 《封氏闻见记校注》卷三《贡举》曰："国初……秀才试方略策三道；进士试时务策五道。考功员外职当考试。其后举人惮于方略之科,为秀者殆绝,而多趋明经、进士。"（第15页）

③ 参见拙文：《唐代进士科"策体"发微——"内容体制"考察》,《文学评论》2014年第5期。

试帖：《孝经》《论语》，共十条，通六

　　3. 宏崇"史学"。上录文献皆记到《史记》、《汉书》、《后汉书》（或为《东观汉记》，以下仅取《后汉书》）、《三国志》；丙还特别提到四者"各自为业"。由此可知"二馆"的习业于"经学"之外，还应有"史学"。"各自为业"应理解为上述四史分别为"教业"，若经学之"五分其经以为业"然，即一史一业。但这里的"史学"并不是一个具体的科目，其间微妙可从殷侑长庆二年（822）关于设置"史科"的奏文中窥见，其文云：

　　　　历代史书，皆记当时善恶，系以褒贬，垂裕劝诫。其司马迁《史记》，班固、范晔两《汉书》，旨义详明，惩恶劝善。亚于六经，堪为代教。伏惟国朝故事，国子学有文史直者，弘文馆弘文生，并试以《史记》、两《汉书》、《三国志》；又有"一史科"。近日已来，史学都废。至于有身处班列，朝廷旧章，昧而莫知者，况乎前代之载，焉能知之？伏请量（置）前件"史科"，每史问大义一百条，策三道。义通七，策通二以上为及第。能通"一史"者，白身请同"五经""三传"例处分；其有出身及前资官应者，请同"学究一经"别（例）处分。其有出身及前资官，稍优与处分。其"三史"皆通者，请录奏闻，特加奖擢。仍请班下两都国子监，任生徒习请。①

这里有几点值得注意：首先是"国朝故事"所指有二：一是国子学和宏文馆都有"史学"，其教材为《史记》、两《汉书》、《三国志》，此与上录文献所列略同，可证确有其事。二是"并试以……"是指学馆内的学业考试；"又有'一史科'"应是指省试，然而这都是以前的"故事"。其次是殷侑对四种史书的"处理"与上录文献不尽相同，称"两《汉

---

① 《册府元龟》卷六百四十《贡举部》之《条制二》，第7681页。"习请"应为"习读"。《旧唐书》卷十六《穆宗纪》云："（长庆三年）二月……谏议大夫殷侑奏礼部贡举请置《三传》《三史》科。从之。"（第502页）又，"义通七"当是以十言之，若试义百条，则须通七十。

书》"而不称"《汉书》《后汉书》",这应该不是为了表述省便,而是有其用意:以便与《史记》《三国志》构成"三史",与下面的"三史"科相应。由此推测,作为"国朝故事"的"一史科",是以《史记》《汉书》《后汉书》《三国志》各为一史,而殷侑所奏置的"三史"科,则是以《史记》、两《汉书》、《三国志》各为一史。最后是"一史科"既为"故事",则殷侑所奏置的"史科"及其下的"一史""三史"便为"今事"及"后事",故不可将殷侑的"一史"与以前的"一史科"相混淆。或者可以说:"一史"作为科目有前、后期之分:前者为独立的"一史科",后者是"史科"下的"一史"分目。至于"国朝故事"是否有"三史科",因无证据,只能存疑俟考。而据"近日以来,史学都废"可知,即使有,也"都废"了。这样前期的宏崇"史学"试制可整理为:

一史科:《史记》《汉书》《后汉书》《三国志》任选其一
（口）试策:读文精熟,言音典正,粗解注义;十道,通六
试帖:《孝经》《论语》,共十条,通六

后期的宏崇"史学"试制为:

史科:A.一史:《史记》、两《汉书》、《三国志》任选其一
试义:百条,通七（十）
试策:三道,通二
B.三史:《史记》、两《汉书》、《三国志》全通
试义:各百条,通七（十）
试策:各三道,通二

三、异同比较

上述宏崇生（出仕）考试制度与一般考生的常规省试制度[①]之间的异同，可稍作比较如下：

其一，宏崇明经与常规明经一样，所试经数和经级都是"一大一小"或"两中经"，都有两个试项——试策和帖经。其差别主要在于：常规明经既要帖两种"正经"，又要帖两种"兼经"，共三十帖；而宏崇明经只帖两种"兼经"，共十帖，较前者少二十帖"正经"，不论在习业程量上还是考试强度上，都远远低于常规明经。就试策而言，常规明经为笔试，"须辨明义理"；而宏崇明经仅为口试，只需"读文精熟，言音典正""粗解注义"，其强度差别显而易见。总而言之，宏崇明经所享受的"优惠"颇多。

其二，宏崇进士与常规进士的主要差别在于后者须试"杂文两首"。"杂文"包括箴、铭、论、表之类，[②]要在考试现场完成两篇命题作文，且须"洞识文律"（当然还须切合题意），诚非易事；而宏崇进士则无此试项，可谓"如释重负"。就试策而言，虽然二者都是时务策五道，但常规进士要求"义理惬当"，通四及格；而宏崇进士只需"不失问目意"，通三即可。可见，宏崇进士的"优惠"也相当大。

---

① 《唐六典》卷二《尚书吏部》记载明经省试制度为："通二经者，一大一小，若两中经……其《孝经》《论语》并须兼习。"注云："诸明经试两经，进士一经，每经十帖。《孝经》二帖，《论语》八帖。每帖三言。通六已上，然后试策：《周礼》《左氏》《礼记》各四条，余经各三条，《孝经》《论语》共三条，皆录经文及注意为问。其答者须辨明义理，然后为通。通十为上上，通八为上中，通七为上下，通六为中上。"又载进士省试制度为："其进士帖一小经及《老子》（皆经、注兼帖），试杂文两首，策时务五条，文须洞识文律，策须义理惬当者为通。"注云："若事义有滞、词句不伦者为不。其经、策全通为甲，策通四、帖通六已上为乙，已下为不第。"（第45页）进士帖一小经和《老子》，虽与"杂文""时务策"构成三项，但尚非严格的"三项制"，这里仍作"旧例"（二项制）看待。

② 徐松《登科记考》卷二《调露二年至永隆二年》："按杂文两首，谓箴、铭、论、表之类。开元间，始以赋居其一，或以诗居其一，亦有全用诗赋者，非定制也。杂文之专用诗赋，当在天宝之季。"（第70页）

其三，宏崇"史学"不是一个具体科目，与常规试制的关系相对复杂些。就前期"一史科"而言，殷侑虽称"国朝故事"，但未详其时间起讫。《通典》所言"贞观八年，诏加进士试读经史一部"，①属进士科所加口试；《条制诏》所言"进士中，兼有精通一史，能试策十条得六已上者，委所司奏听进止"，亦属进士科的加试，皆非独立科目。然其试"读"及试策十通六，皆隐然与"一史科"试制相应，故推测《条制诏》的这条规定应有依据和参照；而宏崇生"一史科"的口试策十通三则可能是对进士科加试"读经史一部"的参用和"优惠"。虽然常规（省试）"一史科"的具体试制已不得其详，但参照常规明经的省试通例，还应有"试（史）帖"一项，而上录文献（即宏崇"史学"）无此项，也应是"优惠"使然。至于后期的"史科"（"一史""三史"），虽然殷侑所奏为常规试制，但本身已具有特别鼓励性质；此期的常规明经为"三项制"，②而"史科"只有两个试项，其考试强度也有明显降低。若宏崇生应试，还可以"不拘常例"，应更加"优惠"，但其具体情况已不得其详。

其四，上文说到宏崇试制并没有（在开元二十五年）随常规改为"三项制"，③但有材料显示后来宏崇生也有"三项制"。《唐会要》载天宝十四载二月十日敕：

> 宏文馆学生，自今已后，宜依国子监学生例帖试，明经、进士帖经并减半，杂文及策，皆须粗通，仍永为恒式。④

敕文只提到宏文生，按通例崇文生亦应准此。所谓"宜依国子监学生例帖试"，其实就是依省试例帖经（因国子生"其试法皆依考功"，亦可

---

① 《通典》卷十五《选举》三，第354页。
② 殷侑所奏"史科"仍属"明经"范畴，《新唐书》卷四十四《选举志》上："而明经之别，有五经，有三经，有二经，有学究一经；有三礼，有三传，有史科。"（第1159页）亦具此意。
③ 明经、进士的"三项制"见上引《条制诏》，又《唐六典》卷四《尚书礼部》载："凡明经先帖经，然后口试并答策，取粗有文理者为通。凡进士先帖经，然后试杂文及策，文取华实兼举，策须义理惬当者为通。"（第109页）亦属"三项制"。
④ 王溥：《唐会要》卷七十七《贡举》下《宏文崇文生举》，第1402页。

知此前不如宏崇生"优惠")。然而宏崇生若全依省试试帖,便体现不出应有的"优惠",故特敕"(宏崇)明经、进士帖经并减半";敕文还提到试"杂文及策",加起来正是三项。由于"杂文"为进士科所特有,故可确定到天宝十四载(755),宏崇进士已有"三项制";以此推之,此时的宏崇明经也应是"三项制"。目前仅见的权德舆作于贞元时期的三篇明经策问文本,有两篇涉及宏崇生,亦可作为宏崇明经"三项制"的参证。一篇题为《明经诸经策问七道》,各道标题依次为:《春秋》第一问(五经、弘文生,同);《礼记》第二问(五经、弘文生,同);《周易》第三问(五经、道举,同);《尚书》第四问(五经,同);《毛诗》第五问(五经,同);《穀梁》第六问(五经,同);《论语》第七问(弘文生,同)。① 另一篇题为《策问明经八道》,各道标题依次为:《左氏传》第一道;《礼记》第二道(五经、明经、弘文生、崇文生,同);《周礼》第三道;《周易》第四道;《尚书》第五道;《毛诗》第六道(五经、明经,同);《穀梁传》第七道;《论语》第八道(明经、弘文生、崇文生,同)。② 较详情况及所涉制度,笔者已另文考述,③ 这里仅就与本文论题相关者略言两点:一是各道题后括号内文字为《文苑英华》原注,以指定某题为某科所必答。在前一篇中,有三道注文提及"弘文生",则本次(篇)宏文明经须答此三题。然则试策三道恰是"三项制"明经科的常规试制,故此宏文明经试制亦属"三项制"无疑。后一篇(《八道》)有两道注文提及"弘文·崇文生",则这两道为宏崇明经所必答;但并非只试此两道,所缺一道须于其余策问中选择补足,故仍属"三项制"。二是"二项制"常规明经试策的要求是"皆录经文及注意为问",但这两篇(以及另一篇)试策并非如此,实际上是"三项制"(《条制诏》)所规定的明经"时务策"

---

① 详见《文苑英华》卷四百七十五《策问》三,第2426—2427页。"《周易》第三问"之"第"字原脱。严格说来,一篇完整的明经试策文是由(一人/次)所试各道策的策问文与相应的对策文组成的统一体,但现存唐代明经正规试策文只有策问文,系按年度(科次)将多个明经类科目策问文合编为一,为便表述,姑称其为"篇"。这些明经策文本皆为权德舆所作,时间在贞元十八至二十一年(802—805)。
② 《文苑英华》卷四百七十六《策问》四,第2429—2431页。
③ 详见拙文《唐代明经试策文本所见相关制度考辨》,《文献》2014年第6期。

的变体。总之，宏崇明经有"三项制"，也是可以肯定的；而宏崇"史学"则可能没有"三项制"。

由以上试制比较可知，唐代宏崇生应试享有极大的制度优惠和政策优惠，而且在实际施行中往往还会打折扣。贞元六年九月敕曰：

> 本置两馆学生，皆选勋贤胄子，盖欲令其讲艺，绍袭家风，固非开此倖门，黩紊典教。且令式之内，具有条章，考试之时，理须精核。比闻此色，倖冒颇深。或假市门资，或变易昭穆，殊愧教化之本，但长侥竞之风。未补者务取阙员，已补者自然登第，用荫既已乖实，试艺又皆假人。诱进之方，岂当如此？自今已后，所司宜据式文考试，定其升黜。如有假贷，并准法处分。①

"优惠"之外又加以弄虚作假、徇私舞弊，这样的宏崇考试固然值得怀疑和指责，但这些弊端并非只存在于宏崇考试，而是有其复杂深刻的背景和原因。但换一个角度看，这也反映出唐代以文取士制度之强大，连"资荫全高"的权贵子弟都不能置身其外，也要千方百计甚至不择手段以求"入彀"，这显然与最高统治者对这种制度的全面推行和长期坚持有关。而将最高阶层的子弟也纳入其中，有着诸多正面的作用和意义：不仅可以使其得到良好的教育，提高其将来为政的水平，同时还可以促进相关制度的实行和普及。其间所包含和体现的精神原则尤可注意：将"勋贤胄子"与国家政教、社会风气联系起来，接受统一的制度约束，像其他阶层子弟一样，通过规定的教育和考试进入仕途，这需要有相当的公平意识和制度化、专业化自觉。而在"家天下"的时代，他们原本就享有各种"天经地义"的特权，不必通过这样的途径就可以达到出仕做官的目的，因此让他们接受这样的教育和考试，应该主要不是迫于外部压力，而是最高统治者的主动选择。这样的主动自觉和示范作用，对唐代

---

① 《唐会要》卷七十七《贡举》下《宏文崇文生举》，第1403页。

社会政治和人文发展所产生的作用及带来的影响，更加广泛而深远。此属别一话题，容另文探讨。

（原载《历史研究》2016 年第 1 期）

丰富多彩的专题文学史

除通常的文学史外，还有不少从相对专门的对象和特定角度着眼编写的文学史著作，它们虽然在数量上不及通常史那么多，但就其品种而言，却各式各样、丰富多彩，我们姑且称之为"专题的"文学史。它们虽然相对远离主流话题，显得冷僻和个别，很少为一般视线所光顾，但正是由于它们的存在，才使得我们的文学史研究和著述整体说来有点有面，有博有专，大小并举，庶称完备。

这里将评介1999年底以前公开出版的各种专题文学史著作，为了叙述方便，暂将它们分为四个门类，即作者文学史、读者文学史、主题文学史和体法文学史，当然这些只是相对地大致划分。就目前所知，这些文学史著作有一百多种（部），但由于它们的冷僻与个别，搜集起来殊为不易，很难完全占有，也不可能在此一一评介，只能选择有代表性的重点加以介绍，但这并不意味着未加重点介绍的就不重要或没有代表性，而是由于条件和篇幅等限制，不得不忍痛略过罢了。

一、作者文学史

作者文学史，或者说是主于作者的文学史。这一类文学史主要是从文学作品的制作者（或曰创作主体）着眼来编写的。应该说，任何文学史的编著都不能无视文学作品的制作者，都不能置作者的性别角色或社会身份于不顾。但专题文学史所关注的往往是那些较为特殊的作者，对他们作特别的标举。而通常的文学史一般并不如此处理，因为它们的作者实在是太"通常"、太"当然"、太广大了，在编著者看来完全没有必要那么做。正是在这种看上去很自然的事情里，某种有意无意的忽略和遗漏也就在所难免。这些被忽略和遗漏的对象，正是专题史编著者所感兴趣的。所以，主于作者的专题史，大都带有补阙与强调的用意。

作者文学史对作者的注重，可以区别为两种情形：一是个体性关注，强调作者的身份和性别等，如妇女、僧伽之类；二是群体性关注，主要是社团、流派之类。

妇女，可以说是作者文学史最受关注的对象，因而"妇女文学史"著作不仅数量更多，质量也更高，其间"史"的连接也更明显，在作者文学史中，是阵容最为壮观的一支"娘子军"，在全部专题文学史格局里，也堪称重镇。因有另文专论，此处从略。此外的作者文学史还有一些，如李濬之所作《清画家诗史》，所关注的作者非常特别：画家诗人，在文学史苑中可谓是一枝奇葩。据陈玉堂著录，本书1930年由来熏阁印行，木刻线装本，十册，二十卷，共一千页，约四十万字。全书以天干编集，每集又分上、下。[①] 然陈氏所见并非完帙：癸集仅存上集，全书仅十九集，若以一集当一卷推之，则二十卷当有二十集，故疑此本"癸集下"阙失。

然则此书或许另有版本。1990年7月，中国书店影印《清画家诗史》，署"李浚之编"，应与"李濬之"为同一人。影印本未交代版本所据，看去与陈氏所见者多不同：影印本虽以天干编次，但并无"卷"或"集"字；且十天干各分上、下，足为二十，并无残缺；其"癸上"（自王端淑至改叔明一百三十七人）则为陈氏所未录，而陈氏所谓之"癸集上"，在影印本中为"癸下"，陈氏所谓本书"光绪丙午（1906）始辑，阅二十五年，民国庚午（1930）刊竣"之作者自述，亦未见于影印本。影印本于正编之外尚有"补编"，补张衡等一百五十余人。影印本

[①] 《中国文学史旧版书目提要》，第219—220页。

卷前首为启功手书题识，次为杨锺羲序，次为王树枏序，次为编者自识，次为《附绘画家诗史编诗图目》；补编卷前有编者《清画家诗史补衲后序》。① 可见影印本较陈氏所见本多收近三百位画家诗人。启功题识云："今旧版幸存，补缀重印，正续二集合装，尤便读者。中国书店之功，何可泯也！"② 看来中国书店影印时作了"补缀""合装"，应是一个比较完备的本子。

据自识，编者原辑有《画家诗史》，"始于唐右丞，历宋、金、元、明以迄清季六代，中得若干家，并各缀事实为小传"，其事始于编者之"童稚"之年，因"剞劂无力，兹取有清一代二千余家先付刊，以质海内"。③ 以时推之，大约是目前所知编著最早的专题文学史。启功称此书："以人存诗，以诗存画，权衡精密，寄托遥深。于张浦山、秦谊芬著述之外，别辟蹊径，自树风标。论六法于三百年间者，不读此书不足为知人，又何有于论世、论艺乎！"④ 然而，此书虽题为"诗史"，但与今人所谓之"文学史"相去甚远，只是在画家名下作一小传，然后选诗若干，此外并无分析、论述、评价之类文字，因此只能称作"清画家诗选"。不过，本书视角独特，搜罗宏富，取舍谨严，尤其是《小传》部分，不仅记载其生平材料，而且介绍其画其诗的渊源、流派、风格及其得失影响等，兼寓评骘褒贬，深得传统"史家"精神。集作品与史料于一身，既有助于读画，又有助于读诗，就这些而言，也可称作良史了。

其他如蒋祖怡的《中国人民文学史》（上海文艺出版社1991年版）、谢桃坊的《中国市民文学史》（四川人民出版社1997年版）、陈安湖主编的《中国现代文学社团流派史》（华中师范大学出版社1997年版）等，或主于阶级，或主于群类，或主于社团，都可以说是作者文学史，这里就不一一介绍了。

---

① 详见中国书店影印本《清画家诗史》。
② 中国书店影印本《清画家诗史》卷首。
③ 中国书店影印本《清画家诗史》卷首。
④ 中国书店影印本《清画家诗史》卷首。

二、读者文学史

读者文学史，或者说主于读者的文学史，这里的"读者"不是指文学史著作的读者，而是指文学史著作所叙述的文学作品的读者。大抵有两种情形：就文学创作而言，有些作品是为特定的读者而写的，从而形成与特定读者相关的文学及历史；就文学史编写而言，编写者从文学作品的阅读和接受一方着眼而进行史的叙述。二者都是将关注重心放在"读者"一边，稍感不同的是前者相对确定，如"儿童文学史"，后者则相对灵活，任何文学都有接受的问题。

"儿童文学史"是读者文学史中最具代表性的一方园地。这个判断的前提是承认儿童文学是"读者文学"。关于"儿童文学"，目前虽然存在着多种界定和认识，但比较而言，将之视作"为儿童创作"的各类文学作品的总称[1]，应是可以接受的理解。当然，这样的理解只能指陈儿童文学基本的性质与特点，并不能概括全部，人们也可以举出一些并非是为儿童创作的例子，但那毕竟不是普遍情况。

我国是世界上儿童最多的国家，也是文学发达历史最为悠久的国家之一，但是在过去相当长的历史时期里，我国儿童文学创作并没有出现相应的发达，儿童文学研究以及儿童文学史的编著则是更晚近的事情。据目前所知，最早的一部儿童文学史应是蒋风主编的《中国现代儿童文学史》，出版于1987年6月（河北少年儿童出版社），执笔者有蒋风、王泉根、韦苇、周晓波、汤锐、吴其南、黄云生。本书将中国现代儿童文学的发展分为三个时期，即1917年至1927年，1927年至1937年，1937年至1949年，所取的是学术界普遍使用的"现代"概念，实际上就是自五四运动至共和国建立这一时期。初步勾勒了中国现代儿童文学

---

[1] 参见黄云生主编、韦苇等人合著《儿童文学教程》第4—15页，杭州大学出版社1996年版。

史的框架，并着重叙述"五四"文学革命对起步阶段儿童文学的催生作用、儿童文学的发展及其现实主义主流、战争对儿童文学发展的影响等。[①]是为首创。

随后，儿童文学史著述进入相对活跃阶段，陆续出版的著作有：张香还的《中国儿童文学史（现代部分）》（浙江少年儿童出版社1988年版）、陈子君主编的《中国当代儿童文学史》（明天出版社1991年版）、蒋风主编的《中国当代儿童文学史》（河北少年儿童出版社1991年版）、金燕玉的《中国童话史》（江苏少年儿童出版社1992年版）、吴其南的《中国童话史》（河北少年儿童出版社1992年版）、张之伟的《中国现代儿童文学史稿》（华东师范大学出版社1993年版）、方卫平的《中国儿童文学理论批评史》（江苏少年儿童出版社1993年版）、蒋风与韩进合著的《中国儿童文学史》（安徽教育出版社1998年版），以及韩进的《中国儿童文学源流》（湖南少年儿童出版社1999年版）等。相对于其他专题文学史而言，上述儿童文学史在数量上还是比较可观的，但从编著者的分布看，则显得相对集中，主要是江浙一带尤其是以金华浙江师范大学的诸位学者为主力，或独著或合作，有的不止参与一部。这种情况反映出20世纪80年代之后，儿童文学史研究及撰述虽然比较活跃，但力量的分布还不够广泛，同时也表明这些儿童文学史之间的联系比较密切。

蒋风是一位成就更为突出的儿童文学史家，早在20世纪50年代就出版过《中国儿童文学讲话》（江苏文艺出版社1959年版），60年代已写成《中国儿童文学简史》，可惜毁于"文革"。先后编著出版了《鲁迅论儿童教育和儿童文学》（少年儿童出版社1961年版）、《中国现代儿童文学史》、《中国当代儿童文学史》，并计划编著《中国古代儿童文学史》；近年又与韩进合著《中国儿童文学史》；此外还编著有《儿童文学丛谈》（湖南人民出版社1979版）、《儿歌浅谈》（四川人民出版社1979版）、《儿童文学概论》（湖南少年儿童出版社1982年版）、

[①] 参见吉平平、黄晓静编著《中国文学史著版本概览》第616页，辽宁大学出版社1992年版。

《儿童文学教程》（希望出版社1993年版）、《幼儿文学教程》（东南大学出版社1999年版）、《世界著名童话鉴赏辞典》（江苏少年儿童出版社1990年版）、《世界儿童文学事典》（希望出版社1992年版）等；并创办中国儿童文学研究中心，招收儿童文学研究生，组织开展儿童文学活动，在中国儿童文学研究、教学以及儿童文学史编著等方面可谓成绩卓著，功不可没。

我们可以看到，蒋风的儿童文学研究比较系统而全面，实际上这也逐渐成为他的儿童文学史著显著特点，这些特点在《中国儿童文学史》中表现得尤为突出。这本书虽然是他与韩进合著，并自称因视力衰弱不能书写，"便由他（韩进）参酌提纲执笔，除'绪论'与'后记'外，全部是他个人的著作。这是我非常感激的"，但考虑到韩进原是蒋风"已经毕业的儿童文学研究生"，又有"提纲"供其"参酌"，以及亲撰"绪论""后记"等因素，本书仍可视为蒋风儿童文学史著的代表。[①]当然，这样说绝没有掩没韩进劳动的意思，当我们说到本书"著者"时，仍是指他们两人，但为了叙述和理解上的方便，仍以蒋风为代表。

蒋风称要用《中国儿童文学史》"来完成埋藏在心底达40年的宏愿，即编撰一部系统的《中国儿童文学史》，让关心儿童文学的读者朋友能对中国儿童文学历史发展有一个系统的全貌认识"[②]。可见"系统"和"全貌"是著者长期的自觉追求，并在书中得到体现。

其一是展现全史。前面提到，著者曾编著过《中国现代儿童文学史》和《中国当代儿童文学史》，并计划编写《中国古代儿童文学史》，这表明著者已经具备撰写中国儿童文学全史的条件，而在《中国儿童文学史》中得到了落实。本书"绪论"之外共分五编：第一编"中国儿童文学的自觉（近代至五四时期）"，第二编"中国儿童文学的发展（一上）（1923—1949）"，第三编"中国儿童文学的发展（一下）（1923—1949）"，第四编"中国儿童文学的发展（二上）（1949—1994）"，

---

① 参见《中国儿童文学史·后记》第708—709页，安徽教育出版社1998年版。
② 《中国儿童文学史·后记》，第709页。

第五编"中国儿童文学的发展（二下）（1949—1994）"。以 1923 年和 1949 年为界，划分出三个阶段，其上限溯自晚清（在具体的叙述时还有更远的追溯）。这实际上乃是包含了古代、现代和当代的中国儿童文学的全史，当然其重心在于具有现代意义的"儿童文学"的发展阶段。尤其是著者将 1949—1994 年这四十五年间区分为"文革"前十七年的"黄金时代"、"文革"十年的"荒芜时代"和"文革"后十七年的"儿童文学的春天"三个相对独立的发展阶段，与一般将"文革"一段"略去"的处理办法不同，仍给予"荒芜时代"一定的篇幅。此外，本书还设有"台港儿童文学概观"专章。这些皆可见著者在时间和空间上的包容。

其二是兼顾全体。这本书的儿童文学"史"实际上是由多重主题线索构成的复合系统，诸如历史线索、社会线索、理论线索、作品线索等，其中社会线索和理论线索（下及）尤可注意。所谓社会线索，是指那些与儿童文学相关的较为具体的社会活动、事件以及当局的方针、政策、措施等，概言之就是各种"现实关系"。这些现实关系对于当时的文学尤其是对当代儿童文学的影响既重要又复杂，梳理起来也不易，故一般文学史对此或简略提过，或略而不提。而本书于此则有充分的关注，几乎在每一个阶段的开始都有这样的内容部分。如果将它们联系起来，就可以形成一个儿童文学的"社会（现实）关系史"。这不仅为本书增添了强烈的现实感，也使得儿童文学史更加"逼真"，是对"史"的尊重。如果说上述几条线索是"经"的话，那么众多的儿童文学作家和儿童文学体裁就可以谓之"纬"了，这样经纬交织，形成一部组织严密、自成系统的儿童文学史。书中不止一次提到《大英百科全书·儿童文学》的十条发展标准：对儿童特性认识的程度；超越被动地依靠口头传说和民间传说所取得的进步；一支职业阶层的产生；脱离专横控制、独立的程度；第一流的作品的数量；新形式或体裁的创造和各种传统形式的利用；依赖翻译作品的程度；基本作品的数量；辅助性儿童文学书籍的数量；和儿童文学有关的机构的发展水平。[1] 这十条标准被著者作为重要的"参

---

[1] 参见《中国儿童文学史》，第 21—37 页。

照"和"借鉴",看来本书的多重认识线索可能正是从这里获得了启发和依据,或者说这十条大抵就是本书复合线索,它们或显或隐,著者对它们处理方式虽有不同,但兼顾并举的意图十分明显。

其三是理论性强。本书中的"理论"大抵包括单纯思想层面的理论思考和阐释,以及比较宽泛的学术研究和论争。书中不仅有理论性的专节、专章,甚至有的全"编"都是理论性的。"绪论"部分自不必说,其第一编论述中国儿童文学史的"自觉",除第三章第二节"叶圣陶……的儿童文学创作"以外,其他章节几乎全是理论性论述。第二编也大抵如此;同时,在各个阶段的叙述中,著者都很注意对有关儿童文学的研究、批评、教学以及史著等情况的介绍,列举和评述其代表性成果。当然,本书的理论品质并不只表现在理论性篇幅的数量上,而是贯穿融会于全书。这就使本书的论述显得深刻有容,识度不凡。

其四是材料丰富。值得注意的是,本书不论是"多重线索"还是"理论"关注,都带有很强的实际内含,在具体论述中,著者又特别注意征引大量的事实、文献、资料、作品之类,从而使得本书显得材料丰富而翔实。其中对数据的运用给人留下深刻印象。小到一本书(如计《三字经》380句1140字等),大到一个组织(如计中国作家协会有5000多名会员,其中有450多人是专门从事或主要从事儿童文学创作的,等等),进而到一个时期的情况(如计1949—1978年各类儿童读物10238种,其中文学类5325种,占一半多;1956—1986年单中国少儿出版社共出新书1489种,重版书837种,总印数达25986400册;等等)。不仅文学数字,其他数字也适当运用(如计1980—1992年中国国内生产总值年平均增长率为9.1%,相当于同期世界平均增长率3%的3倍多,等等)。总之,只要有必要和有可能,著者都会尽量用数字来显示。材料使本书显得充实,数字使本书显得精确。

以上只是就本书的几个主要特点稍加申说,值得注意处尚不止于此。这表明《中国儿童文学史》是一部学术水准很高的著作,它的系统和全貌,从某种意义上说,具有集大成的性质;它的理论热情、材料翔实,又带有总结的性质。因此,这本书在1998年出版,应该是20世纪儿童文学史研究中一个值得欣慰的成果。

中国的"文学接受史"主要是20世纪80年代以来受到西方接受美学和接受理论的启发和影响而产生的一个新的文学史品种。已经出版的著作有马以鑫的《中国现代文学接受史》（华东师范大学出版社1998年版）和陈文忠的《中国古典诗歌接受史研究》（安徽大学出版社1998年版），这里仅就前者稍加介绍。

马以鑫在完成《中国现代文学接受史》之前，已经出版了《接受美学新论》（学林出版社1995年版），随后不久便进入中国现代文学接受史编著准备工作，应该说马以鑫是最早研究和编著中国文学接受史的学者之一。

《中国现代文学接受史》主要是借鉴德国学者尧斯的接受美学和文学接受史理论方法来认识并解读中国现代文学，而尧斯的理论方法的矛头所向，乃是"以往文学史"，在批评、否定以往文学史的同时提出建立新的文学史。因此本书不论在理论方法上还是形式表达上，都是"全新"的，整体说来与以前的文学史大不相同，令人耳目一新。当然理论方法上的表现最为突出。首先是宣告传统的文学史研究和撰写已经穷途末路，必须寻求新的突破，其关键就在于打破旧的"作家—作品"两位一体格局，建立"作家—作品—读者"的三位一体的模式，让"读者接受堂而皇之地进入文学批评与文学史之中"[①]，只有这样才会赋予作品真正的价值。是读者的参与介入，构成了文学发展史，失去读者也就失去了文学发展史。因此文学接受史才是真正的"读者文学史"。然后是"读者"在文学史中的地位，著者明确表述接受者是"主体"。但在进入文学史之后，接受主体的表现形态是"动态"的：一是"过去时"，亦即作品问世之际接受主体的直接反应；二是"现在时"，亦即"我们眼下的评价与论述"。首先是必须正视历史事实，其次是以今人的眼光分析评价以往的作品。著者援引尧斯的话说："只有接受，作品在文学中的历史生命，才能通过文学作品和大众的积极的相互作用，在各方面内容的开放系列

[①] 《中国现代文学接受史》第3页，华东师范大学出版社1998年版。

中，展示作品的结构。"[①] 至于中国现代文学史中的接受问题，著者认为"围绕着读者接受以及接受反馈的影响效果，中国现代文学清晰地走过了三个阶段"：启蒙阶段（1915—1929）、正视阶段(1930—1936)和主导阶段（1937—1949）。[②]

著者概括德国学者G.格林关于接受史"构成"的描述：1.把作品对作品的关系考虑进去；2.看到作品在从生产到接受的交互关系之中的联系；3.打开生产美学和描述美学的封闭圈，向接受美学和效果美学前进；4."审美接受和生产的一个过程"：本文→读者→批评家→本文；5.分析读者的文学经验——勾画出作为公众期望的文学期望水准。[③] 这不仅是本书阶段划分的基本理论框架，也是其内容安排的基本操作框架。在撰写中著者大抵沿着上述"过程"进行"审美接受和生产"，而以"大众"接受为主要视点。在具体论述时，大量征引名不见经传的"芸芸众生"的"读者来信""读者之声""读者反应"等，以及他们与作家、批评家之间相互关系。这样的文学史写法也是前所未有的。

总体来说，本书仍是运用西方新的文学理论与方法研究中国文学史的一个实验性著作，著者在理论和实践上的探索精神及其努力是值得钦佩的，但仍有需要进一步深入和完善的地方，尤其是在如何吸收融会形成中国"自己的"文学接受史方面，还需要不断探索和实践下去。正如著者所说："接受美学还在不断地完善和严密，同样，接受美学的文学史也处于完善和严密之中。"[④]

---

① 参见《中国现代文学接受史》，第5—13页。
② 参见《中国现代文学接受史》，第13—16页。
③ 参见《中国现代文学接受史》，第16页。
④ 《中国现代文学接受史》，第13页。

三、主题文学史

　　主题文学史，即以文学作品的主题作为主要关注对象的文学史。这里的"主题"可以是比较客观的对象，如自然山水之类，也可以是比较具体的事物或行为，如旅游之类。当此"主题"相对具体时，与通常所谓的"题材"相近；还有一些相对宽泛的主题，如比较普遍化的社会现象或人类活动，诸如战争、抗战、革命之类，当它们经过作家的艺术加工反映在文学里时，就会带上一定的倾向和意志，当此意志性成分特别突出时，"主题"就与"功用"相近了；还有一些更加抽象或更加超越的主题，诸如心灵、精神等，当其精神性成分比较突出时，则此"主题"就近乎"思想"了。也就是说，这里的"主题"情形是多种多样的，内涵是丰富而多层次的，其间并非泾渭分明，只能是相对的、大概的区别而已。

　　战争，既可以说是"题材"，也可以说是"功用"，其中当然也带有一定的"思想"，因而成为文学史家经常关注的主题之一。胡云翼的《唐代的战争文学》应该是目前所见最早关注"战争"的文学史类著作。本书于1927年9月由商务印书馆出版，书名虽然没有标出"史"字，但因著者是一位在文学史研究方面成绩卓著的学者，在本书中采用了类似文学史的编述形式，因而与文学史无异。书中"时代的背景""初唐诗人的壮歌""中唐诗人的非战文学""晚唐诗人的血"等章节，已经勾勒出唐代战争文学"史"的大纲了。只是本书所述，仅及诗歌，且篇幅不足三万言，只能说是简史。[①] 陈安仁的《宋代的抗战文学》初版于1939年3月，更加简略，才约一万五千言。[②]

---

① 《中国文学史旧版书目提要》，第150页。
② 《中国文学史旧版书目提要》，第160—161页。

"战争"与"抗战"主题相类,但有所区别:前者概言所有战争,无论是对内的还是对外的,并不明确显示战争的性质以及参战者的姿态;而后者则显示这些。一般说来,当吾国吾民遭受侵略起而反抗时,所进行的战争才称为"抗战"。现代史上所谓的"抗战",通常是指"抗日战争",或者更具体地指1937—1945年间的抗战。

阿英(钱杏邨)的《抗战期间的文学》,应该是最早的"抗战文学史"类著述。本书于1938年5月由战时出版社初版,上海北新书局驻粤办事处经售。虽然书名中没有"史"字,而且"抗战期间"字样似乎表示本书应归入"断代史"范围,但实际上,著者特意选取这一段时间,重心乃在于突出"抗战"的主题,由于所谓"抗战期间"仅仅为1937年一年时间,故其"史"的轨迹并不是很突出,但仍具有很强的历史价值。

全书由两部分构成。论述部分在前,有十四题论述性文字:抗战期间的文学;两位抗敌英雄(阎海文与简大狮);祝福孩子们;略记四十年来日本人屠杀中国儿童事;让民众自己组织起来;我们的崖应该更坚实一些;一束汉奸的报纸;没有恩仇的彼岸;扑灭此绝灭人道的暴徒;文艺工作者真的救亡无路吗;也是在锻炼着人类的条件;随笔两章;再论抗战的通俗文学;杂谈抗战画片。然后是作品部分,题作《淞沪抗战戏剧录》,收录夏衍、尤兢(于伶)、方岩、凌鹤、沈西苓、司徒慧敏、许幸之等人作品二十九篇。可见这是一部集"抗战文学"之叙述、评论、作品于一体的著作,其"抗战"主题十分鲜明。当此国家民族危难之际、山河破碎、亟须抗敌之时,著者编述本书,其满腔热血、良苦用心不言而喻。书中许多作品所发表的阵地如《救亡日报》《新学识》《光明战时特刊》等,在当时已很难得,编者在收录作品时详载其报刊期号,其史料价值亦甚珍贵。不过,本书篇幅较短,仅约三万字,所录作品又多限于戏剧,因此尚不是全面系统的"抗战文学"。[①] 另外,阿英还有《近百年中国国难文学史》之作,洋洋四十万言之巨,不幸于抗日战争中损失,

---

① 《中国文学史旧版书目提要》,第184—186页。

未能行世。[①] 也可谓生于国难，"死"于国难了，令人恨恨！

第一部比较严格而系统的"抗战文学史"，当推蓝海（田仲济）的《中国抗战文艺史》。本书于1947年9月由上海现代出版社初版，约八万字。[②]1949年日本评论社出版波多野太郎日译本。20世纪80年代以后，著者在朱德发等人的协助下，对本书进行了较大增订，由山东文艺出版社于1984年3月出版，篇幅增至三十三万字之多。比较两种版本可以看到，在正文章节的设置上，差别并不是很大，但是增订本较之初版本增加文字3倍强，其中仅"附录"部分就多达七万字，可见增订本的内容更加丰富，更加充实，同时也更加准确。因此，我们的讨论以增订本为主，必要时也参考初版本。

论者称"本书是我国第一部现代文学断代史，也是研究中国抗战文艺史的专著"[③]。可见本书文学史价值与学术品位之高。不过，谓之"断代史"，可能是将"抗战"仅仅理解为"时期"了，实际上，这里的"抗战"同时也是主题的标示。本书在编述上的重要特色之一，就是抗战时间、抗战主题以及抗战文体三个"线索"交织进行，而著者更强调的，毋宁是主题线索，或者说"抗战"是本书的核心和纲领。

本书从"五四"叙起，看上去是一个时间标志，其实它主要不是一个"历史"的断限，而是"精神"的追溯，因为在历史层面上，"五四"时期还不能说中国已经进入了大规模的民族抗战阶段；但是若就新文艺的精神层面而言，"五四"则是公认的反帝反封建的标志性时代，而"反帝反封建"正是主题性的。正如著者所言：五四"新文艺从生命的种子里带来的质素，即是反帝反封建的，尤其是后者最为浓厚"[④]。之所以要从五四叙起，其中包含着著者关于抗战文艺主题一个带有"原理"性的认识，即"抗战"不仅仅是向着敌人的抗争过程，同时也是抗争者——"人民"的觉醒与解放过程，而反帝反封建恰好是这两个过程的一体并行。

---

① 《中国文学史旧版书目提要》，第303页。
② 《中国文学史旧版书目提要》，第183页。著者于《修订再版后记》中谓此书"于是一九四七年初在上海出版了"，与陈玉堂所记"一九四七年九月"似稍有出入。
③ 参见《中国文学史著版本概览》，第234页。
④ 蓝海《中国抗战文艺史》增订本第12页，山东文艺出版社1984年版。

这就是所谓"发现了人民也就发现了社会，或者说，发现了社会才发现了人民"①。所以著者给本书的"绪论"加了一个副标题——《英雄时代之再生》。易言之，"五四"在这里主要不是抗战时间的起点，而是抗战精神的起点，因而也是著者所把握到的抗战文艺"史"的逻辑起点。这是本书在"时间"理解上的深刻之处和独到之处。"五四"之后的五卅、一九二八、"九一八"、"一·二八"等时间标志也都具有类似的精神内涵。

其实本书的叙述，重点还在于1937年"七七"卢沟桥事变之后的"抗战文艺史"，时间下限，自然应该是1945年8月15日日本帝国主义的投降。但在实际上，"这本书是于抗战烽火中写成的"，"于一九四四年夏匆匆完成了初稿"，其后，著者虽然打算"修改补充"，但只是"勉强"地修改了报告文学部分，其他皆没顾得上，因此，本书尽管初版于1947年，实际大抵仍是初稿时的内容。②也就是说，在初稿中1944年以后部分是不可能有的，只是到了增订本里才得到补充，特别是增订本增加了一个"附录"，记事直至1945年9月17日，这才有了名副其实的下限。

然则，本书很少使用直观的年份日期作标题，看来著者更愿意使用内涵性标题，直接显示其内容和倾向。表现在叙述中，著者并没有采用一般文学史以时间统辖内容、分阶段叙述"史"的方法，相反，而是让内容统辖时间，分别呈现不同内容的"史"的进程。这些内容从表面上看似乎就是不同的"文体"，实际上这些文体都是与"抗战"息息相关的，正是由于它们生于抗战、长于抗战，抗战赋予它们生命，它们还生命于抗战，才形成所谓的"抗战文艺史"。易言之，本书不仅是各种抗战"文体"的历史，更重要的是它是各种文体的"抗战"史。

与此相关的是：并非这个时段里所有的文艺体裁都可以进入抗战文艺史，而是只有抗战的文艺体裁才有资格进入，这也是与本书的主题相

---

① 蓝海《中国抗战文艺史》增订本，第12页。
② 详见《中国抗战文艺史》增订本《修订再版后记》，第475页。

一致的。所以我们看到，本书在作家作品的取材上，几乎没有限制，一切只要符合"抗战"的主题，皆在关注之列。从前线到各方，从根据地到大后方，全景描述，没有地域之限，当然，根据地、解放区理所当然是"主战场"；不论是成名的作家还是初试的新手，不论是知识文人还是工农兵，没有身份之限，但必须是抗战文艺的作者；不论使用的是旧形式，还是新形式，不论你以前以从事何种文艺见长，只要是抗战的，都值得欢迎，没有体裁形式之限。所以本书不是关于某个时段、某个地区、某个作家的"全史"，而只是其具有"抗战"意义的"主题史"。

然则，对"抗战"主题也不能作狭隘的理解：前方"浴血奋战"固然是主题，后方的"平静生活"也是主题；"民族解放"固然是主题，"人民觉醒"也是主题。在反帝反封建总的指向下，可以有"战争的素描"，也可以有"敌人士兵的写照"；可以写"新旧时代的矛盾"，也可以写"边疆生活"；可以"暴露黑暗"，也可以"歌颂光明"，而争取"民主自由"乃是题中应有之义，著者对此似乎格外在意。从这个意义上说，"抗战"的矛头所指，就不仅是帝国主义，还有国民党反动派、封建势力，甚至包括自己队伍中的落后保守因素。正是由于这样，本书不仅注意叙述各种抗战文艺"形式"的发生和发展，而且特别注意叙述抗战文艺"理论"的发生和发展，从而使本书成为集文艺生活史、文艺运动史与文艺思想史于一身的"全史"型著作。

著者称："在抗战中，一切均以惊人的速度前进，八年中所走的几乎是过去几十年的路程。文艺的成就，自然也是同样的情形。惟以过去文艺中心城市的相继沦陷，中心文坛的移动，文艺中心由集中而分散。以及交通不便等等许多原因，这一阶段的抗战文艺史资料最容易失散，最难以保存，这是关心文艺史的一个遗憾。写这本小册子的目的便是企图弥补一部分缺陷，保存一部分史料，使它不至全部失散。""在没有一本更完善的抗战文艺史以前，在这重大的任务没有更能胜任者负荷起来以前，它的出版那就不能说全没有意义了。因为它究竟负担起了一部分责任，虽然简略，抗战文艺前进的路向，究竟在这里画出了一个轮廓。——为了使这轮廓不至失真，在写作时我力避发抒自己的主张，尽量引用了各家的意见。我想，使它不陷于偏颇，这末作是对的。"[1]这实际上道出了本书在写作上的一个显著特点，就是"存真"。存真体现在两个方面：其一是保存历史资料。在书中，著者很少作"主观的"叙述和评论，而是尽可能地引录原始作品、言论、文献、材料等，让它们自身来呈现抗战文学史，著者的叙述和评论主要起到"导入"或"归纳"的作用。当然这并不是说著者没有一点主观的东西，但其努力保存史料的用心，可以明显地感受到。因此，本书虽然是抗战中的匆匆之作，但仍不失其丰实与厚重。在增订本增加了《抗战时期文艺大事记》之"附录"以后，这一特点就显得更加突出了。其二是勾勒历史全图。著者称"在这里画出了一个轮廓"，这是他的谦虚。在本书中，著者不仅勾勒了抗战文学的时间框架，而且勾勒它的展示"空间"，尤其是将抗战"现实"的进展与抗战"精神"的运动联系起来一体展现，这些都使得这部抗战文学"史"具有全景感、立体感和较为充分的伸展空间。表明著者力图从不同的角度进行"透视"，以期获得更加真实全面准确的历史"轮廓"。还值得一提的是，本书的字里行间感情饱满，怀抱热烈，给人强烈的现场感和即时感，即使是在四十年之后的增订本里，仍令人如闻号角，如睹硝烟，这也可视为本书"存真"的一种表现——保存生动的历史"氛围"。

作为第一部"抗战文学史"，蓝海的这部书具有多方面的开创之功，其思想、方法、体例、资料等，启导后人者不少。不过在此后相当长的时间里，抗战文学史专著几乎不闻嗣响，直到 1980 年 5 月台北成文出版社出版了刘心皇所著《抗战时期沦陷区文学史》，1985 年台北正中书局又出版他的《抗战时期沦陷区地下文学》，才开始有了接续，当然，这两部书还只能算是抗战文学某个部分的历史，远不是其全部。比较全面的努力表现在苏光文的《抗战文学概观》（西南师范大学出版社 1985 年版）、《抗战文学纪程》（同前 1986 年版）。前者虽系分专题讨论抗战文学，其中也含有"史"的叙述；后者则可以视为抗战文学的"编

---

[1] 《中国抗战文艺史》初版《后记》，见增订本第 474 页。

年史"。1991年四川教育出版社又出版了苏光文的《抗战诗歌史稿》，应该是第一部抗战文学的文体专史。1994年，苏光文又出版了《大后方文学论稿》（西南师范大学出版社），也应该属于抗战文学史的一部分。其他值得一提的抗战文学史著作还有：屈毓秀等的《山西抗战文学史》（北岳文艺出版社1988年版），文天行的《国统区抗战文学运动史稿》（四川教育出版社1988年版），刘增杰的《中国解放区文学史》（河南大学出版社1988年版），汪应果的《解放区文学史》（漓江出版社1992年版），沈卫威的《东北流亡文学史论》（河南人民出版社1992年版），吴野、文天行主编的《大后方文学史》（四川教育出版社1993年版），许怀中主编的《中国解放区文学史》（海峡文艺出版社1994年版），蔡定国等的《桂林抗战文学史》（广西教育出版社1994年版）。此外尚有朱扶孙（Chfu Fu-sung）的《中国抗战时期文学》（*Wartime Chinese Literaure*）、尾坂德司的《续·中国新文学运动史——抗日斗争下の中国文学》（日本东京法政大学出版局1965年版）等，限于篇幅，这里就不一一介绍了。

　　应该承认，"抗战文学"只是非常时期的文学，从更大范围看，也可以将之视为战争文学的一部分，而战争文学在通常情况下又可以视为"军事文学"或"军旅文学"的一个组成部分，它们在基本主题上有着诸多共同性或一致性。军事文学史著作有陈辽、方全林合著的《中国革命军事文学史略》（昆仑出版社1987年版）、任昭坤所著的《中国军事文学史》（四川人民出版社1999年版），军旅文学史著作有朱向前所著的《军旅文学史论》（东方出版社1998年版）。此外还有高洞平、张子宏等人的《中国当代公安文学史稿》（群众出版社1993年版），也可以说与"军事"相关吧。

　　《军旅文学史论》主要论述1949年至1994年间的"军旅文学"，是第一部军旅文学史。著者自己原本就是颇有成绩的小说家和文学评论家，并且与许多军旅文学作家相知相识，因此这部军旅文学史很有特色，无论是在思想眼光还是在叙述风格上都与常见的文学史明显不同。徐怀中评论说"这部二十多万字的文学史论，没有采用编年史式的通常写法，而是单篇论文合集而成。照编年史去写，对于作者应该不存在任何困难，但他还是放弃了这种选择。我想，作者这是出于自然，也是出于自信。向前担负了繁重的教学任务，他根据自己面临的各种课题，随手撰写成文，一则应用于教学，又是一位批评家向外界的发言。经年积累，不断充实，仿佛为一个大建筑物加工预制件，不觉间已经齐备了。向前较长于宏观性思考，从研究领域整体上加以把握，对军事文学思潮的脉息搏动特别敏感。他的若干主要论文的题旨，都是在他对当代军旅文学发展历程和走向进行深入研究的基础上，在阐发自己见解的论辨意识指导下确定的。虽以单篇形式出现，组合起来又是一个自成体系的有机构成，这样还带来一个很好的效果，那就是避免了某些文学史著平均使用笔力，失之于平面简略，不能突现重点的缺憾"。"《军旅文学史论》分为上、中、下三编。上编的几篇文章，对'文革'前十七年军事文学作了历史总结和中肯的评价，阐明了'文革'后十七年军事文学的再度勃兴及其在中国当代文学史中所处的地位，同时，对90年代转型期军事文学，特别是对长篇小说创作及时作了分析，展示了军事文学的潮动和创新信息。至此，我们已经能够对当代军事文学的整体走向及其发展前景，获得一个系统化的全面认识。中编的两篇长文，提出了军事文学研究领域两个崭新的命题。一是论述新时期两类青年军旅作家的差异与相互参照。二是论述乡土中国与农民军人，从而为深入探讨如何塑造当代军人形象的问题，寻找到一条别人还很少涉足的途径，正可谓独辟蹊径。文章以一系列独到的观点，大大强化了理论锋芒。像这样具有学术深度的重点论文部分各自分别单独成编，当会更加引起人们的关注和思考……下编是若干军旅作家论。特别是对几位最具创作活力的重要作家进行了平行比较研究，颇具启示意义。似乎还少有哪位批评家作这样正面强攻式的大刀阔斧的比较研究。值得一提的是，作者既深入剖析了各位作家的优势及创作个性，也尖锐指出了他们各自的局限性。称颂作家的成就和艺术才华，唯恐遣词不够重量。触及其病症，又出语激烈，不留余地。所持论点是否有当，大可讨论。但如此坦诚相见，直言不讳，足以显示了一个批评家应有的品格。还应该提到，作为一本史论，语言文字当属上乘，鲜明，准确，流畅，注重具象化，有血肉有骨力。这样的作家型批评文章，往往是带有显著的个人特征，情理交融，耐人品味。"[1]这样的评价很充分，很全面，也符合该书的实际情况。但从"文学史"的要求看，该书也并非没有遗憾之处，诸如：所论述的军旅文学集中在小说，诗歌也有一点篇幅，其他文学样式则很少涉及，因此该书在"史"的全面性上有所不足，此其一；该书既是若干论文的集合，则其创著之初可能并未有深思熟虑的"史"的构建，因此在"史"的体例等诸多方面尚不够严格和系统，书中的"论"似乎更大于"史"，所以著者名之曰"史论"，或许早自有鉴于此了，此其二；该书叙述上限断在1949年，只能说是"当代"军旅文学史，尚不可称全史，此其三。另外，该书也和诸多文学史著作的编撰背景相似：为了满足教学需求。好在它并没有落入通常"讲义"的窠臼，仍不失其生动与个性。[2]

前面曾说到，作为专题文学史著作中的一类，"主题文学史"所关注的"主题"之情形是多样的，有的相对宽泛、主观意味更强一些，除上述几种以外，另如许怀中的《美的心灵历程——中国现代小说发展中的一条轨迹》（江西人民出版社1987年版），实际上是一部中国现代小说中人物之"心灵史"；赵俊贤的《中国当代小说史稿：人物形象系列论》（人民文学出版社1989年版）则专注于"人物形象"；王小舒的《中国文学精神的轨迹》（江苏文艺出版社1993年版）则关注更加抽象的"精神"。有些则相对具体、客观，更近于"题材"，比如"山水"，如果就表现山水的文学进行集中关注，显然可以形成一部"山水文学史"，只是目前尚未见到这种全面叙述山水文学的文学史著作，倒是《中国山水诗史》出版了两种：此即李文初的《中国山水诗史》（广东高等教育出版社1991年版）和丁成泉的《中国山水诗史》（华中师范大学出版社1990年版）；有的文学史所关注的"主题"更近于"事物"，如胡奇光的《中国文祸史》（上海人民出版社1993年版），朱恒夫、

---

[1] 详见徐怀中为本书所作的《序》，《军旅文学史论》第1—3页，东方出版社1998年版。
[2] 关于本书的不足之处，著者亦有说明，详见《跋》，《军旅文学史论》第314—320页。

王基伦主编的《中国文学史疑案录》（江苏教育出版社1998年版），所关注的不仅是"事物"，而且此事物已经属于文学的"外部"；有的文学史所关注的"主题"更近于"行为"，如李伯齐主编的《中国古代纪游文学史》（友谊出版社1989年版）、朱德发主编的《中国现代纪游文学史》（友谊出版社1990年版）等等。

还应该提到的是从宗教、思想、文化等角度对文学进行"史"的研究，从而使它们具有了类似文学"主题"的意义。如日本学者加地哲定的《中国佛教文学》，著者称："佛教文学历来似乎仅指经典中的譬喻、说话之类的文字。而本书作者认为，那些为数众多的、为解释说明教理而把追求形式美作为目的的作品，不能称为纯粹的佛教文学。真正的佛教文学应当是为揭示或鼓吹佛教教理而有意识地创作的文学作品。本书所研究的正是这种意义上的佛教文学，作者也正是站在这个立场上。"[①] 著者很明确地表示他所关注的不是"形式美"，而是"佛教教理"，亦即思想性的佛教主题。同时，著者既然"对佛教文学在中国的孕育、形成、演变和内容等进行透彻的研究的"，也就具有了"佛教文学史"的性质。

詹石窗的《道教文学史》，出版社在封面上说："本书是我国第一部以道教文学作为研究对象的史论著作。作者将汉代至北宋期间具有文学价值的道教经典和反映道教思想、道教活动的文人创作以史的顺序兼收并蓄，揭示了独特的文学现象——道教文学的产生、发展和繁荣的过程，丰富了中国文学史的研究领域。"[②] 实际上，著者为"道教文学"所作的界定是相当宽泛的：首先确定"道教文学是以道教活动为题材的"。而道教活动又包含诸多要素，诸如道体与诸神仙、活动主体——道士及一般信仰者、活动场所——宫观与名山、活动方式——仪式及方术的实施、活动的基本理论指导——教义、活动所产生的作用和影响等。著者认为，道教文学史不仅要研究收在道教经典中的文学作品，而且也要研

---

① 《作者原序》，见《中国佛教文学》（［日］加地哲定著，刘卫星译，秦惠彬校）卷首，今日中国（原中国建设）出版社1990年版。
② 《道教文学史》封面，上海文艺出版社1992年版。

究道经以外的其他反映道教活动的文学作品；不仅要研究道教中人所作的文学作品，而且也要研究非道教中人所创作的以反映道教活动为内容的作品。著者强调，以道教活动为题材，并不要求作者百分之百地站在道教立场上说话，或者是完全以道教的思想为作品的主题思想。作者可以站在道教立场上说话，也可以从批评道教的角度来反映道教活动。道教文学还应该包括那些受道教思想影响的作品，也要讨论那些以老庄道家思想为宗旨的作品、由此推及受玄学影响的文学作品，还要涉及反映隐逸的作品以及志怪和以阴阳五行为宗旨的文学作品。此外，对那些道教中人所创作的以阐述哲理为主的作品也要稍加探讨。[①]虽然给人无所不包之感，但强调题材、思想、宗旨等，仍是很明确的主题关注。直接使用"道教文学"这一概念并第一个完成《道教文学史》的撰述，是本书的创新性所在。只是本书仅写到北宋而止，惜非全史。

四、体法文学史

体法文学史，是指那些以文学的"体制"或"方法"为主要关注对象的文学史著作。可以纳入"体法"类的文学史很多，大致可区别为四种情形：一是比较具体的文学"体裁"或"样式"，如尺牍、日记之类；二是相对具体的文学制作"手法"或技术、技巧，如谜语、寓言、格律、音韵之类；三是文学表现的特殊手段或媒介，如音乐、电影之类；四是更加具有哲学意味的"理论"和"方法"，如各种文学创作的"主义"之类。应该说明的是，这些区分也只能是相对的，并且"体法"并非只属于专题文学史范围，在通常文学史中也会说到，甚至还有单独的诗歌史、散文史、小说史之类。因此，我们在这里的专题史，只限于那些为一般通常史所注意不够和容易忽略的体法，它们往往比较"冷僻"和"特

---

① 详见《道教文学史》，第1—9页。

别"。

一是"体裁"之类。"八股文",这种曾在历史上风靡甚久的文体,自科举制度崩溃后便渐衰绝,成了今人不甚了解乃至深恶痛绝的文体。在长期而普遍的冷落和鄙弃中,卢前的《八股文小史》就显得格外难得了。本书初版于1937年5月,由商务印书馆印行,仅约五万字。原是作者于1932年在暨南大学的讲义。全书共分七章:帖括经义之变体、八股文章之结构、正嘉以前之演进、隆万以后之作风、清初八股名作家、八股文体之就衰、关于八股之文献。①本书虽然篇幅不长,却是第一部八股文史,在那个时代敢于为八股文"树碑立传"是需要有一点学术胆识的。卢氏之后,比较严谨的八股文史学术专著就难得一见了。

张紫晨的《歌谣小史》,由福建人民出版社于1982年出版。全书约二十三万字,前有《引言》,末有《后记》,中间设十五章:1.歌谣的原始;2.夏商歌谣;3.周代歌谣;4.春秋战国时期歌谣;5.楚国民歌;6.秦汉歌谣;7.汉乐府民歌;8.南北朝民歌;9.隋唐五代歌谣;10.宋元歌谣;11.明代歌谣;12.清代民歌;13.近代歌谣;14.现代歌谣;15.新中国歌谣。"这是我国第一部也是目前唯一的一部系统的歌谣史。"②

陈左高编著的《中国日记史略》,由上海翻译出版公司于1990年出版。全书约十九万字,前有《内容提要》,后附《引用日记简目》,中间设六章:1.绪言;2.宋代日记的兴起和元代日记的衰落;3.明代日记的发展;4.清代前期日记的繁兴;5.清代中后期日记的鼎盛;6.历代日记的史料价值。可知本书主要是中国古代的日记史。著者为此前后历时四十年,搜讨日记近千种,书中介绍日记二百余种,内容广及政治、经济、军事、文化、科学、教育及艺术等诸多方面,所附《引用日记简目》注明版本、馆藏等资料线索,颇便学者。③本书也是目前仅见的一部中国古代日记史专著。

杂文,有古代"杂文"与现代杂文之别,时代不同,指涵也不一样,

---

① 参见陈玉堂《中国文学史旧版书目提要》,第236页。
② 参见吉平平、黄晓静编著《中国文学史著版本概览》,第586页。
③ 参见吉平平、黄晓静编著《中国文学史著版本概览》,第579—580页。

这里姑且将之作为一种文体来理解。《中国现代杂文史》"是第一部，也是迄今为止的惟一的一部"中国现代杂文史。本书 1987 年由西北大学出版社出版，约三十万字，系多人合著，著者有王静波、刘应争、苏冰、张中良、张华、张萍、陈瑞琳、鲁歌、蒙万夫等，张华兼任主编，蒙万夫、鲁歌任副主编。全书正文分三编十二章。第一编（1918—1927）：概述；1. 草创与丰收；2. 走向独立；3. 初见繁荣（上）；4. 初见繁荣（下）。第二编（1927—1937）：概述；5. 雄踞群峰之上的鲁迅后期杂文；6. 左翼及其外围作家；7. 周作人及语丝右翼的杂文；8. 论语派作家的杂文；9. "自由派"的杂文。第三编（1937—1949）：概述；10. "孤岛"与沦陷区的杂文；11. 解放区的杂文；12. 国统区的杂文。[①]

邵传烈的《中国杂文史》叙述先秦至清末的杂文发展及演变，实际上是一部中国古代杂文史。本书 1991 年由上海文艺出版社出版，近四十万字。全书各部分内容为：绪言；1. 先秦的追索；2. 秦汉流变；3. 魏晋风度；4. 丰收的李唐；5. 两宋繁星丽天；6. 元明更化；7. 没世之华章；后记。[②] 本书大约也是迄今为止唯一的中国古代杂文史专著。

1999 年河北人民出版社出版的赵树功所著《中国尺牍文学史》，是一部篇幅较大、很有特色的专体文学史。全书长达五十万字，共设八章：第一章"尺牍概说"主要叙述尺牍的流变、尺牍文学的特质、中国尺牍文学的缺憾和尺牍的出版等内容；第二章"从尺牍私人化的完成到第一个高峰"，主要叙述先秦两汉至魏晋南北朝的尺牍发展；第三章"尺牍用世的黄金时代"，主要叙述唐代尺牍的进展；第四章"尺牍文学的第二个高峰"，主要叙述两宋尺牍的进展；第五章"辉煌的时期（上）"、第六章"辉煌的时期（下）"，主要叙述明代尺牍的进展；第七章"在辉煌余光中走向没落（上）"、第八章"在辉煌余光中走向没落（下）"，主要叙述清代至近代的尺牍情况。其后是两个"附录"，一为《尺牍套语》，一为《引书要目》。最后是《后记》。不过，上面各个历史阶段（朝代）

---

① 参见吉平平、黄晓静编著《中国文学史著版本概览》，第 576—577 页。
② 参见吉平平、黄晓静编著《中国文学史著版本概览》，第 574—575 页。

的时期标志只是笔者的概括，书中并未这样明确地标示历史分期，而是多采用举要式的章节标题。

　　大抵说来，本书虽然是关于尺牍这一文体的专史，但著者的关注重心似乎并不在于勾画一个清晰而完备的尺牍文学"史"的线索，也不在于细致探讨历代尺牍的复杂形式艺术，而在于尺牍作者的"心态"。詹福瑞先生在为《中国尺牍文学史》所作的《序》中对此有敏锐的洞察："树功此史似偏重于文本，这一体式的确立，是否与书信的特点有关？书信如作家心灵的独白，所戴面纱轻而薄，有矫饰，但不多。作家一生的思想历程、一个时期的精神状态、甚或某一天某一时细致而微妙的心绪波澜，都在尺牍中有准确的记录，打开尺牍，就打开了一扇作家心灵的窗子。古人的生平事迹，或被时光打扫得干干净净，古人的心，则跳动在他们的书信里。用心灵独白般的文本阐释形式，去诠解作家心灵，演绎相隔千百年曾经起起落落的心灵轨迹，更易复活面貌活生生的作家，勾划出一部作家的心灵迹动史。树功选择的这种以文本阐释为主的撰史体式，显然是选择了一条尺牍文学史最佳的叙写途径。这种最佳叙写途径的选择，最终影响了本书特色与成绩的取得。通过尺牍，剖析作家的心态，细致而入微，也就成为本书给人最为突出的印象……从学院派的眼光来衡量《中国尺牍文学史》，它似非允公允平、中规中矩之作，书中充盈着年轻学者的自由精神。树功此书把自由而富灵性作为衡人、衡文的标准。与此相左，历史上诸多著名作家学者或留下大量尺牍的作家，受到树功的冷待：二程、周敦颐、李东阳、纪昀、方苞、戴名世、戴震等等，有的留下数行空间，有的连此'厚待'都没有。与此相反，合乎自由而富灵气者，哪怕是文学史上的无名小辈，树功也毫不吝惜篇幅，如明宋懋澄、清石庞等。与这种铨选一任自由精神相应，书的文笔一改旧的文学史的行文方式，淡化结构意识，文字灵动，颇富文采，把一部学术著作写成了极富才情的散文随笔。僵硬的学术一下子变得灵动鲜活起来，读起来真是一种享受。当然，这样的衡文标准和行文方式，也带来一些问题：主观情绪化的行文和主观色彩极强的审美观，容易淡化、掩盖理性的审视，甚至造成偏激，使书偏离史的客观性和科学性。但是，对于私人著述而言，见仁见智，这也是允许的吧。与那些貌似公允、什么都照顾到了、什么都说到了，却如同什么也没说的文学史相比，我宁可读此种虽偏颇却不乏启发的文学史。如今，四平八稳、面目似曾相识的文学史充斥书肆，徒然占有空间而已。面对目前的情况，我们应该鼓励文学史的私人著述，哪怕它很偏激，甚至不成熟。"[1]这样的评论符合本书的实际情况，具有现实的启示性，亦不掩个人的喜爱之情。不过，作为一部中国尺牍"文学史"的专著，在完整性和严谨性方面，本书仍有值得完善的地方。

　　以上所述大抵属于某一具体文体（古代的"杂文"例外）的文学史，此外还有从更宽泛的"文体"着眼编写文学史，如刘壮的《中国应用文发展史》，就是将多种"应用文"文体放在一起予以叙述，其中涉及公、私应用文"体裁总计逾百种"。[2]应用文在以往的文学研究中未能予以足够重视，本书不仅具有简明扼要的特点，而且作为第一部中国应用文史，填补了应用文学史研究和著作的空白。另一部填补空白之作是周啸天的《唐绝句史》，这是第一部分体断代诗史——唐绝句史。所关注的"文体"更加具体：诗歌中的律体，律体中的绝句。本书初稿于1981年，1987年初版，1999年经修订后再版。宛敏灏先生称此书有"三善"："全面叙论唐代五七言绝句之产生、发展及其艺术特色，引诗证说，史论并举使读者获得系统知识之外，并可提高鉴赏能力，其善一也。论诗自有见解，不蹈袭人语，间举古今学人成说而不影响自成一家之言，其善二也。纵谈一代重要诗体创作得失，兴酣墨饱，引人入胜，其善三也。至其为用，则文学史、诗史等撰者或将如泰山之于土壤；对于有志著述欲更扩大研究成果者，《唐绝句史》固不失为肇始之椎轮；若乃青年学子或文艺爱好者，思于诗学知识有所增益，则此书亦可初供饮河之资焉。"[3]此外，还有赵谦的《唐七律艺术史》（台北文津出版社1992年版）侧重从艺术特征角度研究唐代的七律史，也可谓前无此例之作。谷向阳等

---

[1] 《中国尺牍文学史》卷首。
[2] 参见《中国应用文发展史》第12—15页，书目文献出版社1995年版。
[3] 《初版序言》，见《唐绝句史》第289页，安徽大学出版社1999年版。

人的《中国姓氏对联史话》（北方妇女儿童出版社1990年版），陈书良、郑宪春的《中国小品文史》（湖南出版社1991年版），也填补了有关文学史的空白。

冯光廉主编的《中国近百年文学体式流变史》（人民文学出版社1999年版），由多人合作完成，全书长达一百二十万字，涉及小说、诗歌、戏剧、杂文、散文、游记、传记、报告文学等文体，并从发展流变的视角，分别论述它们各种各样的"体式"，还特设专卷讨论诸多文学"批评体式"，可谓是一部广义的现代文体通史巨著。编著者不满于以往文学史著作"对文学体式的生成演进的历史过程和经验规律，尚缺乏系统完整的专门性观照"及"机械地将近百年文学切割为近代、现代、当代三个部分"等缺陷，而要"以文学的现代化为中心，实现中国近百年文学研究的一体化"。并自陈其编撰目标为："其一，从大量的创作文本中，梳理中国近百年五种文体的发展过程和流变轨迹，力求清晰地描画出文体发展的总体性线索和阶段性脉络，从纵向上展现其发展格局。其二，从同中外文学的多重联系中，同社会历史、思想文化的多重关联中，分析近百年五种文体发展的动因、流变的规律及逐渐形成的文体规范，总结文体继承革新的历史经验教训。其三，自觉地站在当代的高度，以新的时代眼光和清醒的反思意识，审视近百年文学体式流变的得失，在反思历史的基础上，对若干问题提出前瞻性的看法，或从历史的描述中预示文体发展的未来趋势。其四，以历史的、美学的方法为主导，广泛吸收融合我国传统的研究方法和外来的各种研究方法的优长，力求使研究对象同研究方法达到基本的契合和协调，以便充分开掘近百年文体的丰富含蕴，把握其本体特质。"这些大抵也就是本书的主要创意与特点，是新时期以来文学理论和实践发展在文学史研究方面的重要收获之一，著者称："如果不是闭目塞听，本书可能是填补学术空白的学术专著。"①

二是"手法"之类。谜语、寓言等，虽然也可笼统地称为"文体"，

---

① 详见《中国近百年文学体式流变史》第1—6页，人民文学出版社1999年版。

但不应简单地理解体裁，而应该属于表现"手法"的范畴，亦即它们是在用"谜语"或"寓言"的方式来表情达意，在形式上则有可能运用到多种文学体裁。不过，当某种表现方式与某种表现结果经长期稳定地发生联系之后，也就获得了一定的"体裁"意义。钱南扬的《谜史》是一本很独特的著作，篇幅不大，但意义不小。据著者介绍："《谜史》最早写成于一九二〇年左右"，"后在一九二八年由广州中山大学语言历史研究所作为'民俗学会丛书'之一正式发表"。① 初版于1928年7月，约五万字。后经著者的补充和订正，于1986年12月由上海文艺出版社出版，故应称之为"新版"或"再版"，篇幅益至六万余字。

"谜"在以前很少为文学史家所关注，其原因大约不光是由于它在形式上的"不成体统"，主要还在于它的"俗"。钱氏《谜史》的编述及其问世，原是有其"背景"的，他回忆说："当时我在北大读书，正值五四运动提倡新文化运动之际，校长蔡元培先生也在校内大力提倡通俗文学，号召同学搜集民歌民谣，校刊副刊还专门辟有一块园地发表同学们搜集的民歌民谣。在这样的风气熏陶下，我便开始对民间文学发生了兴趣，就谜史作了一些探究，编成了《谜史》一书的初稿。北大毕业后，来到杭州执教，遇到（顾）颉刚兄，谈及《谜史》一事，他欣然要将此书拿到他执教的广州中山大学去发表。"② "一九一八年以后，蔡元培先生在北京大学大力提倡民间通俗文学，北大校刊编印《歌谣》周刊，专门发表同学们从各地搜集来的民歌民谣，我也从爱好唐宋诗词转向注意民间歌谣的搜集和试作，钱先生的《谜史》也是在这种风气熏陶下编撰而成，陆续发表在《歌谣》周刊上的。不久由顾颉刚先生等志同道合者共同发起组成了民俗学会。后来顾先生到广州中山大学任教，又在中山大学成立了民俗学会，《谜史》就在一九二八年作为'民俗学会丛书'，之一出版了。"③ 可见《谜史》乃是五四"新文化运动"和'新的治学精神'

---

① 《再版前言》，见《谜史》第3页，上海文艺出版社1986年版。"民俗学会丛书"原作"为民俗学会丛书"，疑误。
② 《再版前言》，见《谜史》第3页。
③ 王季思《〈谜史〉新序》，见《谜史》第6页。

的成果之一。

该书共分十章，依次为：春秋至汉代之谲语、汉魏六朝之离合、魏晋六朝之谜语、唐代之谜语、宋代之谜语、宋谜录存、元明之接武、清代之谜语、谜语书籍、余论。可以看出，著者实际上已经为我们整理出一个中国"谜"的史的脉络。在具体叙述时，一般是先概言某一时期"谜"的存在情况与表现形式，然后适当引述文学理论和批评材料予以解释，然后便引录有关谜的材料和文本。由于谜往往不是独立的创作，而是在特定场合"即兴"而出，因此其文本往往包含在特定场合和情节的叙述中，就像饺馅之于饺皮一样。这些叙述一般说来还不能剥离出去，因为一旦剥离，将会给谜的理解和欣赏带来困难。为此，著者不得不连同叙述一并收录，遂使该书看上去颇像是"资料长编"，当然著者可能原本就有资料辑存的意图。由于能够流传下来的谜语往往"技巧"很高，加之时代、语言等方面的差异，今天的读者已很难完全领略其妙处，为此，著者于叙述、收录之际，还酌加按语，或稍加解释，以便领会。

顾颉刚先生评价说："当我研究孟姜女故事的时候，钱南扬先生供给我无数材料，书本上的和民众口头上的都很多。我惊讶的是他注意范围的广博。后来知道他正在编纂两部书：《宋元南戏考》和《谜史》。到现在，《谜史》竟依了我的请求而在我们的民俗学会出版了。我敢说，今日研究古代民众艺术的，南扬先生是第一人，他是一个开辟这条道路的人。"① 顾颉刚曾评价钱氏《宋元南戏百一录》是"王静安先生《宋元戏曲史》后对于学术界的一大贡献"。王季思认为："顾先生的这段话也同样适于用来嘉许钱先生的《谜史》。"② 称著者为"研究民众艺术"的第一人，可能带有特别推许表彰的意思，但在那个时代就能致力于谜语的采集和谜史的研究，确实需要有非同寻常的治学精神和学术追求。这种精神可以称为"民众精神"：注重发掘和表彰"俗"文学；这种追求就是创新务实，以扎实的材料考证支持新锐的思想观点。二者的结合，

---

① 顾颉刚《〈谜史〉原序》，见《谜史》第8页。此题为再版本所拟，初版本当无"原"字。
② 王季思《〈谜史〉新序》，见《谜史》第5页。

便产生了包括《谜史》在内的一大批关于"民众"文学的开创之作、求实之作。这正是五四精神和新文化运动的内容及结果之表现。同时《谜史》确是第一部中国谜语的"史"著,不仅前无古人,似乎也后无来者,竟是空前绝后之作。著者的"开辟道路"可敬可佩,但后继乏人则又可感可叹!

寓言,经常被看成儿童文学之一种,实际上寓言的得名,主要还是由其表情达意的文体决定的,但它不是具体一定的体裁,而是将思想倾向寄寓于故事情节的文学"手法"。我国寓言文学虽然发达较早,但寓言文学史的研究起步较迟,第一部寓言文学史专著,应为1983年湖南教育出版社初版的陈蒲清所著《中国古代寓言史》,全书二十二万字,大抵依循历史阶段将古代寓言发展分为五个时期:先秦寓言、两汉寓言、魏晋南北朝寓言、唐宋寓言以及元明清寓言;在《绪论》部分讨论了古代寓言的范畴、称谓、产生、分期及其历史地位等问题;在《结束语》中讨论了寓言的文体特色、民族特色和时代特色等问题,并介绍了古代寓言整理与研究概况,初步构建了中国古代寓言文学史的框架,并在许多基本问题上提出了富于创意的见解。该书1986年再版时,著者作了三点"反省":对少数民族寓言作品注意不够、对民间口头创作注意不够,还有其他疏漏。[①]是一部平实有见地的著作。1996年本书出版了增订本,篇幅增至四十余万字,内容上也有较大调整,共设十章:远古创始期寓言、战国争鸣期寓言、两汉沿袭期寓言、魏晋南北朝转折期寓言、唐宋融会期寓言、元明清世俗化期寓言、明末清代变革期寓言、中国古代寓言剧、中国古代长篇寓言小说、中国各民族寓言概说。显然较前更加充实、全面了,但这仍然只是中国古代的寓言文学史。

具有通史性的寓言文学史应为凝溪的《中国寓言文学史》(云南人民出版社1992年版)和吴秋林的《中国寓言史》(福建教育出版社1999年版),前者的"通史性"表现尤为突出,主要在于:贯通古代、近代、现代和当代的寓言;贯通内地和港、台地区寓言,并注意在世

---

① 详见《再版后记》,《中国古代寓言史》第303—304页,湖南教育出版社1985年版。

界寓言大背景下认识中国寓言；贯通汉族和其他少数民族寓言；贯通文人书面寓言与民间口头寓言；贯通寓言创作、翻译、选编、整理、出版、研究等。全书近五十万字，著者力求系统反映中国寓言文学发展全貌，因而被认为是第一部中国寓言通史专著。书中引用了不少鲜为人知的文献资料，可见著者用力之勤；书中提出了不少富于启示意义的观点，诸如世界寓言的两大体系、三大源头、四大流派、五大线条，寓言的三个要素、中国寓言文学史的七段分期等，可见运思之深与关注之宽。尤其难得的是，著者自己就是一位作品"数量居世界寓言作家之首"[1]的寓言作家，拥有丰富的创作经验，故谈论每每知其甘苦，切中要害。不过，本书在内容安排、分析论述以及材料使用等方面还可以更加严密一些。

以下文学史著作大抵也都可以视为"手法"类的文体史，如：徐青的《古典诗律史》（青海人民出版社1980年版），虽然论述的是古典诗（包括词）律，但也不妨将这里的"诗律"理解为律诗的写作方法或技术技巧。这是目前所见唯一的诗律史专著。蓝少成的《中国散文写作史》（广西教育出版社1990年版）、黄绍清的《中国诗歌写作史》（广西教育出版社1994年版）虽然论述的是写作，也不妨将"写作"理解为有关文体的写作方法和技术技巧。姜涛与赵华合著的《古代传记文学史稿》（辽宁大学出版社1990年版）、韩兆琦主编的《中国传记文学史》（河北教育出版社1992年版）、杨正润的《传记文学史纲》（江苏教育出版社1994年版）、陈兰村主编的《中国传记文学发展史》（语文出版社1999年版）中的"传记文学"，既可以理解为某一文体的专名，也可以理解为多种文体的总名，但不管哪种情况，"传记体"的含义重点还应是表现方法。如《中国传记文学史》就引据蔡仪《文学概论》关于"传记文学是形象地描写自己或他人的比较完整的或某一阶段的生活历程，它只是在实际情况的基础上作适当的艺术加工，既有艺术性，又有历史资料的价值"的定义，将传记文学的特征概括为真实性、艺术性

---

[1] 《中国寓言文学史》第397页，云南人民出版社1992年版。

及反映社会现实、传达作者思想感情等；并将其区别为史传、杂传、散传、专传和传记体小说等五类。[1]与传记文学的性质相似，赵遐秋的《中国现代报告文学史》（中国人民大学出版社1987年版）、张春宁的《中国报告文学史稿》（群言出版社1993年版）、佘树森与陈旭光合著的《中国当代散文报告文学发展史》（北京大学出版社1996年版）中的"报告文学"也是重在表现方法的文体，如冯牧认为："报告文学，是同人类社会生活中的新闻报道事业同时兴起而又逐渐走向独立发展的一种新的文学体裁。"并指出"凡是好的报告文学，至少应当具备这样一些特点和品格，即鲜明的时代性、严格的真实性、深刻的典型性、生动的文学性、科学的论证性和丰富的知识性"。[2]张啸虎的《中国政论文学史稿》（武汉出版社1992年版）在《序例》中开宗明义地说："政论文学为政论之父与文学之母相结合而诞育的一种特殊文学，其基本标志是政论性与文学性的高度统一。所用形式以散文为主，包括散文的各种体裁，以及辞赋与骈文之类。诗与政论的结合则为政论诗，包括政治抒情诗、美刺诗、讽谕诗、民间歌谣等。其他文艺形式中，则往往带有政论片断与政论插笔，或含有政论质素，亦均属于政论文学的范畴。"[3]可见"政论文学"主要不是具体的文体，而主要是表现的"手法"。此外，汤哲声的《中国现代滑稽文学史略》（台北文津出版社1992年版）、傅正谷《中国梦文学史：先秦两汉部分》（光明日报出版社1993年版），也可作为"手法"类的文体史来看待。前者所谓的"滑稽文学"，包括游戏文章、笑话、滑稽诗文、滑稽戏和滑稽小说等；后者被著者称为"一种独立的、有价值的、有生命力的创作方法"[4]。

  这些文学史不论是在内容上还是在形式上，都有程度不同的开拓和创新，遗憾的是我们在这里不能详为评介了。不过，对张啸虎的《中国政论文学史稿》还是要特别提到：本书视为著者"绝笔"之作，据吴丈

---

[1]　参见《中国传记文学史》第1—10页，河北教育出版社1992年版。
[2]　参见《中国报告文学史稿·序》第1—5页，群言出版社1993年版。
[3]　《中国政论文学史稿·序》第1页，武汉出版社1992年版。
[4]　参见《中国梦文学史：先秦两汉部分·序》第3页，光明日报出版社1993年版。

蜀介绍，著者为本书搜集资料"前后费时四十多年"，"又耗近十年时间写成的一部巨著"，加起来历时五十多年，可谓毕生事业。原计划全书分古代、近代和现代三个部分，但在完成第一部分之后，第二部分未及写作，便身患绝症离开人世了。书稿原文九十余万字，后由吴丈蜀、易树人根据出版社要求，合力删定，此五十余万字著作方得问世。可谓艰苦卓绝，前赴后继！吴丈蜀称从本书中的"受益"不少：令人钦佩的首创精神；筚路蓝缕的开创性工作；丰富严谨的资料运用；实事求是的分析论证；旗帜鲜明的一家之言。并概括说："本书属通史性质，首尾联贯，层次分明，结构严密，条理清晰。"① 这是一部精神和实绩都令人钦佩和感慨的著作。

三是"手段"之类。一种是语言文字性的手段，如胡适的《国语文学史》和《白话文学史》②，既是指用汉语白话写作的文学作品，也是指用汉语白话编著的文学史（即本书），在此，"国语""白话"可以视为写作的手段或工具、材料。同样，陈贤茂的《海外华文文学史》（鹭江出版社1999年版）中的"华文文学"主要是指用汉语言文字作为表达工具的文学。

还有一种"手段"，如朱谦之的《音乐的文学小史》（上海泰东书局1925年版）、《中国音乐文学史》（商务印书馆1935年版），周晓明的《中国现代电影文学史》（高等教育出版社1987年版），这里的音乐、电影更近于"媒介"，当然二者作为媒介的性质及形式又不尽相同。朱谦之所谓的"音乐文学"，其含义有较具体和较抽象两层：自其较抽象一层而言，为"音乐的文学"，强调文学与音乐一样，都是"真情之流"，同为"时间的艺术"，因而所有"真情流露的可歌可诵可舞可弦的声音，就是我们所谓'文学'"。③ 亦即音乐就是文学，文学也就是音乐；自其较具体一层而言，主要是指音乐与文学的"关系"，有关的论述主要

---

① 参见《中国政论文学史稿·序》，第3—9页。
② 《国语文学史》原为著者1921—1922年在教育部和南开大学的讲稿，1927年由北京文化学社出版；在此基础上修订为《白话文学史》，1928年由新月书店出版。
③ 参见《中国音乐文学史》第1—14页，商务印书馆1935年版。

是在这一层上展开。

提出音乐文学并为之编写文学史，朱氏应为第一人。《音乐的文学小史》原是著者1924年的讲稿，内容有《中国文学与音乐之关系》《平民文学与音乐文学》《诗经在音乐上的位置》以及《音乐文学史用书要目》等，仅五万字左右。[①]《中国音乐文学史》虽有此为基础，但内容和规模已非昔比。全书十一万多字，分作八章：音乐与文学、中国文学与音乐之关系、论诗乐、论楚声、论乐府、唐代歌诗、宋代的歌词、论剧曲；附录：凌廷堪燕乐考原跋；前有陈钟凡所作之序文谓之《陈序》。可见该书是由一个专题性论述构成的音乐文学史，并没有采用通常文学史编排模式。第一章"音乐与文学"带有绪论性质，第二章"中国文学与音乐之关系"主要是从起源上讨论中国文学与音乐的关系，以下各章时代递降，从而形成"史"的连接。讨论的内容涉及元代，可视为其"史"的下限，但该书正文并不特别强调史的时间线索，只是依大致的朝代顺序集中论述有关音乐文学。论题既很集中，眼光也很独到，在音乐和文学的诸多问题上表现出很高的专业水准。在论述中，于中外相关资料广征博引，考论辨析，显得扎实而不失明快。因而是一部学术性很强的文学史著作。说到该书的学术性，不能不提到《陈序》。这篇长达一万二千余言的长序，并非一般的应付之作，而是切实有容的学术研究，全序没有一字客套、捧场、自炫之类言语，自始至终都在论述学术问题，无异于专题学术论文。论文的主题就是音乐文学的"分期"问题。陈氏将中国的音乐文学分为三期：

第一，古乐时期 周代的三言四言诗，战国时的楚辞，属于这类。
第二，变乐时期 汉人古诗乐府诗，六代隋唐的律绝诗，宋代的词，属于这类。
第三，今乐时期 元代的北曲，明代的昆曲，清代的花部诸腔，

---

① 参见陈玉堂《中国文学史旧版书目提要》，第285—286页。

属于这类。①

并就这三个时期音乐文学的发展情况作了充实而扼要的论述。《陈序》具有纲领性，实际上就是一篇中国音乐文学史大纲，它不仅自身具有独立的学术价值，而且有力地"配合"了该书的正文，甚至可以看成正文的统一部分。实际上正是由于有了《陈序》，本书的"中国音乐文学史"之名实才可以说得上完全的成立。这样的正文和序言，可谓珠联璧合，相得益彰，对后来的为人作序者也可谓启益良多。

"电影文学"中的"电影"和"文学"，就不是一般的关系问题，可以理解为通过电影表现的文学，电影成为文学的载体或媒介。周晓明的《中国现代电影文学史》，"是我国目前唯一的一部现代电影文学史"②。该书分上、下两册，上册于1985年3月出版，下册于1987年3月出版，系高等教育出版社所出"中国电影艺术丛书"之一。该丛书由程景楷、王海安主持编写，陈荒煤、鲁勒担任主审。据编者介绍："中国电影艺术丛书，是中国电影刊授学院为全国参加电影刊授学习的学员编辑出版的一套关于电影文学基础知识和基本理论的必修课学习材料，共计十八册。这套丛书既可以供高等电影院校和高等文科院校电影专业课使用，也可供具有高中以上文化程度、热爱并有志于从事电影文学创作或评论的专业和业余作者自学、进修之用。对于一般的电影文学读者和电影爱好者来说，学一点有关电影文学的基本常识，也很有必要。这对阅读电影文学作品和欣赏电影艺术、提高电影文学素养、培养审美兴趣和分析影片的能力肯定也会有所裨益。""对中外电影文学发展历史进行研究和总结的是电影文学史。"③可知该书原来主要是适应教学需要而编写的教材，在当时的学风下，质量应是可靠的。

该书共分五编十四章，章之下又分"一、二、三……"，等同于"节"；节之下还设有小标题，用黑体字突出表示。这些都很便于教师的讲授和

---

① 《中国音乐文学史·陈序》，第1页。
② 参见吉平平、黄晓静编著《中国文学史著版本概览》，第620页。
③ 《编者的话》，见《中国电影文学史》（上册）卷首，高等教育出版社1985年版。

学员的学习，教学适用性很强。

"导言"部分论述了中国现代电影文学的性质与特征、发展分期及其在现代文学史中的地位，讨论了相关的基本问题，比如：将现代电影文艺区分为官办的、小市民的和人民大众的三种形态，它们分别构成了现代电影的逆流、浊流和主流；将中国现代电影文学史分为四个时期，即形成期、发展期、延亘期、深化期；认为中国现代电影文学作为现代文学的一个分支，它同"五四"新文学始终具有性质、方向和发展上的一致性；等等。都是颇具见地的观点，限于篇幅，这里不能详为介绍。值得一提的是，著者在"导言"的一开始就提出了"视听文学"的概念，并指出目前已经形成演化出电影文学类、电视文学类和广播文学类等文学新品种。电影文学在欧美早已得到公正待遇，"然而在中国，特别是在'正统'的学术界，电影文学还未受到应有的重视"，"国内至今仍没有一部现代文学史、没有一篇现代文学论文略加提及！""应该说，这是一个不正常的现象。"[①]该书的具体叙述及其长短得失可暂且不论，仅就其发现空白并身体力行地填补空白，这本身就是极有价值和意义的。而且，自该书之后，似乎也未见有新的中国电影文学史著作，这仍然可以说是"一个不正常的现象"！尤其是在"视听"业又红又火的今天！

四是"方法"之类。如黄伟宗的《创作方法史》（花山文艺出版社1986年版）、林继中的《文化建构文学史纲：中唐—北宋》（海峡文艺出版社1993年版）、朱寿桐主编的《中国现代主义文学史》（江苏教育出版社1998年版）等，这些文学史所关注的不是具体的写作手法，而是思想理论性的"主义"之类的"方法"。《创作方法史》全书四十一万多字，是一部"介绍关于文学艺术创作方法的发展情形和各种创作方法的特征，同时，也试图在创作方法的研究上作一些新的尝试，或者是为开展创作方法的研究作一些铺垫工作"[②]的书。书中不标章节，

---

① 详见《中国电影文学史》（上册），第5—7页。
② 《创作方法史》第512页，花山文艺出版社1986年版。

但有大题、小题，实等同于章节，大题依次为：创作方法的概念与缘起、浪漫主义的特征和缘起、现实主义的特征和缘起、古典主义、消极浪漫主义、积极浪漫主义、现实主义的发展、自然主义、批判现实主义、新批判现实主义、社会主义现实主义、现代主义、象征主义、印象主义、表现主义、未来主义、超现实主义、意识流、存在主义、新现实主义、新小说、荒诞派戏剧、现代主义的其他流派、革命现实主义和革命浪漫主义、希望重视和开展创作方法研究——《创作方法史》后记。这些虽然并非全部产生于我国，但大都是对近现代以来的中国文学产生过重要影响的创作方法。

（原载董乃斌、陈伯海、刘扬忠主编《中国文学史学史》，河北人民出版社 2003 年版）

二十世纪中国妇女文学史著述论

迄今所见的文学史著作，大抵可以区别为两大类，即"通常史"和"专题史"，前者多为通述各个时代（或某一断代）各种文体之"大而全"之作，后者则相对专注于某一特定专题或文体，而"中国妇女文学史"则属于专题史下的一个次级门类。对于"通常史"，学术界已有的关注可谓充分甚至不无过分，而对于"专题史"的注意则远为不够。但也不可一概而论，据笔者目前所掌握的情况，已经出版的各种文学专题史著作约在700种以上，其中大部分产生于最近一二十年，较为严格意义的妇女文学史著作有10余种，其产生之高峰则在20世纪前半叶。这些专题史著作往往因其"冷僻"而很少受到关注，专门的研究更不多见。有感于此，笔者近年来与二三同志共力编著《中国文学专史书目提要》[①]，因而稍知其大概，本文仅就"中国妇女文学史"著作略陈浅见，并求教于方家同好。

一

"中国妇女文学史"相对于中国文学"专题史"的其他门类，其研

---

① 本书由笔者与张剑、白雪华、王士祥等共同完成，大象出版社2004年版。

究和著述开展较早，成绩显著，继承性强，其间进程起伏和含义转换，亦大抵有迹可循，是一个富有学术特色和启示意义的文学分支。

谢无量的《中国妇女文学史》（以下简称"谢史"），可以说是我国"妇女文学史"的开山之作，比著者另一部名气甚大的《中国大文学史》还要早两年[①]。此书在结构上可以用"三编六段"来概括：《绪言》之外，设三编；第二编又分作上、中、下，第三编分作上、下。实际上是将整个中国妇女文学史分作三个大的时期、六个相对小的阶段，大抵依傍历史分期。这种办法简便易行，是当时直至现在为文学史分期时普遍采用的方法。[②]

编之下设章，但除个别章下设节以外，其余各章不再分节，从形式上看，不甚统一。章、节的设置原则也不够一致：或作"史"的叙述，如"妇女文学之渊源"；或概说一代之文学，如"周之妇女文学"；或综述一时现象，如"唐之宫廷文学""明之娼妓文学"；或着重介绍文体，如"子夜与乐府诸体""苏蕙回文诗"；或并叙诸位作家，如"五宋与鲍君徽（附牛应贞）""沈宛君与叶氏诸女"。但更多的章节是对单个作家的专述，诸如"唐山夫人""班昭""徐淑""蔡琰""左九嫔""武则天""李易安""朱淑真""朱妙端（附陈德懿）""方维仪""许景樊"等。即使是不以作者标目的章节，在具体叙述时仍是以作者相连贯。因此谢史大抵是一部以作家为叙述视角和单位的文学史著作。叙述时通常以作者为纲，先略述其生平，然后交代其作品存佚情况，然后稍录其代表作。相对次要及同时或同类作者，往往只列其姓名及篇目，或少量录其代表作。在综述性的章节里，一般是先扼要介绍一个时期或一种现象的概况，然后逐一考录作者作品。大抵以"述"为主，在议论、分析、评价方面

[①] 二书皆由（上海）中华书局印行，《中国妇女文学史》出版于1916年9月，《中国大文学史》出版于1918年10月。

[②] 三编六段的具体标目为：第一编"上古妇女文学（中国妇女文学史一）"，第二编上"中古妇女文学（两汉）（中国妇女文学史二）"，第二编中"中古妇女文学（魏晋南北朝）（中国妇女文学史三）"，第二编下"中古妇女文学（唐五代）（中国妇女文学史四）"，第三编上"近世妇女文学（宋辽）（中国妇女文学史五）"，第三编下"近世妇女文学（元明）（中国妇女文学史六）"。各编目后的"中国妇女文学史"之一、二、三、四、五、六，原为竖排双行小注，现改为横排并置于括号内。

可谓"惜墨如金"。与那个时代很多著作一样，谢史也是用文言写成。

作为第一部中国妇女文学史专著，谢史在诸多方面具有"草创"的特点，其意义和价值也可就此来认识。首先，当20世纪前期，中国古代文学研究的科学化进程尚处于起步阶段，国内学者的"文学史"意识、学术理念及其研究实践都还相对粗浅薄弱的时候，谢氏不仅率先注意并提出"妇女文学"问题，而且第一次从"史"的角度整理和叙述，这本身就体现了著者非同寻常的文学识见和开拓精神。不过，著者的旨趣所归，或许并不是很"单纯"，或者说并不仅限于文学的研究，从某种意义上说，应属那个时代新思潮、新文化运动的一部分，具有一定的社会和现实关怀，这在当时的学人中并非个别现象。这可能会影响到研究的纯粹性，但也丰富了研究的意义。其间得失，论者自可见仁见智，但从中国学术传统来看，这种具有一定社会人文"背景"的研究，应该说更容易得到理解和接受。

谢史在几乎"空白"的情况下，凭个人之力，搜罗爬梳，上下求索，为中国妇女文学史做了大量的基础性建设工作，为后人提供便利不少。当然，这种搜罗还不能说是全面无遗，关注对象大抵还是传统的"雅"文学，于当时及后来备受重视的"俗"文学则力所未及，尤其是自清代以下阙如，有未臻完璧之憾。在材料的处理上也有不够严谨之感，如书中所引据之资料、所择录之作品、所参考之文献，大都不标注出处和来源，这在今天看来就显得不够规范和"科学"。

谢史以"史"的名义，将散见的"妇女文学"材料有机地联系和统一起来，书中称："兹编起自上古。暨于近世。考历代妇女文学之升降。以时系人。附其制作。合者固加以甄录。伪者亦附予辨析。固将会其渊源流别。为自来妇女文学之总要。惟古时妇人专集。多就亡佚。清世可考者较多。故兹编至明而止。清以下当别采集以为续编也……自《诗经》以下。其他篇章亦择其精者。并先述作者小传。其事无可稽而文采不可没者。亦偶著之。兹本编体例之大略也。"[1] 为中国妇女文学史发凡起例，

---

[1] 《中国妇女文学史·绪言》，第3页。据中州古籍出版社1992年影印1916年中华书局本。此书页码系分编（实际是分"段"）编排，《绪言》与"第一编"页码合排。

立法定则，启示后来。不仅勾勒出中国妇女文学"史"的脉络，而且尽可能照顾到方方面面。但这些在书中并不是均衡而充分地得到实现的，总体说来谢史更像是一部"资料长编"，材料和框架大抵具备，但缺少必要的血肉交融和精神贯注，故显得质朴有余而意蕴不足。

另外，著者所取的"文学"乃是一种"大文学"概念，这在第一编亦即"上古"部分表现尤为明显。如第二章"周之妇女文学"即从"妇学"叙起，而所谓妇学，依《周礼》即为妇德、妇言、妇容、妇功。进而叙及女祝、女史，乃谓"妇人之于文字。于古盖有所用之矣"[1]。在这里，"妇女文学"与"妇言"或"妇人文字"几乎等同，将所有出自妇女之手的文字性制作皆视作妇女文学。正是从这样的文学概念出发，著者才会有"今列妇人所论《易》《书》《诗》义略可考者如下"之举。[2] 在叙述班昭时，不仅录其《女诫》全文，而且录其"杂著"，如疏、表、序之类。这些在现代文学概念里并非"文学"的作品，有时被置于"杂文学"中处理，如《汉代妇女杂文学》《唐之妇女杂文学》之类。但在这些"杂文学"的专章里，仍然可以看到诗、辞、赋等"文学"作品，于是著者之所谓"杂"的界限便很难把握了。故在体例的规避和对象的措置等方面，谢史还显得比较仓促而粗糙。

所谓万事开头难，用今天的"文学史"眼光来看，谢史确有诸多不足之处，然而筚路蓝缕，开创维艰，功不可没！我们不能完全用今天的标准来苛求谢史，但也应看到，以著者的才力学识，许多地方本可以做得更好。

---

[1] 《中国妇女文学史》第一编，第6页。
[2] 《中国妇女文学史》第一编，第7页。

二

谢无量之后，于中国妇女文学史有大贡献者，当推梁乙真，所著《清代妇女文学史》和《中国妇女文学史纲》都达到了相当高的学术水准。

《清代妇女文学史》（以下简称"梁史"）虽然初版于民国16年（1927），然前此两年即行"草创"，至于动意蓄志并为之检阅群书、收集资料、札记心得等准备工作，则开始得更早，① 因而在时间上实紧承谢史。

显然，梁史无论从立意上还是内容上都受到了谢史的影响。王蕴章在《王序》中说："往者梓潼谢君无量，品藻历代妇女文学，亦以史名，独断年于清代，得此以承接之，适足以餍学者之求。"② 梁氏《自序》也说："中国之妇女文学，自来无史，有之，则始见于谢无量先生之《中国妇女文学史》。惟谢书叙述仅至明而止，清以下无有也。吾书虽似赓续谢书而作，然编辑之体例，不与谢书尽同也。"③ 二者之间的联系与区别由此可见。然则，梁史虽系赓续谢史，实乃自立"体例"，后来居上之作，既是一部新的中国妇女文学史，又是第一部中国妇女文学的断代史。

梁史的特点和优长是多方面的，可以一言以蔽之曰更具"科学性"，亦即更具现代学术气质与风范。这一点已为王蕴章慧眼所识："近顷时贤，每谓研究国学，应以科学家之方法，爬梳而解剖之。若梁君所为，非合

---

① 《清代妇女文学史》于1927年2月由（上海）中华书局印行，其《自序》云："曩余读书京师日，暇辄往图书馆，横披纵览，心有所得则书之。计二三年中，所涉猎妇女文学书籍，不下数百种，即所笔记，亦袠然成帙。每蓄志编著《妇女文学史》，顾以功课之累，迄未果行；虽然，此意固未泯也。"又云："方此书之草创也，在甲子冬假。"自序后署"民国十四年十二月二十日夜。"则知此书实"草创"于1924年，而完成于1925年。可知梁氏自蓄志准备至草创完成前后历时经年，固非匆遽草率之作。下引同此。
② 《清代妇女文学史》卷首《王序》。
③ 《清代妇女文学史》卷首《自序》。

于科学家之精神者耶？充是术以往，岂第妇女文学，别开生面；将甲乙四部，皆可仿此以发其未竟之蕴。影响所及，岂浅鲜哉！"①科学家之方法与精神，为梁史带来了极高的学术品位。王蕴章称梁乙真"年富力劭，心精力果，独于课暇，取清代妇女文学，汇合成编。以诗为经，以史为纬，知人论世之外，兼寓《春秋》笔削之意。非特足补《然脂余韵》之阙憾，抑亦妇女文学界中未有之鸿构也"②。出版者称："本书承接谢无量《中国妇女文学史》后，专述清代妇女文学。材料搜罗极富：举凡汉、满、闺阁、名媛、娼门、女冠，以及难女、丐妇，都三百余人，其文学有价值者，无不收辑。叙述极有系统：明清绝续之际，文学蝉蜕，述为第一编；嗣王渔洋、袁随园、方芷斋、阮芸台等，先后出而鼓吹倡导，蔚蔚妇女文学极盛时代，述为第二编；陈颐道出，鼓吹倡导之力，不减袁阮，妇女文学，亦颇可观，述为第三编。自后以至清末，述为第四编。此外，妇女文学家之有诗而无史者，则杂述为第五编。末附清代妇女著作家表及人名索引表，以便读者参考检查。"③这些皆非溢美之词。

取材丰赡是梁史"科学性"之主要表现之一。科学研究的重要前提和条件之一，就是充分拥有研究对象本身及相关资料。梁史于此可谓搜集宏富，较之谢史，尤见突出。谢史述上古至明历代妇女文学，仅十七万言；而梁史仅述有清一代妇女文学就有近十八万言；谢史取材多见于易得之总集史乘，而梁史取材则旁及别集、选集、诗话、词话、谈丛、方志、谱牒等等，仅书后附录《清代妇女著作家表》所列的清代妇女著作（不包括书中已叙述者及仅有一二诗句者），就多达三百余种。可谓穷搜遍引，难能可贵。梁史角色之全面，亦超过谢史。出版者称其"举凡汉、满、闺阁、名媛、娼门、女冠，以及难女、丐妇，都三百余人"，然"三百余人"之数字并不准确。据书后"附录二"所列"本书人名索引表"，达五百余人，其中绝大多数为妇女文学作者。这个数字还不完全包括"附录一"中"有著作集者"。宏富的材料占有，全面的角色关注，

---

① 《清代妇女文学史》卷首《王序》。
② 《清代妇女文学史》卷首《王序》。
③ 见(上海)中华书局1928年8月，谢无量《中国妇女文学史》第七版卷后为梁史所发告示语。

正是梁史科学性的基础和保证。然其艰巨性也是可想而知，须知梁史虽曰赓续谢史，但若就"清代"妇女文学史而言，同样是前无此例的"草创"性工程，如此白手起家，没有"科学家之精神"是很难办到的。

体例严谨也是梁史的突出表现。王蕴章所称"以诗为经，以史为纬，知人论世之外，兼寓《春秋》笔削之意"，只是言其大概。梁史虽然没有专设"凡例"，但实际上自有其体例且持之甚严。首先在结构安排上，分出编、章、节三级单位，其任务分配大抵为："编"，主要用以标示"史"的脉络与进程，重在解决"线"的问题。全书共设五编：第一编"明清两朝妇女文学之蝉蜕"、第二编"清代妇女文学之极盛时期（上）"、第三编"清代妇女文学之极盛时期（下）"、第四编"清代妇女文学之衰落时期"、第五编"清代妇女文学杂述"。前四编虽然也有时期标志，但其标题重心显然在于"蝉蜕"—"极盛"—"衰落"之"史"的显示，与一般的单纯取便历史分期者异趣。第五编虽曰"杂述"，实际上是"将有诗而无史者，或其生卒年代不甚显著者，统入是编，在作者不致有遗珠之憾，而读者亦稍慰求知之欲，此亦不得已而巧为之所也"[1]。由此可见著者在设"编"上的煞费苦心。"章"主要用以标示作家派别和群落等，重在解决"面"的问题。诸如"遗民文学""蕉园七子""毗陵四女与一王二左""满洲文学"等，多为"群体性"标题，一般不为个人设专章。"节"则逐一论述作家作品，重在解决"点"的问题。诸如"吴规臣""张襄""江遗珠""琴清阁主""秋红丈室"等。有时连叙两人或多人，则多系姊妹或同门等关系极其密切者。这样的编、章、节设置，显然是精心设计的结果：线、面、点互相联系和交织，各有侧重又互相补充，由大至小，由面至点，层层展开，步步深入，从而构成统一、严密、充实的清代妇女文学史专著。

梁史在内容的配置和表述上，也显得法度适当。例如：在"编"这一级单位，只标出编题，其下并不安排具体内容，而是直接进入"章"这一级。各章之下，先有一段文字，扼要叙述本章之时代范围、社会背景、

---

[1]《清代妇女文学史》，第283页。

文学变迁、内容要点及章旨等等，要言不烦，有类"小序"。例如第一编第一章"遗民文学"之"小序"云："明之季世，妇女文学之秀出者：当推吴江叶氏，桐城方氏，午梦堂一门联吟，而方氏娣姒，亦无不能文诗，其子弟又多积学有令名者。故桐城之方，吴江之叶，自后尝为望族，不仅为有明一代妇女文学之后劲也。明社既屋，故家大族，流风余韵，渐就澌灭；而会稽之商，当涂之卞，钱塘之顾，则又余音袅袅，上以绾叶方之坠绪，下以开有清二百余年来妇女文学之先声，不綦重欤。"①其他各章小序亦大略如此。小序之后便进入"节"这一级。各节一般采用开门见山的手法，直接点出作者，进入叙述。在叙述时，通常是先交代作者姓名籍里、生平事迹、文学成就与作品结集、传世的概况。在这里，著者个人的语言叙述极为简省干净，主要靠材料说话，然后举其代表作，然后著者酌下评语，这里同样注意引据诗话、词话等评论材料。这三个环节的内容配置实际上构成了"三段式"，即作者介绍、作品选录和文学评论，在每一个环节上，都注意让"材料"来说话。不论是引述的评论还是自己的论述，一般都能做到适度适所、准确扼要，表现出著者娴熟的驾驭材料、控制笔触的能力和敏锐的文学鉴赏眼光。尤其是对单个作家的内容组织，每每精致隽永，如第一编第一章第一节叙徐昭华，材料丰富而不壅滞，法度谨严而无痕迹，读来精致可爱，不忍释卷。②

梁史的著作旨趣可称专注。专注于学术研究，崇尚实证，不作空论，不与文学以外的其他趣味发生牵扯，看不出有什么"醉翁之意"。这并不是说著者没有受到当时的妇女解放之类社会人文思潮的影响，无意于改变中国妇女的不平地位，但就本书而言，著者似乎很严格地将之限定

---

① 《清代妇女文学史》，第1页。
② 见《清代妇女文学史》第3—4页，其文为："昭华字伊璧，徐咸清女，毛西河之女弟子也。有《徐都讲诗》一卷，附《西河集》中。昭华幼承母教，诗名噪一时，工楷隶，善丹青；毛西河题其画幛有：'书传王逸少，画类管夫人'之句。《上虞县志》：'咸清与毛西河游，会西河过其家传是斋，座客方满，昭华出谒西河，命赋《画蝶诗》，信口立成，一座大惊。'西河尝曰：'吾门虽多才，以诗论无如徐都讲者。'可以想见其才情矣。《塞上曲》云：'朔风吹雪满刀环，万里从戎何日还；谁念沙场征战苦，将军今夜度阴山。'《送虞英嫂归诸暨》云：'落尽红衣莲子多，相看绿水木兰丛；晚风不解吹愁去，偏送佳人到苧要。'《山阴闺秀集》记其断句，《赠三嫂》云：'妆楼春色晓，卷幔绿杨间。'《赠云衣》诗：'羡汝双蛾似初月，不须留待画眉人。'清疏隽永，吐气如兰，宜西河之称道不置也。"

在学术研究的范围内，书中看不到"别有用心"的理论标榜和功利宣言，也没给本书赋予更多的"意义"。与此相应的是，著者的态度独立、客观，在内容安排、材料处理、分析评论时，尽量避免受到一般社会价值或意识形态的影响。如对"商祁一门"的处理就是很好的例证。著者云："余既叙商祁一门文学毕，抑更有言者。昔恽珍浦《闺秀正始集》，以祁彪佳殉节明朝，商景兰诗亦宜归入有明，不应列入清代，此实拘于时代之见耳。盖文章著述，乃个人之事业，与夫乎何有？且商景兰在清初，其文章益有声誉，列以为清初妇女文学之冠冕，亦其相当位置欤。"①著者强调两点：祁彪佳殉节明朝而属明，商景兰享誉清朝而属清，不能拘于"时代"②；并且商景兰的文学成就是其个人的独立"事业"，在文学史上不能"从夫"。前者表明著者并未从简单的正统观念、民族感情出发看待问题，后者表明著者不受传统伦理规范的约束，对妇女作者独立地位的尊重与维护，皆显得客观独立、实事求是。

著者眼界开放，始终将清代妇女文学放在更加宽广的背景上进行对史的把握，历史的追溯和时代的分析穿插其间，令人感到"清代妇女文学史"实为中国历史和中国文学史的一部分，而非孤立悬空的"清代"。这里尤其值得一提的是，尽管研究的主题是"妇女文学"，但著者并没有将眼光仅仅局限于"妇女"，而是时时与其他角色——主要是男性作者的文学活动相联系、相参照。如毛西河、王渔洋、阮元、陈文述、曾国藩、俞樾等。或穿插叙述，或专章论列。若一章不足则设两章，如陈文述；两章不足则设三章，如袁子才。第四编第六章"清代妇女词学之盛"，将女作者置于词派之中予以叙述，并于此前，"略述清代词学之源流与派别，庶知妇女之倚声，亦各有其渊源之所自也"③。在论述妇女文学时密切联系男性文学，这样做不光是一个方法问题，更重要的是需要有一个开放的观念和宽容的胸襟。许多妇女文学研究者往往为了强调"女"，而将之与"男"隔绝或对立起来，这显然是有局限性的，既不符合中国

---

① 《清代妇女文学史》，第 8—9 页。
② 此"时代"不完全是时间概念，略同于"朝代"，实带有一定的"正统"之辨的含义。
③ 《清代妇女文学史》，第 325 页。

妇女生活与文学的实际，也不符合科学研究的精神与方法。这一点尤见梁史眼光境界之更高一层。

另外，梁史在一些技术处理上也更加合乎学术规范。如在《自序》中，交代了学术背景和编著过程，尤其是对既"赓续"谢史又自有"体例"的说明。在"附录一"中特别写道："此表所列，多资于施学诗女士《清代闺阁诗人征略》，特此致谢。"[1] 在引用材料时，一般都注明其出处来源。在引录作品时，句读之外还于重要处加以圈点。正文之外又加两个附录，凡此等等，皆可见著者对前人学术成果的尊重，对自己著作学术完整性的追求。既便于读者阅读理解，也便于研究者参考利用。

上述诸多"科学性"（当然并不止于此），使得梁史成为一部学术品位甚高的妇女文学史著作，不仅超越了谢史，后来著者也多不能及，在中国妇女文学史著作史上，具有某种高峰和典范的意义。当然，并不是说梁史完美无缺。比如，著者的"文学"概念似乎过小，"诗词"以外，对于其他文体则关注不够；相对而言，著者更看重文人作者的"雅文学"，而对普通民众的"俗文学"则几乎没有涉及；另外，全书亦用文言写成，论述有时过于简略，品评近乎诗话，令人有不能尽意之憾。

1932年9月，上海开明书店出版了梁乙真的《中国妇女文学史纲》（以下简称《史纲》），这是一部真正的通史，不仅贯通周代至清朝，而且更具有"史"的品质。虽然此前已经有了谢无量的《中国妇女文学史》和自己的《清代妇女文学史》，但《史纲》绝不是二者的简单拼凑，从诸多方面看来，这同样是著者精心结构的新作，限于篇幅，这里不能缕述，仅录其卷首《例言》以见大概："一、本书系将中国历代女作家及其作品加以系统的整理。上起周代，下迄清末，并详其史实，辨其源流，为一种文学史与文学读本之混合书。一、本书于叙述各个时期之文学时，先详其时代社会之背景，然后再叙述各个作家之历史与其作品。一、本书于叙述中国妇女文学源流中，注重标示中国各种文学之优点劣点，及各作家之作风有无受他家（指男文学家）之影响与暗示。一、本书叙述

---

[1] 《清代妇女文学史》，第263页。

时侧重于平民的及无名作家之作品，对于贵族的及宫廷文学，则多从简略。例如叙述魏晋六朝之《子夜》《吴声》以及《木兰》北歌，其详乃十倍于左嫔之赋苏蕙之诗。一、本书编次以时代为序，然以叙述之便，或母女姑媳相从，或以诗派相近及同社同门者为一类，并不拘于一格。一、女子言行，有失之于迂腐，不合现代生活；或流于迷信，不脱神权思想者，则编者依时代眼光，加以适切之批评。但饶有兴味之神话（如《清溪小姑》《华山畿》），则不在此例。一、读书最难是选书，本书于每章之后，附有参考书目，足为读者作进一步的导引。一、清代妇学号称极盛，且诗文专集可考较多，但以篇幅所限，不能详述。拙著《清代妇女文学史》，叙述较详，读者可参阅也。"可见《史纲》较之梁史更有进境，除了具有梁史的"科学性"，在内容的安排上更加全面，在材料的调度上更加精简，在考辨和论证上更加充分，在叙述表达上潇洒，真正是后出转精。

三

与梁乙真《史纲》差不多同时而影响较大者，当推谭正璧的《中国女性文学史》（以下简称"谭史"）。此书之前身乃名为《中国女性的文学生活》，初版于1930年11月，1931年再版（有所补正），1934年第3版时复有所增补，改题为《中国女性文学史》，1935年7月又出版"增订本"，因此两书大抵为同一著作。至1984年12月，天津百花文艺出版社又出版了该书的修订本，更名为《中国女性文学史话》，1991年7月又复名为《中国女性文学史》。其书名之所以能够反复变换，主要在于著者对"女性文学"与"女性文学生活"作了大抵一致的理解。著者《自序》云："所谓女性文学史，实为过去女性努力于文学之总探讨，兼于此寓过去女性生活之概况，以资研究女性问题者之参考；成绩之良窥不问焉。故女性文学史者，女性生活史之一部分也。"[①]

谭史的个性特色甚为鲜明，其最显著者首先在于不题为"妇女文学史"而称"女性文学史"。虽然在著者当时的意识里，"女性"和"妇女"可能并无严格的分别，书中也未作辨析和界定，但这毕竟是中国第一部以"女性"为书名的文学史。著者或许始料未及的是，随着时代和人文的进步，在当今"妇女"和"女性"在学术概念上已不可同日而语了。

谭史将文学史的历史阶段、文体发展和作家作品诸要素融为一体。全书正编共设七章："叙论""汉晋诗赋""六朝乐府""隋唐五代诗人""两宋词人""明清曲家""通俗小说与弹词"。（另有"补编"，系就第二、四、五、六章有所补正。）除了第七章，其他各章题目皆有明确的时代标志。从第二章起，各章第一节往往用来叙述某一文体之"来源"，如"诗赋的来源""乐府的来源""律诗的来源""词的来源""曲的来源""通俗文学的来源"等，联结起来可得出一个"文体史"的线索；"章"之下多用作者标目，通常为一人，偶或两人，诸如"卓文君""蔡琰""包明月与王金珠""杨容华与步非烟"等。这样的编排不仅眉目清晰，也便于将文学的时代、文体和作家作品一并了解，整体把握，特别是文体线索，视谢史、梁史又自出机杼。

谭史特别注意表彰"通俗文学"。这是著者自觉的追求，《初稿自序》称："谢梁二氏，其见解均未能超脱旧有藩篱，主辞赋，述诗词，不以小说戏曲弹词为文学，故其所述，殊多偏窄。本书则以时代文学为主。例如自宋而后，小说戏曲弹词居文坛正宗，乃专著笔于此。缘是之故，搜材既局促，排比又匪易，即稿检读，颇自惊其创祸之艰辛。虽斯例之创，非我作古，为功为罪，我愿尸之。"[②] 有意识地为女性通俗文学著史立传，谭氏于此用力既勤，创获亦多，为他人所不及。

[①] 《初稿自序》，《中国女性文学史》卷首第2—3页，上海光明书局1935年7月增订本。此序文在《中国女性的文学生活》中题为《自序》，在《中国女性文学史话》中又题为《初稿自序》。1998年5月江苏广陵古籍刻印社出版影印本，既未将所据版本之版权页一并影印，亦未作必要之版本交代，所幸原书内封尚得保留，可见"上海光明书局出版""1931""补正再版"等字样，知非初版。下引同此。

[②] 《中国女性文学史》卷首，第1页。

谭史称得上是第一部白话中国妇女文学史，全书（序言除外）以浅近的白话写成，同时充分运用情节描绘、气氛渲染、虚构想象、语言修饰等手法，绘声绘色，如讲故事，字里行间，极富感情。如第二章之第二节《卓文君》中一段描写：

> 此时主人的女儿文君正在屏后偷觑贵客。她年才十七，出嫁未久，即丧其夫，回到母家居住。正是灿灼的芳时，眉色如望远山，脸际常若芙蓉，肌肤柔滑如脂，生性放诞风流。好梦初寒，浓情始歇，何况又是春天，怎怪她要牵动情怀，自伤影只呢！……①

这样的叙述，有小说似的情节，散文似的笔致，文情并茂，引人入胜，从而使得本书具有很强的文学性，颇便于阅读接受，也更易于普及。本书问世之后，一版再版，至今仍拥有广大读者，与此不无关系。不过，所谓"文胜质则野"，太强的"文学性"是否会影响其"史"的客观性、真实性？在"学术性"与"可读性"之间应该掌握怎样的度？文学史著作采取怎样的表述形式为宜？本书可以引发我们的思考和讨论。

四

20世纪的前四十年，是中国妇女文学史著作产生的高峰期，数量既多，质量也高。自谭史之后，进入相对沉寂时期，直到60—70年代以后，才陆续出现苏之德的《中国妇女文学史话》（上海书局1963年初版，香港上海书局1977年第三版）、张明叶的《中国古代妇女文学简史》（辽宁教育出版社1993年版），以及盛英主编的《二十世纪中国女性文学史》（天津人民出版社1995年版）等有限几种，可谓寥若晨星。此外，

---

① 《中国女性文学史》，第45页。

胡文楷的《历代妇女著作考》（商务印书馆1957年版）虽非"史"著，但洋洋六十余万言，搜集详备、考录精审，可作中国妇女文学"著作史"读，功不可没，故应提及。

限于篇幅，这里仅就《二十世纪中国女性文学史》（以下简称"盛史"）稍加述评。此书近九十万字，分上、下两卷，主要撰稿人有盛英、乔以钢、马婳如、远山眉、张春生等，开多人合著女性文学史之先例。本书不再使用"妇女文学史"而改用"女性文学史"这一表述，认为："当今，对于女性文学的界定，众说纷纭，概况起来，不外乎三种意见。其一，女作家的文学创作活动及其所有作品。其二，女作家表现妇女自身的文学。其三，男女作家创作的妇女题材作品。基于女作家是女性文学的创作主体，女性意识随着时代前进不断地扩展和演变，以及男女性别差异在创作中确实留下明显印痕的事实，我们对女性文学的界说，取第一种意见。即以女性为创造主体，呈现女性意识和性别特征的女性文学是我们研究的对象。"[①]就其"第一种意见"看，本书的"女性文学"与一般"妇女文学"并无太大差别，取义尚称简单明白；但著者的有关解释，却有些模糊起来，仿佛是说：光"创造主体"是"女性"还不够，还必须呈现"女性意识"，具备"性别特征"，否则即使作者是女性也不得视为"女性文学"。这就比较麻烦，因为仅仅从作品本身是很难断定它是否具备"女性意识"和"性别特征"的；而且，作品的"女性意识"和"性别特征"与作者的自然性别之间并不总是必然联系着的，有时或许正相反；同时这种解释还有可能与后两种界说夹缠不清。尽管如此，"女性"概念提出毕竟为本书平添了不少新意，并与以往的"妇女"区别开来。

该书在编排上显得比较"平稳"。全书分编、章、节三级结构，正编有五，皆不设标题，仅在括号里标明时间起讫，[②]然后直接进入"章"；前有导言，尾有后记。这样正编实际上起到了文学史分期的作用。正编

---

① 《二十世纪中国女性文学史·导言》第2页，天津人民出版社1995年版。
② 分别为：第一编（1900—1927）、第二编（1928—1937.7）、第三编（1937.7—1949.9）、第四编（1949.10—1966）、第五编（1976.10—1994）；另有一个附编，题为《台港女性文学》（资料摘编综述）。

各编之第一章均为"概说",其余各章标题一般是多名作家兼提或是对现象、流派、主题之类的概括;"节"的标题通常为作家人名,一人一节的情况较多,也有多人一节的。这样安排的优点是将"史"的整理、"面"的概括集中处理,然后突出代表作家作品这个"点",眉目比较清楚。但由于各章的标题往往带有限定语或修饰语,容易给人画线排队甚至削足适履之感。如将苏雪林、凌叔华置于"对女性与家庭的温和描画"章,将罗淑、罗洪置于"两位努力开拓社会性题材的女性"章,将李伯钊等置于"在革命熔炉中成长"章,将杨沫、宗璞置于"致力于知识分子题材的女作家"章,将王安忆、铁凝置于"两位杰出的女小说家"章,将叶文玲等置于"几位中年女作家"章,等等。这些标题是否准确妥当暂且不论,这种经过修饰限定了的表述在内涵和外延上与作家的文学实际很难全面吻合,容易给人对号入座之感,突出了特殊性却有损于全面性。

尽管如此,盛史仍是目前所见最"全"的20世纪中国女性文学史。其时间范围:自1900年至1994年,当其出版之时,恰好将"本世纪"尽收眼底。著者"认可'二十世纪中国文学'概念,将本世纪范围的近代、现代和当代的女性文学统一在同一过程中"[①]。可称是唯一贯通"三代"的女性文学史。其作家作品类型:不同身份、不同性情、不同境遇的作家"欢聚一堂",都有一席之地;各种文体、风格和规模的作品皆得一展风采。当然这个"全"也是相对的,比如20世纪的最后六年固然未及收入,中间"文革"一段,也略去不提。大抵还是以汉族地区文学为主,对少数民族地区则兼顾不够。所关注的作家作品也集中在诗歌、小说、戏剧、散文等现当代"雅文学"方面,而对"通俗文学"则关注不够。

该书规模宏大,内容繁复,这里不能缕述。值得注意的是,著者在使用"女性文学"概念时比较强调"女性意识"和"性别特征",这在很大程度上是受了西方"女权主义"文学的影响,移入中国施诸文学,难免带有社会的和人文的色彩,一旦落实到具体操作层面,就会变为某

---

① 《二十世纪中国女性文学史·导言》,第23页。

种主题或标准的选择。所以盛史在取材和叙述时，比较注重那些张扬"人"、强调"女人"、表现"性别"觉醒和反抗之类的作家作品，这在很大程度上已是"思想"或"主义"的标准，而非单纯的文学标准。因此，我们在这里看到的更像是著者特别强调给我们的某些作家作品的"棱角"，而不像是完整的实情；所展示的女性作家更像是自觉组织起来的"营垒"，似乎缺少应有的平和自然；著者更乐于张扬"女性"解放、凸起和扩张的状态，而对"女性"平常、萎缩和沉沦的状态则兴趣不大，比如"文革"时期，无论如何也应是文学"史"的一部分，将此时期置之不提，是一种缺憾。

五

现在来谈几点带有共同性的问题：其一，就百年妇女文学史著作的进展形势而言，可以用"头重尾轻中间空"来概括。头重，是说20世纪前期相继问世的一批妇女文学史著作，所取之"妇女"概念朴实无华，所作的文学史工作草创扎实，为中国妇女文学史研究打下了坚实的基础，在质和量两个方面都堪称第一个高峰。尾轻，是说20世纪后期"妇女"概念逐渐为"女性"所取代，并被赋予其更多的形而上内涵和超越传统"文学"的意义，甚至连性别都有被"抽象"掉的迹象；有关"女性文学"或"女性文学史"的思考、讨论比较多，但真正坚实雄厚的文学史著作较少。[①] 中间空，是说20世纪中间一段比较贫弱，相对沉寂。这种现象的造成与20世纪中国学术的整体命运息息相关。

其二，概念的变化反映出"妇女"在"妇女文学史"中地位的变化，简言之，"妇女"并不是"妇女文学史"唯一稳定的关注目标。我们提

---

① 邓红梅《女性词史》（山东教育出版社2000年版），洋洋四十余万言，是为第一部以女性文学之单一文体（词）为对象之文学史专著，堪称中国女性文学史在20世纪末期之重要成果，极大地改变了"尾轻"的局面。

到谢史的旨趣并不"单纯",实际上,造成20世纪前期妇女文学史著高峰的根本原因,或者说当初的编著动机,一般并不仅限于"文学"的学术研究,将之视为那个时代社会人文思潮及其运动的内容之一,也不为过。其背景可以追溯到辛亥革命和后来的五四运动。著者大多是从"男女平等"出发来对待妇女文学研究及文学史编著的。谢史《绪言》自"天地之间,一阴一阳",说到中国妇女地位的不平等,说到"男女同性之公理",说到"男女终可渐几于同等",[①]其用意可知。谭史更明确:"女性地位之窳弱,自古云然。社会学家知其意,乃有研究女性问题之创,解放之声,亦随之以起。夫女性而成问题,女性之不幸也;为男性者,当本'同为人类,悲乐与共'之旨而扶掖之,赞勉之。"[②]而在深受西方女权主义影响的"女性文学史"或"女性主义文学"里,具有强烈的社会人文追求也是无须争辩的事实。"妇女"及其"文学"都不是唯一的关注目标,著者的旨趣所向,既是"文学史"的,也是"历史"的,同时也是"现实"的。仅就文学研究而论,这种从"提高"妇女地位出发的文学关注,却于自觉和不自觉中走向对妇女文学自身的忽略,其出发点和归结点之间不免有些"偏离"。

其三,与此相关的是,"文学"在"妇女文学史"中也没能获得充分独立的地位。在谢史里,"文学"过于宽泛,几乎与"妇学""文化"混为一谈;在谭史等著作里,"文学"被理解为"生活";在梁史里,几乎是"雅文学"的一统天下;在谭史里,"俗文学"大有改朝换代之势。到了"女性文学"时代,传统的文学概念及其体类几乎全部退出舞台,登场的差不多全是现当代以来的"新文学"样式,而在"女性主义文学"里,连"文学批评"也成了一部分。那么,在"妇女文学史"中,究竟应该给"文学"怎样一个义界?"新文学"和"旧文学"之间应该如何衔接和统一?值得思考和解决的问题仍很多。

其四,应属于"思想方法"上的问题,那就是所有"妇女文学史"

---

① 详见《中国妇女文学史·绪言》,第1—2页。
② 《中国女性文学史·初稿自序》。

都有纠正或强调的用意，但是这些"矫枉"每每有"过正"之嫌。言辞激烈、语带夸张等尚在其次，主要是著者有意无意地将"女"与"男"对立起来，仿佛中国女性的所有不幸和不平都是中国男性一手造成的，于是女性的"解放"就变成了向着男性的抗争，一部妇女文学史仿佛成了一部女性向男性屈服或抗争的历史。这显然是有所偏颇和偏激的，因为，单纯的"性别"并不必然构成一方对另一方的压迫，人们所谓的男性对女性的压迫，实际上乃是各种政治、经济、文化的"合力"通过性别而施加的。这种合力为男性所得，则男性可以压迫女性，反之，为女性所得，女性也可以压迫男性，"性别"在此形同工具。若照此逻辑推演下去，是否若干年之后又要张罗编写"男性文学史"呢？更何况，就女性的天性而言，自有其从事文学的禀赋和权利，如果只限于"屈服"和"抗争"时才可以从事文学，反而是对女性文学禀赋和权利的轻忽。

其五，妇女文学史大约是各种专题文学史中"史"的联系最密切的文学史。20世纪前期妇女文学史高峰的形成，从某种意义上说，乃是两种"热流"交汇的结果：一是社会人文领域的妇女问题"热"，一是文学研究领域的文学史编写"热"。当年的妇女文学史编著者，几乎都是妇女问题的关切者，同时又是中国文学史研究者。说到这里，有必要提及另一部影响深远的著作，就是陈东原的《中国妇女生活史》。此书虽然不是妇女文学史，但它是第一部为妇女立"史"的严肃学术著作。此书稿完成于1926年，实际着手约在1924年，初版为1928年，在思想主张上，与陈独秀、胡适等人一脉相承。此书后来成为谭正璧、梁乙真等人的重要参考书，谭氏的"女性文学生活"、陶秋英的视"文学"为"生活"，皆受陈书的影响。就妇女文学史自身说来，谢史为开创，梁史"赓续"谢史，谭史借鉴谢史而另有侧重，梁氏《史纲》乃是对前三者的吸收和提高。至于后来的"女性文学史"之类，虽然在概念上对以前的"妇女文学"有所扬弃，但这本身就是一种"联系"。因此，无论是在思想背景上还是在学术渊源、资料取舍、编写体例等方面，各种"妇女文学史"之间的联系都是很密切的，其间很多问题有待深入，因而是一个极具学术价值的课题。

（原载《文学评论》2002年第4期）

论俗文学与文学的通俗

文学的"通俗",既是一个历史问题,又是一个现实问题;既是一个理论问题,又是一个实际操作问题。不必讳言,长期以来,我们对此并没能很好地解决,在各种原因中,对"俗文学"认识不清应是一个重要原因。但文学现实的发展并不因为这些问题没解决好而驻足等待,现在,这些问题似乎变得更突出和迫切了。

文学"通俗"的现实性

所谓"通俗",自然是以"俗文学"的存在为前提的。而所谓"俗文学",又是与"雅文学"相对而言的。历史地看,"俗文学"要比"雅文学"年长得多,其源头或应上溯至原始歌谣和神话传说,古老的《弹歌》《击壤歌》《女娲》《后羿》等,大约称得上是肇始之作。此后最集中、最有影响的"俗文学"要算是《诗三百》所汇集的"风"诗。再后来的民歌、小说、俗讲、弹词、戏曲等,可谓形式多样,不绝如缕——这只是就"形式"而言。相对说来,"雅文学"要年轻些,《诗三百》中有"大雅"和"小雅"之目,此后有散文、辞赋、骈文、诗词等——当然这也主要是就形式而言的。

描述俗文学和雅文学的历史不是本文的意图，以上所列只是要说明：俗文学和雅文学都是中国文学的已然存在和必然存在，而且二者并非壁垒森严、冷眼相向的，相反，它们往往藕断丝连，眉来眼去，互送秋波。也就是说，俗文学和雅文学之间的相互交通更是文学发展上已然的和必然的存在。且就《诗三百》而言，学术界大抵已公认它是孔子对当时广泛流行的各地民歌"删定"而成，由民间的歌到《诗经》，这便是一次俗与雅的交通。汉代说《诗》者并起，尤以《毛诗》占优势，由《诗》到《毛诗》，又是一次交通；到郑康成作《毛诗笺》、朱熹作《诗集传》……每一次都带有俗、雅交通的意义。再就小说而言，《忠义水浒传》一般被称为通俗小说，但它更"俗"的状态应是民间的口耳相传或粗略的记录，如《大宋宣和遗事》之类。由民间流传到施耐庵、罗贯中等人的"的（底）本"和"编次"，有着明显的俗、雅交通的迹象。到李贽、金圣叹等人的一次一次的"评点"，也就是一次次的交通，今人王少堂说《水浒》，茅赛云、刘操南作《武松演义》等等，也都属于雅、俗交通。现代中国曾有过"白话运动"，也不妨说是一次"雅俗交通"的运动。毛泽东《在延安文艺座谈会上的讲话》（后简称《讲话》）中明确提出解放区的文艺工作应当为人民大众服务，文艺要向工农兵普及和从工农兵提高等，则可视为当代文学雅、俗相通的宣言和纲领，具有极大的现实指导意义。可以说，一部中国文学史就是俗文学、雅文学及其互相交通的历史。

有一种习惯看法，以为俗文学一直是在不断地向雅文学"转化"，而且还认为：一种文学形式生自民间时，是活生生的，一经文人拿去，摆弄一阵子就会变得死巴巴的。然后民间再产生，文人们再把它弄死……如此生死相继，从而成为"规律"。如果仅仅从"形式"方面说，这也许不无道理。但我们宁肯更加相信俗文学、雅文学之间往往不是"转化"关系，而是"交通"关系。道理是简单的：既然有俗文学和雅文学之称，就表明二者各具独立的品格和特质，互不相同。具备何者品质，就是何者"文学"，而不应有"两属"或"中间"现象。品质一定，如何"转化"？另外，真正的俗文学，是不大计较"形式"的死与活的。在一种"形式"被文人们拿去"弄死"的同时或以后，同样的"形式"仍然活在民间，你死你的，我活我的！据说词的产生有着民歌如《竹枝》《柳枝》《渔歌》之类的元素，而词据说后来也是被"弄死"了，但那些民歌直到明清时期甚至近现代，仍然鲜活得很。实际上某种文学"形式"的死与活是很难说的。

　　文学的雅、俗交通，是有人生和现实的根据与要求的。马克思主义对人的生命活动有过分别：单纯的物质生活现象，或者还上升不到人的生命活动，还只是生活；只有科学和艺术等精神性活动，才进入人的生命活动的境界。而人只有在解决吃、穿、住等基本生活需求之后，才有可能进行科学和艺术等精神活动。如果说前者属于"俗"的内容的话，那么后者就是"雅"的了。因而人总是处于"雅"与"俗"的交织状态中的，正像恩格斯对歌德的评论一样：既"厌恶周围环境的鄙俗气"，有时又不得不对之妥协、迁就。因而有时非常伟大，有时极为渺小；有时是叛逆的、爱嘲笑的、鄙视世界的天才，有时则是谨小慎微、事事知足、胸襟狭隘的庸人。歌德尚且如此，一般人就更难免俗了。因此，绝对超凡脱俗的人是不存在的。世俗生活是人类社会生活的土壤和基础，它往往是温馨的，令人流连，令人陶醉。民间传说中大量的仙女"思凡"的故事，一方面表明世人对世俗生活的自信、自豪、自得和自乐，另一方面也表明仙女们（某种意义上说她们是那些高高在上的"雅人"的代表）对世俗生活的向往。人们纵然能够从理性上意识到世俗间不乏艰辛、劳苦、无聊甚至黑暗、丑恶，但这并不等于能够全身心地超越世俗。《红楼梦》的寓意是耐人寻味的，只有经历了"温柔富贵乡"，才能够走向"悬崖撒手"，大彻大悟。而在"谁解其中味"的结语中，却又分明感叹着世人仍然沉浸于"梦"中，不知觉悟。也就是说，人与世俗的联系是普遍的、必然的，不以主观意志为转移的——尽管联系的方式不尽一样。

　　世俗社会就是最广大的现实社会，世俗生活也就是最基本的现实生活。因此，如果说文学的通俗反映着人生"通俗"的必然规定和要求，那么它同时也反映着现实的规定和要求。从根本上说，人及其文学乃是现实的产物并受其制约。文学史上每一次"文学为人生"还是"文学为艺术"的争论，到头来总是以前者的胜利而告一段落。这原因不在于参与争论的是什么人，而在于现实的力量总是强大的。现实，一切从这里出发。任何玄妙、空灵的东西，总是有其现实的根据和针对性的。面对现实，文学有着无法逃避的责任和义务：关注它、反映它、服务于它、作用于它。不论你意识到还是没意识到，也不论你愿意还是不愿意，这个现实也是不以个人意志为转移的。在所有的现实规定和要求中，政治的规定和要求是最直接、最有力的。文学史上每一次较为重要的俗、雅交通，往往与其时的社会政治相关联。孔子"删诗"，有明确的兴、观、群、怨、事君、事父的目的，《毛诗序》则倡言有助于政教、王化和人伦，汉人通经可以做官，经术用于政术，孔颖达"疏"经是受了唐代政治统一意识形态的要求，现代的"白话运动"与启蒙、救国相联系，毛泽东的《讲话》实际是延安政治的文艺路线。尽管学术界在文学为政治服务和怎样服务的问题上意见不尽一致，但在现实中"服务"是必然的。政治是最强有力的现实，而文学为政治"服务"的主要形式和手段，就是"通俗"。

因此，文学"通俗"的现实性也就是它的必然性，不可回避、不可等闲。如今，我们的人生、现实和政治正在迫切要求我们重视文学的"通俗"问题。因为一个时期以来，人们对这个问题的认识似乎越来越模糊，人们对"通俗"文学越来越吃不准，文学对世俗社会的那些"黎民百姓"似乎淡忘了、生疏了、隔膜了。这个问题不解决，我们在铺天盖地而来的"通俗文学"面前，就会显得很尴尬。

"俗文学"的品格确认

郑振铎的《中国俗文学史》具有开创意义，但不必讳言，正像他的《中国文学史》一样，实际是个"资料长编"（鲁迅语）之类的著作。在其诸多不足之中，最大的不足莫过于定义模糊，界限不清。也可以说缺少必要的严密的理论建设，以致许多问题语焉不详、难为定论。该书开宗明义说：

> "俗文学"就是通俗的文学，就是民间的文学，也就是大众的文学。换一句话，所谓俗文学就是不登大雅之堂，不为学士大夫所重视，而流行于民间，成为大众所嗜好，所喜悦的东西。

"换一句话"之前虽反复定义，终嫌模糊："俗文学"和"通俗的文学"应该是两回事，至少不完全是一回事；"俗文学"也不能等同于"民间的文学"，因为这个"民"亦须予以确定，并且"民间"的东西也不能一概视为"俗"的东西。另外，习惯上的"民间文学"一般多指神话、传说、歌谣和故事之类，也就是说其外延较"俗文学"要小一些；至于"大众的文学"就更不确切了。"换一句话"之后仍未说明白：什么是"大雅之堂"？"俗文学"并非一直是不登大雅之堂的；"不为学士大夫所重视"的是哪些？"流行于民间……"就一定是"俗文学"吗？

说到俗文学的范围：

> 差不多除诗与散文之外，凡重要的文体，像小说、戏曲、变文、弹词之类，都要归到"俗文学"的范围里去。
>
> 凡不登大雅之堂，凡为学士大夫所鄙夷，所不屑注意的文体都是"俗文学"。

划分的不清楚还是由于概念的模糊。"学士大夫"所不在意的就是"俗文学"吗？他们所看重的就一定不是"俗文学"吗？现代人且不去说，古人如孔子、李贽、袁氏兄弟、金圣叹、冯梦龙……，算不算"学士大夫"？他们所看重的《诗》《水浒传》《金瓶梅》《西厢记》《山歌》之类，难道不是所谓"俗文学"吗？而他们所鄙夷的如八股文之类，难道能称"俗文学"吗？

说到俗文学的"特质"，郑振铎举出六点：一曰"大众的"，二曰"无名的集体的创作"，三曰"口传的"，四曰"新鲜的"，五曰"其想象力往往是很奔放的",六曰"勇于引进新的东西"。其实,这些都还不是俗文学真正的内在实质。

理论上的不足带来叙述的混乱,如把班固、孔融等人的五言诗列入讨论,把《古诗十九首》视作"俗文学"等,都是与其"定义""划分"所不相合的:前二人是典型的"学士大夫",后者一般认为出自文人之手,而且早已被"雅人"们佩服得五体投地了。

说这些并非要对郑著《中国俗文学史》品头论足、吹毛求疵,相反,它仍不失其重要的启发意义。但我们不得不承认他在这方面的研究还很不够。看来,仅仅着眼于"形式"讨论俗文学是很难达于实质的,必须从特定的文学品格入手,在与雅文学相对比较中才有可能整理出俗文学的真面目、真精神。

文学品格是极其繁复的构成,俗文学也不例外。我们只能从"外部"和"内部"两个方面对其作大致确认。从外部说来,俗文学的"创作者"是很特别的。真正的俗文学是"无"作者的,这个"无"不是没有,而是没有具体的、确定的作者。"俗文学"作品的形成,经常是一个由"芝麻"到"西瓜"的过程:一方面从极细的原型开始,被无数人在漫长的时间里不断附着、添加成分,最终演化成庞大的作品;另一方面,从很荒诞、无稽的"故事"开始,经漫长时间里无数人的添油加醋,最终修饰成有鼻子有眼睛的作品。在这过程中,到底由哪一个人在什么时间内"创作",是无法肯定的。而俗文学一旦获得了具体的确定的创作者,那它也就不是地地道道的"俗文学"了,因为创作者总是有些"雅"的意味。一些不确定的作者,往往是社会地位、文化层次较低甚至没有文化的世俗社会中的人。他们或许压根儿就没有"创作"的意识,而只是很自然地讲述一些自己和同伴们感兴趣、所愿意听到的东西。(这些东西的有与无、真与假对他们是无所谓的,但它们是极为丰富多彩的,只可惜没能全部付诸文字形式保留下来。人们从书本上见到的,只是其极小的一部分,而且大多不是其原来的真面貌。)他们压根儿不知道这些东西会是宝贵的"文学",当然也不计较什么"著作权"问题。每个人都随心所欲地讲和唱,每个人都可以随心所欲地把听到的东西再次、三次以至于无数次地讲唱下去。于是芝麻变成了西瓜。到了一定的时候也许需要有一个"作者",但他(她)不全代表其个人,而只是把无数时间里无数人的意思集拢起来。而且这个"集拢"往往也不是自觉的创作,只是因为他(她)"天生地"比别人唱得好一些、讲得全一些,所以,他(她)也不认为那就是自己的作品。我们所见到的俗文学一般是没有作者姓名的(即使有也多属虚拟或伪托)。那种将自己的名字高高署于作品上端的,往往都是"雅人"所为。学术界比较一致地认为"俗文学"(实际是通俗文学)一般是"集体创作"的,如果这指的是非一人之作,无疑是有道理的,但它容易给人以有组织、有原则、有统一意志、分工合作的印象,因此"集体创作"提法也是欠妥的。

俗文学的天然接受者——它本来的诉诸对象,是在社会地位、文化层次、心理状态和生活方式等几乎所有方面都与"作者"一样的世俗民众,而且他们同时也参与着"创作"。以至于很难说谁是"创作者",谁是"接受者"。这些"愚夫愚妇",一边有滋有味地倾听着同伴的讲唱,一边早在自己的肚子里进行"加工",编织自己的讲唱了。甚至转眼之间,他(她)就会"贩卖"给别的同伴,从而成为"作者"之一。因此,俗文学的"创作者"和"接受者"可以说是自然地混成一体,他们之间没有距离,没有排斥欲和异己感,更没有对立情绪,似乎这个故事由张三还是李四来讲都是无所不可的,而且,似乎别人讲的都是自己"胸有成竹"的。如果讲唱者的讲唱不对自己的口味,他们中的任何人都有可能请他闭嘴或取而代之,因而他们没有"听众"意识。当然,"雅人"或"学士大夫"们有时也去凑热闹,但他们已不是"天然"的听众,而是"适俗"的表现。

真正的俗文学是"无"形式的。这个"无"也不是没有,而是不固定、不确定,并且在通常情况下是以口耳相传的形式存在着的。"俗人"们一般没什么文字水平,也没文学意识,而且也懒得去写去记,他们之于俗文学只是供一时的赏心悦目,"形式"对他们并不是最重要的。即便付诸文字形式,那也是无所局限,自由自在的。我们所见到的小说、变文、戏曲等名目,大多系"雅人"所定,是"通俗"的产物。即便如此,在宋元话本中，说、唱、散、韵等常常随意糅合，无规律穿插。严格而固定的"形式"规定，确实是"雅人"们弄出来的。俗文学在表达上，无一例外地是直白、浅显、简易的，最大程度地接近民间口头语言和"情绪语言"。所谓口头语言就是日常那样的说话。所谓情绪语言是以非语言的形式传达情绪，情绪借助非语言手段表达语言内容。如地方戏的唱腔，它实际是地方语言的"歌唱化"，实质仍是语言性的。它之所以"歌唱"而不口说，是因为内在情绪的要求一般口语已不能充分表达，所谓言之不足，故歌唱之，歌唱之不足，则舞蹈之，正是此理。甚至戏剧中的手、眼、身、法、步等，都具有某种"语言"的意味和功能。而其目的无非要更加明白简易地表达。任何艰涩、迂回、玄虚、隐晦等表达方式，都是俗文学所不喜用的。

俗文学的外部结构也是与世俗的生活情绪相适应的。俗间生活是忙碌、繁重的，人们既没过多的余裕去长时间从事文娱，也没有充分条件去品味细致的心理感受。在短暂的文娱中，人们更希望获得休息。因此，俗文学无论多长，总是要有一个个相对独立完整的段落的，小说的"章回"，戏剧的"折"，都与此有关。而且每个"段落"必须有"戏"(热闹或趣味)。这与雅人们悠闲从容、细品慢嚼的"雅文学"很不一样。从感性风格上看，俗文学往往是粗糙的、质朴的、愚拙的、原始的、不匀整、不规则的，这与"雅文学"的精致、典雅、华美等形成鲜明对比。

从内部说来。俗文学的社会内涵与雅文学很不一样。经学家在解释《诗经》的"雅"时，以为雅即"正"，不仅有"正统"之义，而且有"政治"之义，也就是说，"雅"是以合乎现实王政(当然是符合儒家政治要求的)需要的姿态，甚至以政治组织中的一分子(大夫、人臣、官员)的姿态去关怀社会、反映社会(这涉及风、雅、颂实质问题，颇为复杂，容另文讨论)。相对说来，俗文学则是以普通的"民""野人"的姿态关怀社会、反映社会。由于姿态不同，俗文学关怀的内容与方式也不一样。其一，它是从自己的日常生活感受和需要出发来关怀社会和政治的，而不是根据"王政"的要求。一般地说，只要社会政治能够给"俗人"们起码的生存条件，他们就会满意于这种社会政治环境，而一旦"满意"

了，也就"淡忘"或"远离"了俗文学，把注意力集中于自己的小日月、小生活，念念于心，叨叨于口的是他们的男婚女嫁、油盐酱醋之类的事情。也就是说，如果一个时候的俗文学对其时的社会政治很"淡漠"，那不是它没有这方面内涵，而是表明其时的社会政治大体过得去。如果俗文学热情地赞美其时的社会政治，那表明这个社会政治已是难得地好了——当然这必须是发自内心的赞美。因此俗文学对社会政治的大量"关心"，往往表现为怨愤和指责，这表明其时的社会政治已糟糕透了。其二，俗文学对社会政治的关怀和反映往往不是直接的、具体的、确定的，而是间接的、模糊的、不确定的。只有那些经常出现的、顽固的、强大的社会政治现象才能唤起俗文学的关注，但它在反映时或托之历史，或拟于别物，或委之他人，或出之以歌谣俚语。这些自然是和生活中的真人真事不相符的，甚至是不相及的，但就其所蕴含的社会政治情绪、评价、认识等说来，不仅是真实的，而且是本质的，因为这是无数人无数次强烈感受的集中和升华，是感受的真实、本质的真实。儒家说"诗"，往往与"王政"相联系，也是有其原因的：俗文学就"喜欢"在"顾彼言此"中蕴含着"王政"。实际上我们对俗文学也不能要求它达到具体的如实，那些"俗人"们是无法弄清许多政治事件的真相和内幕的。但俗文学在表达自己的感受和倾向时从来都是心直口快、不加掩饰的。不像"雅文学"有那么多顾忌、体谅、隐讳和"虽然……但是"之类。

俗文学有着自己相对稳定的文化——心理构成，这是它之所以成为俗文学的关键所在。如果说任何时代的文化都包含着统治的文化和大众的文化的话（这里暂不论其优劣），那么俗文学肯定属于后者。俗文学的文化——心理构成一言以蔽之：世俗的。它有着一整套属于自己的观念、原则、标准、态度、生活方式、习俗和情调，包括思维方式和心理状态，都与"雅文学"相异其趣，有时则是矛盾的、对立的。它的这一套构成又是与他们所日日生活其中的现实环境、文化氛围相和谐的，没有任何"人为的"痕迹。儒家的一套伦理文化，道家的一套人生哲学，可以说是充斥着"雅文学"，但俗文学对它们并不感兴趣。当周公、孔子忙于"制礼作乐"的时候，俗文学照样热情地歌唱着桑间濮上、钻穴逾墙。一般说来，同一时期产生的统治文化是很难深入俗文学的内部的。只是由于长期的文化统治和渗透，尤其是"通俗"的作用，才使俗文学逐渐带上些统治文化的色彩，而且往往显得很不自然。不论"雅人"们把统治文化说成什么样，俗文学一概都以世俗生活的需要为原则、为标准来对待，谁忽略这一点，谁就无法理解俗文学。

俗文学的心理态度突出表现为自信和乐观，其中不乏谐谑和幽默。尽管它们可能是阿Q式的，但它们绝少"雅人"们的寻愁觅恨、多愁善感。尽管俗间生活充满辛酸和劳苦，尽管"俗人"们也有别离、失恋、病死等不幸，但在俗文学中，他们往往能够顽强地抬起头来，明智地正视现实，变着法儿往开里想，鼓起精神投入眼前的生活。如果生活一定要他们去死，那死也是决绝的、爽利的，"砍头不过碗大个疤"，更何况"十八年后又是一条好汉"呢？与此相关的是，俗文学往往按照俗人们愿望的样子来对待生活、反映生活、编织生活。当然这"愿望"都是世俗间认为美好的。因此，俗文学表现出来的往往不是生活的真实，而是愿望的真实。把这一点说成是"想象的奔放"似欠准确，而应是愿望的善良。俗文学总是根据生活实际提出问题，又总是依着善良的愿望来解决问题，因而，问题本身可能是尖锐的、严酷的，但解决起来每每是"大团圆"或皆大欢喜，因之俗文学一般也是喜剧性的。那种凄凄惨惨、零零落落、悲悲切切的结局，善良的"俗人"们要么是不愿意看到，要么是心理承受不了。他们说"看戏掉泪，白替古人担忧"，他们不愿意"花钱（工夫）买罪受"。他们只想从中得到娱乐和休息。在俗文学中，对事物的评价尺度是很宽松的，臧否予夺是很宽容的。"俗人"们总能较多地看到事物美好的一面，对于丑恶的东西，也尽可能地给予理解和容忍，得饶人处且饶人，不到万不得已，不会把事物推向绝地。于是，出现于俗文学中的好人往往十二分地好，坏人也有其可爱之处，"丑角"并不真"丑"。这是因为"俗人"们的尺度往往是自然的人性和人情，不像"雅人"们有种种狭隘利害要求。另外，俗文学的内涵也较为单纯和透明，很少复杂的心理体验和理性沉思，它的语言所表达的就是它要表达的全部，没过多的言外之旨，弦外之音，因而总呈现出清新、明快、自由、活泼的格调。

不过，俗文学中，民族文化心理的积淀比较厚重，它的一些意象、故事、情结、情绪、观念和表现手法等，往往不是出于创新，而是沿袭继承，因而差不多都可以上溯到本民族早期甚至原始时期。因此，许多俗文学作品展示的，仿佛是远古人物、故事在不同时期、不同地域的反复搬演，大同小异，往往可以排出谱系。甚至不同民族的俗文学也常常惊人地相似，以至人们可以毫不费力地举出若干个缪斯、若干个梁祝、若干个阿诗玛……因此俗文学往往具有全体性：民族的和世界的，不像"雅文学"那样属于"个人"。就其所负载的民族文化——心理含量说来，俗文学显然要大得多。

俗文学一般是以"愉快"原则来组织故事、编排矛盾的。并不是所有的世俗生活都可以进入俗文学，进入俗文学的生活内容也不是原封不动的。只有那些有热闹、有趣味——有"戏"的内容才能被俗文学看上，然后又按照有"戏"的要求加以编排。从这一点上说，所有俗文学都具有"戏剧性"的品质。而这个"戏"又须符合"愉快"的要求。为了愉快的戏，往往会出现违背常理、不合逻辑甚至是拙劣的、荒唐的、可笑的情节来。这虽为"雅人"们所不愿接受，却为"俗人"们所百看不厌。如果能够逗得那些"愚夫愚妇"咧嘴大笑，这便是俗文学的满意。当然，这愉快是属于"俗人"们的，"雅士"们对之也许要哭笑不得的。

中国的雅文学往往是为了"三立"（德、功、名）和"不朽"而制作的，但俗文学的目的和功用都在世俗实用上。它或者是繁重劳动之余的休息，或者是农（工、商）闲时的消遣，或者是四时八节、喜丧庆吊中的必需，总是有着十分具体的生活需要的，因而有着明确的实用目的。就其人生层次说来，很少能够达于自我实现、人格完善和道德树立的境界。它的"作者"们几乎从不存有致"不朽"的妄想。他们不可能也没条件操那么多的心。因此，俗文学的内容只是要最大可能地接近生活，并不企图生发什么重大意义。它不故作深沉或强说高调。如果某个俗文学中有一些高深的议论，就要警惕它可能是被"雅人"们染指的结果。现代文艺学所罗列的所谓认识作用、审美作用、教育作用等，或许存在于俗文学中，但并不是它的自觉追求，它只关心实用。正像一位村妇，无论"雅人"们说她怎样妩媚风韵，她自己却浑然不觉，也不求。她只知道种田、烧饭、生儿养女。

俗文学是世俗社会的产物，并为其所必不可少，它理应属于世俗社会。它的长期不为"学士大夫"重视也是理所当然的。在正统的"事君""事父""经国""不朽"的文学观念下，它至多成为统治者"观风"的材料。在崇尚政治的中国，俗文学的地位低下也是当然的，其根本原因还在于"俗人"们历来是低下的。但在艺术王国中，俗文学无疑占据着重要位置。与雅文学相比，它也许是粗鄙的，但它属于别一种尺度下的艺术珍品，它的无穷魅力也许只在一个"真"——那种直接的、坦率的、质朴的、自然的甚至是原始的真，比起一些矫揉造作的"文学"来，可谓是艺术的真生命、无价的瑰宝，正是由于这些，才使得俗文学并不"俗"。

以上是从外部和内部对俗文学品格的大致确认，实际上俗文学是二者的统一体而不是分离物，只有在"统一"的观念下，才能有效地确定所谓"俗文学"。

"通俗"的两种倾向

我们应当把"俗文学"和"通俗文学"分别开来。俗文学就是具备如前所分析的那些品格的文学，而"通俗文学"则是由外部与之相"通"的结果。

"通俗"表示着从一点出发朝着一个目标的运动过程，这自然是由一定的"雅"朝着"俗"通，我们所见到的大量的"通俗文学"便是这个运动的结果。当然也有相反方向的运动，这便是"通雅"，不在本文讨论之列。

在实际创作中，"通俗"一般呈现着两种截然相反的倾向(态度)：其一是向着负面(或消极面)"通"。我们说过，人总是雅与俗的统一体。

当受到特定的约束和禁锢，"俗"的一面得不到满足时，一旦有可能解禁，人们身上"俗"的东西就会极端化地膨胀出来，促使他们错误地理解一般的"俗"，过分地寻求"俗"的刺激与满足，导致其"通俗"走向负面，其主要表现：一是低俗。"俗"本身就是各种成分混合着的，低俗的通俗者看到的只是它的低俗部分，对之加以表现、渲染和追求，把自己也把"俗"推向单纯的低俗境地，从而使俗文学日益变得庸俗、下流。这种情形在俗文学还未被普遍重视时尚不多见，在其被崇尚时，人们的"通俗"最易如此。中国的通俗文学中大量存在着这一类东西。造成这种现象的一个重要原因是通俗者对"俗"认识不清、追求有误。

二是媚俗。这是通俗者将"俗"中那些消极、低劣的成分视若至宝，倍加垂涎、艳羡、尽心膜拜、曲意奉承、极力迎合。这情形的发生，往往不是因为通俗者的认识问题，而是因为他本就身怀着低下的欲望，恰好在"俗"中找到了"共鸣"，于是二者"相得益彰"，愈演愈烈。殊不知，"俗人"们虽然会有卑污的行为，但那是他们处于"蒙昧"中浑然不觉其"卑污"，故心理是正常且内心清净的。但是媚俗的通俗者则是明知卑污而曲意追求，这便是变态、异常，是真正的卑污。

三是败俗。这样的通俗者已经不能满足于从"俗"的低劣中寻求刺激，他的极端膨胀的物欲促使他通过虚构、编造、想象、夸张等手段，"制造"低劣，以供满足，并把这种夸大的低劣打着"俗文学"的旗号，把自己的卑污强加给"俗人"们。不仅玷污了俗文学的清洁，也败坏了"俗人"们的声誉，为害尤甚。而俗间对此一时难于辨别，甚至转相效仿、泛滥成灾。越是这种东西，往往越是要披上"劝善""惩恶"的外衣。对待负面的"通俗"，犹如对待犯有过失的儿童，低俗者予以容许，媚俗者给予鼓励，而败俗者则无异于教导他更恶劣地继续犯错……但毕竟这样的情形是较少的，因为人类的文明总是要前行的，人的良知总是要被发现的，社会总有其公正的鉴别尺度。因此起而行之与其作斗争的"雅人"们大有人在，他们坚持不懈地进行着高尚的"通俗"。

其二是走向正面（积极方面）：一是通俗。人不能完全离开世俗社会而生存，而世俗社会又的确是丰富多彩、鲜活而有情味的，因此，人们与之保持这样那样的联系是很自然的。文明的通俗者对这里的生活至少应给予理解，并作出分别，从而有选择地去"通"。世俗生活（或俗文学）的关键不在"形式"，而在于内涵：观念、心理、情绪、原则、精神等，因此，所谓"通俗"就不应只是"形式"的模仿，而是精神实质的沟通与契合，因为同样的"形式"可以包含截然不同的精神实质；而同样的精神实质可以付诸截然不同的"形式"。因此，如果以为只要能说几句白话，能唱几句戏腔就算是"通俗"了，那是很不够的。如果精神实质不是世俗的，则无论怎样地说粗话、哼小调，也都不能算是"通俗文学"。

二是醒俗。世俗生活像是一个酣甜的梦，处于梦中的人总是那么如痴如醉。但是，社会要发展，文明要提高，永久地沉浸在梦中就意味着永久地停滞，这是每一个有责任心的人所不忍坐视的。于是，有责任心的通俗者在品享世俗之酒的醇美的同时，还不忘记及时提醒人们：注意，味道虽好但不宜多饮，且需要更新。然后他便对这酒作成分分析，告诉人们何者有益，何者有害，何者须节饮，何者须忌饮。中国明代有两部（套）著名的通俗文学：一曰"三言"（《醒世恒言》《喻世明言》《警世通言》），一曰"二拍"（《初刻拍案惊奇》《二刻拍案惊奇》），"二拍"重在"拍案惊奇"，主旨在欣赏娱乐；"三言"则重在"醒世""喻世""警世"，故而较"二拍"为更高一层的通俗。

三是导俗。通俗者根据自己所意识到的社会进步和文明提高的需要，有意识地对世俗和俗文学加以改造和提高，不断地融入新的精神品质，使之于不知不觉中习惯于新的思想、观念、心态、情绪、原则等，从而不断地移风易俗，引导世俗社会向前迈进。由于世俗社会的纯朴天真、善良宽容，对新的东西是很容易接受的。但这种改易和引导又必须是在世俗所能够接受的情况下进行的，如果距离太大，反会产生逆反和排斥心理，因而单方面地僵硬地灌输和教训，不是真正的通俗，尤其不能造成有生命力的通俗文学。这里尤其要尊重世俗间长期形成的习惯和方式。毛泽东一再强调既要熟悉和了解人民大众的生活、愿望和要求，又要运用他们喜闻乐见的形式，正是点到了文学"通俗"的要害。

文学"通俗"往何处"通",具有根本意义的还是通俗者立足点的确定和文明层次的提高。只有把全部热情放在世俗民众一边,才能够唤起强烈的责任心和义务感;只有具备较高的文明修养,才能够认识到社会和民众的共同利益要求,分别出优劣,把握住方向,正确引导世俗社会和俗文学走向积极;反之,则可能将其推入消极。因此,我们不仅对俗文学要持分析的态度,而且对"通俗"也应区别对待。

(原载《传奇百家》1991年第3期)

晚明文学的"实用"特性
——兼及文学的"世俗化"

一

　　文学的"实用"无疑是与一定的现实密切相关的。说到晚明,人们自然会想到那个"天崩地解"的非常时期,历史在这里是严酷的,它把一大堆要命的问题推到人们的眼前。简单地说,朱明王朝早已走过了它的"太平盛世",张居正死后,朝纲吏治一下子溃乱,不堪收拾。万历爷恶作剧般地"玩"了几十年皇帝,长期"恣乐深宫"而有意无意地让政治腐败糜烂下去。他的好色、贪财、渎职既是封建统治者的典型又是文武百官们的"楷模"。这种"上下交争利"的结果就是社会经济的迅速凋敝与崩溃。农村的情形最糟,以致达到亲子相食的地步。在顺从中不得生存的农民只得转向以抗争求不死,于是遍地都是"盗贼""流寇"。"大顺""大西",农民政权的建立已经不单是要求穿衣吃饭的问题,而是要夺"鸟位""坐天下"的问题。正像人们所知道的那样,李自成们这一群"螳螂"还没来得及好好品享"蝉"的味道,就被来自山海关外的"黄雀"厮杀得血肉模糊。清兵的铁蹄如同黑色的潮水荡着血腥冲向各地,最后凝固下来——成为大清帝国。精神文化领域的景象几乎一样"糟糕",一向被崇奉的程朱之学此时已不能维系人心,代之而起的是王阳明的"心学",普通人的人性、私欲被认为不仅不是粗糙、劣杂,有违"天理",而且就是"天理",在官方力量和传统思想的禁锢下,终于喊出了"人人皆可为尧舜"的口号,对客观精神的委屈服从变为对主观精神的尊崇,于是"满街都是圣人",人们急切地寻找、呼唤甚至放纵那颗久已失落的"心"。可以说物质的和精神的朱明统治都已进入严重危急和崩溃的阶段。

但是并没有谁企图整体否定朱明王朝所代表的封建统治,更没有谁能为历史描绘出一幅崭新的社会蓝图。没有死去的人们大多数倒是做起"修缮"的工作来,希望能有一台较为理想或健康的封建国家机车继续运转。但是对于晚明文人来说,他们面对的问题又是何等艰难严酷!对腐败政治的态度归根到底是君臣问题,对农民暴动的态度是忠逆问题,对清军入主的态度是华夷问题,对朱学与王学的态度联系传统、正统、人性、人心等一系列重大问题。这些其实就是伦理矛盾、阶级矛盾、民族矛盾和人性矛盾。更为麻烦的是,迅速到来的社会现实与思想现实已经不允许将这些矛盾在理论层面上作一刻停留,必须立即作出选择并付诸实际,刀压脖子,顷刻之间决生死。然而选择是艰难的,万历以来的君臣们的表演已足令人失望至于绝望,"流寇"的势力已是烈火燎原,大清帝国已成事实,而人"心"一旦觉醒就不甘再去沉睡。这一切交织着、煎熬着文人们的心灵,于是他们焦虑、痛苦、激愤乃至疯狂,就这样被卷入现实的洪流。于是晚明文人常常表现出简直、粗放和夸张的外部特征来,这也是那个时代"奇人""怪人""狂人"特别多的原因所在。

这样的现实向晚明文人集中地提出两大任务,这就是"拯救"世道和人心,具体说就是要致力于社会的现实和心灵的现实。前者主要展现为致力于社会的物质结构和意识(主要是伦理秩序)结构,后者则集中指向人的性情(包括欲望)。一般以为伦理道德和性情等应该是更为抽象超脱现实层面的东西,其实不然,在晚明的特定时代里,伦理秩序具有和封建统治的物质基础相似的意义,而这时的性情也具有了某种现实政治意味,"心灵"的问题毋宁说是一个社会问题。它们都带着浓厚的"物质"性。可以这样说:喧嚣一时的晚明文学正是在上述两大任务的主题下展开它的"实用"努力的。

二

不论是致力于社会的现实还是致力于心灵的现实,一般都表现为两种方式:批判与重建。"批判"主要是对一切既有的弊害进行揭露和毁坏,"重建"是作新的树立或对旧有的修补。应该指出,不论是批判还是重建,文学并不是晚明文人首先选择的行动,更不是唯一的行动。也就是说,只要有比文学更为直接的途径或工具,他们就不会放弃它们而选择文学。所以,晚明文人首先是个行动者,并且一般都颇有事迹。当他们使用文学时,则首先用诸现实,从这个意义上说,文学只是他们诸多行动中之一种。还应该指出:批判与重建在具体的文人那里或者是有所偏重的,或者是二者兼顾的,并不存在一部分人专务批判而另一部分人专务重建。

现在看来,在晚明的较前期(嘉万),文人们较关心"心灵的现实",或者说心灵的矛盾在这时较为突出,这与王阳明的学说、学派气候已成有关。"心灵"的问题在文学上集中表现为性情的问题。从"批判"的意义上说就是要反对虚伪、文饰、追摹,反抗一切对性情的压迫、禁锢和扼杀;从"重建"的意义说就是要正面肯定、张扬人的性情,承认人的七情六欲,在这方面最有勇气和战绩的当推李贽。对于他的"童心"说,应该给予更为充分的重视,它不仅是一个理论命题,而且是给中国文学思想带来新精神、产生巨大影响、受到广泛接受的哲学思想。把"童心"仅仅理解为"说真话"是不够的,李贽强调的是"绝假纯真",回到"最初一念之本心"。这是一颗洗却了世俗尘障、物欲诱惑、文化异化以及各种后天积垢之后的活泼泼的"赤子之心",它不仅指现实的当下的真情实感,而且指那种合乎自然的人之本性。要获得这个"本性"必须对"自然"性即人性作深刻的体认和确立,其结果必然导致对各种现实压迫的反抗和对人性的尊崇。这是文学的根本意义所在。在李贽看来,只要有此"童心",即使"道理不行、闻见不立",也能够"无时不文,无人不文,无一样创制体格文字而非文者"。换句话说,文之所以为文,关键在于具有一种合乎人性的精神,而"道理""闻见""体格"均是次要的,这正是一切艺术的精义所在。然而李贽并不反对读书,但认为读书是为了"护此童心而使之勿失"。就作家论的意义说,李氏已不再重谈"读书""养气"等老调,而是要作家直呈"本心"。这样,作家的第一品质就是真诚和勇敢。在现实中,"童心"说兼及破与立两个方面,这是一望而知的。尽管李贽标举"童心"的用意并不仅仅在于文学,但由于它实际上对文学和作家是一个解放,因而得到袁氏兄弟、汤显祖、金圣叹、冯梦龙等人的应和,于是率性尚情成为晚明文人的热门话题,并且成为一大批文学作品所集中表现的主题。汤显祖的名言是"情不知所起,一往而深,生者可以死,死者可以生",冯梦龙的目标是"借男女之真情,发名教之伪药"。在这种思想下创作或编集的文学作品总是突出一个巨大的"情"字,这只要随手打开他们的作品就能感受到。

　　文学致力于"社会的现实"只能是间接的,不论是对于社会的物质基础还是伦理秩序。因为若是直接的,便是代替了政论文和哲学思想文的工作了。因此,晚明文人对于社会现实的关切主要表现为借"文学"的形式批判和重建社会的物质基础和伦理秩序。当李贽高扬他的"童心"的时候,他的朋友焦竑还主张文章要"忠国惠民,凿凿可见之实用"。并不是说焦竑反对"性灵",在他看来"实用"或许是更为迫切而突出的问题,或者说"性灵"的问题也可以纳入"实用"中一揽子考虑。"道""德""事功"和"性命"之类的东西都不能仅仅停留在空洞的思辨层面,文章的技巧、风格等也不能作为单纯的追求,必须十分具体地落实在现实的"用"中。声势浩大的复社、几社等文人团体虽不是严格的"文学"社团,他们的宗旨却很有代表意义。复社领袖张溥解释"复社"的名义道:"自世教衰,士子不通经术,但剽耳绘目,几幸弋获于有司。登明堂不能致君,长郡邑不知泽民,人材日下,吏治日偷,皆由于此。溥不度德,不量力,期与四方多士共兴复古学,将使异日者务为有用,因名曰复社。"(陆世仪《复社纪略》)这里有几个方面很值得注意：首先，文人们的社会批判虽然往往涉及"人材""吏治"等具体政治上，但当他们追究其根本原因时，又每每会把具体的现实问题归结到较模糊的文化（如"世教"之类）上来，这样，对现实的批判往往会转向对文化的批判，于是，他们在积极干预现实的主观指导下，又会自觉不自觉地回避现实。说这是文人们的"特长"也好，说这是文人们的"弱点"也好，总归是一个普遍的现象。其二，不论批判的锋芒如何尖锐，文人们的最终目的仍不出"致君"与"泽民"两方面，最多还有某种个人"重名""不朽"等功利考虑。而这样的终极目的又必然要求文人们对现实的批判最终转入对现实秩序的重建。当然，这个"重建"是经常打着"兴复古学"的旗号的。这在某种意义上说，文人们又使自己陷入矛盾，因为他们要重建的秩序与他们所批判的秩序其实没什么本质区别，只是五十步与一百步之分而已。其三，也是最能表现晚明文人心态的一点是：他们似乎都不寄希望于自己的时代，他们奋力批判现实，苦心经营一个"新"秩序（大多纸上谈兵），却不能够在眼下实行，只是寄希望于"异日"。他们像得了神谕一样，天真地相信一定会有那么一个"异日"，一定会实行他们所谓的"古学"。上述三个方面在晚明文人身上的表现是群体性的，并不只是某些个别现象。为后世所推重的顾（亭林）黄（梨洲）王（船山）"三大儒"，尽管个性和学说各具风貌，但在基本精神上是一致的。他们对现实的失望和批判是共同的，他们推原"六经"，寄心后代也是类似的。而以顾炎武的"实用"倾向最为强烈："孔子之删述六经，即伊尹、太公救民于水火之心，而今之注虫鱼、命草木者，皆不足以语此也。故曰：'载之空言，不如见诸行事。'夫《春秋》之作，言焉而已，而谓之行事者，天下后世用以治人之书，将欲谓之空言而不可也。愚不揣，有见于此，故凡文之不关于六经之指、当世之务者，一切不为。"（《顾亭林诗文集》卷四《与人书三》）在精神上他是要以早期儒家的思想来拯救那个"衰世"的。

最能自觉而有效地将上述精神结合在文学中的，要推金圣叹和冯梦龙。金圣叹的"评点"过去一向被理解为"文学"性的工作，其实这只是很皮毛的东西，其实质乃在于用他所理解的儒家思想重新解释那些作品；或者应该说，他是借着对这些广有影响的文学作品的"评点"，企图重新建立一个社会秩序（伦理秩序）。《贯华堂第五才子书水浒传》开宗明义第一句就是："原夫书契之作，昔者圣人所以同民心而出治道也。"《贯华堂选批唐才子诗》的序言反复申明的是"斟酌群言"以"总一众动"。因此金本《水浒传》在整体上是金圣叹的一部社会伦理政治思想论著。无论是伦理政治思想上的"尽性"说，还是"文学"上的"格物"论，其根本目的是推原孔孟，指责当代"教化"的沦丧，而企图建立一个"新"的"太平盛世"，从而自己也可以成为"圣人"以至不朽。（详见拙文《论金圣叹的人格》，《学术月刊》1985年第7期）冯梦龙的方式是搜集编纂通俗文学，他的意图只要从"三言"（《警世通言》《醒世恒言》《喻世明言》）的书名中就可以窥见。他所关切的仍是"世"的问题。当然，金圣叹、冯梦龙还是有许多工作做在"性情"上的，这已属于前述致力于"心灵的现实"方面了。

可以这样认为：时代的"实用"要求，导致晚明文学不论是理论上还是实践上都明显地呈现向着传统儒家诗教复归的趋势。只是由于社会已不再是先秦两汉那样的现实，因而这种复归也必然不可能是完全意义上的重复：一方面，千百年来人类心灵的发展和意识的成熟，已经将"性情"解放的问题摆到现实问题中来，文学必须面对它，回答它；另一方面，政治已失去早期的活力，变得愈加腐败不堪。因此，同样是"实用"，晚明文学的"实用"就一方面强调"性情"的主题，另一方面强调现实的主题，而在后者中，明显加强了批判的力量。在整体上，晚明文学再也无法作出"温柔敦厚""怨而不怒"的"淑女"仪态来了，相反地，倒是经常突出着"怨诽""忧乱""刺谀"之类的棱角。

三

就晚明文人的才能而言，是完全可以作出"史诗"般的鸿篇巨制的，但是，时代不给他们从容。因而晚明文人具有规模的单纯文学创作是很少的。他们的很大精力都用在评点、搜集和改编上来，这或许是于"实用"最便捷的方式吧。

由于追求"实用"，晚明文学具有特别的整体特色：它们一般都比较自然（或曰本色），较少矫揉造作之态；一般都深于传情而且感情饱满；一般都颇夸张，显得有些"过分"；一般都显得粗略单纯缺乏精细的艺术用心。当然在主题上，差不多都是指向社会实用和心灵实用的，在取材上更喜欢近乎历史，在体裁上更愿意选择那些最易"见效"的形式。

应该特别指出的是：由于对文学的"实用"要求，导致了晚明文学迅速走向"世俗化"。所谓"世俗化"，并不仅仅指文学的语言形式鄙俗，更重要的是作品在内蕴上有着浓重的世俗观念和趣味，在一系列人生和艺术的态度、价值标准上，有着与正统的"雅"文学迥异的东西。本质上是属于"俗"人的文学。只要大体具备这些特征，即便是用艰深典雅的文字表现的，也可以称之为"通俗文学"。如果一味表现"俗人"们根本不理解的思想情调，即使满篇全是粗俗文字，也不得称作"通俗文学"。当然，"合格"的通俗文学是形式和内容都合乎世俗社会的。在晚明文学中，尤其是叙事文学，一方面在形式上逐步向世俗靠拢，使之喜闻乐见，另一方面，内容或情调也逐渐迎合着世俗口味。以往那种只是属于"雅人"们的矫揉造作、空虚无聊、忧愁抑郁、高谈阔论、咬文嚼字、玄思妙想、夹酸带腐、捏捏扭扭、遮遮掩掩、又香又软的东西，在这里已经没有地位和市场，一般只是作为被讥笑和奚落的对象而出现——就像红娘骂张生一样。代之而起的是实实在在、切肤切骨的男欢女爱、市井得失、亲邻情谊、家长里短、争风吃醋、分斤计两，甚至是钻穴逾墙、偷鸡摸狗、打家劫舍、烧杀奸淫，一片赤裸裸、热辣辣、色眯眯、欲漫漫、坦率而又放肆的气氛。他们以各种随意或即兴的形式，永无餍足地反复表现出世俗的愿望和风情。我们今天所能读到的那些通俗文学作品，一般并非出自世俗中人之手，也就是说大部分是由有教养的文人们最后完成的。这类通俗文学产生的直接原因乃是文人们"通"俗。他们一方面把自己"变成"俗人而与世俗社会打成一片，互相呼吸感应并表现之。实际上不少文人是主动地放弃"雅"的生活而"下降"为一个普通"俗人"；另一方面是文人们以肯定的态度坦率地表现自身或人类本身所具有的"俗"的方面内容，这或许是对"通俗"较接近确切的理解。至于文学世俗化的其他方面的原因，则是源远流长，各个方面的。就其远因而言，中国文人文学自来就有"顾盼"俗文学的传统，"雅"文学既有从俗文学上升的一面，又有吸收俗文学以助其生机的一面。那些文人雅士，一般也都有出身于世俗且又留恋世俗的品性，毕竟那里是实实在在的人生，割绝尘缘是艰难的。就其近因说，宋元以来，文人们就越来越多地由于种种原因而流落于下层社会，有着深切的世俗生活感受，并见诸文学。而明代以八股取士，文人们"高谈德性，耻言文章"，导致文学"谫陋而空疏"。（胡蕴玉《中国文学史序》）这些话的意思，其实早为江藩说过："有明三百年，四方秀艾，困于帖括，以讲章为经学，以类书为博闻……然皆滞于所习，以求富贵。此所以儒罕通人，学多鄙俗也。"（《国朝汉学师承记》卷一）大抵由于谈心说性，语录之体大行；由于八股帖括，空疏之风日炽，但这主要是指语言文学和学术思想而言的，真正给文学世俗化以切实影响的，还在于现实的要求。王阳明的学说本来就有在世道和人心两方面做功夫的意义，即他所谓"破山中贼"和"破心中贼"。到他的后学那里便落实为"百姓日用即道"。（黄宗羲《明儒学案》卷三十二）从而导向对世俗社会的普遍关注。而对"童心""本心"的追求，又往往使文人们醉心于世俗民众童朴未开式的自然情感，而且也只有面向广大的世俗社会，他们才能发现真正的"真情"，他们的理论才有合适的对象，他们的追求才有意义。因此大家纷纷"通"起"俗"来，就是很自然的了。

然而在世俗化的过程中，也出现了"非世俗"或"反世俗"的现象，进而流入庸俗和媚俗。一般说来，世俗阶层对历史上或现实中事件"情节"本身更感兴趣，当然他们也有倾向性，但更深刻的反思和批判却是教养有素的文人们的擅长。恰恰是在这一方面，文人们和世俗阶层很难取得一致和认同。如果说《三国演义》"话说天下大势，分久必合，合久必分"直观色彩浓厚的历史观尚且合乎世俗阶层一般态度的话，那么书中强调的"刘汉正统"就未必是普通民众所关心的问题。而毛氏父子的评点正是要反复申明这个"理"，并以之为准则来评价事件，臧否人物。以至几百年来谈"三国"者即便是在民间也常常带着这种伦理眼光。这与其说是得到了世俗阶层的接受，毋宁说是世俗的纯朴受到了它的污染。"逼上梁山"本来是民众普遍接受的概括，李贽解释为人才待遇的不公，民众也还可以接受，但金圣叹却说成是上对下教育的不够，仿佛只要"教化"好了，民众就可以压死、饿死仍保持心平气和、知足常乐，这就离世俗阶层的认识更加远了。至于要把好汉们斩尽杀绝，说李逵、武松、鲁达等是"本色学道人"之类，则更让百姓们瞠目结舌、不知所云，甚至可能群起而逐之，因为他们无论如何也不忍见心爱的英雄好汉们落得如此下场。这些现象表明，文人们在"通"俗的同时，总是自觉不自觉地干起"化俗"或"矫俗"的事情来。由于他们自身及所怀有的思想观念与世俗社会有着"天然的"差距，因而他们在"通俗""矫俗"的同时又悄悄地偏离了自己所钟情的世俗社会。同样的矛盾也出现于"张扬性情"的作品。"性情"在理论上获得肯定并不意味着文学表现上的问题已经解决。"人情"往前多走一步或往后多退一步都可能偏离适当的"度"。晚明文学在激扬起一阵阵玫瑰色的人情浪涛的同时，也鼓荡着一股股黄色的旋涡。单纯的生物欲望的满足和追逐为不少文人所津津乐道，艳羡不已。《金瓶梅》中的人物仿佛天生只会两件事，即敛财和性交，并且永无满足。兰陵笑笑生在对他的西门庆种种"手段"欣赏一番以后，还特别关照他：要注意身体，谨防报应。这与其说是告诫，不如说是劝勉。而袁氏兄弟等一批人却对此书赞不绝口，说是"云霞满纸"，纷纷传阅、抄录进而付梓，以不得睹全貌为恨。如果说《金瓶梅》尚有广泛的社会文化内涵可供解说的话，那么像《绣榻野史》一类东西满纸皆"黄"，则有百害而无一利。这可说是文人们庸俗、媚俗的恶果。文学由"主情"流入"泄欲"自然是一种不幸，但也是必然。"泄欲"固然有对抗"禁欲"的一面，但它同时又把人降到禽兽不及的境地，并将刚刚获得解放的文学再度窒息于物欲的泥淖之中。单纯的物欲追逐不仅不是文明人的生活，也不是一般世俗阶层的本质要求，甚至也不是野蛮人或禽兽的真实，而只是文人们的错误理解和变态发泄，它对文学、对社会和对生命都是一种亵渎与伤害。因此，对于晚明文学的世俗化不能作简单的肯定和否定，更不能夸大它的任何一个方面。说它是文学的"衰落"固然不对，说它是文学的极致也不妥当。它在给文学带来生机的同时也带进了致病的因子。对这种病态的医治依靠其自身似乎不够，它需要不断提高情感层次和美学境界，这仍然有赖于文人们的努力——融入"雅"的成分，在"通俗"和"通雅"之间，或者有文学的真正乐土。这种努力晚明文人已有些尝试，但巨大的成功却是由曹雪芹来完成的，其果实就是《红楼梦》。

四

这里不打算全面评价晚明文学的"实用"，但也不想简单地否定或肯定。或许，从时代要求和现实需要（所谓"当务之急"）方面说，"实用"是一个合情合理的选择。但是晚明文人包括他们的文学一旦走上"实用"，似乎也同时陷入不能自解的矛盾中。因为社会的批判必然导致以否定现存秩序始，以建构（或修补）现实秩序终，不归于某种秩序，对晚明文人来说是其思想的想象力所不能及的；而对心灵的肯定必然以反抗禁锢始，以走向性情解放、个性自由终，对晚明文人来说，这几乎是一种"无序的自由"。这样，"实用"的两个方面在最终结果上就构成了无法解决的矛盾冲突，而晚明文人还不具备建构一种适应个性自由的社会制度（即使在理论上）的思想高度。答案在未来，而他们却不约而同地期求于过去，这使他们最终没能走出困境。从文学的角度说，"实用"是应有的功能，但文学并不只是"实用"，它主要的不是指向现实的功利实用。即使在表现"性情"上，它所表现的主要是那些经过将世俗功利"净化"处理之后的情感倾向，并且是在合乎生命本质意义上的表现，而晚明文人的"性情"在现实中的落实，实际仍具有"物质"意味上的功利目的，是故他们的"情"中"欲"的成分很重。如果给他们以充分的从容，凭着他们的思想深度、心灵敏感和艺术天才，是完全可以造就最好的文学作品的。这个使命终于由后来的曹雪芹完成了。所以我以为，《红楼梦》在对社会人生、宇宙世界和艺术本身的理解和表现上，本质上仍属晚明精神。或者说《红楼梦》就其直接性上说，是对晚明思想、文化与艺术成就的天才吸收和表现，这种理解也一定程度地适用于《聊斋志异》《儒林外史》之类。

晚明文人对文学的理解其"内核"是合乎文学本质的，尤其是合乎典型的中国文学本质的，只要把它的"实用"性稍稍"净化"一下，以一种较为超然的眼光加以分析理解，就会形成较为完整的文学观念。这工作钱谦益做了一些，但还不够超脱。倒是叶燮完成了较为系统的吸收与融合。

（原载《延安大学学报》1992年第3期　原署：陈潜之）

略论中国的灾患文化

黑格尔在说到历史和自然时认为,"助成民族精神的产生的那种自然的联系,就是地理的基础"(《历史哲学》,着重点原有),这基础也是"精神所从而表演的场地"。自古以来,我们中华民族大抵就生息在西高东低,由高山丘陵与河流冲积而成的内陆土地上,依山沿水过着农耕生活。这种生产和生活方式一方面受着这种自然条件影响,另一方面又仰给于它,并在此基础上形成我们民族的精神。"靠天吃饭"是民族根深蒂固的意识和准则,然而上天并不会永远普降甘霖,相反是灾患频仍。季节性的农作和季节性的灾患长期地反复地联系,从而给民族留下根深蒂固的灾患经验和意识。人们的生活与思想大抵便是产生在这样的环境里。每一个清醒的中国人都知道,"地大物博""得天独厚"等只能给我们以片刻的陶醉,世世代代的中国人不得不时时刻刻地防备着各种各样的灾患并与之斗争。因而"平安""太平"等便成了我们民族永远的理想和追求。

古代中国人的"文化"概念和今天显然不同。《易传》称:"观乎天文,以察时变;观乎人文,以化成天下。"这不仅透露着人类文化是以自然为底本的意识,而且表明"文化"的本意乃是以"文"施"化",亦即是一种文明改造过程,也可说是一种文明拯救目的。所以孔颖达的解释是"圣人观察人文,则诗书礼乐之谓,当法此教而化成天下也"(《周易正义》)。刘向曾有一种更明白的说法是"凡武之兴为不服也,文化不改然后加诛"(《说苑·指武》)。"文化"成了和"武诛"对举的"征服"手段，这显然是含有"敌意"和"灾患"之类含意的。

现在人们说到中国文化，往往会上溯到古代的甲骨文、占卜术、《河图》、《洛书》、阴阳五行、神话传说、"六经"、"诸子"等，它们的确是中国文化的源头，但是，这些源头中的基本元素则是灾患，这一点很多人不曾措意，请试言之。司马迁称"三王不同龟，四夷各异卜"（《史记·太史公自序》）。甲骨文和后来的《易》文，大抵属于早期的卜筮文化。尽管这种东西后来被衍化弥漫得无边无际，但它的根本意义仅仅在于决疑问、断吉凶。而断"凶"也不是意味着取消，一般的态度是回避。尽管卜筮之学被后来的人们衍化为无所不包的学问，但它的原始意象则是发生于自然，因而可以说无论什么内容的占断预测，都是从自然中联类生发开来的。因而卜筮文化中的"凶"元素乃是关于自然的灾患。班固说"虙羲氏继天而王，受《河图》，则而画之，八卦是也；禹治洪水，赐《洛书》，法而陈之，《洪范》是也"（《汉书·五行志》）。八卦的原始意象既生乎自然，它与《河图》有联系也就不足为奇了。许多神话传说都以为《河图》《洛书》为神授灵赐，今天的人们对此已不大相信，但它们与轰动千古的鲧禹父子治水事迹大有关系似乎无可怀疑。《尚书·洪范》引箕子言："我闻在昔，鲧陻洪水，汩陈其五行。帝乃震怒，不畀洪范九畴，彝伦攸斁，鲧则殛死，禹乃嗣兴，天乃锡禹洪范九畴，彝伦攸叙。"照此说法，鲧、禹治水一败一成，关键在于前者没有后者得到的《河图》《洛书》，方法上的不同倒是次要的事情。尽管古今对这一图一书解释不一，但一般相信它们是关于地之方和天之圆的图像，亦即是天地自然文理的图像。而在大禹的传说里，《河图》《洛书》，则可以视为山川地理的形势和人类治水经验的总结。然则《河图》《洛书》文化实际乃是治水的文化，其中的灾患元素也是不言而喻的。阴阳和五行是中国文化的重要观念和基本原理，然而它们原来不过是对一些自然现象和物质存在及其关系的指称与描述，就其基本精神说来乃是对立和统一。不过，在"阴"的所有意思中，它作为"负"面具有灾患的意思更突出些，而在阴阳的关系中，对立状态下的灾患含义几乎是"阴"的全部。五行的最基本原理是"比相生"和"间相胜"，亦即通常所谓"生克"，而"克"便是"灾患"。古老的神话传说是中华民族文学乃至整个文化的土壤的源泉，然则中华民族的神话传说之重要主题乃是和自然灾患的抗争。禹治洪水就不必说了，如女娲补天、精卫填海、后羿射日、夸父逐日等，无不是以灾患为元素的。至于"六经""诸子"的学说，一般都是上述诸元素发展演绎的产物，甚至整个中国文化也都具有同样的渊源和性质。

由这样的自然基础和元素生长起来的中国文化，必然是充满灾患意识的。正如相信我们头上脚下这块天地是经历过大毁灭被修补而成的一样，古代中国文化人几乎异口同声地以为我们民族的文化也经历过一次大的毁灭，他们坚信"道""道术"曾经是辉煌灿烂完善无疵的，只是后来"大道既隐"（孔子一派语）或"道术将为天下裂"（庄子一派语）了，于是文化人的使命便是永无休止地拯救，修补这隐或裂了的"道"。班固认为先秦的诸子百家"皆起于王道既微，诸侯力政，时君世主，好恶殊方"（《汉书·艺文志》）。实际也是如此：道家讲"祸福"，儒家讲"安危"，墨家讲"生死"，法家讲"利害"，百虑一致，殊途同归，都是要在防患避害上作文章。

班固的话还表明，诸家的学说主要是关于政治的学说，然则整个中国文化，大抵是以政治为核心和灵魂的文化。而"政治"两个字已最明白不过地昭示那是把人如同水一样来"治理"的。当初，武王克殷问政于箕子，箕子便以大禹治水的经验对，并陈九畴："初一曰五行；次二曰敬用五事；次三曰农用八政；次四曰协用五纪；次五曰建用皇极；次六曰乂用三德；次七曰明用稽疑；次八曰念用庶征；次九曰向用五福，威用六极。"（《尚书·洪范》）武王之后尤其是儒家最为尊崇的政治家周公姬旦，虽然是王权总揽，仍不免要说："呜呼！我闻曰：昔在殷王中宗，严恭寅畏，天命自度，治民祗惧，不敢荒宁。"（《尚书·无逸》）一副如履薄冰、如临大敌的模样。把中国传统政治说得最精确且形象的莫过于周厉王时代的召公："防民之口，甚于防川！"（《国语·周语上》）孔子的识见也不差："丘也闻，有国有家者，不患寡而患不均，不患贫而患不安。盖均无贫，和无寡，安无倾。夫如是，故远人不服，则修文德以来之,既来之,则安之。"(《论语·季氏》)把人民先视为祸患,从而把政治的最高目标确定在"平安"上,这便是孔子儒家政治学说的核心和灵魂。孟子说得更尖锐:"民为贵,社稷次之,君为轻。"他的"民贵君轻"思想就是依据这样的利害原则而确定的。从此可以窥见中国传统政治文化的大概。

甚至连思想文化本身,也充满着灾患意识:后起的文化人总以为(或作为旗号)以前的某人的思想是尽善尽美的,只是由于后人的误解、曲解或背叛,使这种思想断绝或变质了,因而自己的使命便是继承或再振尽善尽美的思想,从而也就把自己推到了尽善尽美的地位。韩愈就是这样自居的,他以为有个"道","尧以是传之舜;舜以是传之禹;禹以是传之汤;汤以是传之文武周公;文武周公传之孔子,孔子传之孟轲,轲之死不得其传焉。荀与扬也,择焉而不精,语焉而不详。由周公而上,上而为君,故其事行;由周公而下,下而为臣,故其说长。然则,如之何而可也?曰:不塞不流,不止不行。人其人,火其书,庐其居,明先王之道以道之,鳏寡孤独废疾者有养也,其亦庶乎其可也"(《韩昌黎文集校注·原道》)。这样的修补、维护,直到明清时代。

中国传统的历史文化的灾患意识,在司马光的《资治通鉴》四个字里已极其精确地昭示出来:修史是为了"资治",读史则为了"通鉴"。其中固然有学习前人成功经验的意思,但更重要的意思则在于吸取失败的教训,反照眼下的政治活动。这种意识当然也是有根据的,当初孔子作《春秋》:"据鲁,亲周,故殷,运之三代。约其文辞而指博……推此类以绳当世。贬损之义,后有王者举而开之。《春秋》之义行,则天下乱臣贼子惧焉。"(《史记·孔子世家》)于"资治"之中寓伦理褒贬,这是中国传统历史文化的精要所在。

中国传统的教育文化,其灾患意识也不模糊。当年舜帝命夔典乐教胄子,就要求他务必让受教育者"直而温,宽而栗,刚而无虐,简而无傲"。(《尚书·舜典》)孔子则说"温柔敦厚,《诗》教也;疏通知远,《书》教也;广博易良,《乐》教也;洁静精微,《易》教也;恭俭庄敬,《礼》教也;属辞比事,《春秋》教也。"(《礼记·经解》)而正统的教育理论则说："大学之道，在明明德，在亲民，在止于至善。"(《礼记·大学》)这都是要把被教育者教化至某种"适当"的状态，使其不过或不及，不要行恶，也就是不至于干坏事，行祸害，扰乱正常状态。而一般民间教育孩子往往是喝斥他们这也不能，那也不许，否则便有狼来鬼来，或是棰楚立下。

中国传统的文艺文化本是与上述诸方面分不开的，或者只是上述精神的形象化反映罢了。正统的诗论是："治世之音安以乐，其政和；乱世之音怨以怒，其政乖；亡国之音哀以思，其民困。故正得失，动天地，感鬼神，莫近于诗。先王以是经夫妇、成孝敬、厚人伦、美教化、移风俗。"(《毛诗序》)因而文学艺术大抵是政治的、伦理的、道德的手段和评价，主要是为了限制人们"恶"的性情。为此在形象设计上一般总是要有善与恶的对立：赋中设主客，小说中设人鬼，戏剧中设忠奸，诗歌中设美丑，当然最终都是"吉利"的一方战胜"祸害"的一方，达到"皆大欢喜"，因为人们害怕灾难。

至于中国的"科技文化"，就不必多说了：筑城池是为了防来敌，修长城是为了阻边患，发明火药用来驱鬼神，运用罗盘来观风水……这里面都深含着灾患意识。

弥漫于中国文化中的灾患意识甚至到了这种程度：我们很难说清它是动机还是目的，是内容还是形式，是实质还是表现，是原因还是结果，是材料还是精神。那么，我们称这样的文化为"灾患文化"，至少是蕴含着大量灾患意识的文化，大概也是可以成立的吧。

一个民族的文化必然会铸成该民族的性格，而文化人或曰文人往往最能集中体现这种性格。中国的灾患文化所赋予他们的便是博大深沉的忧患性格。文化人永远不会忘记司马迁开列的名单："盖西伯拘而演《周易》；仲尼厄而作《春秋》；屈原放逐，乃赋《离骚》；左丘失明，厥有《国语》；孙子膑脚，《兵法》修列；不韦迁蜀，世传《吕览》；韩非囚秦，《说难》《孤愤》；《诗》三百篇大氐圣贤发愤之所为作也。"(《汉书·司马迁传》)这个"发愤"的队伍还可以几乎无限地数列下去，包括司马迁本人，当然说得更真诚坦白的还有那位"进亦忧，退亦忧"

的范仲淹。推而言之，中国真正的文人只要良心未泯，就总是不能没有忧患的。

何以至乎此？原因当然是复杂的，但一个重要的原因是文人地位的改变。我们知道，"最早"的文人，既然是"文化"的掌握者，便具有知、通天、人、神（包括鬼）的能力和资格，这便使他们成为帝王左右师傅一类的角色，因为那时的帝王还是很遵从"天"意的。这样文人的地位是很高的。但是随着国家的产生和发展以及文明的进步，君主专制的成立，"天""神"逐渐被形式化和人间化了，它们的无上权威归于人间的君主，"天—人"关系变成了"君—民"关系：绝对的统治与被统治的关系。而文人也被实际上下降到"臣"的地位；接受君主统治并为君主统治人民服务。遗憾的是文人们在观念和意识上还没能或不愿实现这种地位的转换（下降），仍然固执地以为自己知、通天、神、人，可以对具有人性的君主指手画脚，应该对民众负有使命，理当对天、神有所交代。然而君主专制的实质是一切都要服从君主的利益需要。这样，君主的利益要求就和天、神、人的利益要求发生冲突，亦即和自命为代表天、神、人的文人发生冲突，其结果必然是在现实中文人们惨败、人民遭殃和"天""神"（这时可视为某种"精神"的象征）受渎。更令文人难堪的是，现实的力量和文化的力量都使文人无法改变君主而只能接受他的所作所为。于是文人们不仅要接受残酷的现实，而且还要忧怀着天、神、人还有君主以及自己的身家性命等等，如此哪能不忧患重重、悲愤不平呢？这里还不谈他们对于饥寒穷困等物质方面的担忧。

司马迁父子的命运就很有代表性。司马谈自以为自家历代天官，掌握着巨大的文化财富，且负有伴随和指导君主的使命，可是专制君主汉武帝却视他如倡优，连封禅这样的国家大典都不许他去。这简直是奇耻大辱，司马谈终于忍受不下，"发愤且卒"。临死拉着儿子迁的手说："余先周室之太史也。自上世尝显功名于虞夏，典天官事。后世中衰，绝于予乎？汝复为太史，则续吾祖矣……为太史，无忘吾所欲论著矣。"（《史记·太史公自序》）人们一般以为司马迁的"发愤"仅仅是由于受了刑辱，其实更大的刺激乃是他身为太史之家由功名显赫下降为"固主上所戏弄，倡优蓄之，流俗之所轻也"（《汉书·司马迁传》）。人们都知道司马迁"究天人之际，通古今之变，成一家之言"抱负之伟大，其实这恰恰是古之太史的本分和使命。司马迁之所以敢于越阶救李陵，也是与他自认的太史之职之位有关：这在古代可能是很正常的，但在当时却不可。司马迁人虽进入汉代，但他的性格和精神还停留在古代；身已沦为"倡优"，心还自认作"天官"。这种位差是他悲剧的根本原因。而汉武帝宫刑司马迁，在文化上应该视为"新"的世俗势力对"旧"的人文精神的阉割。这种性质的命运在每一个时代的文人身上都不难发现。然而文人们作为文化的主要握有者，具有也需要某种精神的人格优势，以与世俗作对抗。历来的"道统"和"政统"之争，便是一种反映。这种优势还维持甚至鼓励着文人们前赴后继、知难而进地走向忧患、陷入悲剧。他们如同古老传说中的精卫，哀哀地唤着自己的名字，以渺小之躯永无休止地衔着木石去填塞浩茫的大海，这场面是孤独的、悲凉的，然而也很壮观！自从孔老夫子带头走上知其不可而为之的崎岖途径，文人们便着迷一样鱼贯而随、绵绵不断……

　　灾患既已成为文化，成为民族的性格，那么它必然要渗透到我们民族的物质生活、情感生活和精神生活的各个方面，并通过各种生活显现出来，积渐成为民族的生存方式和态度。它们的丰富和复杂，是不胜举说的，以至我们在这里不得不暂时略去现象，而只能谈一些具有实质性的东西。

　　我们发现这些现象大致呈现为从一点出发向着两极即积极和消极蔓延的趋势，不过很少至于极端，更多的是保持于某种程度和范围而"心安理得"。就消极一端说来，灾患引发忧虑，杞人忧天其实是中国大众的普遍心态。由于农耕文明靠天吃饭，具有周期性的灾患更使人们的忧虑深远而长久，丰收的愉悦在心头匆匆掠过，立即又被新的忧虑所占据，这恰如辛弃疾词句"惜春常怕花开早，何况落红无数"的心情一样：因为知道必然要"落红无数"，遂使他在明媚的春天里也是又"惜"又"怕"。民间所谓"居安思危""乐不忘忧"，所谓"人无远虑必有近忧""丰年不忘荒年"，文人们的进亦忧退亦忧等等，便是这类情况的反映。"忧虑"之中就要寻求"保安"。平安是绝大多数中国人意识中的最佳状态，也是最合适的原则，经常成为理想和目标。从政治上的"天下太平"到老百姓的"平安是福"，可谓上下一心，根深蒂固。"保安"的重要条件是"经验"。周期性的灾患反复加强着人们的印象和感受，使得经验也变得入木三分。经验总是和师古分不开的，因此在中国人心目中，对过去生活的回恋之拉力总是比对未来生活憧憬之引力强大得多，以至在走向未来的同时还要频频反顾，甚至是倒退着前行。而在前行中，人们处处忘不了"防闲"。常言道"防患于未然""防人之心不可无""有备无患""未雨绸缪"等等，提示人们对待事物尤其是"经验"所不及的事物，一定要注意"防闲"。然而事物是发展的，任何防线总有被打破的时候，这时人们的惯常态度是"忍让"。"心字头上一把刀""百忍成钢""省事饶人祸自消""退一步天高地阔，让一分柳暗花明"等等，都是中国人临事的即用哲学。即使是有所反抗，那也要到"忍无可忍"的地步才发。"逃避"也是忍让，但比忍让更消极，更怯懦。长期的灾患给中国制造了一批又一批的"逃难"者。"惹不起便躲""走为上计""逃之夭夭"等，"逃避"甚至成了中国人的某种生活方式和手段。当确信自己"在劫难逃"的时候，极端的消极态度便是"屈服"：听天由命，任其宰割，眼睁睁让灾患夺去自己的一切。这样，"灾患"的消极一路显现大致就呈如下趋势：

灾患—忧虑—保安—经验—防闲—忍让—逃避—屈服

然而，就积极方面说来，"灾患"引发的忧虑未尝不是一种仁怀，博大普遍的关切爱护之心，在到来或即将到来的灾患面前，人们因此而互相友好、同情和支持。"风雨同舟""和衷共济""同生死共患难""天下兴亡匹夫有责"等等，都是联结人们的纽带，鼓舞人们的力量。"保安"同时也意味着平衡、"稳妥"和审慎，从而造成更醇厚的生活情韵，更可靠的处世原则。当我们想到"平安"两个字时难道不同时怀有某种温馨与愉悦吗？重"经验"则含有重"实据"的意思，它可以使人们少担风险，多一些优裕和从容，并可养成具体、现实的作风。"防闲"可以为自己留下更"充分"的余地，作足够的准备，从而获得主动。而"忍让"也可能是后发制人，并且可以锻炼出坚韧不拔、吃苦耐劳的品质。在忍无可忍终于不忍的情况下，中国人便会走向"抗争"，它往往是积聚了百倍的愤怒和力量的最后迸发，而达于彻底的胜负之决。但不论是胜是负，都放射出"英雄"的辉煌，甚至如凤凰涅槃，从死亡中获得新生。这样，灾患积极一路的显现大致呈如下趋势：

灾患—仁怀—稳妥—实据—充分—坚韧—抗争—英雄

可见同样是灾患，它给人们造成的反映结果并不是一概的。由于人们应对灾患的主客观条件不同，其显现出来的态度性质也会很不一样。当然这也表明人们对这些态度的解释也可能是很不一样的。

以上算是很粗略地讨论了中国文化的灾患元素、灾患意识，中华民族性格中的忧患特征以及民族生活中灾患的人文显现等，意在表明我们的全部文化里灾患有着何等重要的联系！然而在以往的文化讨论中，论者很少将灾患联系起来并给予足够的重视，致使中国文化的这种品质不能彰明，也使许多相关问题不能得到透彻破解。本文所提出的问题，希望引起有兴趣者的注意和深入研讨。

（《杭州师范学院学报》1993年第4期）

"后文化热"研究中的几个问题与对策

——以局域性研究为中心

随着举国上下文化热潮的波涛迭起，文化研究也迎来前所未有的发展机遇和大好形势，可以说正处于历史最好时期。而且据悉热潮还会更加高涨，发展还会进一步加快加强。面对这样的态势，认真检视和思考文化研究中的某些不足和问题，越发显得必要。实际上只要对近年来的文化研究稍作回顾，就不难发现其中的不足和问题确实不少，涉及方方面面。本文不拟面面俱到，主要是就文化研究尤其是"局域性"（诸如局部、地域、领域、种类、层面、行业等）文化研究中几个较为普遍而突出的问题，粗陈管见，以期引起更多的关注和有效的改进。

一

相对于20世纪80年代前后的那次"文化热"（前者）而言，目前的文化形势无疑更是一次"文化热"（后者），甚至用"文化热"来概括和描述已经显得不够充分、不够准确了。不过为了便于区别和论述，我们姑且将二者分别称为"前文化热"和"后文化热"。只要略加比较，就会看到二者有着诸多明显的不同。

就其发起和参与主体而言，前者主要是学术文化界人士的"个体"自发选择，而后者则是社会各界的"集体"自觉要求。这首先表现在"文化"意识和观念的增强与转变上。虽然以前在党和政府的有关文件中也不乏关于"文化"的表述，但多是以某种局部、侧面、配合等意义出现的，是副题、伴奏和插曲；现在则成为主题和关键词之一。不仅成为议事日程中的经常话题，而且围绕此制定发展战略、建设规划及具体落实的目标和措施。过去政府提文化往往有些醉翁之意，多为政治、经济等因素考虑，文化只是搭台、造势；现在则更多地考虑到文化本身，文化已经名副其实地登场亮相，自唱自演了。也就是说，文化不仅是形式同时也是内容，不仅是手段同时也是目的。虽然政治、经济等因素仍在起作用，但其起作用的形式发生了变化。同时，日益清晰而自觉的文化意识，也更加经常地显现于党和政府言行的方方面面，从高调倡导到组织实施。因此党和政府是将"后文化热"推向高潮的实际主体。由于党和政府不可替代的地位和作用，"后文化热"的发起和参与者也更具权威性与全面性。党、政、工、青、妇、民主党派、群众团体、企事业单位乃至寺院僧侣等都被调动起来，争先恐后投身文化。其范围之广、人数之众、力度之大，都是以往所无法比拟的。尤其是各级、各部门主要领导的亲自负责、热情关怀、主动指示和频繁参与，更使其权威性和影响力无法估量。至于文化和文化人集中的高等学校和科研单位，更是闻风而动，各种各样以文化为名义的研究所、研究中心、研究基地、研究（学）会等纷纷挂牌成立，而且往往有主要领导挂名、知名学者领衔。由于当今高等学校和科研院所的高度行政化和体制化，这些研究机构及其活动也就自然成为上述情形的组成部分，具有很多共同点，集体性很强，即使在个人那里，往往也被程度不同地集体化了。

就其诉诸对象和目的而言，前者的诉诸对象一般为学者、读者等知识群层，大多是为了学术研究理论和方法的改进、思想认识的启蒙与提高等，大抵属于精神关怀；而后者则主要是诉诸管理者、经营者、消费者等社会群层，大抵不离物质关怀。当然这是大致情况，不同领域、不同部门、不同阶段的侧重点也不尽相同。由于对象不同，（研究或行为）主体和（接受）对象之间的关系也有所变化：前者较注重精神联系和心灵沟通，后者则更注重物质联系和利益交换。由于目的不同，前者的主体于其（研究或行为）对象较能客观地对待，努力求其"真实"；后者则更多主观地对待，竭力求其"宝贵"。求"真实"者多得其"学问"，求"宝贵"者多得其"实惠"。

就研究的形式和表象而言，二者之间也呈现诸多差异和变化，较明显的如：从"研究"的成分看，前者的学术单纯性（包括研究者及其研究）较高，大抵属学术界的人和事。后者则复杂得多，一方面是大量的学术界外部人士热心其事，内化为文化研究者之类；另一方面是大量的学术界内部人士延伸移动，外化为文化活动家之类。这种情况也存在于部门、机构、团体之中。总之，自认或被认为是文化研究的个人、集体、单位空前之多，遂使其"队伍"变得异常庞大而复杂。从研究的重点看，前者比较重视对文化、中国文化等作整体的认识和思辨，多为全方位眼光；后者则更加注重局域的考察和缕述，多取局部性视角，因而以地域、行业、人群、事物等为准而分门别类的"××文化"层出不穷，不可胜数。从研究的形式看，前者多以传统的方式方法进行较为单纯的书斋式研究，后者则多在书斋之外，伴随着大量的实际活动之类。从研究的表达方式看，前者大多重在学术性的分析、得失利弊的检讨，而且往往具有反思和批判意识；后者则多重在实用性的论断、优势特色的展示，甚至不乏刻意的赞美和颂扬。从研究的成果呈现看，前者多为论文、著作等学术性成果；后者则更为丰富多样，除论文、著作外，诸如调查报告、散文随笔，以及报纸、电视、网络等媒体形式，戏曲、舞蹈、音乐等群众活动，尤其是广场、公园、建筑、雕塑、文化遗产、事业产业等具有形象性、工程性、标志性的产物，往往被视为更为实在的成果。因此，研究成果数量之多、品类之丰、规模（包含投入的人力物力）之大、影响之广，也是前所未有的。

总而言之，前后两次"文化热"的差异是明显的、多方面的，当然类似的地方亦复不少，这里不拟一一列举，仅从文化研究上看，有一点似乎值得提及，那就是二者虽然都对文化抱以极大热情并由此入手，但在文化本身似乎都还未及作充分的停留和深入，便匆忙急切地奔向各自的主题（目的）。因而看上去"前文化热"更像是一波人文思潮，"后文化热"则更近似一场社会运动。而"后文化热"不论是在内容、形式、规模和影响等方面，都要远甚于前者。二者都对文化和文化研究的发展产生了巨大作用和影响，但也都有一些问题值得引起关注和忧虑。

二

我们在充分估计"后文化热"为文化研究带来的形势和机遇的同时，也应当注意检视和思考其中的一些问题。就像建筑，工程规模越大、进度越快，其质量问题也就愈加重要，尤其是基础层面的质量问题。从局域文化研究方面看，确实存在着不少"质量"问题，这里不拟面面俱到，仅就较有代表性的问题稍作概述，这些问题实际上也可以说是几个矛盾：

"得天独厚"与基础建设的矛盾。这种矛盾普遍存在于局域性视角的文化研究中。例如在特定的地域视角下，文化首先被作为各地自己的"××文化"而受到当地的重视，很多地方都在自然地或人为地强调自己文化上的"得天独厚"。其实已有的研究可以证明，中国的文明和文化具有多源性，可以称为发祥地的地域非止一个，自以为可以作为中国文化代表的也非止一家。这种情况积久而之，就使得本土的地域文化研究者往往抱有两种惯常心态：一是"家底"无数，大的尚且不暇顾及，小的就更不在话下，因而也就无须加以整理和保护了；二是"遗产"厚重，已有的尚且"消受"不尽，也就无须辛勤建设和创造了。这两种心态的形成原因及其所造成的后果非止一端，反映在文化研究上的主要表现之一，就是有意无意地忽略基础建设。

文化研究的"基础建设"涉及方方面面，仅按一般所谓的"硬件"和"软件"而言，"硬件"方面诸如机构、场所、文献、资料、设施设备等，虽然整体上投入有所增长，但多投向那些可以短期见效的"形象"性工程上，而那些须长期建设的项目则有所不足。就笔者所知，在不少地域文化"本土"的省、市，目前尚很少有完全意义上的该文化的专业研究机构，很少有专门意义上的该文化的图书资料文献中心，甚至严格意义上的该文化的专职研究人员也寥寥无几。牌子挂得很多、架子搭得很快，但缺乏继续持久建设的精心和耐心；"专家"纷纷涌现，大多是这样那样的"兼顾""挂名"和兼职之类。"软件"方面，诸如体制、模式、制度、措施、办法等，目前也缺少具有针对性和适用性的系统制定，已有的也很少得到严格的落实。仅就基本信息数据尤其是第一手的材料和数据而言，目前编制有本地文化完整文献资料目录、对本地文化资源有全面的摸底调查、为本地文化建立全面系统的信息数据库，这样的地方并不多。已有研究所使用的文献、资料，大多是一般的、间接的，涉及数据时往往缺乏权威依据，甚至凭印象和感觉估摸大概。学术研究的基本理论和方法、基本的精神原则、理念旨趣、规范标准等，是促成研究走向学术化、科学化的必要条件和关键因素，对"局域性"文化研究而言同样重要，但已有的局域文化研究对此却很少关心，更缺乏系统深入的探索和建构。有关研究、项目和选题等，往往热衷于"大而全"，喜作浮泛之论，追求短期效应，而对那些需要长期潜心研究的基础理论和具体问题，则缺乏热情。总之，在中国文化研究尤其是"局域性"文化研究中，"得天独厚"是一种常见的意识和心理状态，它是导致有意无意忽视"基础建设"的主要原因之一（当然不是唯一原因）。当文化研究尚处于简单继承和利用已有遗产的阶段时，这种意识和心态所造成的"基础"缺陷之不足与危害尚不明显，但当文化研究进入主动建设和创造的阶段时，其不足与危害就会日益凸显，甚至是致命的，不仅会影响到"局域"文化本身的发展，还会严重影响文化研究的科学进程。

人才难得与学科缺位的矛盾。"文化"似乎是无所不包的，几乎所有的事物都可以和文化联系起来，都可以进行"文化的"研究。但是一旦进入"研究"，尤其是进入深层次、高水平的研究，就需要大量的专门化的研究人才，而恰恰是这样的专门化的研究人才，长期处于匮乏状态。目前从事文化研究尤其是"局域性"文化研究的人士，大多是"半路出家"：或者是从其他学科专业"转行"而来，或者是身在其他学科专业而"兼顾"一点。这些"其他学科专业"往往是与文化联系相对密切的学科专业，如文学、史学、哲学等传统文科，也有理科、工科、医科等文科以外的学科；甚至无所谓学科专业，一般所谓"学术界"以外的人士也不在少数；至于那些民间自发的，因职务、地位、爱好和需要等而"客串"者，也大有人在。因此"后文化热"时代的"研究者"队伍看上去空前庞大，但真正从事学术性研究的并不是很多，反而愈发显得文化研究对专业人才需求的空前迫切。

与这种迫切需求相矛盾的是，培养专门人才的学科专业设置却明显滞后和缺少。在国家颁行（控制）的"学科目录"中，至今还没有获得独立（一级和二级）学科地位的"文化学"，只是近年才有"文化管理""文化产业"等科目，但大多是作为本科以下专业方向而自行设置的。我们知道，我国目前的人才培养机制主要是通过各级学校尤其是公立的高等院校和科研院所，而这些地方的人才培养又是按学科专业进行的，因此"文化学"学科不立，人才便无从培养和产出，没有产出则必然造成匮乏。问题还不仅如此，我们还知道，我国目前的学术研究已经被高度"学科化"了，这里所谓的"学科化"（与下文稍异）主要是指由于国家在学术管理体制上日益强化"学科"，诸如在职称评审、项目设立、学位点授权、经费支持、成果认定、奖项评审以及各种待遇（包括岗位津贴、课时费、荣誉称号等）等，都是按"学科"进行的，因此作为"体制内"的教学和科研人员，也都无可避免地要按"学科"来进行定位——被动定位和自我定位。因此"学科化"与"体制化"是互为一体，共同作用的。我们还注意到，"后文化热"的一个重要特点就是政府的强有力领导和介入，而"体制化"恰恰是政府行为的重要特点之一，因此若就文化研究而言，其"体制化"的程度或许更高，亦即"学科化"的程度也更高，现实却是"文化"研究至今还没有自己的独立学科，诸如很多文化研究机构没有自己的专职人员、很多学者不愿意专职搞文化研究、文化研究很难出产高度专精的成果等，其原因大多与此有关。

现实功利与学术要求的矛盾。政府的强有力领导和介入是促成"后文化热"的关键因素，也是其重要特征，因而带有很强的现实目的和功利追求是理所当然的。而对现实的深切关怀和对功利的不已追求，也是

"文化"的传统精神和应有之义。因此，与"后文化热"对社会现实的强烈关注相一致，文化研究也具有强烈的功利色彩，不仅是"硬道理"，同时也是随处可见的事实。但这并不是说没有问题和矛盾，因为学术研究和现实功利并不可以简单地画等号，二者在自身特点、规律、要求和指向上仍有很多不同乃至本质差异，应有区别对待，不使其矛盾冲突甚至两败俱伤。比如我们可以对"应用"乃至"实用"问题进行专门的学术研究，但不能把学术研究本身等同于"应用"乃至"实用"。任何问题一旦进入"学术研究"的层面，就应当尊重和坚持"学术"的规则要求。科学研究要求实事求是、客观实证等，而单纯的功利追求容易导致头脑发热，主观臆断；科学研究要求潜心持久、积渐而成，而单纯的功利追求容易导致急不可待、好大喜功；科学研究要求深入细致、精益求精，而单纯的功利追求容易导致表面浮夸、粗制滥造；科学研究要求独立精神、自由思想，而单纯的功利追求容易导致听命"指令"、屈服"压力"；科学研究要求有科学的理论、方法、手段，而单纯的功利追求往往忽略这些甚至相反……这些问题如果不能得到很好的认识和解决，不仅会影响到文化研究的学术质量，而且会影响到文化的现实功用的实现。

局部本位与全体关怀的矛盾。这个问题在局域性文化研究中尤其普遍而突出。以地域文化为例，目前很多地方都在打"文化牌"，认为自己已经是或者提出的建设目标是"文化大（强）省（市、县、乡、村）"的，非止一家。按理说要在"文化"上谋发展，强调本地的文化特色和优势本无可厚非，但在这种强调中，尤其是在学术研究及其成果里将其强调到不适当的程度，就会带来诸多问题，形成"地域本位"倾向，从而与中国文化本身所具有的全体性、统一性等形成某种错位和矛盾，诸如：强调自己的"源远流长"，以争"最早"，从而认为（或隐指）别人的都属"后来"；强调自己的"博大精深"，以争"最好"，从而认为（或隐指）别人的都属"不（够）好"；强调自己的"绝对正宗"，以争"权威"，从而认为（或隐指）别人的都属"旁杂"；强调自己的"无与伦比"，以争"优越"，从而认为（或隐指）别人的都属"落后"；强调自己的"与众不同"，以争"独特"，从而认为（或隐指）别人的都属"寻常"……

总之都是要千方百计突出自己，美化自己，有意无意地降低他人乃至整体的地位。这种"地域本位"倾向发展到极端，就有可能不顾事实、牵强附会，甚至与其他地域发生争端。这样不仅违背了学术研究的一般原则，也不合乎中国文化的基本精神。因为从根本上说，中国文化是关于整个"天下"和全体"人类"的文化，所有的局域都属于并统一于这个"整个"和"全体"。因此当局域文化被强调到不适当程度时，不仅不利于吸收和借鉴其他局域文化的优长，还有可能破坏整体的统一与和谐。

集体合作与独立研究的矛盾。"后文化热"时期政府和社会对文化研究的投入加大，期待提高，使得文化研究的格局、模式、研究者的成分及关系等发生了显著变化，于是有些问题比如集体合作与独立研究之间的矛盾就变得突出起来。在局域文化研究中，由于投入增巨，投入者期待更快、更大、更多地产出成果，而要做到这些，往往又非一人之力所能办；同时得到投入和希望得到投入的单位与个人往往又非止一家一人，于是各种各样的研究机构、研究项目、研究集体等，便雨后春笋般地层出不穷了。其实很多研究机构不过是名号不同，差别不大，甚至有的连名号也一样。很多研究项目往往"大同小异"：在大投入、大工程、大题目、大阵容、大制作等方面"惊人相似"，在具体内容、人员组成、完成方式、成果形式等方面差异很小。这样看上去颇为壮观，但就学术研究的独立性而言，则很容易造成诸多不便和不利：一是不同或相同名号的研究机构之间很难形成真正的合作，而争相划地盘、树藩篱、抢占资源、封锁信息等则不少，这种狭隘的利益保护，与学术研究的"天下公器"精神和资源共享原则是相矛盾的。二是"大同小异"的研究项目往往是根据"指令"设计出来的，一方面与项目承者的实际研究基础、能力、专长和条件等未必相合，另一方面项目之间存在大量交叉、重叠、近似的内容，造成重复劳动，浪费人力物力。三是研究人员需求巨大，动辄十几人、几十人甚至逾百人，在专门人才极为匮乏的情况下，只能从不同的学科专业"调集"人员，或者根据已有人员的不同学科专业"设计"内容。于是大家分头作业，最后凑在一起，便告完工。虽说是集体"合作"，有"主编"负责，但要做到真正的合作并不容易，卷帙浩大即使是负责的主编也难以负责到底，实际的情形往往是"作而不合"或"合而不作"，貌合而神离，不能贯通一体。这样既很难保证集体研究的统一性，也很难保证每个成员研究的独立性。四是这样的"集体合作"还会影响到研究的独创性。因为学术研究在本质上应是独立而自由的创造性劳动，人文学科尤其如此，而集体合作往往要受到统一的旨趣、思想、体系、体例、目的、条件、期限等的要求，而由众多学术志趣、能力水平、专业方向等互有参差的研究人员组成的"集体合作"，会在诸多方面影响和限制每个成员学术创造性的充分发挥。

以上所举只是当前文化研究中的一些主要问题和矛盾，实际的情况显然并不止于此，这里不能详述。应说明的是，这些问题和矛盾的产生、存在及其所造成的"效果"，往往并不是个别的、孤立的，经常是互相关联、"交叉感染"的，带有一定的普遍性和规模性，应当引起足够重视。

三

上述问题和矛盾都属于发展中的问题和矛盾，其解决办法也应在发展中寻求。这里只谈几点基本的思考与对策，概括地说就是要加强和提高文化研究的科学化、学科化和学术化。

科学化是解决上述问题和矛盾的根本出路和关键所在，因为所有的问题和矛盾大都与不够科学甚至违背科学有关。所谓"科学化"就是说应当把文化研究真正当作科学研究来认识和对待。文化可以说是无所不在的，到处都"有"文化，到处都"说"文化，到处都"做"文化，到处都"用"文化，于是到处都有"文化研究"。实际上现在仍有不少人（其中不乏专家学者）认为所谓"文化研究"与"科学研究"并不完全是一回事，甚至认为"文化研究"算不得科学研究，"文化研究者"也算不得科学家。这自然是不无偏见和偏激的看法，但文化研究本身长期存在的模糊混杂、宽泛随意等缺乏科学性的现象，也是造成这种局面的原因之一。因此，要使文化研究科学化，首先要改变旧的、不科学的意识和观念，树立科学的意识和观念。要认识到"后文化热"时代的文化研究早已走出"边缘"境地，成为重点、主题和中心，是一个可以而且应该进行科学化研究的领域，是一个必须而且已经吸引大量科学家参与的研究领域。那种认为文化研究可以无所不包、泛滥无归的观念固然不妥，但那种要求文化研究纯而又纯成为"象牙塔"学问的想法也是不现实的。实事求是地具体要求和对待文化研究，才是应有的科学态度。要使全社会都将文化研究作为一门科学或一门特殊的科学来给予理解和对待。管理者按照科学的要求进行管理，研究者按照科学的要求进行研究，其他各界乃至广大社会按照科学的要求进行认识，达成并维护其科学的共识。而文化研究自身科学性的提高才是促进其科学化的关键因素。在人文科学、社会科学、自然科学等各种科学高度发达的今天，文化研究可以而且应当从中吸取和借鉴其科学因素，从而在更高的起点上建设自己的"文化科学"。当科学性达到一定的程度后，以往文化研究中存在的种种不科学状况也就迎刃而解了。

学科化是科学化的进一步落实，也是科学化的有力支撑和保证，同时也是解决专门人才匮乏问题的必要途径。从现实上看，文化研究学科化的当务之急，是要尽快实现在国家学科目录中为文化研究（"文化学"）设立学科；而设立学科目录的前提则是文化研究自身学科因素的提高与成熟，因此更加当务之急的是从各个方面尤其是学术研究方面为学科独立创造条件，诸如强化学科意识、构建学科体系、加强学科建设、进行学科化人才培养等。从目前的文化形势和研究情况看，"文化学"作为一个相对独立的一级学科的基础和条件已经大致具备，并且可以作为其下几个二级学科的主要研究领域也日趋明朗起来。诸如：研究"文化"产生和发展的原因、现象、特点、规律、趋势等，由此而形成的"文化史学"；研究已有的"文化研究（学）"，梳理脉络、考察状况、评价得失、分析因果、总结特点、指画将来等，由此而形成的"文化研究（学）史"；研究"文化学"作为一个相对独立的学科本身的一系列基本问题，诸如定义和概念、对象和材料、理论和方法、精神和原则、规范和目的等，由此而形成的"基础（理论）文化学"；研究"文化"的保护、开发、管理、经营、利用、对策等，由此而形成的"应用文化学"；对不同类别、类型的"文化"进行研究，由此而形成的"分类文化学"；对不同局部、不同区域的"文化"进行研究，由此而形成的"局域文化学"；研究不同"文化"之间的比较、交流、对话、冲突、融合等，由此而形成的"比较文化学"；对古今中外"文化"文献材料进行整理与研究，由此而形成的"文化文献学"……这些概括未必周全和尽当，其下还可以有更为丰富具体的研究"方向"。由此可见，"文化学"作为一个相对独立的学科不仅是亟须的，而且是可能的。从目前一些高校和科研院所所设立的"文化"类专业和方向来看，已经显示出较为强劲的活力和发展趋势，这表明文化研究的学科化不仅是学术研究的需要，也是广大社会和市场的需求。

学术化是科学化和学科化的进一步落实、有力的支撑和保证，没有学术化，学科化就会流为形式，科学化也只能是美好的想象。强调学术化不是要把所有的文化问题都变为学术问题，而是要把属于学术的问题"归还"给学术，并严格遵循学术的规律和规范来对待。不应将非学术的问题和学术的问题混为一谈，互相干扰甚至冲突。值得注意的是，这个问题并不仅仅存在于学术界之外，从某种意义上说，"外部"的问题倒是相对更容易分辨和掌握一些：因为努力避免外部意志和力量对学术研究的干预早已成为共识；倒是在学术界"内部"情况可能更为复杂和困难一些：一方面受到研究者自身的专业程度、学术水准的局限，另一方面受到现实功利的诱惑、流俗风气的影响，往往很难秉持学术精神和原则，实事求是地研究问题、坚持真理。因此学术化是一个需要内外双方共同努力的事情。而目前亟须加强和完善的地方确实不少。内外部都需要强化学术意识，特别是要意识到不论什么问题，一旦被放入"研究"领域，那它就首先是一个学术问题；不论什么样的问题，一旦被放在"研究"之外，那它就首先不是一个学术问题。只要是学术问题，就必须按照学术的规律、特点、理论和方法等去研究解决。其次是提高和保持学术品格。学术品格包括学术素养、能力、水准等，也包括学术精神、品质和追求等。当学术品格达到一定的境界,其研究及其成果的学术含量、价值自然就会达到一定的高度。同时还要建立健全科学的学术评价机制与体系。学术批评需要更加自觉、更加科学、更加有效,不能一味"捧场",在允许不同背景、不同目的、不同标准的评价者"见仁见智"的同时,还应当逐渐形成并树立起公认的学术尊严与权威,并得到普遍的遵守和维护。

科学化、学科化、学术化是密不可分、相互统一的,我们可以将其视为一个整体,也可以将其视为一个过程。其中既包含认识和解决问题的精神、理念和原则,也包含具体的方式、方法和手段,需要我们在文化研究中根据不同问题及其所处的不同层面与阶段上的实际情况,进行具体的贯彻和落实。尽管这个过程可能比较漫长而且不可能一帆风顺,但其前景是可以预见的,因为学术研究有其共同的方向和境界,文化研究也不例外。

(原载《郑州大学学报》2006年第5期)

主要征引书目

1. 杨伯峻译注：《论语译注》，中华书局1980年版。
2. 杨伯峻译注：《孟子译注》，中华书局1960年版。
3. 杨伯峻、徐提编：《春秋左传词典》，中华书局1985年版。
4. 郭绍虞：《中国文学批评史》，新文艺出版社1955年版。
5. [汉]许慎撰，[清]段玉裁注:《说文解字注》，上海书店1992年版。
6. [魏]王弼、[晋]韩康伯注，[唐]孔颖达疏：《周易正义》，[清]阮元校刻《十三经注疏（附校勘记）》，中华书局1980年版。
7. [汉]孔安国传，[唐]孔颖达疏：《尚书正义》，[清]阮元校刻《十三经注疏（附校勘记）》，中华书局1980年版。
8. [汉]郑玄注，[唐]孔颖达疏：《礼记正义》，[清]阮元校刻《十三经注疏（附校勘记）》，中华书局1980年版。
9. [魏]何晏注，[宋]刑昺疏：《论语注疏》，[清]阮元校刻《十三经注疏（附校勘记）》，中华书局1980年版。
10. [汉]郑玄注，[唐]贾公彦疏:《周礼注疏》，[清]阮元校刻《十三经注疏（附校勘记）》，中华书局1980年版。
11. [唐]韩愈撰，马其昶校注，马茂元整理：《韩昌黎文集校注》，上海古籍出版社1986年版。
12. 古文字诂林编纂委员会编纂：《古文字诂林》第八册，上海教育出版社2003年版。
13. [汉]郑玄笺，[唐]孔颖达疏：《毛诗正义》，[清]阮元校刻《十三经注疏（附校勘记）》，中华书局 1980 年版。

14.[宋] 朱熹集注：《诗集传》，上海古籍出版社 1980 年版。

15.[梁] 刘勰著，范文澜注：《文心雕龙注》，人民文学出版社 1958 年版。

16. 陈寅恪：《陈寅恪集》，生活·读书·新知三联书店 2001 年版。

17.[清] 陈立撰，吴则虞点校：《白虎通疏证》，《新编诸子集成》（第一辑），中华书局 1994 年版。

18.[汉] 司马迁撰，[南朝宋] 裴骃集解，[唐] 司马贞索引，[唐] 张守节正义：《史记》，中华书局 1959 年版。

19. 朱自清：《诗言志辨》，古籍出版社 1956 年版。

20.[后晋] 刘昫等撰：《旧唐书》，中华书局 1975 年版。

21.[唐] 白居易著，朱金城笺校：《白居易集笺校》，上海古籍出版社 1988 年版。

22.[宋] 王溥：《唐会要》，中华书局 1955 年版。

23.[五代] 王定保：《唐摭言》，古典文学出版社 1957 年版。

24.[宋] 李昉等编：《文苑英华》，中华书局 1966 年版。

25.[清] 彭定求等编校：《全唐诗》，中华书局 1960 年版。

26.[唐] 吴兢编著：《贞观政要》，上海古籍出版社 1978 年版。

27. 温大雅：《大唐创业起居注》，王云五主编《丛书集成初编》，商务印书馆 1936 年版。

28.[唐] 魏徵、令狐德棻：《隋书》，中华书局 1973 年版。

29.[宋] 欧阳修、宋祁：《新唐书》，中华书局 1975 年版。

30.[隋] 王通撰，[宋] 阮逸注：《文中子》，《二十二子》，上海古籍出版社 1986 年版。

31. 邓小军：《唐代文学的文化精神》，（台湾）文津出版社 1993 年版。

32.[唐] 房玄龄等：《晋书》，中华书局 1974 年版。

33.[唐] 李林甫等撰，陈仲夫点校：《唐六典》，中华书局 1992 年版。

34.[五代] 王定保撰，陶绍清校证：《唐摭言校证》，中华书局 2021 年版。

35.[唐]李商隐著，[清]冯浩详注，[清]钱振伦、钱振常笺注：《樊南文集》，上海古籍出版社1988年版。

36.陈飞：《唐太宗》，中州古籍出版社2004年版。

37.[宋]宋敏求编：《唐大诏令集》，商务印书馆1959年版。

38.[唐]刘知几撰，黄寿成校点：《史通》，辽宁教育出版社1997年版。

39.[晋]杜预注，[唐]孔颖达疏：《春秋左传正义》，[清]阮元校刻《十三经注疏（附校勘记）》，中华书局1980年版。

40.[唐]姚思廉：《梁书》，中华书局1973年版。

41.[唐]姚思廉：《陈书》，中华书局1972年版。

42.[唐]李延寿：《南史》，中华书局1975年版。

43.[唐]李延寿：《北史》，中华书局1974年版。

44.[唐]李百药：《北齐书》，中华书局1972年版。

45.[唐]令狐德棻等：《周书》，中华书局1971年版。

46.程千帆：《唐代进士行卷与文学》，上海古籍出版社1980年版。

47.傅璇琮：《唐代科举与文学》，陕西人民出版社1986年版。

48.陈飞：《唐代试策考述》，中华书局2002年版。

49.陈飞：《隋唐五代文学与科举制度》，傅璇琮、蒋寅总主编《中国古代文学通论》，辽宁人民出版社2005年版。

50.刘海峰：《科举学导论》，华中师范大学出版社2005年版。

51.刘海峰、朱华山主编：《科举学的拓展与深化》，华中师范大学出版社2013年版。

52.[唐]李世民撰，[唐]贾行、韦公肃注，[元]佚名补注：《帝范》，王云五主编《丛书集成初编》，中华书局1985年版。

53.[宋]王钦若等编：《册府元龟》，中华书局1960年版。

54.[清]徐松撰，赵守俨点校：《登科记考》，中华书局1984年版。

55.[唐]杜佑撰，王文锦、王永兴等点校：《通典》，中华书局1988年版。

56.[元]马端临：《文献通考》，中华书局1986年版。

57.[唐]李肇等：《唐国史补　因话录》，上海古籍出版社1979年版。

58. [宋]洪迈：《容斋随笔》，上海古籍出版社1996年版。

59. [宋]柳开：《河东先生集》，《四部丛刊》（初编）集部，上海商务印书馆1926年版。

60. 王勋成：《唐代铨选与文学》，中华书局2001年版。

61. [宋]李昉等编：《太平广记》，中华书局1961年版。

62. [唐]韩愈：《韩昌黎全集》，中国书店1991年版。

63. [宋]薛居正等：《旧五代史》，中华书局1976年版。

64. [唐]封演撰，赵贞信校注：《封氏闻见记校注》，中华书局2005年版。

65. 陈玉堂：《中国文学史旧版书目提要》，上海社会科学院文学研究所1985年版。

后记

因为"只能出书",所以有了是编。若依原来的想法,这本书应该称作《自存稿三编》,前两本《文学与文人——论金圣叹及其他》(商务印书馆 2011 年版)和《文学与制度——唐代试策及其他考述》(商务印书馆 2015 年版)则应称作《自存稿初编》和《自存稿二编》,但当初因故都没这样标称,本书也就循其旧例了。所选的几篇论文,大都保持发表时的原貌,只是根据"书"的体例要求作些微调,诸如统一格式和注脚,略去内容提要及关键词之类,改正了一些明显的笔误,另附一个"主要征引书目"。

"自存"的意思,前已略及,其实一言难尽,不同时期的自存境况也不尽相同。犹如农人,所有的指望都在田地里,衣食子孙,养生送死。所以起早贪黑,躬耕不止,淡饭粗茶,无愧无怍便好,并不曾妄想富贵。然而世间并没有单纯的自存,既仰赖阳光雨露,也不免雷电冰霜。这些论文固然粗浅,其研写的境况不一,但都离不开"素心人"的扶助和慰勉。说声谢谢,似嫌轻易;欲有所报,却无长物,唯有心存感念和祝福而已。

去冬遭受"新冠"荼毒,耳聋齿落,心悸乏力,据说是后遗症,将长期伴随。眼见花又红了,柳又绿了,车又水马又龙了,一切仿佛复归如旧,又似乎不复从前。无论如何,这是一种新境况,何以自存,也就成了新问题,有了新含义。所以还要积极面对,努力加餐。

壬寅—癸卯 古美